李美皆 / 著

胭脂灰

作家出版社

1

当火车鸣叫着开过来时，陈漱正在我的身体中。我们停止动作，面面相觑，然后狐疑地看着他的手机，希望它赶快打住。但不识趣的火车鸣笛声依然继续，好像开进了没完没了的隧洞。陈漱的手终于悻悻地离开我的耳垂，伸向床头柜上的手机。嘿，压到我头发了！我抗议。他把手臂挪开，同时出离了我的身体。陈漱讲着电话，听起来不会马上结束的样子，我起身离开了揉皱的床。早课时分一时兴起的"爱的鼓掌"就这样无疾而终了。

我站在洗漱台前刷牙，电动牙刷嗞嗞作响，泡沫涌出，状如白云，簇拥着我的嘴巴。我故意多用了一些氧泡泡牙膏，好让泡沫多多。我巴不得电动牙刷更响一点才好呢！纯粹是出于一种女人（也许只是我）的莫名的小恶毒小快感，因为，心里的小人儿正在起义呢。

我从镜子里看见陈漱捂着嘴打哈欠。刚才没有做爽的缘故吧？也许是我敏感了。反正，活该！我刚才听到手机里的女声有多么毛茸茸甜中带怯了。

咖啡机轰隆隆响，陈漱在做咖啡。我从卫生间出来，咖啡已经做好了，咖啡杯咖啡勺和黄糖包摆在咖啡碟里。喝咖啡必须用全套咖啡具，这是我的习惯，陈漱自己是不想这么讲究的。我端起那碗加了琥珀色凝固蜜的老酸奶，凝固的蜂蜜很难挖，每次都是陈漱帮我挖好。我打着圈把酸奶和蜂蜜搅出彩虹波板糖的轮廓，就着一个杯装蛋糕，三五勺吃完了。

我没动那杯咖啡，只是看了一眼，就去玄关取我的包。你怎么没喝咖啡？陈漱追过来问。没加奶，清汤寡水，像中药似的，看着就不想喝。我说。我知道自己的蛮不讲理，但此时此刻，本官就是想作一作。果然，陈漱匪夷所思地问，你不是不喜欢牛奶冲淡了咖啡味儿吗？我说，但我喜欢看起来有点浓度的感觉。真是说来就来，别作了行吗？梅小脂同学！陈漱口气里终于有了些许不满，他叫某某某同学的口吻，很像在课堂上。

我沉着脸换好了鞋，同时回忆着在哪儿看过的话：当一个男人说你作的时候，其实是暴露了他的三观，或者说，暴露了你们三观的差异，大概率这关系是出问题了。此时我完全忽略了，明明自己也知道这是在作的。

我走得匆促，陈漱来不及换鞋，直接穿着拖鞋把我送到了楼下。我听着背后拖鞋的啪嗒声，头也不回。其实他没必要下楼的，既然今天不会送我去上班。送下楼，反而让我觉得他心虚。陈漱说，没法送你了，一会儿有课。我知道。我说。陈漱又解释说，刚才打电话的是课代表，课前有件事要提醒我一下。我没问你呀，不用解释。我说完，跨上小电驴扬长而去。

我想象着，为人师表的陈老师一会儿在讲台上迎着女学生们崇拜的目光侃侃而谈，全然忘记了四十分钟前自己在干什么。纯洁的大学生们也想象不到他们的陈老师会在课前做这件事吧？哲学是多么庄严而深奥呀，拒绝任何与下半身有关的联想……我就是这么爱走火入魔，越道貌岸然的东西，越想来点恶作剧。比如，我会因为一个人的嘴巴和吃相太难看，而在他吃东西的时候脑子里闪回一些不洁的想象……这类走火入魔的想象有时会破坏我的感觉，但又无法杜绝。陈漱说，可能在你妈妈面前太过约束自己的缘故吧？总想在其他方面来点放肆和打破，补偿自己。也许是吧。人在这里受到压抑，就会在那里寻求补偿……

背地里跟陈漱非议自己无可挑剔的母亲，是不是有点……

我被早高峰的人流车流裹挟着，大脑正信马由缰，骑得好好的电驴却突然被什么勒住了缰绳，受阻的惯性力使我身子猛然一震，震出一身冷汗。后面一个三十多岁的男人差点追尾，脱口而出：我×。我回过神来，心里翻他一个白眼：你妹啊。

全世界都说成都是一座休闲城市，我要补充半句：非早晚高峰时段。想什么呢？成都也是一座大城市好不好？人口密度尤其大！怎么可能从早到晚给你休闲？此处可添加一百个白眼的微信表情。

路面上川流不息的流畅被我的卡顿破坏了，我一迭声地说着对不起，把电驴搬到马路牙子上。我先试着空转了一下轮子，没动。咦，当自行车骑都不行了吗？我看了看自己的鞋，幸好今天穿的是坡跟的黑皮鞋。我抬脚往电驴身上踹了一下，试试，还是启动不了；又踹了一脚，仍然不行；再踹了一脚，还是不行！看来，它是彻底地死猪不怕开水烫了。有一次电驴坏掉，被我随便一脚踹好了，从此它就成了我的侥幸修车大法，但今天失灵了。每次车子坏掉我就想换新，但一旦能骑又得过且过，人就是这个德行。寻找修车的是不可能了，最简便的办法就是找陈漱，但我马上想到，他今天一二节有课，怕是帮不了我啦。陈漱住在博士后公寓，上班很近很从容，经常开车送我上班，尤其是下雨天，但他一二节有课就不行了。我扫视了一下周围，连路边的冬青丛都不放过，居然没发现一辆共享单车。什么时候共享单车停得这么有规矩了？

这个时间打滴滴是不现实的，有等的那个空儿，走也走到单位了，只好先步行了。我再次庆幸今天穿的是坡跟鞋。公共汽车我是不坐的，我可不愿混杂于密闭空间的各色人等，那真叫"胭脂沾染了灰"了。好在我供职的这家纺织行业的报社上班不打卡，不用担心迟到。我把电驴搬到路边锁好。

我从陈漱住处去上班骑车很近，开车的话因为单行道反而远了，更重要的是，停车费太贵。上班方便，这是我对妈妈提出住在陈漱公寓的理由，否则，我一向古典的妈妈是不会同意"未婚同居"这种事的。——注意，我说的是古典，不是保守。

我的心情并未太受影响，只要鞋子和时间允许，我喜欢在清新的早晨走路。理性上，我知道早上的空气质量其实是最差的，但我是一个感性的人，顽固地认为城市的早晨是最可爱的，就像人是小时候最可爱一样。经过一夜的新陈代谢和黎明的洒扫，城市被更新了；人也一样，带着一夜好睡后的轻盈，好像获得了一次新生。其实，我喜欢早晨还有一个很女人的原因：我是每天都会换衣服的人，衣服在早晨上身时，没有一天穿下来的视觉倦怠，对心情总是一种提振。作为一名纺织行业报的美术编辑，我对于服饰之美较常人更为敏感。如果没有这些美丽的衣裳，我觉得人生的快感至少要减损一半。

我停下脚步，扫了收钱二维码，两朵用细铁丝串着的栀子花便从卖花女人的托盘来到了我的手中。是这个女人的明净吸引了我，是的，我就是一个买两朵小花都会对卖主有颜控的女人。我把花挂在肩包的搭扣上，继续往前走。美女——美女——一个挑着花担的男人追上来，殷勤地说，你看看我这花吧！我还没说话，一个喷嚏就脱口而出。我对某些花粉过敏。阿——嚏！阿——嚏！接连又是几个，好像有一万个喷嚏正在我身体里整装待发。我一面从包里掏纸巾，一面尴尬地看着四周，好在，此时千军万马都在向着那个叫单位的目标狂奔，没有人理会我的尴尬。

等等，我看到了什么？那个人是谁？

我没看错，白胖胖笑吟吟的桑阿姨正在几步之外的人行道上看着我，好像菩萨在向我招手。我说谁这么大声打喷嚏呢，原来是我的宝贝儿，你穿得太少了！桑阿姨走近了，满眼疼爱地看着我说。她想必是被喷嚏声吸引才看到我的。少吗？我问了好，低头打量自己，裹裙和七分袖小西装而已，不少吧？她说，你不看看这才几月，刚过了清明呢。我笑着说，现在什么不都走在季节前面嘛，您到菜市场看看，菜到了传统上市的时节都下市了，穿衣服也是一样的呀。——这理论其实来自我爸，他是菜场的常客，久而久之成了菜场理论家，像"西红柿蒂五叶是母的，更甜"这类理论，他掌握了一肚子，所以，把自己的肚腩丰富得圆滚滚的。

桑阿姨亲亲热热地抚摸着我的胳膊，好像要把我搓热。我解释说是花粉过敏，但对于桑阿姨来说，真相是不重要的，重要的是，她要把自己那股亲亲昵昵的热乎劲儿向我传导过来。桑阿姨永远像个天真的小菩萨，事实上她也信佛，属于善众。她一笑好多肉窝窝，让人一见就乐意亲近，我从小就觉得她比妈妈亲。据说，我和小胭几个月大的时候还吃过她的奶呢，因为当时妈妈得了乳腺炎。

桑阿姨是看着我长大的，我们两家有通家之好，从我记事起就来往不断。她是爸爸的老同学，而且，他俩都是外公的学生。她还是谢君的妈妈、我的大我六分钟的姐姐梅小胭未来的婆婆。

我正要到你家去，昨天你妈妈从我那里拿了十万块钱，不知道什么时候还留了张借条，太见外了，她走了我才发现，正要给她送回去呢，好巧碰见你了，那就交给你吧。桑阿姨说。

我妈妈……借钱……干什么？我的喷嚏消失得无影无踪，据说，惊吓刺激是制止喷嚏的最好方法，看来是真的。

我也不知道，她没说。桑阿姨说着从包里取出一张纸条交给我。我打开纸条，上面写着：今向桑明女士借人民币十万元整。苏墨。

我们分了手，桑阿姨笑眯眯地走了。约莫已经走出她的视线，我又茫然地站住，呆了一两分钟。我终究想不起家里最近有什么大项花销，而且，妈妈为什么不跟我说呢？我有钱的呀。

我已经感觉不到自己在走路了，一会儿就"漂"到了报社办公楼。我进了电梯，凭着惯性随手按了一个数字，电梯开始上升。电梯停了，门开了，却没有人下。我正纳闷，忽然发现电梯里的两个人都在看我，我猛然意识到该下的人是我，赶紧不好意思地跨出来。

到了办公室，我没有按照惯例先泡咖啡，而是迫不及待地给小胭打微信语音。我问她知不知道妈妈借钱的事，她快快地说，不知道。听起来，她对此一点都不关心。我知道她在为谢君的连续加班不开心，但是，那能跟妈妈的事儿相比吗？她大概压根就没意识到这是个事儿。算了，这个不敏感的小胭，简直没什么启蒙的价值了，说下去只会让我自己更累。

谢君在公安局做网警，加班已经成为惯性甚至肌肉记忆，尤其今年，"净网2019"加建国七十周年大庆，公安大概是最忙的一年了。谢君多久都见不到人影儿，有时跟小胭约好见面又会临时爽约，小胭为此没少跟他怄气。电信诈骗、敲诈勒索、盗刷信用卡、非法讨债、恶意注册账号，等等，所有这些违法犯罪，在源头上都是从侵犯个人信息开始的，所以，公安部部署的"净网"专项行动的重要性，我们（包括小胭）都很能理解，可是，作为局外人，自身生活受到太多影响，总之是不爽的，这也可以理解。

既然你不知道，回家就不要提这事了。我不忘嘱咐她一句。她心不在焉地说，我才懒得提呢。

结束语音，我不甘心，又给她发了条文字微信：你可长点儿心吧。她回了个：呃～。

这就是小胭，让我无可奈何的小胭。

这事没那么简单，可能不仅仅是钱的问题。妈妈是轻易不会向人借钱的，不要说十万，就是十块，她都不会借的。我记得有一次她去超市忘了带钱，邻居阿姨不由分说要借给她，她坚决拒绝，宁愿回家拿一趟。

我心里有点凌乱，也有点懊恼，真希望这个早晨没有遇见桑阿姨。我甚至要迁怒于陈漱了，这个早晨的不平常，不就是从他的手机来电开始的吗？

2

一上午不在状态，快十一点时，陈漱发微信，叫我中午回去吃饭。只要陈漱三四节没课，中午就会自己做饭，而作为大学老师，他有课的日子并不多，这样，我便经常有现成的午饭吃了。我本来还想拿一把的，但想到借条的事，便答应回去吃饭。

我是打滴滴回的，懒得找钥匙，准备直接敲门。手还没敲上去，门已经开了，陈漱好像一直在门后等着给我开门似的。一听脚步就是你，鱼正好出锅，他说。

我第一个反应是——他身上有炒菜的味道。明明知道每一个炒菜的人身上都会有味道，包括爸爸，包括偶尔下厨的妈妈，可我还是对陈漱身上炒菜的味道格外敏感。

西芹百合，清蒸鲈鱼，都是我爱吃的菜。陈漱把鲈鱼下巴上的肉剔下来，蘸了豉汁夹给我，满足地看着我吃。我问，你怎么不吃？陈漱说，有件事想跟你说，学校对博士后又出台了新政策，已婚的待遇更优厚。陈漱既是"青椒"，又在本校做博士后。我停止咀嚼。

我们已经恋爱多年，没有任何分手的迹象，但要说结婚，好像也不迫切。甚至，单是结婚这个词，都使我立马感觉到了房子的缩小，以及四壁的挤压。我说，为了一点待遇结婚，好像也没必要吧？

陈漱说，我都三十二岁了，你也二十九岁了。我说，二十九岁怎么了？你嫌我老吗？我可没觉得自己贬值。我说的是真话，可能因为妈妈这个榜样的力量，我和小胭都没有年龄焦虑感，而且，我们都不恨嫁。

主观上，我是想跟你结婚的，可是，结婚大概需要……义无反顾的勇气，还有热情，我好像还没……准备好呢。我说。顿了一顿，又加了一句，我不能欺骗你。

我知道了，你这是主观的客观表达。

也许是客观的主观表达呢？我说。

陈漱不说话了，专心吃饭。我们两人之间出现了最怕的那种"突然安静"，我真切体会到了什么叫"连呼吸都是错的"。咀嚼声变得突兀而难以忽视。一碗饭吃完，陈漱放下饭碗，看着我说，那你说，为了什么结婚才算有必要呢？然后，不等我回答，他就到厨房洗碗去了。

我确实没法回答，诚实地说，我不知道。在一起七八年了，早已对彼此拿掉恋爱滤镜，对自己也拿掉偶像包袱，相处越来越轻松。可是，我一点没觉得这有什么好，有时甚至怀疑，我们是不是太松弛了？有点大大小小的别扭，时不时作个妖，或许还有一点张力吧？我偶尔会怀念恋爱初时那种端着的累，以及小打小闹的冷战热战，觉得那才是一种小情小趣的恋爱味道。如果结婚只是顺势，毫无冲昏头脑的幸福感，这一步就跨得意兴阑珊了。要不要结婚？这看似是一个问题，实际叠加了很多问题，我也不知道自己被什么困住了。

我在陈漱面前什么都可以肆无忌惮，但这件事另当别论，所以，我看见他的脸色那么重。或许，他以为我在为早上的电话跟他怄气吧？我倒觉得，我要是现在还有那个心情就好了。

我跟过去，倚着厨房门框，伴随洗碗池哗哗的水声，说了妈妈借钱的事，说了我心里很乱。

陈漱只是听着，直到洗完碗，才拧着洗碗布说，怎么见得是妈妈瞒着你们借的呢？我说，我有一种直觉，而且，小胭也不知道这事……我现在很犹豫，这个借条怎么办？陈漱说，桑阿姨不是让你交给妈妈吗？我说，你觉得，我可以对妈妈这么唐突吗？万一这是不方便说破的事呢？

是的，人们只说至贱无敌，其实，至尊也无敌，我对妈妈是绝对不敢有半点唐突的。

陈漱甩着手上的水说，我看不会有什么，如果需要保密的话，她就会特地嘱咐桑阿姨了。

那不是越描越黑吗？妈妈才不会犯这么低级的错误呢。

那你就不要管了，既然妈妈不想让你们知道，就一定能自己处理好，你就当那张借条不存在。

可是，它明明存在呀！这事……有点蹊跷。

博士后公寓的厨房不算大，我们的消毒柜在客厅里，陈漱顺手把洗好的碗递给我。通常，往消毒柜摆放碗筷是我的事，因为我有整齐强迫症，特别适合做这种事。我们已经重复过无数次这样的动作，可是这次，就像杂技表演者偶尔也会失手一样，我没接住。我们到日本旅行时买的美浓烧，就这样滑落到地砖上。响声很清脆，不愧是美浓烧。

我觉得自己情绪要崩了。陈漱赶紧拥住我，往卧室推，他说，我来打扫，你只管躺下休息。

陈漱收拾完到床上躺下时，我还没睡着。不可能睡着。

陈漱说，你要容许别人有自己的隐私，即便她是你的妈妈。

你怎么知道这是隐私呢？我翻身问。

你的意思不就是这样吗？陈漱反问。

我不合时宜地想起了早上那个女生的电话，简直怀疑他是在为自己辩护了。我再次翻过身去背对着他，不让他看见我的表情，闷闷地说，也许你需要葆有隐私，我妈妈都这个年纪了，还能有什么隐私呢？

那你就更不需要纠结了。他说。

可是我做不到。我又翻过身说。家里的钱都是妈妈在管，我觉得这可能不只是十万块钱的事儿，也许只是差了十万。再说，你想想看，妈妈那样的人，会轻易向人借钱吗？

也是啊。陈漱若有所思地说。他终于从结婚话题的不快中走出来，意识到我的问题的严肃性。

那你晚上回家去吧，看看有没有机会了解一下情况。他说。

今天是周五，我当然要回家住。

我送你。他说。我这才想起自己的电驴，马上翻身下床从包里找到钥匙交给他，并告诉他车停的位置。

我一分钟都没有眯过去，心里复盘了一下，车坏——步行——买花——花粉过敏——喷嚏——桑阿姨看见我，这环环相扣一气呵成的一切，在向我预示什么？我是不是揭开了一个黑盒子的盖子？可是，我宁愿马上再把它盖起来。我的直觉很不好。

不要过度阐释，就是几个碗打碎了而已。我去上班时陈漱看着我的脸色说。他在故意避重就轻，我知道他是好意。

3

我晚上回到家时快九点了，老爸梅东方正半躺半坐在沙发上看电视，手里撸着梅小粉。梅小粉是我家的猫，也是女生，名字是我和小胭取的，既然我俩是胭脂，它可不就得是粉吗？我老爸那叫一个松弛，一条大胖腿搁在沙发上，皮沙发宽大的一角似乎都盛不下他的大肚腩。爸爸的肚子实在太圆了，把梅小粉放上去怕是都会滚下来，所以，它很明智地窝在他的胸口，爸爸的大肚腩正好给它做了个稳稳的地台。

我问，妈不在家吗？爸爸说，你怎么知道？我笑了笑，瞥了一眼他松弛的弥勒佛身体。他心领神会，把沙发上的腿放下来，坐直一点儿说，送冉紫去了。

冉紫是我的表姐，我姑姑家的女儿，ego强大，人酷话少，唯独跟我妈无话不谈。

爸爸放下手里把玩的核桃，开始帮我削苹果。爸爸玩核桃，包浆可快了，他那样的大肉手大油脸，什么样的核桃盘不亮？结果自然是好的，只是，要努力忽略过程中核桃在他脸上揉来揉去的观感。盘核桃没有捷径，爸爸总是说。可小胭不服，有一次偷偷把爸爸的核桃泡进核桃油里，指望忽然一天给爸爸一个惊喜，结果，那核桃油没加抗氧化剂，一过夏天，就有股哈喇味，一对核桃毁了。爸爸从此盘得更加理直气壮。

我回屋换下衣服，接过爸爸削好的苹果说，冉紫来了？我怎么刚才没看见她？

走的不是一条道吧。爸爸说完，回头看看钟，又说，也有一会儿了，怎么还不回来？有什么话要讲这么久？

我把苹果咬出苹果手机 logo 的模样，突然想到这是一个好机会，赶紧咽下苹果问，爸，咱家最近有没有买什么大东西？

买大东西你不就看见了吗？爸爸喝了一大口茶说。爸爸喜欢大口喝茶，还要发出大大的"哈"的尾音，据他说这样才能品出滋味儿。

我身体不由得前倾了一下，又问，那，您的工资平时都放在哪？

交给你妈呀，不一直是这样吗？

我略略皱眉说，爸爸，我看您以后对自己的事最好上心一点儿，不要整天这么优哉游哉的。

几乎没等我说完，妈妈就回来了。

我妈算不上绝色美女，但你很容易把她从人堆里挑出来。就说最简单的一点儿吧，她是那种即便在自己家里，也会像芭蕾舞演员一样脖颈挺挺的女人。她真不是硬拗造型，美的保持是一种写进肌肉和骨骼的惯性。很少有人注意脖子，其实脖子是审美的一个关键点，脖子美就会带动下巴和双肩都美，一个人的美基本就有保障了。对于女人来说，来自脖颈的美是最见气质的，像高雅艺术。凭我的直觉，卓尔不群的卓尔，风姿绰约的绰约，最典型就是体现在脖颈上。妈妈就连职业，都具有高高在上的审美范儿——外事部门法语翻译。她工作到六十岁，去年刚退休，今年又被服装外企请去做时尚文字翻译，但属于弹性工作制，不用坐班。我常常感觉不到妈妈是退休的人，因为"老"在她这里仿佛不存在似的。忘记了"老"的人，"老"也会把她忘记的。她曾经说过，刘晓庆那种不服老的努力，简直比"老"本身都可怕。是的，女人能堂而皇之地变老，反而让人不觉其老了，捉襟见肘的努力才真正凸显出"老"的寒碜不堪。在这点上，我和妈妈高度一致，小胭则根本不会去在乎什么老不老的问题。

想什么来什么，妈妈居然"迎合"我似的，"主动"说，昨天，我到谢君家去了。

正中下怀了。我心里立马绷紧，表面上却更加大力地啃着苹果，装作漫不经心地问，哦，去找桑阿姨了，干吗？

她说，商量谢君和小胭的婚事。她看起来很自然，但我越发怀疑是故作。反正，我现在怎么看她都不会觉得自然的，这就是疑邻窃斧的原理。

她怎么说？爸爸问。他早已经坐直了，从妈妈进门时起。

妈妈说，她是希望今年结婚……

爸爸说，我看可以，他们都不小了。

妈妈说，是不小了，虽然谢君比小胭小几个月，反正也都二十九岁了。

刚说到这里，小胭回来了。

一个最怕跟别人重复的人，偏偏在世界上有一个自己的复制品，这是不是很不爽的一件事情？其实，根本没那回事儿。很多人以为双胞胎姐妹连生理期都是一致的，实在是一个荒谬的误解。

小胭跟我虽是同卵双胞胎姐妹，但几乎没有人会把我们认错。小胭比我圆了一圈，圆脸圆眼，眼睛却显得比我大，我想是她总爱热情好奇地睁大眼睛的缘故。反正，有人说她像演员杨紫，但没人说我像。就连体质，我俩都大不一样，同样喝冰椰汁，我喝下去肚子就会兴风作浪，她喝下去肚子则是沉默如谜。重要的是，我们硬件虽然大致相同，软件却是大不同。这也算一种米养百种人吧。比如，她几乎从来不穿高跟鞋，而我几乎从来不穿平跟鞋；她几乎从来不留长发，而我几乎从来不留短发；她几乎从来不穿裙子，而我几乎从来不穿裤子。小胭虽然比我大六分钟而先天成为姐姐，后天却更像我的妹妹。看来，一切先天问题都是有望后天解决的。这主要不是由于我的缘故，而是由于小胭。她实在太像妹妹了，我就只能像了姐姐。我比小胭心事重一点，但并不说明我是个心重的人，而是她太轻了，心里什么都不装，轻得好像随时会扶摇直上似的。小胭也不是爱撒娇的那种女孩，她是什么都不在乎，小糊涂神一个。小胭也不矫情，矫情必须是自觉的，自觉到了还是要作，才叫矫情，小胭根本就是浑然不觉，所以不能叫矫情。大概她更多地遗传了爸爸，而我更多地遗传了妈妈——这样说并不意味着我有多么淑女，要修炼成妈妈那样的女人，绝非易事，但比小胭淑女是很容易的事。我曾经打趣小胭，你怎么像韩复榘、张宗昌之流的女儿。她听了哈哈大笑，直冲我眨眼睛，我一回头，爸爸正一脸不受用地站在我身后……

小胭一进门，我们就看出她脸色不咋的。爸爸故意逗她，哟，狗尾巴花回来了！我们小时候，有次在家说几月出生代表什么花，爸爸明明已经说了我是四月蔷薇花，小胭还毫不拐弯地追问，那我是什么花？爸爸说，你是狗尾巴花。从此，她就有了一个狗尾巴花的诨名。

小胭却不搭腔，把钥匙往鞋柜上扔得很用力，脚上的老爹鞋狠狠蹬掉。

咱家要有喜喽，正在说你结婚的事儿呢。我故意不太正经地说。妈妈瞥了我一眼，我知道问题出在"有喜"这俩字上，但我装作没看见。

却听小胭斩钉截铁地说，跟谁结婚？谢君？不可能！

我们三个人齐齐侧目小胭。还是由我发问，怎么了？

不——想——说！

小胭就是这么干脆。不过，小胭是藏不住事儿的人，憋她几分钟，她就会说的。但我不想让爸妈太着急，就哄她说，说说嘛，谢君这家伙，又怎么气着你了？

哼，气死了！刚才在酒吧，碰上两个小流氓搭讪，非要跟我喝酒。

我插嘴说，那就喝呗，有什么大不了的。

不是，你不知道他们的目光，简直能把我弄脏，严重冒犯啊，那种用目光猥亵的叫什么来着？

视奸。我赶紧递话说。

对，就是视奸！当时我心里想着，哼，我男朋友可是公安的，你们死定了！结果，你们猜怎么着？

我们都不猜，小胭也等不及我们猜，就说，谢君只是让我快走，什么都没做！他算什么警察，警察就是这样的吗？还不如一个陌生人呢，人家过来帮我出头了。小胭说着把包丢到茶几上，坐到爸爸身边去。

小胭是基本实现了情绪自由的人，任情任性，不管不顾，几乎是凭条件反射活着。

爸爸正色警告小胭：你怎么说谢君我不管，那是你们小情侣之间的事儿，你这么说人民警察，我可不答应！

妈妈拿起小胭的包，用抽纸吸干包底的水渍，顺手又去擦茶几上的水印，边擦边说，他是搞计算机的呀。

我附和说，就是嘛，谢君是网警，你怎么能指望他身怀绝技功夫超群呢？

谢君大学学的是计算机，是一枚颇有天赋的IT男，大学毕业后本来在一家跨境电商公司做系统维护工作，收入高，加班少，生活一派岁月静好，小胭也很满意。可是，谢叔叔突然因公牺牲，改变了这一切。当时组织上提出，可以照顾谢君进入公安系统工作，谢君没说什么，我们都没当回事。谁也不曾想到，谢君已经动了心。但他不愿接受组织的照顾，而是之后通过面向社会的招警考试即通常所谓的"社招"进入了警察行列，成为一名网警。这件事得到了桑阿姨和爸爸的支持，就连我都表示支持，仿佛是一种正义的证明。我们好像都"忘记"了问小胭的意思，压根没人觉得有这个必要。

从小我对谢叔叔是既爱又怕，他可能有着很重的警察情结，所以会不自觉地把自己当作正义的化身，自然挂相，眼睛里都是那种气质，令人感到威慑。相比之下，谢君要平和得多，不会印证普通人对于警察的刻板印象。用谢叔叔的眼光来看，这个儿子或许不符合一个优秀警察的形象吧？但事实是，谢君在同年入警的那一拨中业务是最棒的，凭借过硬的专业技术和敏锐的侦查能力，在技能赛和大比武中成绩突出，已经受过两次表彰。

爸爸说，那两个臭小子只是挑衅，没有做出什么实质性的冒犯，谢君要是亮出警察身份，反而给他们抓住警察以势压人的把柄，大做文章，影响舆论，你觉得那好吗？明智的做法就是赶快走掉！

妈妈说，对呀，现在是网络时代……

爸爸又抢过去说，不像上个世纪，警察亮出身份，身份的威慑力可能就会把坏人吓跑……

小胭不服地嚷道，你们怎么跟谢君说得一模一样，是他教你们的吗？

这还用教吗？这是常识。假如他们真正冒犯到你，谢君肯定会以警察身份制止的。爸爸说。

那也不至于尿成这样！我找了一个警察，没有体会到什么安全感，更不用说威风，只体会到男朋友永远在加班的不爽了！

小胭说完，大喝一声，梅老三！就把小粉从爸爸身上揪了过来。梅老三是小胭给小粉取的诨名，至于她何时会这样叫它，就看她的心情了，太好太坏时都有可能。她使劲胡噜着小粉的毛，小粉喵一声抽身逃跑了，尾巴高高竖起，耳朵往后耷着——那是小粉生气的标志。妈妈责备地看着小胭，又心疼地去抱过小粉安抚。

爸爸说，现在形势不同了，越是公安的，在外面越是要小心，难不成，你乐意让他亮出身份，给人捅到网上去乱说一气吗？

爸爸不愧曾是国企的宣传部长，懂得分析形势，善于上纲上线，虽然已经退了，说话站位仍比我们高出不少。

小胭说，爸，您说话能不能不这么爹味儿呀！

爸爸理直气壮地回应：我是你爹，我不就该爹味儿吗？

小胭从没给撑得如此哑口无言过，翻白眼也是白翻。我低头捂嘴偷笑，眼角瞥见妈妈也在忍不住笑。

爸爸乘胜追击道，谢叔叔已经没了，谢君的婚事现在是你桑阿姨最大的心事……

小胭打断爸爸说，反正，结婚免谈了，我和他，已经熄了。她还浮夸地配上了一个抓头的动作，仿佛要把烦恼从短发里抓走似的，可惜她的头发太短，实在不像烦恼丝，所以动作效果一般。

爸爸还想说什么，妈妈给了他一个眼神，他接住，闭了口，继续把注意力转移到"央视八黄"的电视剧上去了。这是他每天雷打不动的晚间项目。家里电视机晚上基本是被爸爸霸屏的，其他人顶多瞟上两眼，都不知道演的是什么。

我也知道，这时候跟小胭说什么都是白搭。她喜欢跟我们对着干，我们拥护的，她必定反对。所以，我们都是顺毛摸，以免这头小驴硬努着一股劲儿，适得其反欲速不达。

可是，真的没人说什么，小胭也会感到不爽，她抓起沙发上的包进了房间。

妈妈在她身后摇摇头，对我说，桑阿姨刚刚还跟我催婚……

提到桑阿姨，我又想起那张借条。我探究地看着妈妈的脸。她属于那种白皙到苍白的皮肤，淡青的血管几乎隐约可见。她的脸皮实在太薄了！我心里翻腾着，终究什么也没说。但是，那张借条已经在我和她之间竖起一面透明的玻璃。对于自己的母亲，我现在变得不仅仅是敏感，简直是警觉了。

我倒希望自己有勇气直不楞登地说出来，换作小胭，可能就是这么简单的。我是有话会踟蹰当讲不当讲的人，小胭则是不假思索照直说。这事要是小胭碰上该多好。我有时候真的羡慕小胭：只要你不尴尬，尴尬的就是别人；任你目光如刀，反正我看不见；就算我看见了，也可以当没看见。——这是硬功夫。

可是，万一桑阿姨告诉妈妈已经把借条交给我了呢？尴尬的不就是我了吗？没关系，我已经想好预案，假如妈妈问起，我就说忘了，到那时，正好可以看看她什么反应，听听她如何解释。怕的就是，妈妈知道我拿了借条却不问我，而我还不知道她已经知道了。哎呀，这绕口令似的！心里存着好多弯弯绕，真是麻烦呀。

4

双休日就是睡觉日，一个拖沓的懒觉是必不可少的，我起床时已经快十点了。小胭歪在沙发上用投影仪追韩剧，昨晚的情绪风暴已经无影无踪。她向来如此，脾气来得快，去得也快。她扭头看着我，鄙夷地说了声，懒虫。

阳台上的鹦鹉妾妾听到了，马上学舌：懒虫，懒虫。

妾妾会说三套话语：你好，你坏，懒虫。

小胭瞅着我幸灾乐祸地笑，我骂道，这个死妾妾。

骂归骂，我看太阳有点烈，还是走到阳台上把遮阳的竹帘拉了下来。竹帘是妈妈为了妾妾的舒适感而添置的，上面的仕女图是妈妈设计我画的。妾妾其实是一名男生，刚来的时候一副低眉顺眼缠绵悱恻的小样儿，乖巧得像是谁家新纳的小妾，我们因此给它取名妾妾。

我问，爸妈呢？

小胭说，到超市买东西去了，明天是我们生日。

明天是我们生日？我拍着额头，居然忘了！

小胭说，谁还不是个健忘症呢。

我一边洗脸一边想，陈漱和谢君都记得吗？

我正在卫生间磨蹭，忽听小胭在外面喊，小脂，快来看，冉紫！

我跑到客厅，发现她已经停止追剧，换了一个艺术品拍卖会的网络直播。拍卖师正在念念有词地挥舞榔头，小胭不胜遗憾地说，哎呀，你来晚了，冉紫的镜头一晃过去了，坐下等着吧，一会儿还会出来的。

我说，冉紫去参加拍卖会干什么？

我怎么知道！你坐下看看不就知道了嘛。

我坐下等着，可冉紫的镜头却不出现了。我对那些古董石头之类的不感兴趣，那个拍卖师又听起来婆婆妈妈碎嘴子，着实有点讨嫌。

小胭打起了哈欠，而哈欠是会传染的，看见别人张嘴你就不由自主要张嘴。我打着哈欠正要离去，忽见拍卖师豪情万丈唾沫横飞地叫卖起来：下面这件拍品是我国著名的国画家南宫先生的一幅作品，大家知道，南宫先生由于健康缘故最近已经封笔，他的画很快会升值，而我们今天拍卖的正是他的封笔之作——《这山》。

一幅在我看来与一般山水画毫无二致的山水画全屏展示了出来，投在墙上，简直就是天衣无缝地挂在那里的一幅画，很多人家的客厅都是这样的。

拍卖师继续吆喝：大家知道，在世画家拍卖自己封笔之作的事情并不多见，机会难得，《这山》，起拍价十八万，有哪位感兴趣请举起您的号牌！

镜头一晃，小胭伸手一指叫了出来，看，冉紫！

我看见有张脸影影绰绰像是冉紫，但镜头很远，看不清晰，而且那个人戴着墨镜。镜头拉近，果然是冉紫，手里高高地举着一个号牌，号牌上赫然显示：一。

冉紫穿着"无良印品"的卡其色性冷风开衫，一副性冷淡表情坐在那里，与周遭氛围格格不入。出现在镜头中的冉紫，比平时更符合布列松电影"去表演化"的冷漠美学了。

"无良印品"是小胭第一次见到无印良品店招时脱口而出的，从此就成了我们的一个梗儿。也是一语成谶，小胭从未喜欢过无印良品的衣服，她说那纯粹是装×的性冷淡。但这种性冷风却非常适合冉紫。

我禁不住问，好奇怪，她买这么一幅画干什么？

小胭说，也许她收藏。

不可能，我从来没听说她收藏画，再说，她也没那个经济实力。我顿了一下，又问，她还戴着一副墨镜，你不觉得奇怪吗？

小胭说，玩酷呗。

我说，冉紫还需要玩酷吗？她已经是酷本身了。

你有没有觉得，冉紫姐姐的酷是一种强行性冷淡？小胭突兀地来了一句。

小胭这句话令我对她刮目相看。

5

其实一点都不酷。冉紫后来向我描述这次（也是她唯一的一次）拍卖经历时说。还酷呢，很没劲，我只想赶快离开。

她是那天最早到拍卖厅的一个，一进去就感到浑身不适。拍卖是画廊跟电视台联合举办的，拍卖厅实际上是电视台的一个演播厅，没有窗户，不通风不说，还破烂不堪。她走进去时，发现舞台上的城堡造型就是涂了颜料的泡沫，颜料已经脱落得斑斑驳驳，近看脏兮兮的。那个在屏幕上看着像自由女神的王冠一样气宇轩昂、金光闪闪的顶部，其实不过是在泡沫上面贴了一层金色纸。工作人员在调试机器，手忙脚乱，好像根本一窍不通，就是在乱戳一气，话筒里不时传出令人牙根发酸的声音，无比尖厉，她被刺激得难受极了，恨不得跳起来给那人一耳光。电视台男主持人手插裤兜平淡无奇地站在旁边，嬉皮笑脸地说着什么，引得干活的人满脸油腻地笑。冉紫猜想，那一定是一个低级的玩笑。这个主持人在电视上看到可绝不是这样的。

让她感到如芒在背的还有那副墨镜，戴墨镜的目的本来是隐蔽自己，结果却欲盖弥彰，几乎每一个走进演播厅的人都会看她一眼，她感觉自己身上爬满了蚂蚁——不，毛毛虫。但她已经不能把墨镜摘下来了，那会让先前看过她的人再看一遍——谁不想知道这个神秘的女人到底是什么样的呢？

不管有多么不适，她知道自己必须在那里坐下去，直到目标出现。她已经从拍卖目录上知道她的标的物比较往后，所以，在《这山》出现以前，她一直在墨镜后面闭目养神。

养足精神就为这一刻了。

那正是我和小胭看到她举牌的一刻。

6

号牌此起彼伏，拍卖师不停地更新着数字，已经飙升到了三十多万，竞价基本上是在三十一号、二十六号和冉紫之间展开。冉紫暂时停止了举牌。三十一号罢手了，只剩下二十六号，三十九万被叫了两次时，冉紫果断地举起号牌，做了个四的手势。

四，就意味着四十万啊！冉紫疯了吗？我和小胭不相信地对视了一眼。

冉紫坐在最后一排，几乎所有人都回头看向她。观众席是阶梯状的，最后就意味着最高，她前面必定是一览无余。我想象着，她的眼前是一片眼睛。可是，她却一副四大皆空的表情。也许，太多眼睛反而使她一双都看不见了。

我有种预感，冉紫今天会不惜一切代价拿下这幅画的。虽然我看不到她的眼神，但她紧抿的嘴角让我确信这一点。

还有人出价吗？拍卖师一边喊着，一边眼睛像麻雀一样对着全场上下滴溜溜转动。终于，他哐一下落了槌，同时，语言喷薄：南官先生山水画《这山》，四十万，成交！

爸爸妈妈就在这时候提着两个超市大袋子进了门。

小胭迫不及待地跳起来报告，爸、妈，告诉你们，冉紫姐姐上拍卖直播了！可惜，你们回来晚了一步，没看到。

她拍卖什么？她的首饰？爸爸一面换下他的皮底圆口老头乐布鞋一面问。妈妈则没有任何表情，她本来就是一个表情很少的人。

她不是拍卖的，是买，她买了一幅画，四十万哪！

简直胡闹！爸爸这次的口吻越发像《我爱我家》中的老傅同志了。妈妈正在低头换鞋子，听到这话，低着头看了爸爸一眼——是的，她就是那样看的，也许说眼睛往爸爸的方向转动了一下更确切，并不是为了看见他，只是出于某种表示。

爸爸过了五十岁之后，只要不上班的时间就爱穿老头乐，穿脱方便，走路舒服。他的老头乐都是桑阿姨买来的，妈妈是不会为他买这种鞋子的，他自己则从来不会为自己买衣买鞋。爸爸先进门的，鞋子又好换，已经换好进来了。妈妈还没解完皮鞋带。小胭把两个超市袋子拎进了厨房。

妈妈换好鞋，把自己和爸爸的鞋子都放进鞋柜，抬起头走进客厅。我这才看见她整个的表情——其实还是面无表情。从进门到现在，她一直是低着头的。我不禁心生疑惑，这是不是刻意的？

爸爸已经在沙发上坐下了，一边拿起茶壶一边问妈妈，她昨晚来找你就是为这事吗？

妈妈语气平平地说，不是，她是来看望舅舅的，不是专门来找我。

我望着妈妈走进厨房的背影，更清晰地感觉到一种陌生。

爸爸依然用老傅同志特有的口吻说，这孩子，越来越不像话了，我得跟她谈谈。

作为舅舅，爸爸从来没有忘记自己对冉紫的责任，虽然冉紫一直跟舅妈更亲近。这个三十四岁还不结婚也不谈恋爱的外甥女，简直是爸爸的一块心病，如果他还有所谓心病的话。

八年前，冉紫的父母也就是我的姑父姑姑一同去世之后，她就跟谈得好好的男朋友分了手，从外地搬到了成都，开始独居生活。她不再剪头发，也不再交男朋友，甚至连普通朋友也不交，基本处于自闭状态。爸爸曾经想打破她的沉寂，不顾我家三个女人的反对，硬把妾妾送去陪冉紫，结果，妾妾差点忧郁死，没几天就不会说话了，又赶快给送回来，过了好久才康复。冉紫身上沉淀的某种独身女性特有的过于清醒的气息，总是使我产生一些说不清的神秘鬼魅的联想，以及夜凉如水、霜重色浓之类的，所以不太愿意接近她。小胭更是如此。大概，她唯一的朋友就是我的妈妈苏墨了。

7

当天下午，我去找了冉紫。她并没欢迎我去，是我自己硬要去的。冉紫在人际关系中相当冷感，满脸都写着：生人勿近，俗人勿扰！而且，对她来说，这世界上没几个不是生人和俗人的。所以，以往见她，我都要事先做上半个小时的心理建设。这一次除外。

我先微信联系她。冉紫微信聊天总是打字最少的那个人，说话同样惜字如金。她说她的工作室很忙。我把这理解为一种托词，便毫不退让地说，不要紧，我看着你忙。我有一种紧迫感，要快点看到那幅画，因为直觉告诉我：晚了也许就看不到了。

冉紫是一个首饰设计师，拥有自己的工作室，就叫紫。我到了"紫"工作室，发现她确实在忙。也许是我多心了？

是她的小助理开的门，她正站在工作台前加工一个银件。一进门，她的衣服先声夺人吸引了我。那是一件扎染细棉的贯头衣，在布中央挖洞套头过去，腋下缝起，腰间一束，是最原始的极简主义设计，可是穿在她身上实在太好看了，反而有一股现代的味道。扎染布中间的花朵就像一个莲花宝座，正好把她的头部托起，她就像盛开在月光里的一朵白莲了。我佩服艺术家的审美眼光，同时也知道，这件衣服只有她这种清冷的气质可以驾驭。

我想起她说的：找到适合自己的穿衣风格，差不多就等于找到了自我。从前她不是这样的，也曾经为了美不辞辛苦，是第一批穿上火箭一样的尖头皮鞋的女孩之一，据她说，上台阶的时候脚必须侧着走，不然尖长多余的鞋头先把台阶占满了，真正盛着脚的那一部分反而上不去了。

见我进来，她停下手中的袖珍焊枪招呼道，来欣赏一下，我为你和小胭设计的胸针。

我把那个银件放在手里端详着，问她，这是匹马吗？本来挺英俊的，怎么头上多了只角？又像个怪物了。她说，独角兽，就是有这个螺旋角才叫独角兽呀，难道你没看过《哈利·波特》？我说，我没全看过，印象不深，小胭看全了。她说，不过，我确实不是照着《哈利·波特》里的样子设计的，这是我独有的造型，独角兽既然只是传说中的，我当然可以大胆放飞想象，是不是？

为什么想到做独角兽？我问。

她说，东方有龙，西方有独角兽，独角兽在西方寓意很多，美好、善良、高贵、纯洁……总之，都是很好的寓意，有些国家还把它当作吉祥物呢。

我说，估计小胭会很喜欢。

她说，什么人啊，难道你不喜欢？

什么人啊——难得冉紫会用这么亲昵的语气跟我说话。我莞尔，小心地抚摸着那只角说，我无所谓，也算喜欢吧，我喜欢它的神秘。

冉紫今天好像有种故意的不庄重，为什么？干脆，单刀直入吧！我很快地说，其实，我不是不喜欢，是顾不上喜欢。我牢牢地盯住她的眼睛，问，你上午为什么要拍那幅画？

喜欢呗。她恢复了惯常的一脸冷然。冉紫是"寒性体质"，遍体生寒，又没有弱柳扶风的味儿，就成了硬核冰雕。她幸好赶上了这个审美多元的时代，厌世脸和"性冷风"都属于高级美。

但是，冉紫手上的动作还是没有配合好她，一瓶我不认识的干花一下子给她碰倒了，香气弥漫开来，草籽在台子上跳舞。

我毫不放松地追问，它有什么特别吗？

她一副不准备回答的表情。我试图通过她的眼睛看到她的心里去，但她回避了我，由于嘴唇抿得太紧，瓜子脸都快变成方形了。她就有这本事，能够瞬间拉开与你的距离，仿佛用魔棒给自己构造了一个无形的框，把你挡在框外，你毫无办法。

我把自己的情绪往回收了收，换了恳求的口吻说，我知道你一向守口如瓶，但是这次，你一定要告诉我。

你为什么一定要知道呢？这和你没有关系。冉紫冷冷地说。

我觉得有关系。我说着拿出那张借条，展开放在她面前的工作台上。她有点惊讶，但并不慌乱。

我说，拜托你告诉我，是不是我妈妈委托你买的？你昨晚到我家去，是不是就为这事？

她说，不是，我只能告诉你，钱是我托她帮我借的。

那么，告诉我，你为什么要买这幅画？我想不出你有什么理由要买！

这有必要告诉你吗？冉紫生硬地回击。正常情况下，她就是这么生硬的，而且从不顾虑生硬带来的尴尬，此刻的她，只不过恢复了常态而已。我再也无话可说。

幸好小助理及时地在会客厅喊了一句，茶泡好了。

我和冉紫走过去喝茶。冉紫工作室的大花形布艺沙发是我最喜欢的，也是她这里最亲切的东西，但我今天坐上去感觉不那么安妥了。

难堪终于在喝茶闲聊中慢慢消散了。过了一会儿，我试探着说，能给我看看那幅画吗？

已经放到银行的保险柜里了。她说。

我知道冉紫做首饰需要存一些金银，因此在银行租了保险柜。再也无法从她这里挖掘到什么了，尽管她格外冷傲的拒绝越发坐实了我的猜测。冉紫果然是最适合做树洞的人。

我终于还是忍不住叮嘱，那……这事，就不要告诉我妈妈了……

冉紫变了脸，定定地看着我说，你要是不相信我，就不要来跟我说这些；既然你说了，就不要把保密的责任推给我，我可不敢保证。

我知道可能会引起这样的反应。我也一向讨厌别人这样叮嘱自己，有伤自尊。但我这次实在不能免俗，冒险或明知多余也要说出来。脸上和心里的局促使我身体不自觉地在布艺沙发上动了动，努力想找到一个舒服的姿势，屁股下面那朵硕大的马蹄莲一定被我揉皱了。

冉紫终于有点不忍，斜了我一眼说，你还不了解我吗？这也要嘱咐？

这种嗔怪反而使我好受一点，我借坡下驴，拖腔拖调地说，谢谢冉小姐不再发威啦！说完举茶敬她，她也假装举案齐眉来回敬。

下一步，只能是去了解南宫的资料了。我回家上网搜索了一下，只看到他的简历、艺术风格和个人成就等，私人生活部分语焉不详，连八卦信息都搜不到。或许因为他有点老了，名气又没有大到路人皆知的份上。我给陈漱发了微信，请他去图书馆查找旧美术杂志，包括上世纪比较古早的那种。但愿高校图书馆还会有电子扫描文库可供检索。

我在深夜久久地盯着电脑屏幕上南宫的照片，试图从他身上索解到什么。他脸庞清癯，目光执着，白发整洁地向后梳，颇具古典儒雅的气质，同时又不乏风流倜傥，很像老演员蓝天野。我自虐般地想到，从形象到气质，他跟妈妈倒是很般配。当然，跟冉紫也很般配，只是年龄差距大了些。我希望自己纯粹是瞎想，但又走火入魔地忍不住去想，虽然我现在连那幅画的买主究竟是谁都搞不清。

8

十点半醒来，首先意识到，今天是我和小胭的生日。不过，一个怀揣心事的人，是没有心情过生日的。小胭一早就出去了，我蒙蒙眬眬从关门声就知道，家里只有她是习惯把门摔上的。我躺着胡思乱想，十一点才起床。妈妈正要出门，我从她的长筒丝袜判断，不是去采买什么。我问，爸呢？她不说话，我以为是没听见，又问了一遍，爸呢？她说，到菜市场去了。我说，昨天不是买好了吗？她还是不说话，我好生奇怪，不再怀疑她是没听见了。有一种莫名的心理产生了，我的问题有没有答案并不重要，可是，她越是不跟我说话，我越想让她说话。我说，妈妈，我问您呢，昨天不是已经买好了吗？她说，还有鲜鸡活鱼要今天现买。

妈妈怎么没有一起去呢？我又说。妈妈说，他一个人就可以了。我鬼使神差地见不得妈妈沉默，就想让她多说话，又没话找话地加了一句，您放心爸爸一个人买吗？她简短回答，他比我会买。这倒是的，如同陈漱了解所有的哲学流派，爸爸知道所有鸡鸭鱼肉菜蛋的种类，熟稔牛身上各个部位的名称以及做法。

妈妈示意我早饭在锅里，就换好小高跟鞋出了门。鞋跟几乎可以视为女人的人格画像，判断一个女人的内在状态是紧致还是松弛，看她的鞋跟是平跟还是高跟、坡跟还是细跟就可以了。妈妈喜欢三四公分的小高跟皮鞋，她几乎没穿过旅游鞋，更不用说小胭喜欢的那种老爹鞋了。记得我们全家去郊游时，妈妈的小高跟一不小心就会卡在木栈道的板缝里，但即便如此，她下次还是不会穿旅游鞋。

我走到阳台，透过玻璃等待妈妈在视野中出现。

我看见她了，一步一步往前走，每一步都一丝不苟，发髻简洁优雅，脖颈还是那么挺直，垂感很好的白色真丝连衣裙加黑色小西服，一丝皱褶都没有。这是妈妈的经典打扮。她从没穿过牛仔裤，穿没有裤线的裤子也是近几年的事，她也不穿棉麻。但她会穿香云纱，很少有人会把香云纱穿得不老气，她是我见过的唯一的一个。

陈漱很敬重这个准岳母，他曾经对我说，在男朋友眼里，妈妈是我的加分项，因为，看妈妈就知道我这一生的美丽是有保障的。我对这样的恭维其实是不以为然的，但是没有表现出来。当时我只说，是啊，我妈妈这样的正楷女人，就算自杀，也是会保持仪容的。不知道陈漱能否咂摸出我话里的味儿。当我说出"正楷女人"这几个字时，实际上是想到了渡边淳一《失乐园》中的凛子，那是一个擅写楷书、本身也像楷书一样精致得体的女人。原本，我对于《失乐园》中男女主人公的极致爱欲并不反感，甚至还有点赞赏，可是，一旦把妈妈跟凛子相连，我就别是一番滋味在心头了。

我怎么看都觉得妈妈过于精致了，尤其跟爸爸相比。从小我就以妈妈为骄傲，从幼儿园到小学，我都希望妈妈去接我们，妈妈在簇拥的家长中间总有鹤立鸡群的感觉。小胭则是看到爸爸去接更高兴，因为爸爸确实是个更有乐子的人。我也爱爸爸，但妈妈更使我引以为傲。可是这两天发生的事，使我对妈妈的感觉改变了，甚至连带对爸爸的感觉都不一样了。

我强烈怀疑，妈妈是找冉紫去了。我心里瞬间划过"我也要去"的念头，但只是瞬间划过而已。不管有多大的疑虑，我都不能去盯妈妈的梢，这是底线。何况，她们不定约在哪里见面呢。好在我相信，冉紫是不会向妈妈出卖我的，正如她也不会向我出卖妈妈，她的人格和自尊不允许她那么做。

我给陈漱发微信，他说正在图书馆帮我查资料。谢天谢地，他记得今天是我生日。他说下午会早点过来，带着资料。

聊完微信，我又开始焦虑生日礼物的问题了。男人送女人的礼物，是一种很有意味的形式，检验的是他懂不懂得她。很遗憾，陈漱几乎没有一次给我买对过礼物。我并非在意礼物本身，而是有着更深层次的担心：那么，这个人，是不是对的人？我知道陈漱很爱我，也许没有人比他更爱，但木牛流马一般的爱，总是使我觉得缺少点什么。尤其今天，我特别渴望一件可心可意的生日礼物，来提亮一下自己的心情。

陈漱和我有点类似于师生恋，我们开始恋爱时，陈漱刚刚硕士毕业留校，我正在读大三。但是陈漱没有教过我，我们是在图书馆认识的。当时我正伸手从书架上抽一本很厚的书，它却不翼而飞了，从那本书留下的空隙里，我看见了陈漱，陈漱也看见了我。书架是双边开放的，有两列书，但陈漱那边的很多书已经被取空，他也不知道自己为什么要越界来取这本书。奇怪的是，过后我们两个人都不记得那是一本什么书了，因为当时我们眼里只剩下彼此。我们每天在图书馆阅书无数，那只不过是其中的一本，谁会特别记得它的名字呢？当我们意识到那本书意义非凡再回头来找时，却连在哪一个书架都不确定了，所有的书架看起来都差不多，上面的书也被循环借还变动不居，真的很难确定是哪一本。

爸爸买菜回来了，芹菜从袋子里支棱出来，一看就很新鲜。他到厨房去放好菜就出来喝茶，还招呼我说，凤凰单枞，有劲儿，今天要吃大鱼大肉的，来，喝点刮刮油。

我说，我还没吃早饭呢，哪有油刮？

他说，先让茶水进肚里等着，油水一会儿就来了，我喝完茶就去做菜。

我不能不笑了。我的爸爸，他就是这么爱逗乐的一个老男人，我和小胭都跟他更亲。跟陈漱一样，爸爸还是一个爱做饭的男人，仿佛厨房就是他们的乐园。

我喝着茶，吃着从锅里拿出来的流沙包，问爸爸，妈妈最近是不是经常出去？

最近？是不是经常？我不清楚，我们每天不都在进进出出嘛。他说。

我哭笑不得，抿着嘴角的流沙馅说，那您清楚什么呢？

我呀，除了不清楚的都清楚。

我一口流沙包噎在喉咙口，端着茶杯就起身到阳台去了。他冲着阳台的方向说，小脂，少吃点吧，我一会儿就炒菜。我回嘴说，我本来就没吃多少好吧？我心里其实还嘀咕了一句，有您这样不看眉眼的老爸，我还能有多好的胃口呢？

十二点半左右，妈妈回来了。我留意到，她手里多了个很大的纸袋子，是大品牌服饰的精美的横款购物袋，看起来很瘪的样子。我努力在心里搜索着，昨天有没有在冉紫工作室看到过一个这样的袋子？好像没有。但我仍然对自己做出了一个解释：那么大的卷轴画，可不就需要一个这么大的购物袋吗？放在袋子里可不就是很瘪吗？

心里有鬼，见到妈妈总是不自然，为了掩饰，我伸手去逗姜姜。我至少算是皮笑肉不笑的吧？可是姜姜说，你坏，你坏。这个小混蛋，太会看人脸色了。

爸爸冲着妈妈说，回来得正好，我要做饭了，渴了吧？你先喝口茶。妈妈什么也没说，只是用眼神表示"知道了"。

爸爸挽着衬衣袖子进了厨房。他在家经常把袖子挽得老高，一副随时要去和面的样子。

我暗中观察着妈妈，总觉得她的目光是虚渺的，不知道着落点在哪里。她似乎越过家具物件一日三餐，甚至包括我们，去往了遥远的云深不知处。我是不可能探测到妈妈的极目纵深的，她是练惯了静功的人，以无言封杀一切疑问的目光。对此，我永远望尘莫及。

我们一点多吃午饭时，小胭还没回来，没人知道她到哪里去了。我微信问她，她没回复。爸爸猜测是被谢君约出去买礼物将功补过了。妈妈还是什么也没说。

我觉得没那么简单，小胭今天有点神神道道的。

9

四点多，陈漱来了。正好是我开的门，他一露脸就说，生日快乐。

我第一眼看见的是——陈漱居然扣了两粒西服扣子，整个人板得像一纸程式化公文。我伸手给他解开一粒扣子，说，西服扣子只能扣一粒，搞什么？他说，都扣上不是更庄重吗？我特地为了到你家来……我哭笑不得，一时不知如何给他启蒙。我说，你不至于吧？好歹女朋友是一个服装行业的美编呀。

陈漱怎么会出现这样的状况？不应该啊。我回忆了一下，他是极少穿西服的，而穿过的有限那么几次，几乎都是跟我在一起，或者出门前由我打理的，所以，陈漱原来是尚未独立穿过西服的男人呀。服饰审美上我不算势利，但非常重视衣品，先敬罗衣后敬人，对我来说就是先要用衣品来抓住我。可偏偏对男朋友这么重要的角色，我当初怎么忽略了衣品呢？想想真是奇怪。

陈潄尬笑着，把礼盒递上来。很重。这是多大的一个化妆品套装呀？是不是连洗发露沐浴液什么的都包含进去了？可是，盒子看着并不那么厚。什么呀？这么重！我说。《加德纳艺术史》。他回答。

他进厨房跟爸爸打招呼去了，我把礼盒放到鞋柜上，自己进了房间，泄气地坐到床上。他走进来，手里托着那个盒子，不知道该不该放下。我的脸色已经说明了一切。我从梳妆台镜子里看见，自己嘴巴噘得老高，我下意识地收回嘴唇，却又变成了紧抿。大概身体语言也是有暗示作用的，看见自己无法放松和自然的嘴部动作，我立马感觉到委屈和不满加重了。他有点窘迫地说，最新版的，我以为你会喜欢呢。我说，我没有不喜欢，但，不是作为生日礼物的喜欢。是的，我跟他提到过《加德纳艺术史》，如果他在别的时候送给我，我会很开心的。但生日不一样，尤其是女孩子的生日，礼物要体现出宠爱宠溺，或者骑士对贵妇那般钟情，总之，要让她体会到身为女性特有的荣幸和满足。而一本书再好，也激发不出我要的那种欢喜和兴奋，它太缺乏女性感了。

最糟糕的，不是他忘了你的生日，而是他记得，但是送了你一件蹩脚的礼物，又让你脾气都没得发。送礼物很能说明一个人的品位，是一个不容忽视的问题。

我不看他，站起来走到窗前，以无法掩饰的刻薄说，连个礼物都不会买，百无一用是书生，指的大概就是哲学博士了。

你错了，基辛格不也是哲学博士吗？他说着，把盒子放到梳妆台上，走近我。

他是想拉我的手，我转身避开，毫不留情地说，那又跟你有什么关系呢？难道你能成为基辛格吗？

他打开包，及时救场说，你要的资料，我能查到的都复印来了，有的还是打印的。

我顾不得沮丧了，马上去看大信封里的资料，同时让陈漱出去跟爸爸说说话。

所有资料翻完，关于南宫家庭的信息几乎全无，只有一张他在家中作画的照片里，隐约可见墙上挂着全家福，但看不清人脸，不能确定是他的原生家庭还是婚姻家庭。

一无所获，我悻悻地把资料装回去。

门铃响了，我猜是小胭回来了，她经常忘记带钥匙。我看看手机，不到五点。却听见来的是桑阿姨和谢君，我赶紧走出房间。

桑阿姨抱着两束鲜花，谢君抱着一个特大号生日蛋糕，给我们带来了幸福盈门的感觉。我和陈漱急忙上前去接，爸爸也从厨房出来了。

小胭呢？谢君问。

爸爸惊奇地说，她不是找你去了吗？

谢君说，没有，我一天都没见到她。

那她干吗去了？爸爸纳闷起来。

你没打她手机吗？我说。

打过，一直关机。谢君一脸蒙地说。

这是什么情况？大家都有点蒙了。

不用管她，一会儿就回来了。爸爸故意满不在乎地说。

我把鲜花放进两个阔口花瓶，一束摆到饭桌上，一束摆到茶几上。

桑阿姨问，你妈妈呢？

妈妈正好从卧室里走出来。我这才发觉，她午饭后就没露面。陈漱是晚辈，不出来打招呼也罢，桑阿姨来了她再不出来，可就失礼了。她在卧室里干什么呢？

她用微笑和亲切握手迎接了桑阿姨的热情，只说了一个：快坐。

桑阿姨在沙发上坐下，我就看到茶几上出现了一个精美的小盒子。见我注意到它，桑阿姨便打开来递给我。里面安然躺着一只翡翠手镯。我说，漂亮！是给小胭的礼物喽，难道今天是要提亲了吗？之后，整个晚上我都在懊悔自己的嘴快。

桑阿姨把手镯拿给坐在旁边的妈妈，转头抱歉地抚摸着我的手说，宝贝儿，抱歉，祖传的，只有一只，要是有两只的话，就给你们一人一只。

我赶忙抱住她的手臂，涨红着脸说，不不不，阿姨，从小您给什么礼物都是双份儿，唯独这个，单份我是不会吃醋的，您放心好啦。

小胭和谢君的童话爱情，是该开花结果了。他俩从小就特别有反差萌，小胭是大眼珠子骨碌碌的淘气精灵，谢君则是一个憨憨的小眼睛欧巴，俩人在一起那真是大眼瞪小眼，让人看着就想笑。谢君是惰性分子，自小就老成持重；小胭是活性分子，一动就欢呼雀跃。谢君特别腼腆，小胭特别不腼腆，于是，每次小胭出糗露乖，都是谢君替她脸红。在"蠢萌"这个词尚不存在的时候，小胭就是一个蠢萌，她的黑历史可太多了，范例俯拾皆是。比如，我们五岁那年，有次两家聚餐，小胭听爸爸说鸡屁股不能吃，一定要问为什么？而且是连环问：那么，鸭屁股和鹅屁股呢？能不能吃？于是，鸡鸭鹅的屁股，就成了那顿饭的上半场主题。到了下半场，鸡屁股的问题好不容易消停下来，她又突然宣布：我们班同学说，鸡没长鸡鸡哎。在大家愣神之际，她又神补了一问，那为什么要管男孩子的那个叫鸡鸡呢？全桌愕然，谢君上半场的脸红刚刚退潮，这又开始涨潮了，而且是狂涨。为小胭负责脸红的总是谢君，但他又着实喜欢她那种女孩家家的天真童蒙的劲儿，我是从小到大一路看他抿嘴笑对小胭过来的，那幸福的小样儿啊，鼻子眼睛里都透着心满意足。甚至，她随着长大而遗忘了的好奇心，他都一一为她记着。他为她做的一些事，就是现成的鸡汤故事，比如，六岁的小胭兴致勃勃地要种"瓜子花"，谢君听桑阿姨当笑话说小胭种下去的是熟葵花子时，就到我家悄悄帮她换成了生葵花子，结果真的长出来了，小胭围着小苗蹦蹦跳跳，很有成就感，坚信买来的五香瓜子是可以种的，直到两年之后才知道这个"狸猫换太子"的故事。

桑阿姨、谢君还有这只翡翠手镯，都在等待着小胭，就像幸福的序曲已经奏响，只等女主角出场。

可是，小胭谜一样地人间蒸发了。

妈妈还是话不多的样子。爸爸不时从厨房出来跟大家说几句话。桑阿姨要进厨房帮忙，爸爸坚决不允许。陈漱和谢君不时进厨房搭把手。

这时候我真庆幸自己选了宜兴紫砂小口杯来斟茶。这样的小杯子，爸爸差不多就是一口闷，妈妈大概需要三口，一般人两口就干了。所以，就算没有那么多话，单是倒茶、举杯让茶、喝茶，放下茶杯，再倒茶……此起彼伏，也绝不会让人感觉到冷场。

但是，随着小胭的迟迟不见归来，手机也一直联系不上，气氛在渐渐变味儿。大家起劲地快活着，相互礼让喝茶吃水果，以防止客厅里好不容易烘托起来的气氛落潮，就连一向无为而治的陈漱，也在以几倍的热情跟谢君聊着天。我很感谢他有这份情商。

维持人造的快乐气氛不落地是有一定难度的，但我们还是很努力，直到撑不住为止。

时针走过六点，妈妈扛不住了，抱歉地看着桑阿姨说，小胭真是惯坏了，以后不光我们，您和谢君也要多管管她了。

正说着，门铃响了。妈妈如释重负地说，总算回来了。我们心里都在阿弥陀佛。

谢君满心欢喜地跑去开门，来的却是冉紫。大家都努力掩饰着各自的失望和焦急。我看不出这是不是冉紫和妈妈今天的第二次见面。冉紫给我和小胭的生日礼物我已经知道了，一人一枚纯银的独角兽胸针。

妈妈和桑阿姨略带夸张地激赏着两只独角兽。也只有这样了。

冉紫想必看到了气氛的不自然，卖力地解说道：两只其实是有细微差别的，镶嵌的一个是施华洛的水晶和蔷薇辉石，一个是锆石和红纹石，看上去差不多，其实材质是不一样的……你们再看鬃毛和尾巴，一枚是往左甩，一枚是往右甩。

妈妈说，那就需要做两个模型了，真是用心。似乎冉紫一来，妈妈就话多一点了。我也凑趣说，我们俩是一个模型出来的，您就一个模型得了呗，何苦那么费心。冉紫说，你并不希望一样呀，做双胞胎已经够让你不爽的了，别以为我不知道。我们都笑了。客厅里笼罩着刻意哄抬的快乐氛围，虚浮而不自然，每个人都在尽力。

爸爸从厨房出来，看了眼独角兽胸针，一副怪怪的表情。冉紫说，舅舅，这是独角兽，相当于西方的龙。

爸爸说，那干吗不直接做一条地地道道的龙呢？崇洋媚外。

我无语，无法给他老人家启蒙，看着《哈利·波特》长大的人，对于独角兽是怎样的一种感觉。

冉紫说，无法想象，女孩子戴着一枚龙的胸针……

谢君说，我觉得，也还行吧？

大家一直等到六点半多，小胭还没回来。谢君突然想起什么似的说，她不会是又把礼物忘在路边了吧？

这也是一个家庭掌故。有一次小胭打车到谢君家去，等车时把几个礼盒放在路边，车来了，她只是自己上去了，到谢君家才想起礼物。但是，不能不佩服谢君的本事，他居然回去把礼物找了回来。它们还原封不动地待在路边。大概没人料到，这样堂而皇之待在那里的礼盒会是无主的吧？

谢君这一说，大家开始评估发生这种事的概率。小胭发生任何奇葩事的概率都很高，为此，谢君总是做好随时去完成善后任务的准备。但是无论如何，她不会无声消失的，至少她要求助，不是向谢君，也是向家人。

菜都快凉了，生日宴只好半缺席地开始了。

爸爸喝的是白酒，人参泡的，中年油腻男的标配。妈妈一向是食草系的，只喝果汁，今晚是猕猴桃汁。比利时精酿原浆啤酒口感绵柔果味浓郁，是我和谢君比较钟情的。陈漱喝的也是啤酒，只不过是苦的。小胭是千年不变的可乐，尽管她缺席，谢君也给她倒上了。桑阿姨是什么都可以尝一点，谁给她倒什么，她就喝什么，第一杯跟妈妈一样，是猕猴桃汁。

爸爸举杯站起来，我有点担心地看着他。爸爸作为宣传部长的职业素养特别好，所以是个致辞控，每次他一端酒杯起身我就害怕。我的呼吁是：要么快说完，要么快坐下，不要让别人举着杯子情绪保持太久，腮帮子酸了，笑容僵硬了。

爸爸只说了一句：来，我们大家干。

我有点诧异，爸爸今晚这么无语吗？看来我低估了小胭问题的严重程度。

第二杯，爸爸径直跟谢君碰上了，而且，他说，何以解忧？唯有杜康！啤杜康！

我惊，那口气，完全是多年父子成兄弟啊，居然这么不加掩饰。当然首先是幽默，虽然稍显刻意了一点儿。众笑，笑得也有点讪。

局面一开，大家自觉地开启了"营业"模式，营业性的微笑，营业性的亲切话语。我几次想开口说点什么，又每每像片场忘词儿一样。都是这个小胭，害我们大家受累。

那杯可乐的汽已经没了，小胭还没回来。其间我几次佯装拿东西或喂小粉鱼肉，离开饭桌，到房间去偷偷联系小胭，都联系不上。就算她丢了手机，人也得回来呀！我已经由恼火变成担心了。

相信其他人也一样，但我们都不说。

我一边走神，一边机械地挑着红烧黄鱼骨头上的肉。爸爸的烹饪手艺的确是好，今天发挥得尤其好，可是，有什么用呢？一桌子美食，白白被辜负了。都是小胭惹的祸。

其间我看见爸爸妈妈看似随意地看了几次手表，但都没说出小胭的名字。他们的每一次看表，都会紧跟着陈漱或者谢君的敬酒，陈漱敬得尤其多，而且非常及时和自然。陈漱是今晚的气氛担当，表现得很令我满意，弥补了生日礼物的不快。今晚他的心理负担是最小的，也正是该自觉表现的时候。但他就算把自己喝高了，仍然独木难支，白酒和啤酒都没能使饭桌真正嗨起来，我们只是假装兴致高涨而已。

桑阿姨特地敬了爸爸，她说，你辛苦了，老梅，做了这么一大桌子好吃的。我注意到，爸爸看桑阿姨的目光竟然有了一丝温柔，可见，他是多么想安慰到她呀！唉，看看小胭这家伙闹的。其实，只要小胭在家，就会自带热闹氛围了。

她究竟怎么了？她在搞什么！不仅扫了我们大家的兴，还让我们纳闷和担心不已。难道她和谢君前天晚上有了那么点不愉快，就要发动这么大的报复行动吗？这也太任性太过分太不顾全大局了！要是她此时出现在眼前，我一定要掐她两把了。

吃完饭，爸爸又张罗着大家到客厅坐，吃水果。看得出来，谢君已经坐不住了，一不留心就站到了阳台上，自觉不自觉地向窗外张望。爸爸几次喊他过来吃水果，他都只是表示一下，又站回到阳台上去了。我走过去跟谢君说，你逗逗姜姜，看它怎么说？谢君对着姜姜说，你好。姜姜说，懒虫。这次大家是真的笑了。在调节尴尬气氛方面，鹦鹉比人有用。

妈妈的手机突然响了起来，大家都支棱起耳朵，指望是小胭打来的。可是，妈妈很快结束了通话，快快地放下手机说，是骚扰电话，看来我已经被当作老年人盯上了。

谢君说，号码给我看看。

他迅速打开电脑，开始噼里啪啦操作，他专注的样子看起来很迷人，很令人尊敬。难怪以前谢叔叔总说，办案子的人都是有一股精气神的，案子一来，全部精力就都在那上面了。作为一名网络社会的警察，而非程序员——这是爸爸多次向我们强调过的，谢君就是隐形的战士，电脑就是他的隐形战场，所以，他几乎是电脑不离身的。他把很多线索制成列表，放在数据库里，以便随时打捞线索。

苏阿姨说，现在这电信诈骗，爱找老年人下手，我以前的一个同事，资深外科主任，被骗光家产，想不开，跳楼了。

妈妈说，所以啊，追赃就靠谢君他们网警了。

一个外科主任，怎么会上这样的当？爸爸疑惑又不屑地说。

那太早了，当时大家对网络诈骗还没有警惕性，好像还没出台专门的法律呢。

陈潄说，法律一定是滞后的，网络发达了，出现了网络犯罪，才会有网络立法，才会有网警。

谢君突然很响地敲下最后一个键，大喝一声：老子终于找到他的 IP 了！

那一刻的谢君可太帅了！小胭在家的时候，他满眼都是她，今天她不在，他的目光一直是虚渺的，只有进入网络战的深海，他的眼睛才是聚光的，有神的。男人的魅力果然在行动中，在事业中，可惜，这一刻小胭看不到。

小胭，小胭，我想骂死她的小胭，此时此刻她在哪里？

话题必须继续。我问，你解锁的是刚才打给妈妈的骚扰电话吗？

还没等谢君回答，爸爸说，这是不能随便透露的。

我说，那有什么是可以谈论的呢？比如……

谢君说，你想知道什么？

你平时上班都做些什么？

平时做一些网上巡逻，搜罗线索，发现问题，或者，其他办案单位提供案件，我们配合在网上寻找线索和证据。

爸爸说，那不就是网警巡查执法嘛，要做网络安全的防火墙，网警就得有专业硬功夫，靠技术和嫌疑人博弈、对决，谢君在这方面没的说的，入警真是入对了。

他说着看了看桑阿姨，桑阿姨会心点头，表示赞同。

那你下班做什么呢？我是说……

我想说"不跟小胭约会的时候"，话到嘴边又识趣地咽了回去，毕竟，我不是小胭，不可以那么不管不顾。

下了班嘛，网上冲浪，追踪各种蛛丝马迹，我是几乎所有公安论坛的常客。

我在心里替小胭撇了撇嘴。那跟上班有什么区别呢？

做网警需要有敏锐的线索嗅觉，信息检索能力，还要有异于常人的推理分析和情报研判吧？陈漱说。

真感谢有一个网警的话题，给了我们自然而有热度的氛围，使我们从尴尬死人的冷场中解脱出来。

那当然，我们的逻辑推演，跟哲学有一点相近……

比如呢？我问。我是一个什么事都要用感性来说话的人，典型的"女脑"。

比如，去年打拐寻亲的网络战中，我用一个破绽发现了人贩子的踪迹，他的身份证同时在两处使用着，一个人怎么可能同时出现在两个地方呢？显然有一个是冒用身份，为什么要冒用身份呢？疑点就说明了问题。

爸爸妈妈和桑阿姨同时用赞许而慈爱的眼光看着谢君。我说，这有点奇妙呀。

谢君说，这有什么奇妙的，有人凭借《新闻联播》的声音，都能发现自己被绿了。

说出"被绿"这俩字的时候，谢君闪过一丝不自然，我们所有人的眼神，似乎都停顿了一下，就像秒针停留了两秒。

谢君赶快继续说下去：我一哥们儿，在外面出差，晚上八点半左右，女朋友发来一个七秒的视频，说在闺蜜家，还有闺蜜的父母在一起。他总感觉那个视频不对劲，就发给我了，叫我把里面的背景声音和人声分离一下，这是纯技术的事儿，我不好拒绝。结果，声音分离之后，我发现背景声音是《新闻联播》。

这就讲完了吗？什么意思？我们几个人中，只有陈漱是秒懂的表情，哲学训练看来的确会使人思维发达。然后，爸爸也懂了的样子，因为天天看《新闻联播》吗？可我还是不懂，妈妈和桑阿姨显然同样一脸蒙。

《新闻联播》的时间怎么可能是八点半左右呢？所以，视频可能是七点到七点半之间录好的。陈漱做出解答的同时，我也恍然大悟。

我心里感叹着：看来劈腿也需要高技术手段啊！同时，我莫名地感觉，在这个时候说这件事，很不妥。不妥在哪里？我又说不上来。

谢君这种功能，不会用在自己的私人生活上面吧？我的脑子里划过了这样一丝闪念。

中国古代有公安吗？我突发奇想问道。

一直静听而不语的冉紫抢答了，有啊，叫捕快，《包青天》里的展昭，不就是吗？

哦，那里面的展昭可太帅太有型了！是我少女时代的一朵桃花啊。我狐疑地看了看冉紫，为什么她也记得这么牢？莫非……

冉紫偷笑了一下下，那是只有我能察觉的偷笑。原来当下坚如磐石的冉紫，也是有过少女的桃花时代呀。

爸爸讲师体质发作了，开始大讲特讲：古代公安史我不知道，人民公安发展史，我是专门了解过的，从中国共产党早期在上海成立的中央特科，到苏区的国家政治保卫局，再到陕甘宁边区还有各敌后抗日根据地的人民警察，还有那个……那个什么来着？

话语流澎湃着的他，突然卡壳了，想必这是非常令他不爽的。

谢君立马递话，中央高层组织成立的社会部。

对对对，社会部，然后是各解放区的公安保卫机关，最后，才是共和国成立后的公安部！爸爸说得神采飞扬，再次的流畅显然令他很愉悦。

网警不用参与抓捕吧？妈妈突然问。她和桑阿姨的眼神中是同款的隐忧。

网警抓捕经常是在国外，跨境赌博，网络诈骗，黑客攻击，携款潜逃，这些跨境犯罪的反侦察能力很强，危险更难以预知。谢君诚实地说，完全没留意到桑阿姨和妈妈的眼神。

魔高一尺，道高一丈，怕他个什么！警察永远不能怕犯罪分子，否则，民众心里就没底了，警察本来就是给民众心理兜底的。

是的！谢君坚定地表示。

再热烈的话题，总有落地的时候，令人不适的沉默又复归了。我突然意识到，爸爸刚才并不是老傅同志的腔调呀，因为谈论的话题太庄重？还是因为小胭不在？难道他一向是为了逗我们尤其是小胭，才故意那么"老傅同志"的吗？那么，我是不是也没有那么了解自己的爸爸？

墙上的咕咕钟不识时务地响了，这只布谷鸟似乎从没这么神气活现过，咕咕咕咕叫着，报告我们九点了。这是我和陈漱去德国旅行时在纽伦堡的集市广场买的，地道的黑森林布谷鸟钟。一到整点，钟上方的小木窗就会自动打开，一只布谷鸟蹦出来，咕咕咕咕报时，同时伴有各种鸟儿鸣叫的背景音，衬托出森林的辽阔幽深。

布谷鸟报完时，水车开始转动，音乐欢快登场，俊男靓女一对对搂着腰在森林中旋转跳舞。

这个钟是传统手工艺制造，价格不菲，当时是我坚持要买的。我想象着，一到整点，布谷钟就跳出来欢叫，提醒我：该休息了，别老坐在电脑前！同时，呈现给我一幅生活的美好景象，把我带离庸常的现实，带到德国的黑森林去……拿回家挂到墙上，初时，一听到布谷鸟叫，我就出来看德国汉斯们搂着姑娘翩翩起舞，自己欣欣然也想跟着起舞。可是没多久，我就对它习而相忘，以至于完全漠视了，甚至还反感它在我们深夜忘记关灯时自动感光，一到整点就冒昧地响声大作，十分扰民。可见，想象中的美好终会变味儿。

此时，布谷鸟的叫声尤其惹人反感，那些俊男靓女的翩翩起舞，似乎更是对我们的嘲讽和践踏。我想起朱自清在《荷塘月色》里写的：但热闹是它们的，我什么也没有。

我觉得爸爸快按捺不住了。最尴尬的是妈妈，女不教，母之过呀。我从没见她这么局促过。大家尽量眼神不碰眼神，呼吸似乎都需要练习，这就是社交中最怕的大型车祸现场了吧？

终于，桑阿姨说，我们回去吧，打扰这么久了。我听到的意思是：等了这么久了。虽然我知道面慈心软的桑阿姨绝对没有抱怨之意。妈妈终于明确地为小胭而道歉了。她越道歉，桑阿姨越安慰她，搞得好像更该道歉的不是妈妈，而是桑阿姨似的。桑阿姨的体贴和善解人意只能使妈妈愈加愧疚。谢君掩不住的失落和失望，也使妈妈难以承受。

我们都是小胭和谢君爱情的见证人，谁肯怀疑它不是固若金汤的呢？直到青春期，谢君都不改初衷地喜欢着小胭被惯坏的样子，总是为她的冒失而脸红并莫名爱悦，宠得她简直不像样子。桑阿姨也把小胭当作未过门的儿媳宠着纵着。我记得有一次，桑阿姨请我们全家吃饭，上来每人一只澳洲龙虾，小胭第一个吃得欢实，谢君说他不爱吃，把自己的给了小胭，桑阿姨也说不爱吃，也给了小胭。我们家人在旁都清楚是怎么回事。妈妈说，小胭，你一人吃三只龙虾呀？小胭看着谢君说，要不怎么办？他不爱吃呀！我说，你怎么知道他不爱吃，你给他吃吃试试。于是，小胭直接把剥好的龙虾肉喂到了谢君嘴里，倒闹得我们不好意思了。谢君更是满脸泛红，又害羞又幸福，好像吃了天鹅肉似的。桑阿姨看起来比自己吃了三只龙虾还满足。可是眼下，这种幸福的格局要被改写了吗？

慈爱宽和的桑阿姨反过来替小胭开脱说，没事儿，小胭一定是有她的理由。妈妈说，不管什么理由，都该打个电话回来说一声呀，真是让人着急。谢君说，别是出了什么事吧？他已经点上了一根烟，脸上的酒红显得更红了。这还是我头一次见他当着长辈的面抽烟。谢君原本是不抽烟的，入警后才开始抽，小胭对此非常反感，怎奈，抽烟是加班的标配呀。

我赶紧说，不会的，不会的，你还不知道她吗，或许忘了今天生日。冉紫也说，小胭的马大哈是没谁了，没准一会儿回来还跟没事人儿一样呢。陈漱说，很可能是她去了一个没有信号的地方，自己又不知道没信号。

只有爸爸没说话，处于爆发前最后的抑制状态，我几乎能看见火苗在他头顶熊熊燃烧。我和冉紫、陈漱陪谢君站着，谈论着王思聪和女网红。陈漱平时是不谈这类话题的。我感激地看着陈漱，想起在纽伦堡买咕咕钟时，他想挑一个木匠（姑且叫他汉斯）抢着斧头伐木的，我不同意，理由是：不环保，太野蛮。陈漱故意夸张地说，你看汉斯小伙子多么憨厚，干活多么实诚！我说，你是在夸自己吗？但此时此刻，我觉得他的确该夸，甚至怀疑自己看他的眼神都有一往情深之嫌了。

我们都在没话找话，都在暗暗做着最后的挣扎，祈祷小胭在今天的生日主题活动谢幕之前现身，拯救一下这个夜晚，以及我们两家几十年的交情，还有她和谢君的关系。

梅小粉已经睡着了，伏在爸爸肚子上打着小呼噜，似乎更是在提示我们时间已晚。

谢君终于灭掉烟头，彬彬有礼地提出告辞。桑阿姨也站了起来。大家的眼光躲闪着落到那个首饰盒上，最尴尬的时刻到了。我非常后悔之前主动点破这只镯子的提亲内涵，如果它是悄无声息地躺在那里，意义不被点破，此刻我们断不会如此尴尬。这下完蛋了，亲没提成，它是留下来还是带回去呢？

妈妈拿起首饰盒，双手交给桑阿姨说，这个先带回去，我另外安排时间，专门带小胭去……

桑阿姨握住妈妈的手说，已经带来了，哪有带回去的道理！先留着，就算我暂时放在这里的。妈妈只好把首饰盒留下了，但是不停地说着感谢和抱歉的话。一向优雅淡定的妈妈，此刻语无伦次得跟普通家庭妇女毫无二致了。

桑阿姨一迭声地说着客气话，今晚吃得太好了，我怕又要胖了，谢谢老梅做了这么一大桌子好菜……桑阿姨表达太热切，又不自觉地频频去撩头发，她额前的小碎卷便像许多问号集合了。从我记事起，她就是这种问号式的小碎卷。一个对生活没有多少疑问的人，却顶着满头问号数十年……

每个人都很清楚，善良好脾气的桑阿姨，是好心好意要把一切不快统统扫到地毯下面去，不让一丁点儿露头。爸爸搓着手说，那什么，那什么……究竟是什么，却到底没说出来。

桑阿姨和谢君在妈妈一连串的抱歉声中告辞了。桑阿姨临走还嘱咐妈妈，小胭回来一定给我打个电话，我不放心。妈妈赧颜汗下地答应着。

他们走了，说实话，我有点如释重负的感觉，终于能够正常呼吸了。不仅因为困局的结束，更是因为，那张借条的事总算没有暴露。在吃晚饭之前，我的心情是矛盾的，既担心桑阿姨对妈妈提到借条，又有点希望她提到——索性摆到面上，看妈妈怎么说。但当小胭一直不回来，焦点都集中在这件事上之后，我就一门心思地祈祷那张借条不要东窗事发了。罢了，罢了！不能再添乱了。

冉紫和妈妈到书房去了，几分钟之后，她出来告辞。妈妈这次没说要送她。也许该说的悄悄话都说完了吧？我想。

陪着爸爸看了一会儿电视，陈漱也要走了。我对爸妈说，他喝得有点高，我送一下吧。实际上，我是要给爸爸一个发作的时间，我想他已经憋得不行了。

出了小区门，陈漱要打滴滴，我说，先陪我走一会儿吧。除了给爸爸留出时间，我自己也需要整理一下心情。

今天这叫什么事儿啊？我说。陈漱略微跟跄，揽住我的腰说，幸好，我要娶的是你。

我停住脚步正要说什么，一辆哈雷摩托轰鸣着飞驰而来，伴随音乐哐哐巨响，引起脚下地心同频震动。这种在大街上开火箭的主儿，总是能拉满我的恶意。拉风！拉你个头啊！我恶狠狠地瞪着它，恨不得眼里能射出子弹。

可是，后座上那个女的……那是小胭吗？……是她！

她跨坐在哈雷摩托上，紧紧环抱着骑手的腰，脸贴着他的脊背，轰的一声从我身边飞过去了。不知是太快还是闭了眼睛的缘故，她好像没看见我。

一天不见，小胭怎么变得如此疯狂了！幸好不是给谢君和桑阿姨撞见。

我这两天来糟心的感觉达到了极点，差一点给一块翘起的铺路砖绊倒，陈漱一把抓住我。这太不寻常了！我隐隐嗅到了灭顶之灾降临前的恐惧，那不明飞行物一样的灭顶之灾！一辆失控的车子正在下坡道疯狂下滑，可是，我眼睁睁地看着它，一点办法都没有。我想挽救，但无从下手，一丁点头绪都没有，林林总总，俱是纷乱。

我莫名想起妈妈说小胭小时候，老想伸手抓爸爸打火机的火苗，爸爸终于让她抓了一次，她才从此罢手了。

陈漱看出了我深重的担忧，附议道，小胭确实有点……怎么说呢？傻白甜？

我忧心忡忡地说，不是一般的傻白甜……她是太典型的好人家的女儿了，如果找一个不那么好人家的男朋友，试炼一下，或许还好一点，偏偏，又找了一个同样好人家的儿子，一个男版的傻白甜谢君，这就更顺撇子了。

我甚至莫名不安到不想让陈漱走，但他当然还是要回去的。

四月，真的是残酷的季节吗？可都快过完了呀。

10

小胭回来时快十一点了。她是伴随着一声嚷嚷进门的：好大的小雨啊！她就是这么说的，是不是感觉是一个病句？但从她嘴里说出来，我们全家一听就懂。她有一种神逻辑，只有自家人能秒懂。

她发现电视没开，而我们都坐在沙发上，显得有点愕然。再不懂阅读空气的人，这时候也会感觉到异常了。她怔了一下，怯怯地叫了声，爸，妈。爸妈没有答应。我仿佛看见小胭头顶正有几只乌鸦呱呱飞过。

她小心翼翼地往自己房间走，想必同时心惊胆战地等待着身后的声音。果然，在她快要摸到门边的时候，妈妈问，这一天，你干什么去了？小胭站住，转过身来，低着头没有作答。

爸爸很有分量地说，你过来！爸爸总是跟我们没大没小的，可一旦威严起来，也挺吓人的。

小胭走过来，像被老师叫到讲台边的小学生。我们三个人同时看着她。她穿了一条撒边的牛仔短裤，T恤衫，这都是她的常规装束。匪夷所思的是，她上身多了一件过大的街头风方格衬衫。这种跨季混搭风也没什么，关键是这件衬衫的颜色，很跳荡的橘黄瓦蓝和荧光绿的组合，简直是移动的广告色大拼盘，不仅使她自己身上平添一层浮气，于我们这个家也非常不宜。小胭这"下半身消失"玩得可太不高级了，连我都没眼看了。

我能理解小胭为什么会穿一件又大又厚的衬衣回来。成都几乎没有春天，脱掉毛衣就是短袖衫，季节的转换往往一天之间就完成了。也许你会在某一天出去时赫然发现街上的行头变了，自己身上的衣服厚重难耐，于是，立马进服装店买了蛊惑人心的夏装换上。梅小胭就曾经穿着毛衣出去，拎着毛衣回来过。这通常是指白天。但是到了晚上，季节好像又回来了，相信很多人在快餐店咖啡店看见过穿无袖衫的邻桌女孩不停地抽鼻子咳嗓子，搞得周围人纷纷侧目，不知是厌烦还是同情。这样的女孩当然最有可能是梅小胭的。

爸爸厉声问，你穿着谁的衣服？

小胭身子不安地扭动一下，没有吭声。爸爸又厉声说，男人的衬衣，也可以随便穿的吗？此言一出，等于肯定了衬衣来自一位男性。我多么希望听到小胭否认，但她只是小声嘟囔了一句，那又怎么了？不是有点凉嘛。小胭尚未充分认清当前态势，这话有点拱火了。

在妈妈的"哎哎哎"声中，爸爸把紫砂壶的盖子放进了他的大紫砂杯，那里面有他晚饭后新泡的茶。别人晚饭后都不敢喝茶了，害怕失眠，只有他不怕，就用自己的紫砂杯泡了。爸爸真是被气狠了。我担心地看着他。

爸爸端起紫砂杯，看着沉入杯底的壶盖。我能感觉到他的火气正加剧上头。就见他一抬手，紫砂杯炸裂在地上。同时，他霍地站了起来。我不由得虎躯一震。OMG！他摔的可是上好的宜兴紫砂杯呀，还搭上一个紫砂壶盖，都是他最心爱的。不过，总比打到女儿身上强。爸爸从未动过我们一指头，他今天一定是有种冲动，所以，情急之下用心爱的紫砂杯来代替了。

伏在妈妈身边的梅小粉箭一样射了出去，尾巴竖起，边跑边回头，好像要看看有没有什么追上来了。这个明哲保身的家伙！

小胭惊得浑身一颤，失声哭了出来。小胭的哭简直是一种技巧，并不见眼泡肿，眼泪就纷纷奔涌而出，简直感觉不像从那双眼睛里出来的。

小胭一哭，我就没那么紧张了，爸爸的火势应该不会更猛了。

但爸爸仍然怒气不减：你还有脸哭！你知道桑阿姨和谢君在这等了你多久吗？你知道我和你妈妈有多么难做吗？我平时没怎么约束过你们，就是相信你们能自制，可是你呢？太不像话了！

爸爸说的是"你们"，把我也捎进去了。这就是双胞胎的好处吗？

小胭没了哭声，只是噼里啪啦掉金豆子。泪水在她脸上就像固体似的，呈现为完整的颗粒状，真正是泪珠子，而且是成串儿的。

我走过去抚摸着抽泣的小胭的背，小心翼翼地看着爸爸脸色，说，爸，小胭已经回来了嘛，有话好好说，不要发火了，妈妈心脏不好。

爸爸按捺着坐下了。妈妈手有点颤抖地指着茶几上的首饰盒，直视着小胭说，桑阿姨今天就是来提亲的，你这个样子……她说不下去了，我理解她的忧心。

谢君是个好男人。妈妈又说。

怎么算好男人？小胭居然反问道。

妈妈想了一下，清晰地说，好男人就是，即便有一天他对你没有爱情了，还会出于责任感，继续善待你。

小胭的表情显然是不服，但没有反驳。

我和爸妈一样心乱如麻，但我知道今晚不宜审问，问不出什么来的，只会使事态激化。再说，刚刚爸爸说"男人的衬衣"，小胭没有否认，等于已经暴露了端倪。

我求助地看着妈妈。她说，有点晚了，先休息吧，明天再说。

虽然这么说，她却没有动。爸爸也没有动。只有小胭抽噎着回了房间。我拿来簸箕和扫把，一面清理紫砂碎片，一面心里惋惜着。这是一套签名款的大师紫砂茶具，爸爸获得系统内先进宣传干部称号的奖品，就这么轻于鸿毛地牺牲了。

或许是瓷片清脆的碰撞声刺激了爸爸，他的呼吸又粗重起来，气咻咻的，不知是心疼摔碎的茶具还是哭泣的女儿。不过我想，经此一摔，他心里的火应该已经破了。

我打扫完，无所适从地看着爸妈，等待他们做出离开客厅的反应。这时小胭却出来了，径直去取电视柜旁边的体重秤。她可真是心大呀！这时候还顾得上关心体重。

爸爸突然喊道，哎，剪剪指甲再称！

这下，连妈妈都笑出来了，小胭自己也破涕为笑。小胭称体重时，对于净重的苛求简直到了夸张的地步，不仅要上好厕所，脱掉鞋子，就连眼镜都会特地摘掉。小胭确实比我容易长肉，妈妈说她是不长心眼儿光长肉。有一段时间，她吃东西都要算卡路里的。爸爸奉劝她不要煞费苦心了，他说，饿不饿是你的胃告诉你的，不是算法告诉你的。她不听，我们也不力劝，都知道她反正坚持不了多久的。果然，三周后她就嫌麻烦不再算了。但体重她是坚持称的，结果呢？有时是窃喜，有时是找虐。

好吧，爸爸这一句虽是揶揄，效果还不错，家里气氛终于缓和了。

爸爸站了起来，两只肥厚的手掌交互摩擦，发出啪啪啪的声音，这个拍掉手上尘土似的习惯动作，是爸爸的"结束语"，表示事结了，或者话题完了。

11

我敲门进了小胭房间。我想跟她谈谈，同时还默契地充任了爸妈的使者——这是不言而喻的。

她正在把那件扎眼的男衬衣挂到衣帽钩上。我说，小胭，今天真的过分了哈。

她回头瞥了我一眼，满不在乎地说，那又怎么样？

So what？——这是她一贯的态度。倒不是故意耍酷，而是任性女孩的混不吝。但我今天对此着实有点恼火。

你说怎么样？你不是小孩子了！我正说得激动，她的手机响起了微信语音铃声。

小胭开了免提。你今天到哪去了？谢君问。

小胭跟谢君微信语音，居然当着我的面用免提，这关系怕是真的没救了。好在谢君没用视频，否则更难堪了。正常情况下，这时候我会离开的，但这次我不准备离开，正好，听听小胭怎么解释。

不想说！小胭硬邦邦地回答。交谈难以为继，沉默，进入读秒时间。

谢君终于说，那我真不知道说什么好了，就是说——

那就想好了再打。小胭准备按结束键了。

你变了。谢君赶紧憋出了三个字。缓了缓继续说，变成一个……一个……

谢君在斟酌着该怎么说，但没等他斟酌出一个结果，小胭就嘴快地反问，谁不变呢？她一开口就刹不住闸了，紧跟着来了一串连珠炮：世界本来就是在变化之中的，哲学家不是说了嘛，人不能两次踏进同一条河流，当然，也许只有你，从来不变。

小胭怎么能如此大言不惭！是故意的吗？

谢君把语气放得更缓说，就是说，你……嗒，我觉得现在，跟你说话都困难了，就是说……

但是，谢君满满的求生欲仍旧抵挡不了小胭的混账。

那是你的问题。小胭小嘴叭叭叭真是干脆，尤其跟谢君一比。还是那句话：你没法跟一个不打算讲理的人讲理。

你昨天下午和晚上跟谁在一起？上次酒吧里那个……那个英雄救美的人吗？

无声。小胭等于对谢君默认了吗？我简直要惊呆。我昨天下午找冉紫去了，回来比较晚，不知道小胭干了什么。

我不明白……谢君踟蹰着说。

你不是很明白了吗？何必要我说出来大家尴尬。小胭毫不含蓄地打断谢君说，我当时就留了他的微信，这你都看见了。

可盐可甜的小胭，现在完全变成了盐，而且是含着辣椒面的盐。

你就这么轻巧？谢君大为不解地问。

那你是想让我沉重吗？最好再对你有点负罪感，对不对？小胭那股豁出去不要脸的劲儿，简直让我心里发毛。小胭是个憨宝宝，不是很爱掐人，但一旦开掐，是不掐到对方倒抽凉气不罢休的。

谢君无可奈何地表示：看来你是不会了，你已经被……被谁注射了强心剂。

你说对了！还有，我要告诉你，我爸妈已经替你骂过我了，我长这么大，还没见我爸对我发过这么大的火……你也可以了吧？

我可以什么？你把这也算在我头上吗？

不算你头上算谁头上？总之是因为你，我才挨的骂！

我总是你的出气筒……

谢君那种受气包的语气让我有点想笑。小胭毫不含糊的强词夺理又让我好气。论口舌之功，"人贵语迟"的谢君怎么可能是横冲直撞的小胭的对手呢？小胭是说出类似于"风晒不着，雨吹不着"这种话，还能不管不顾策马向前攻城略地的人，谢君则从来只会正向反馈，连讽刺反语这样的修辞方式都不会用的。

以后你就不是了，祝贺你，解放了。小胭的语气带着故意的轻佻。

你是说我被解雇了吧？

随便你怎么说……对了，提醒一下，我们以后最好不要联系了。不待谢君说什么，她又抢着说，不要问为什么，这个没有为什么！……你看，连你下一句要说什么我都提前知道了，你觉得，这样的我们，在一起还会有什么意思吗？

小胭热情起来是一个巨浪劈面而来，尥起蹄子来也是毫无顾忌乱来一气。

说是爱没有理由，其实还是有理由的，对吧？谢君还在努力跟她讲道理。

如果你非要问个为什么，那我只能说，我遇见了更喜欢的人，你觉得这个理由可以吗？

你心理准备得……好像很充分了，但是，我……还是有点反应不过来。

谢君还是这么老实，让我既同情又着急。我深知，女人的许多问题，其实都是情绪问题，对方若是连情绪识别都做不到，情绪疏解就更谈不上了。

那就慢慢反应吧。小胭没心没肺地说。

是什么使你变得这么冷酷了？谢君抓紧时间说，我想问一下，你曾经爱过我吗？

当然爱过，我不会因为现在不爱了，就否认自己曾经爱过。

那你最爱我是什么时候？

你在上海读书的时候。

我想也是……我真想揍你一顿。

你可以揍我一顿，但改变不了什么，你没法让我继续爱你了。

如果我还爱你呢？

你爱我哪点，我改还不行吗？

小胭这句话吓到我了，她虽偶尔毒舌，但绝不恶毒，今天这是怎么了？

你是单细胞生物吗？就这样吧。她更恶毒地说。

那……对不起，打扰了。

又不是自己人，客气什么！

小胭说完顺手把手机丢到床上，然后把自己也丢到床上。

我用一个小猪佩奇抱枕抽打着床，愤愤不平地连珠炮指责，小胭，你太浑了！太过分了！对谢君太无礼了！就算谢君是个老实孩子，你也不能欺人太甚！然后又悻悻地补了一刀：当然，话说回来，都是他把你惯成这个样子的。

小胭说，我就是受不了他，你听，他说句话，都老加什么"一个""就是说"之类的，啰里吧嗦，烦不烦？

我说，那是因为你让他紧张。

她说，那是他自己的事，跟我没关系，我没让他紧张。

按理说我是应该劝和的，但那一刻，我心里反而掠过了一个解脱的念头，是替谢君解脱。这样刁蛮的一个小胭，老实的谢君跟她在一起，还不被欺负死了！趁早解脱也好。

你以为我就不害怕面对吗？那你说，我能怎么办？小胭翻过身来，仰脸在枕头上，率性又负气地说，索性做个恶人喽。

你是在赌气吧？你这不可能是认真的！就算你不爱谢君，也不用这么草草地转向别人吧？

你怎么知道我是草草转向？我是认真的！她非常肯定非常自负地说，你知道吗？我今天才明白，爱情应该是什么样子的。

那你说应该是什么样子？就是嚣张地骑着哈雷摩托招摇过市制造噪声吗？

她瞪圆了眼，一骨碌坐起来。但我就是不告诉她我是怎么知道的。

我说，你这怕是劣币驱逐良币吧？

她着急地辩解道，不，不是的，换个人体验一下，我才意识到，我对谢君，真的是够了！就说送礼物吧，假如我这次喜欢一件ELLE的首饰，买下了，他就连着买ELLE、ELLE……直到我烦了，自己买了一件潘多拉，他又换潘多拉，然后连着潘多拉、潘多拉，我说，你好歹换件千叶、佐卡伊或者LOVE&LOVE什么的也好呀。

我几乎是叫喊道，亲，那是珠宝呀！您就知足吧！我话锋一转，你知道陈漱送我什么吗？

什么？难道会是一辆推土机挖掘机吗？

一本书！虽然是一本不错的书……可是，这是女孩子的生日呀！但是——我狠狠地瞪着她说，我今晚感觉特别特别爱他，因为，在我们最需要的时候，他在，他顶上去了……

当然，我自己心里知道，我说的并不是全部。也许爱就是在唯美和功利之间来回切换的吧？满意与否，就看你某时某刻更需要的是什么。

她打断我说，这是你说的哈，他顶上去了！可是——她不依不饶地盯着我说，谢君呢？他只知道要注意影响！好像我是为了什么影响才活着似的。

我这么容易就被她顶到了墙角，但我必须负隅顽抗。你既然这么理直气壮，今晚怎么不敢把那个家伙带回家呢？光在家门口兜圈子算什么本事！

我就是不想回家，宁愿在那多兜几圈。她一副扬扬得意的样子，故意气我。

正经说话，她永远说不过我。不正经说话，我永远说不过她。我扭头往外走，想摔门，又怕惊扰了父母，所以，是带着一肚子气轻轻带门出去的。我最后还回头剜了她一眼，类似一种虚张声势的警告：走着瞧！

我没想到，小胭是让我们走着瞧了。

回到自己房间，我窝进小沙发里，把那本《加德纳艺术史》放在沙发扶手上，开始随机地翻。我喜欢窝在沙发里看书，陈漱说沙发就是我的书房。这本书，抱是抱不动的，恐怕会把我压残，放在扶手上正好。想想今天是自己二字头的最后一个生日，我光脚下地，拿来塑料尺和迷你体重秤。

终于在生日这一天即将结束时，我发了一条朋友圈，配图是《加德纳艺术史》，文字是：铜版纸，一千多页，重三公斤半，厚六公分，光是看图，也得一周。但一旦看起来，大概就会欲罢不能吧。这将是越看越薄还是越看越厚的书呢？

想了想，我又在评论区加了一句：为了看《加德纳艺术史》，我得把电脑椅调高一截。

这就是我们这个时代的朋友圈。有哪个朋友会真正知道我今天经历了什么呢？

12

五一节的到来提醒我，四月过完了。四月就这样结束了吗？可是，我的心还在四月的雾谷里徘徊，似乎走不进五月。

即便不把妈妈借钱与冉紫买画联系起来，我也要搞清楚它们是怎么回事。要不要把借条向妈妈挑明呢？这似乎是唯一的突破口。可是，万一她轻描淡写地说出"买理财产品资金周转"之类的理由，我又能怎么样呢？就算我根本不信，就算她也知道我不信。

五一假期我和陈漱没有出游的打算，小胭所在的群众艺术馆越到假期越忙，不用说，也不可能出去的。爸爸妈妈商量着再跟桑阿姨家聚一次，一是弥补上次的失礼，二是弥合一下小胭和谢君的关系。

这几天我悄咪咪观察着小胭，对于爸妈的打算不那么乐观。她仍然早出晚归，遵循着事业编的一定之规，不像我，有时还可以借口采访突破一下朝九晚五。小胭的工作常态当然在爸妈的规划之中，她自己也是接受的。

但我还是觉得她变了。变在哪儿呢？眼神。小胭是一个大眼萌，眼神中总有种可爱的混沌和懵懂。可是这几天，我在我俩共用的浴室发觉，她好像有哪一窍突然开了。那种成熟女人的眼神像早晨一样新鲜，虽然，她的女人味儿的习得还不太够，就像台湾艺人小S，即便展示性感，也会自带解构。她现在照镜子比以前频繁多了，我从镜中观察她看自己的眼神，也能感觉到她内在的剧变。

还有，梅小粉早上跟她争马桶时，她居然不骂它了，多么奇怪！以前我家的早晨几乎都是在她嗔骂"梅老三"的声音中打开的。她吃饭咀嚼也比以前变慢了，有时甚至会停下来。小胭小时候吃晚饭经常会嚼着嚼着睡着了，她现在的样子又使我想起那时候，只不过，憨甜变成了恍惚。小胭好似把自己带入了一片晨雾弥漫的森林，对我来说，那是陌生的异次元世界。她心里的野姑娘醒了，张开眼睛寻找着森林里的野王子。她调整了手机设置，信息不显屏了，无疑，这是有需要隐藏的秘密了。这个姑娘正在练习深沉。

小胭，她真的上头了？这么快！

我在微信上问过谢君，他说这几天他们真的中断了联系。我其实不大愿意相信，是那个哈雷男使她变成了这样。那个人我一看就不舒服，这就是犯相吗？

谢君还把他和小胭最后的微信聊天截图发给我看了。

小胭：你随便找一个都不会亚于我的，你的不舍，无非是因为这么多年了，沉没成本有点高。别那么想不开了，我们还是体面分手吧。

谢君：我会等你五年。

小胭：其实你的意思是，用不了五年，我就会哭着鼻子回头来找你的。

我可以想象小胭从鼻子里哼出的冷笑。爱是一种双向的奔赴，这连狗都知道，所以，我有种不妙的预感，谢君怕是真的要被小胭辜负了。

难道真是不可救药了吗？我深知，太轻松太平和的爱情，的确容易变得乏味。可是，除了谢君这样的经济适用大暖男，我想象不出还有哪一种人设更适合小胭。我是非常害怕小胭受到伤害的，宁愿自己去代替她，因为，我总觉得自己比她有办法面对。可能，爸爸妈妈也是这样认为的。就是说，如果两个女儿当中注定有一个要受到伤害，他们宁愿是我。

我还怀着一丝侥幸：也许，她上头快，下头也快吧？但愿如此。

爸爸妈妈还活在自己的思维惯性里，以为小胭那次任性只是偶然，且已成过去，她仍然是他们那个憨甜的女儿。小胭可爱的鲁莽任性头脑简单使他们一直以为，应该替她考虑并安排好一切，包括婚姻。

除了不安地等待刀子自己从头顶掉下来，我什么也做不了。

好在谢君五一假期一直要值班，他礼貌地表示没空聚，爸妈的动议自然被否决了。

为了安慰爸爸，我买了一只紫砂杯送给他，我看到他是欣慰的，至少有一个女儿懂得体恤他。至于那个壶盖，只有他自己去配了，他比我有时间。

　　刚刚消停下来，爸爸突然宣布，他和妈妈还有桑阿姨，三号要去上海玩几天。爸爸是在五一那天晚饭后宣布的。当时我还在饭桌边上，爸爸已到茶几前喝茶了。小胭又是不在家的。

　　为什么？这是五一大假呀！到处都人山人海的。我说。

　　我们不到热门景点去。妈妈在厨房里边系围裙边说。通常，只要爸爸在家就会承包做饭，他厨艺最好，是毫无疑问的梅家第一大厨。然后，洗碗就是我和妈妈的事儿。小胭洗碗太马虎，我们一般不用她。服侍姿姿和小粉的事儿她做得比较多一些。本来我今晚准备洗碗的，妈妈却先系起了围裙。

　　妈妈以前不是每年都去上海吗？我说。

　　这不退休了嘛，感觉不一样了。她说。紧接着，哗哗的水声使我没法继续这个话题了。

　　显然这是妈妈的主意。我怀疑她先去洗碗也是不想多谈这事。我现在真是杯弓蛇影了，妈妈的任何动向都会使我跟那张借条联系起来，由此展开一轮又一轮的自我折磨。

　　我漱完口回到客厅，妈妈已经洗完碗，正准备切西瓜，爸爸在沙发上张大嘴巴用牙签剔着牙。我的腹诽又来了。

　　——爸爸干吗要这样剔牙呢？

　　——剔牙还能怎么样？

　　——妈妈是怎么剔牙的呢？

　　我这才发现，好像没见妈妈剔过牙。但她肯定是要剔牙的，我还帮她买过牙线呢。可见，她只是不会像爸爸一样，当我们面罢了。可是，爸爸他……我在心里摇头。如果妈妈说爸爸两句，我还好受点儿，可是，妈妈从来不会。在我们这个家里，妈妈似乎既是主妇又是贵妇，既是主人又是客人。

我忍不住皱眉道，爸爸，您老剔牙不能避避人吗？

爸爸哈哈一笑，牙签倒是放下了，但又开始嘬牙花子。他反正就是——只要我不难受，难受的就是别人。如果小胭在家，我一定会对她说，你听爸爸笑的，真像老傅同志。可是小胭不在，而这话我是不愿意对妈妈说的。

《我爱我家》是我和小胭小时候最喜欢的电视剧，不知看了多少遍，只要哪个台重播，我们都会追着看。那时候我们非常喜欢老傅同志，小胭模仿他说话惟妙惟肖，谁听了都会哈哈大笑。那时候我们不知道，有一天自己的爸爸会变成"老傅同志"，连口气都像得很。我不确定，爸爸的老干部腔是给老傅同志带偏了，还是故意幽自己一默？当我和小胭取笑他时，他说，老傅同志不好吗？我看《我爱我家》里就数老傅同志可爱。可是，老傅同志没有老伴呀，更不用说，有一个妈妈这样的老伴。其实，连老伴这个词，似乎都贴不到妈妈身上去。

妈妈手里的刀下去，西瓜迟疑着不裂开。终于犹犹豫豫裂开时，又双叒叕是两抹红晕。爸爸自以为很会挑西瓜，所以总想露一手，无奈，他理论虽丰富，实践却不配合，还不如我们让摊主帮忙挑的西瓜好。

妈妈嗔笑着看爸爸，我"喊"了一声。爸爸说，你们不懂，我挑的瓜，这叫新鲜。通常跟爸爸打趣的是小胭，但小胭今天不在。不得不承认，小胭不在，家里真是少了很多欢乐。我揶揄说，对，嫩西瓜维生素含量高。

妈妈切完，递给我一片说，你爸爸挑瓜，是屡战屡败，屡败屡战。

这话又戳中了我，我说，爸爸，您以后不要那么跌份儿了，好吗？还是让摊主给挑吧。

挑个西瓜，有什么跌份儿的？这也是一种乐趣嘛。他用老傅同志的口吻说。

我无可奈何地叫了声爸爸，拿着西瓜回自己房间去了。男人的性别是不是越老越退化？爸爸怎么……可是，我又没办法跟他生气……不忍心。那我只有自己跟自己生气了。

13

二号早上九点不到，桑阿姨来了。她是来给我们送粽子的。妈妈是不会包粽子的，也不会做腊鱼腊肉香肠咸鸡咸鸭等，我们家吃这些都是靠桑阿姨送的。妈妈有句话说得好：会是不会的奴隶。比如，妈妈会织毛衣，就得经常给我和小胭织毛衣，我们要的都是超级繁复的花样，只有亲妈才肯费那个劲。妈妈那句话正是因此有感而发的。但是，桑阿姨是一个做家务都会有心流的人，从来不怕麻烦。她今天来得这么早，首先是为了赶上我们早餐，其次，我猜也是为了赶上小胭在家。但小胭出来问过好，就径直进了卫生间。我连忙热情洋溢地说，端午节还早着嘛，阿姨就包好粽子了？

爸爸打开保温袋摸了摸里面的粽子，满心欢喜地说，还是热的呢，今天早餐有口福了。爸爸喜欢吃软糯的东西，包括粽子。

那赶紧吃吧，我去拿白糖。桑阿姨说着起身去了厨房。她拿来一个小碗，碗底铺着一层白糖。

妈妈换好衣服出来了。她是不穿睡衣见客的，哪怕是桑阿姨这样的老熟人。她说，老傅说还是热的，那你得多早起来包呀，太辛苦了。

桑阿姨说，不辛苦，咱们这个年纪，觉也少了。她跟爸爸同岁，比妈妈大三岁，但我一直觉得她是妈妈大姐辈分儿上的人，以至于冷不丁听她说"咱们这个年纪",还觉得有点怪怪的。

桑阿姨笑眯眯地看着爸爸蘸糖吃粽子。她的眼睛里满含着毫无保留的花儿炸开一般的笑意,眼仁放光,眼纹辐射开来,好似光芒在四散逃逸。桑阿姨脸颊上动态的印第安纹更增添了她的慈爱,从我们记事起,她就有印第安纹,七八岁的小胭曾经摸着她的脸问,阿姨的酒窝怎么长在颧骨这里呀?这也成为我们两家的保留段子了。

桑阿姨是一个充满母性能量的人,我甚至感觉到她对爸爸都怀有一种母性。如果说,妈妈是与世界永远保持自觉疏离的人,桑阿姨就是与世界打成一片抱成一团的人,可是,她俩凑到一起,却构成了非常和谐的奇异组合。

妈妈用制止的口吻说,老傅,你的血糖不低了……

爸爸说,吃粽子怎么能不蘸糖呢?不蘸糖还叫吃粽子吗?

我们家吃粽子是分两派的:我和妈妈,不蘸糖派;小胭和爸爸,蘸糖派。跟中国粽子的南咸北甜派相比,我家倒都是甜派。

桑阿姨依旧笑眯眯地说,他喜欢,就让他蘸呗,一次不要多吃就好了。

爸爸点头表示同意,嗯,好东西,吃就要吃得地道。

桑阿姨又求情似的对妈妈说,有些东西,就是基因问题,你看,大熊猫吃竹子都那么胖呢。

我们都笑了。我为桑阿姨的新颖见解点赞。

小胭终于出来了。她今天早上可在卫生间磨蹭够了。从她出来,桑阿姨的目光就没离开过她,还给她剥好粽子,蘸了糖放进碗里。妈妈说,你别惯着她。虽然小胭一迭声地表示谢谢和自己来,但桑阿姨的爱从来都是不由分说的。她满足地看着小胭一口一口吃,比看着谢君还慈爱。我知道小胭心里的勉强,她肯定宁愿桑阿姨不要这么爱她。大概自觉承受不起,她索性一副吃蛋不认鸡的表情了。

桑阿姨说，小胭假期也忙，谢君假期也忙，这都难得聚一块儿。爸爸妈妈都附和，可不是嘛。桑阿姨又无限慈爱地看着小胭脸色说，假期最后两天，谢君不值班了，小胭要是倒得开，可以一起玩玩啦，到家里来做好吃的吧，我从麦德龙买了好多半成品，加工很容易的。

小胭不失礼貌地说，谢谢阿姨，再说吧。说着站了起来，宣布：我吃饱了。

看来桑阿姨同样不了解小胭和谢君现在的状况。但我感觉得到，她是在为他俩创造条件。

他们说起了上海之行。爸爸说，我有两年没到上海了。

桑阿姨说，我更久，上次到上海，还是去看小君，跟老谢一起……

三个人沉默少顷。妈妈说，老谢走得真是……谁能想到……

警察嘛，全国每年都得有几百个牺牲的。桑阿姨说。

好在谢君已经长大，他走得也放心了。妈妈说。

我赶快插话说，阿姨，你们选择这时候出去玩，不怕人山人海的吗？

桑阿姨还没说什么，爸爸抢先说，这算什么人山人海，我这辈子对人山人海最深的体验，就是大串联的时候，那才真叫人山人海呢。

桑阿姨说，对，那可真叫人山人海。

爸爸充满豪情地说，我们这代人，最有激情的经历就是串联了，直到现在，我每次到火车站，都有想去串联的冲动……说得他自己先笑了起来。

那时候真年轻啊。桑阿姨感叹。

串联坐火车都不要钱。爸爸说。

吃饭也不要钱。桑阿姨说。

可是人太多了，有一次火车上挤得实在站不住，我就钻到座位底下躺着去了，她更好——爸爸笑指桑阿姨。

桑阿姨指指头顶对妈妈说，我和另一个女孩，就窝在行李架上，头对头说了一夜的话，那时候我还挺瘦的。

那时候你们多大？我问。

爸爸和桑阿姨都掐着指头，好像算命先生在掐算什么似的。

十一岁。爸爸答。十二岁。桑阿姨答。几乎同时。

我好奇了，问，咦？你俩不是同岁吗？

从年头上看是十二岁，实际上不到。爸爸说。

我们是一九六七年二月，刚过完年出发的。桑阿姨补充。

爸爸说，是啊，赶上了一个尾声，幸好赶上了，不然多遗憾。

有没有搞错啊？还幸好！我说。虽然我们这一代不那么关心政治，但我知道"文革"不是什么好事。

爸爸兴致不减地说，反正，那就是我们激情燃烧的岁月，我们去了很多地方，就像现在年轻人的穷游，但我们那时候更有激情，我们是理想主义的。

我撇嘴道，还理想主义呢，就为了自己游玩快乐，视这么大的一个政治灾难于不顾。如果不是看桑阿姨的面子，我可能说得更狠一点。

妈妈说，哎，不对呀，你们那时候是小学生，怎么会参加大串联呢？红卫兵不都是中学生吗？

桑阿姨笑起来，说，嗨，我们红小兵就是凑热闹罢了，其实是硬贴上去的，跟着初中部的哥哥姐姐们。

爸爸不吭声了。原来他引以为豪的大串联行动也没那么慷慨激昂气壮山河呀！光辉岁月有点逊色了。

不过，我突然想道：你俩简直是青梅竹马啦！

我就那么随口打趣一句，没想到桑阿姨瞬间脸红到了脖子，爸爸也有点忸怩起来。我看着他们的反应，觉得很好玩。

妈妈适时地问，你们串联去过哪些地方？

小他俩三岁的妈妈显然是没有串联过的。原来他们之间也有代沟吗？我表示疑惑。

爸爸说，北没到北京，但是，南到了云南，我们也跑了大半个中国，要不是三月十九号中央叫停了，我们还会继续走的。

对，我们最远去到了云南大理。桑阿姨说，脸上竟有一点少女般娇羞的兴奋。

那时候大理什么样？蝴蝶泉真的有那么多蝴蝶吗？现在好像没什么蝴蝶了。妈妈说。

爸爸说，那时候郭沫若写的《蝴蝶泉》可有名了，但我们没去成。

桑阿姨说，我们在苍山洱海停留的时间比较长，后来赶火车，没来得及去蝴蝶泉……

三个人说得热烈，小胭出了门他们都没留意到。

一会儿桑阿姨也要走了。爸爸妈妈送她，顺便出去买菜。

14

爸妈一出门，我便反锁家门，立即行动起来。这个机会我已经等得太久了，都快按捺不住了。

我知道妈妈的写字台有上锁的抽屉，早就留意了钥匙在哪里。妈妈是个恋旧的人，她用的写字台还是那种老式的，上面三个抽屉，右边一个柜子，她说这叫"一头沉"。

我拿钥匙挨着试，先打开了横着的三个抽屉当中最左边那个，里面是发票账本说明书之类的，几乎都是不需要上锁的东西，上锁也许只是出于一种习惯。再打开中间抽屉，是我和小胭的出生证还有小时候的健康登记本作业本涂鸦什么的。看到妈妈珍藏我们小时候的东西，我心里略微顿了一下，但是现在没时间感动。我把希望寄托在最后一个抽屉上，却发现最后那把钥匙不是它的。那是右边柜门的钥匙，柜子里只有一个古董瓷瓶。我知道这是值钱的真古董，但我现在需要的不是值钱的东西。

我有点失望，但心有不甘。我拉开中间抽屉，试着从它右边抽屉板上方的空隙向着右边那只抽屉伸手，居然伸过去了。只能伸进两根手指，整个手是进不去的。我用手指在里面拨拉着，终于碰到一样平整而发硬的东西，我判断是笔记本。我抑制着心跳，屏住呼吸，捏着它的边缘往外抽，感觉比较轻。终于抽出来，原来是一盒录像带，封套上写着：《湖畔奏鸣曲》。

我继续把手指伸进抽屉去探寻，触摸到一个薄薄的东西。我努力用两根手指把它夹了出来，是一个信封。那是一个很旧的普通白色信封，已经泛黄，贴的是二十分邮票，信封上写着：苏墨女士收。

我打开信封，抽出一张同样泛黄的黑白照片。也许是为了防止拿脏，照片被一个图书馆的借书卡袋套着，只露出半截，我从露出来的那一半看到了妈妈的上半身，还有一只男人的手臂。我急欲把照片抽出来，它却卡得很紧，几乎与卡袋严丝合缝。正在我欲速不达时，手机突然响了。

是妈妈。她说她和爸爸忘了带家门钥匙，敲门又没人应。我抑制着心慌说，我在家，正上厕所呢，稍等。我慌张又迅速地把录像带和信封放回抽屉，出去开了门。

他们一进门，卫生间就传来奇怪的咳嗽一样的声音。爸爸说，这两只小东西又在瞎闹了。妈妈说，可能又打起来了吧？他俩的主卧卫生间里有两只养了十几年的乌龟，总是相爱相杀。两只乌龟分别叫阿至和如宾，因为，小胭小时候曾经把宾至如归毫不含糊地说成了"归至如宾"，等家里养了乌龟，它们就被如此命名了。小胭说话快，经常嘴抽筋，比如把沙发说成"发沙"什么的，我们都习以为常了，偶尔还化腐朽为神奇地利用一下她的梗，此即一例。

谁在说话？妈妈突然问。我一愣，接着听见一个模模糊糊的苍老的声音：你说，你说……

难道是乌龟发出的声音？我还在恍惚，妈妈直奔卧室去了，接着喊爸爸过去看。我也跟了过去。在他们卫生间的小瓷盆里，如宾闭着眼睛一动不动，阿至老成持重地伏在它面前，和它头顶头，脸对脸。

妈妈指着一动不动的如宾说，可能死了，我进来的时候看着它合上眼睛的，刚才说话的应该是它。

爸爸指着阿至说，那刚才发出奇怪声音的，大概就是它了，是叫我们过来看一看。爸爸动了阿至一下，想把它们分开，可是它不理他，依旧头对头脸对脸地伏着。阿至的面相一下子衰老了许多，像个忧伤的老头儿。

爸爸唏嘘道，想不到，它们感情这么深。

妈妈若有所思地说，这可能是一个预兆。

爸爸说，什么预兆！你还相信这种东西吗？

妈妈说，希望不是吧。

妈妈手洗完她的白色真丝连衣裙，到阳台上去挂晒。天气阴晴不定，妈妈看着裙角的滴水，在阳台上站了好久。我感觉到家里的低气压，但又说不出来自哪里。

我在沙发上佯装滑手机，悄悄注意着妈妈在阳台上静止的身影。人在知与不知的中间地带是最难受的，我很后悔没有抽出那张照片来看看。其实门已经被我反锁，即便有钥匙，他们也进不来的。那我何必那么慌张呢？看来，人做亏心事时总是怕被叫门的。

我回想着那只男人的手臂，是不是爸爸的呢？好像不是，爸爸的手臂要黝黑得多，也浑圆得多。

那至少是二十年前的照片了，妈妈还很年轻，烫着齐肩鬈发，顶发向后束起。

我从没见过这张照片，如果是他俩的合影，应该会放在家庭影集里，妈妈没必要这么神神秘秘地锁起来，连钥匙都格外放在一个隐秘的地方。

我继续回味着。两个人的身后是城墙，但不是青砖的那种，是层岩似的片状石。那是一个和缓的外墙角，妈妈靠在一边墙上，那个人靠在另一边墙上。从手臂的态势和已经显现的部分来看，两人之间好像没有什么身体接触。我略略放心了一点。

15

我想起了那盘叫《湖畔奏鸣曲》的录像带，马上回到房间去上网搜索。

这是上世纪七十年代一部苏联老片子，新浪潮电影的代表作。剧情介绍说，一个叫鲁道夫的医生来到湖畔，认识了乡村女教师劳拉。劳拉的丈夫利齐正在监狱里服刑，她带着两个孩子与利齐的母亲和妹妹维娅一起在湖边过着灰暗的生活，等待利齐回来。痛恨湖畔生活的维娅爱上了鲁道夫，但鲁道夫爱上了劳拉。劳拉一面拒绝一面难以自拔，最终，她没有接受鲁道夫的爱。因为，她无法抛弃利齐，尽管她并不爱利齐。鲁道夫离开了湖畔，劳拉继续在灰暗之中等待着。

这部电影太老了，我找不到片源。但单看介绍就可以肯定，是一段惆怅的婚外情。

妈妈把一部婚外情电影锁在抽屉里。这意味着什么？

我午饭吃得心不在焉。晚饭是陈漱来一起吃的，也算为爸妈送行。晚饭后，我们四个人下楼去散步。

慢慢溜达着，我突然听见哈哈哈的笑声，是口中没牙的老人发出的那种笑声。一转头，看见一个没牙的瘦老头正在指着轮椅里的胖老头大笑，边笑边说，老家伙，你还没死啊？胖老头是典型的"一脸好头发，一头好脸皮"那种，也笑哈哈作答：死不了，我是鬼难拿！

妈妈说，那是十三号楼的老王，前段时间心脏骤停，差点要了命，胖人就容易得这个病，你爸爸要是不控制的话，将来……

这话让我心里一黯，本能地向爸爸看去。爸爸正在鹅卵石路上踮着脚颠颠小跑，妄图把自己的肚皮颠下去一点。我看着他，突然有种说不出的难过。

夕阳不知不觉中变成了金红，我带着不自觉的挑剔打量着妈妈。她正在凝望天边，夕阳打在她的脸上，制造出一种生动的光影效果。光影互动，凸显出她五官立体的精致。无论愿不愿意，我都必须承认，妈妈身上潜藏着一种深沉的美，那是我和小胭都不具备的。

那些光影之间是否隐藏着一个呼之欲出的故事呢？也许，妈妈的美感一部分来自这个故事？有故事的人总是美的。

我纳闷的是，妈妈一直过着特别规律特别正常的生活，出差都很少，除了每年回一次老家祭祖，几乎从没离开过我们，连"犯罪时间"都没有呀。

天色已经变成暗红了……为什么我以前没有发现父母反差这么大、风格这么不搭呢？妈妈挺直的脖颈，似乎越发衬出爸爸的肚腩之松弛以及脑门的M秃之油亮，看着简直刺目锥心。我都看伤了，以至于变成了心理上某种令人气恼的忌讳。

有人永远寻求最优解，有人则是差不多就行；有人追求顶配，有人满足于标配。凑合与否，反映出泾渭分明的人生态度。我的父母就是这样的泾渭分明。完美到苛刻的妈妈让我嫌紧张，不完美到稀松平常的爸爸又让我嫌松弛，我夹在中间，找不到一个合适的度。

小胭回来时快九点了。我说，大忙人回来了。小胭说，我真是忙得连抠鼻屎的时间都没有了。妈妈嗔怪地瞥了她一眼。

爸爸说，吃饭了吗？给你留的粉蒸肉。

小胭说，哎哟喂，我听到粉蒸肉这三个字，都觉得身上又胖了三斤，明天再吃吧。

爸爸说，早吃早胖，晚吃晚胖，早晚是胖，早吃何妨。

小胭的弹力裤太薄太贴了，三角内裤又太瘦，屁股被勒成四瓣的形状清晰可见。我刚刚看过的一本谈法式优雅的书里，列举了着装中的一些不堪的细节，其中就包括这一项。我是不会这样穿弹力裤的，把分得很开的屁股甚至耻骨暴露出来，我觉得很不雅。我是要么配长款上衣，要么配厚长裙和靴子。长大以后，小胭就不喜欢穿裙子了，尤其是连衣裙，她嫌麻烦。我和妈妈多次教导她，穿连衣裙的方式要注意，如果裙子是背后拉链的，就要站到裙子中间，从下往上穿，从下半身提到上半身，最后穿袖子；如果是腋下拉链的，才需要把整个裙子从头装进去。可她总是记不住，眉毛胡子一把抓，十有八九出状况，不是把自己脑袋裹在裙子里出不来，就是裙子卡在肩膀处下不去，抓狂得叽里哇啦乱叫。反正她也很少穿连衣裙就是了，否则，我和妈妈可有的烦了。

担心什么就来什么，墨菲定律看来不是虚的，小胭弯腰从鞋柜里取拖鞋，把整个屁股对准了我们。尽管她紧实的屁股很好看，但也不能……小胭这个"爸爸的女儿"呀，真不知要让妈妈在心里暗蹙多少次眉头。当然，爸爸"开心就好"的原则，同样不适用于我。所以，相比之下，我更是"妈妈的女儿"。

小胭丢下包就忙着摘耳环，手在耳后忙活半天摘不下来。我一面奚落着她"手比脚还笨"，一面走过去帮忙。闻到香气扑鼻而来，我问，你的香水瓶子碎了吗？她说，别废话，快点帮我摘下来！哎呀，你看影视剧里，摘耳环的动作都是一蹴而就，可见是假的，哪有那么容易嘛。

小胭穿的这件波希米亚风格的白色露肩上衣，我好像没见过。她一向喜欢快时尚单品。她主动交代，这是中午休息时去商场买的，试穿完直接没脱。

小胭对新东西总是这么急不可待。她要是晚上买了一件裙子，就巴不得天快亮明天快来！她要是夏天买了一件羽绒服，就盼望天快冷冬天快来！她急吼吼地要穿起来亮相。

我说，你就那么着急嘚瑟吗？这要是买了一条新内裤怎么办呢？没法亮相啦！是不是就要在外面贴个条儿：内有新内裤。她哈哈大笑说，这倒不用，有些感觉，只要自己知道就好，我在意的只是自己的感觉。

小胭突然嚷嚷道，对了对了，快帮我剪掉吊牌。我边找剪刀边说，你可太狠了，就这么穿了半天！怎么不让卖衣服的给你剪呢？她说，我试穿的太多，那个小妹都快给我烦死了，幸好我最后买了一件，不然……我接过来说，不然，她就白眼看鸡虫了。她说，白眼倒是没有，下巴抬得太高，白眼都找不见了呢，人家是用鼻孔瞪我的！我说，你干吗不跟她说，心急的人是买不到好东西的。

小胭巴拉巴拉说话的过程中，表情眉挑得好高，眉峰眉肌立体得好像要飞起来，活脱脱一个眉毛美容广告的一气呵成天衣无缝的演示。

我们一见面就聒噪得很，梅小粉在小胭面前几次想插嘴都插不上。我剪完了吊牌，小胭又打开自己的大包，一边往外拿一边说，喏，给你买的，踩屎感的拖鞋。妈妈看着我手里浑厚的黄拖鞋，一脸的匪夷所思。小胭浑然不觉，又拖出一件黑色蕾丝胸罩和一条玫瑰红内裤。我说，你怎么不买成套的呢？小胭瞪圆眼睛说，内裤天天换，胸罩几天才换一次，买的成套就得穿成套吗？成套买并不科学。我故意揶揄说，我记得有位台湾女作家写，年轻女孩穿得外表漂亮，里面内衣却不成套……小胭强行切入说，结论是年轻女孩不讲究，是吧？喊！她嗤之以鼻地说，一副衰老的身体，就算穿上再好的成套内衣，又怎么样？用这种优越感来碾压年轻女孩，心里那是有多少酸水？

我赶紧去看妈妈脸色。小胭在家说话就是这么不吐不快一泻千里的，有时甚至明知口嗨无益，准备好了说完就快跑以免被追打，但仍然要说的。何况，这次她纯粹是无意识。

爸爸正在低头看报纸，报纸忽然发出很大的唰啦声，大到似乎没必要。小胭终于明白点什么，贴过去抱住妈妈肩膀甜兮兮地说，我的妈妈，当然不一样啦，碾压所有老阿姨！

我觉得小胭说的并不是奉承，是真话。虽然，她不说"老阿姨"会更好。但她根本不在意我这些小九九，又继续去翻找自己的包，她的衣服领口较低，俯身的姿势使她胸前两大坨毕露无遗，小胭确实比我有料。我可怜的妈妈，但愿她没看到。小胭边翻边说，还有……口红，烂番茄红和姨妈红，你要哪管？

妈妈听不下去了，不自觉地清了清喉咙，好像有什么东西卡住了似的。但小胭仍是浑然不觉。

妈妈终于瞅着小胭上半身说，你这件衣服，好像全是用流苏做的。这话总算使小胭汪洋恣肆的大好情绪像放水一样消掉不少。虽然我和小胭着装风格决然不同，她是元气少女风，我是性感小香风，但说实话，我一直窃以为她的审美是不那么在线的，比如这件松塔似的上衣，并不适合她圆润的身材。小胭一向是活色生香色彩斑斓的，就妈妈知性淑女的审美而言，自然是站我多一些，换句话说，我和妈妈审美上更接近。

此时此刻，我只能不失时机地安慰小胭说，看着还行，挺好看的，就是不知道穿着舒不舒服。

小胭大喇喇接口道，当然不舒服啊！对，你看看我肩膀怎么了？有点疼。

我凑近一看，天哪，起了一串水泡，简直就是一根水晶珠链。我心悦诚服甘拜下风，在小胭的大条女迷惑行为大赏系列中，这不算什么了。

小胭用小指挑着自己肩上的硅胶胸罩带说，都是这带子惹的祸，我说咋这么疼呢。

我说，但是，这种露肩衫，少不了隐形胸罩带啊。

小胭说，就是嘛，其他胸罩带子露出来很难看，不穿胸罩嘛，又会凸点……

我瞅了小胭胸部一眼说，可不，您老兄这分量，可穿不了无肩带的……

爸爸的报纸又发出很大的唰啦声，脸也更黑了——当然，他本来就不白。我意识到了什么，赶紧掩住口。妈妈终于忍无可忍地斥道，你们完了没有？干脆到大街上去说多好！女孩子说话，不懂一点分寸吗？小脂也是的！妈妈白了我一眼，加强语气说，连你也这么没数了。

这……这锅怎么就甩到我头上了！合着我生来就是为小胭背锅的？

小胭可以随便放肆，即使政治不正确也是可以原谅的，而我呢？有一点点差池都不被允许。我们家一向如此，我都不会再去抗议，说什么"明明小胭才是姐姐好不好"之类的了，因为抗议也无效，格局早已奠定。

小胭好像大梦初醒似的，睁圆眼睛说，这有什么，没什么好羞耻的嘛。

妈妈说，把羞和耻分开，好吗？就算不是耻，那就没有羞了吗？女孩子知羞不好吗？不要口无遮拦，有点分寸和教养，好吗？

我倒是承认，害羞也是女孩子特有的一种美丽。但还是弱弱地辩解了一句，我们也没有……吧？

妈妈马上又对准了我：你自己有一句话其实说得挺对的。

什么话？这下轮到我大睁双眼了。

不要把嘴贱当勇敢！小胭抢着说。她这时候脑子倒灵光起来了。

我被狠狠地戗了一下，委屈缴械说，好吧好吧，我什么也不说了，我错了，都是我的错，行了吧？

小胭却又不识时务地来了一句，妈妈，这算什么嘛，您看人家女权主义者，都表演《阴道独白》呢，您还需要女性主义启蒙！

妈妈以少有的明快回击道，别跟我摆什么主义！我看有些所谓的女权主义，名义上是启蒙，实际上是困扰，最起码，连羞和耻都分不清。

妈妈是彻底炸了，我从未见她如此用力地说过话。

爸爸声援说，就是，别拿女权主义来聒噪，更不要惹你妈妈生气！

小胭吐了吐舌头，凑到爸爸身边，低歪了脑袋去看背面的报纸，完全像没事儿人一样。小胭就是有这个本事，哪怕爸爸全程黑脸，她也能用自己的"无视"化解。报纸就是拿在别人手里才好看——这是小胭的名言。不用说，她一定在爸爸刚才翻页时瞥见了什么明星新闻。

爸爸脸色缓了过来，把那张报纸递给小胭说，好了，我看完了，给你看去吧。小胭反而说，不要了，不好看。她又一次验证了自己的名言。

小胭起身，忽然发现了什么似的，定定地看着妈妈说，妈妈脸色好像不太好哎，怎么了？

爸爸说，你才注意到吗？她这些天心脏就不好。

妈妈却风马牛不相及地说了一句：乌龟死了一只，如宾死了。

小胭惊讶道，是吗？早上我还听见它叫呢。

她跑进卫生间，很快把乌龟盆端了出来。只剩阿至了，孤零零地缩在盆底，好像这一天下来，它的身量缩小了一圈。

16

三号下午爸妈走后，我终于从借书卡袋里抽出了那张照片。我的血液凝固了。女人可怕的第六感再次得到了验证，那根手臂果然是南宫的。尽管照片上的南宫比现在年轻得多，我还是一眼认出了他。

照片上的妈妈和南宫带着一种温柔的苍茫，同时深深地望向对方。照片是在两个人朝向对方的刹那拍下来的，摄影家完美地抓住了众里寻它千百度的那个有意味的瞬间。

其实早有预感，所以这些天我才会那么不安。从我在网上看过南宫的照片，就觉得他们两人的气质尤其是眼神非常契合，只要他们有机会相遇……我不愿意去想某种故事会自然而然发生，虽然冥冥中预感，那是不可避免的。

照片上妈妈的眼神刺痛了我的眼睛，那是我从未见过的一种眼神。我相信她从未用这样的眼神注视过爸爸。我也相信，如果被这样的眼神注视过，爸爸也许不会是现在的形态和状态了。

陈漱的手指比我的长，他又通过抽屉板上方空隙夹出了一个有点蓬松的本子。我居然害怕去打开它，好像害怕打开潘多拉盒子。陈漱看出了我的心思，迟疑了一下，他把本子打开，展现在眼前的是一片树叶，一片鲜黄的杨树叶，因为经过了压膜塑封处理。我说，这是书签吗？

陈漱说，或许只是一个纪念。他翻开了第二页，是一张大白兔奶糖的糖纸，压得非常平整，好像被熨烫过似的。我有点酸涩地说，太中二了。

陈漱说，不在于这些东西本身，是心理价值不同。这话听起来前言不搭后语，其实切中肯綮。

它相当于一个纪念品的剪贴本，或者，也是一座"纯真博物馆"？我自己拿过来继续往下翻：一个空了的红茶袋，一张中华香烟纸，一张系着红丝绳的标签。我在此打住，仔细研究着这张标签，L码，175/96A，毫无疑问是男装，而且可以排除是爸爸的尺码。

我丢下那张标签，对陈漱说，你看，不用怀疑我的直觉了吧？

陈漱没说话，接着往下翻。一张写着"车票"二字的白纸，翻过来，整齐地贴着几十张车票，有火车票，也有汽车票，有去天目山的，有去苏州的……都不太远，以长三角一带居多。

我说，这两个字不是妈妈的，也不是爸爸的。

陈漱拿出手机，搜出南宫的山水画，放大了他的题字给我看。我问，你觉得是吗？他摇摇头说，拿不准，同一个人的字，硬笔书法和软笔书法也有不同，我们不是专家，很难辨别。我说，我看看能不能搜到他的硬笔书法。搜索的结果是令人失望的。

我怅怅地说，如果这两个字是他的，里面其他的一切，应该也是他的，或者跟他相关的。

剪贴本看完了，我们俩倒腾不出别的东西来了。

到底发生了什么？一定有一个故事，一个只属于他们两人的故事。

我很早就知道，爸爸妈妈是自由恋爱，是一个得意门生娶了老师女儿的令人称羡的模式。至于此后，那是另一回事，人是会变的，人和人之间的感觉也是会变的。妈妈一直是一个克己敬业又安于家室的女人，虽然在外事部门工作，但很少出差，出国机会总是先尽着别人。妈妈在家时，我们并不觉得她料理了多少家务，我们都依赖到无意识了，但妈妈偶尔出去一次，家里就会从早到晚乱成一锅粥，像没了定海神针的东海龙宫，这就是家庭主妇的不可替代性了。所以，她能不出去就不出去。南宫的定居地是上海，两人并不在同一座城市，那么，他们是怎么开始又怎么约会的呢？我想不出妈妈怎么会有约会的时间和空间。

我搜肠刮肚地回想着自我记事起妈妈离开家的时间点，希望从中找到一个规律。最多的一个时间点，就是妈妈每年都会自己回老家扫墓，那是什么时间来着？好像是国庆节之后。

我神经质地打开剪贴本，查看着车票上的时间。

我的感应没错，车票或机票时间基本是在十月十号，左右也不过两三天。

人的祖籍地是不可能有变的，可是，这些票面上地点不一。我早该想到，扫墓是在清明节，而不是十月。以前我以为，也许那是谁的忌日。可即便如此，又有什么必要坚持一个人去呢？这么蹊跷的事，我们——包括爸爸，居然只是习惯成自然，一直默认她回了"老家"。我们太笨了！

我有点气愤地说，他们这样，应该有二十年了，我记得妈妈从我很小的时候就开始祭祖了。我苦笑着，不知是嘲讽还是自嘲。祭祖，却原来是去偷情，滑稽透顶！可我们居然相信她。

我把拿出来的东西一一拍照，然后放回抽屉，尽量做到归还原位。我们回到我的房间。我拿着手机，手指不能自已地在刚拍的照片上滑着。

爸爸妈妈和桑阿姨这次去上海也很蹊跷，以前爸爸每次提议出去旅游，妈妈总是反对，她有洁癖，不愿在家之外的地方住宿。但这次出游却是她主动提出来的，而且，是在五一旅游高峰，自己身体状况又不佳的时候。

我再次凭直觉判断，妈妈这次去上海与南宫有关。他们已经从青丝走到了白发，她居然能把一个秘密保守这么多年！我真是服了她了。

我们都被她骗了。我说。

先不要那样想，陈漱说，现在还不能肯定。

我说，我几乎可以肯定了，女人的直觉是不会错的。

你爸爸不是跟她在一起吗？还有桑阿姨。陈漱提示说。

难受就难受在这里，也许爸爸还在一边混混沌沌傻乐和呢，一想到这，我就受不了。

陈漱说，你希望爸爸是一个敏感的男人吗？

如果那样，至少我会好受点儿。我坐到床上怅恨地说。

可是，那样他可能就痛苦了。陈漱说。没有人会比你妈妈更敏感更矜持的，爸爸的钝感力，或许恰恰使他们两人相处起来容易点儿。

妈妈怎么能这样！我捶着床，简直是义愤了。如果妈妈此时在眼前，无法想象我会说出什么。

别这样，人人都有爱的权利。陈漱既是安慰又是制止地说。

可她是我妈妈！

她不仅是你妈妈，也是一个女人。

她都已经退休的人了——

她也有过你这样的年纪，你将来也会有她那样的年纪，你看看自己的现在，就不会苛责她了。

我难过地说，可是，我觉得爸爸很可悲，大概这辈子就不知道情为何物。我无奈地摇头。唉，只要不太平庸的女人，就不会去爱他这样一个男人的，何况我妈妈。

但他们还是过了大半辈子，而且挺幸福的。

不管妈妈心里怎么想，她一直是最大限度地将就爸爸的，不也做到了无懈可击吗？至于心里的事情，那是无法改变的……所以，理智地想想，也许我不应该怪罪妈妈。

陈漱笑笑说，但你还是怪罪了。

没办法，毕竟，我是我爸的女儿呀。心里反复闪回优雅的妈妈和儒雅的南宫在城墙边的深情对望，我开始流泪，一发不可收。

陈漱说，其实你爸爸也很优秀，只是跟你妈妈在一起，就不那么显……

我打断他说，你不用安慰我了，我明白。

这件事如果有第三个人知道，那一定是冉紫。但冉紫是不会告诉我的，我已经碰过钉子了。

我在犹豫，要不要跟小胭讨论一下这件事？估计她只会说，想什么呢？省省吧。

对，小胭呢？怎么一天到晚见不到她？

17

假期怎么样过得不寒碜？这是一个问题。看看朋友圈里晒的各种旅游照，就觉得没出去玩的自己是被幸福抛弃了。尤其正被妈妈的问题苦恼着，更有"沉舟侧畔千帆过，病树前头万木春"的感觉。

假期眼看着就过去了三天，第四天也没什么喜悦等着我，喜悦是别人的，我还必须去见证——参加陈漱同学的婚礼。其实只要我愿意，这样的喜悦也可以属于我，但我不知为什么就是不愿意。随便想象一下婚礼移植到我和陈漱头上，我就感觉不到任何喜悦，甚至还有点莫名的不悦。这不足以说明一切了吗？干吗勉强自己呢？

昨晚我睡下时，小胭还没回来，我指望早上跟她聊会儿，醒来时她却已经走了。打小胭微信视频，她给我挂断了。接着用语音打回来，说她正忙着，有事儿快点说。我告诉她，今天去参加一个婚礼，晚上回来不会太晚，让她也不要回来太晚。她答应着挂断，一句话都不肯跟我多说，真扫兴。

一个人，没什么劲，起床也慢吞吞的。听了陈漱的微信语音留言，说等下开车来接我。我回复说，还是不要啦，坐地铁吧，肯定塞车的，停车也难，我还要去做个指甲。陈漱秒回，那我去接你。

先把洗衣篮里的衣服一股脑塞进洗衣机，再洗头，然后准备出门的穿着。

参加婚礼还是要隆重一点的，礼服裙和高跟鞋是必须。取宝蓝色礼服裙时，手指没能及时从衣柜推拉门边拿开，滑轨的速度和力度超出我预期，哗一下冲向板壁，手指就被夹了，血管嘣嘣嘣跳着疼。我坐在床边甩着手指，感觉太丧了，礼服裙简直都安慰不了我。

高跟鞋找好，袜子却犯了难，如果穿长筒玻璃丝袜，固然光滑透明性感漂亮，可脚底容易在鞋里面打滑，等下我还要先逛会儿街呢。如果穿普通丝袜，脚底固然不会打滑了，可腿显得臃肿笨拙。让双腿直接露天也不难看，我对自己的腿部肌肤还是有自信的，可是，脚直接跟皮鞋接触也不舒服。最后我决定穿一双隐形船袜，袜子藏在鞋里，既不会有碍观瞻，脚又相对舒服。刚刚决定完就发现，船袜刚才都给我放进洗衣机了，此刻正在滚筒里转动呢，我隔着滚筒玻璃都能看见它们，转来转去好像在向我炫耀自己的存在。终于在床头柜里找到一只，另一只却不知去向。我气急败坏地用干发巾抽打着洗衣机。

我顾不得什么人际边界和隐私意识了，果断到小胭房间的床头柜里去找她的船袜。一拉开抽屉，我愣住了。一盒安全套赫然在目，而且是打开的。这是跟谢君还是……谁使用的？其实我差不多在反应出谢君的同时便否定了他，第一时间定位的是另一个人。那个"谁"还有谁呢？只能是哈雷男。我脑海里浮现出小胭穿回来的那件不合时宜格格不入的男式衬衫。她居然把他带到家里来"为爱鼓掌"了?!

紧接着，在小胭梳妆台旁的字纸篓里，我看见了京东到家的包装袋，难道，这就是安全套的由来？

来不及面对自己的情绪撞击，门铃响了。

陈漱到了。难得这次我没有让他等，两个人迅速出了门。街上人头攒动，地铁里人倒没有那么多——意思是，站着的人可以站得比较从容。也好，穿礼服裙是更适宜站着的。地铁里已经开了冷气，一进去，人好像陡然瘦了一圈儿。

地铁里实在太少见礼服裙了，许多的注目礼使我心情明媚了一点。虽然陈漱老担心我冷，但我喜欢在天气微凉时穿裙子。毛衣脱掉时换上轻捷的裙装，光洁的脖子粲然暴露在春天的空气里，裹着透明丝袜的小腿在高跟鞋上俏泠泠地抖着，那种微凉的性感正是我想要的。深秋时节飘零的长裙在凉风中扫过细巧的脚腕，宛如一种令人心颤的摩挲，小腿楚楚动人，也是极好的伶仃之美。

有人下车，陈漱眼疾脚快地站到刚刚空下的座位前，示意我坐下。可是，我不想坐下，他怎么就不懂呢？而且，我不愿意马上坐在别人的体温上。陈漱再次催促我，我别过头去，假装看不见。这样的男人以及这样的表现，算不算蹩脚？

一走出地铁站，或者说，一走出冷气，人好像马上又胖了一圈儿。

束着紧致的腰带，穿着细脚伶仃的高跟鞋，很提气地咯咯咯走在街上，对我是很好的治愈。逛街了，逛街了！节日也要有我的份儿。终究不甘心快乐都是别人的。

春熙路是妈妈和桑阿姨这种老派女性逛的了，我和小胭更喜欢太古里和IFS，它们才是成都时尚新地标。IFS外墙的熊猫屁股底下，照例是游人最多的。我看看抓着屋顶蹬着墙，肥胖的身子伏在屋檐上，硕大的屁股对着街道和行人的大熊猫，不由得加快了脚步。陈漱的脚步比我更快，好像怕给熊猫把屎拉头上似的。男人这种动物，总是恨不得把逛街变成赛跑的。

我算不上物欲强烈的女孩子，但买到眼睛一亮的小东小西，总归是一种怡人的小确幸。比如，在IFS看到书被袋装成狗粮或咖啡豆的样子，就爱随手买上一本。陈漱笑我说，总是要打开看的呀，打开还不是一个样。我说，不一样，形式感很重要。

看到盲盒，我也想来上一个。可是，付款以后，盲盒却出不来。它坏得可真是时候，我还急着去做美甲呀！陈漱说，我去找商场管理员。我说，算了算了，走吧。小确幸变成了小确丧，心里窝火，想踹哪里一脚。

美甲小姐可真辛苦，别人都在度假她们还要上班。比较思维使我心里略微平衡了一点。不过，小胭不也一样吗？放假更要上班。想起小胭，心里又一阵乌云滚过。我一只手伸出去交给美甲小姐，另一只手滑着手机。这里只有女宾，陈漱没进来，我担心他无聊，微信问他在干吗，他说，在离美甲店不远的凳子上看书。我放心了，他是有书即安。不用说，是他自己带的哲学书，我曾经戏说他是随身携带"三大批判"的人。上底油，涂甲油胶，封层……好在树脂甲油不用晾，晾也是晾不干的，用紫外线灯烤，秒干。以前的普通甲油不管用凉水泡还是用烘干机吹，都要静候一小时以上才能干透的，偶尔赶时间等不及干透就走，出门时本能地伸手一碰把手，瞬间懊悔得倒抽凉气，指甲上赫然可见无可挽回的瑕疵了，几个小时前功尽弃，又要痛心疾首回去返工。那时候做美甲就是一种考验耐心的修行，所以小胭几乎不做，现在简单了，她的耐心也够用了，可以跟我一起做了，但她连人影都不见了。

旁边闲坐等客的美甲小姐可能太无聊或工作时间过长，滚滚的哈欠笼罩了整个店铺上空。她每一次仰头张嘴都好像要把在座的各位统统喝进去似的，我几乎能感觉到从她口腔里袭来的潮热复杂的气息。我在不爽的同时不免感慨，做美甲的和被做的，可都是女人呀！

做好了。虽然肉眼可见紫外线灯使手背皮肤增黑了几分，但新做的指甲实在太完美了，我不无自恋地顺光逆光欣赏着。美甲是很容易使女人自恋的，因为无须镜子就看得见。我选的是一种介乎酒红和咖啡之间的暧昧颜色，有绿莹莹的金粉暗中闪烁，平添神秘性感。当然，冷不丁一看也有点像青紫的瘀伤。

小胭的船袜我穿着松了，老往下秃噜，她毕竟比我丰满点儿。我又抓紧时间去买了双长筒丝袜穿上。一开始这么穿不就好了吗？绕了一圈又回到原地。女人的这类小纠结实在麻烦。

到了花园酒店的草坪婚礼现场，顿感大型社交party开始进场了。所有人笑容可掬，社交雷达全开，但都是我不认识的人，包括新郎新娘。新娘嘴角很长嘴唇很薄，好像两片瓦对到一起了，一笑嘴角扯得更长更像瓦片了，我看着莫名不喜欢。在审美方面，我是个不折不扣的刻薄鬼。不是我同性相斥格外挑剔，你看，她的妆化得实在太硬核了，简直像戴了面具，在太阳时不时的关照下，我真担心她分分钟就会丢盔卸甲。她的假睫毛干巴巴硬撅撅的，看着能扎死人的样子。头发也做得太死了，像个木头的鞋楦子。更死的是她的胸，硬撑在前面，导致身体的曲线不是玲珑而是生硬了。偏巧我的手臂不小心碰到了她的胸，那感觉，就是被羊角抵了一下。这个小小的抵牾使我们相互看了一眼，传递的是赤裸裸的不喜欢。众星捧月，捧的却是这样一个月亮，窃以为不值。我简直懊悔跟陈漱一起来了，干吗要参加一个不喜欢的人的婚礼呢？见鬼！

一切行礼如仪的Social标准动作都在这里交错上演。人群突然呼啦啦拥上去跟一个什么人合影，C位妥妥被占据了。但新郎新娘似乎并没有什么不悦。摄影师说，来，假笑一哈。于是，那些假笑全部变成了真笑。这倒是个很好的策略。陈漱问了旁边人，得知占据C位的是一位退役的世界乒乓球冠军，请来做证婚人的。哦，难怪。不过，我是绝不会做这种事的，我的婚礼我做主。陈漱丝毫没有察觉我在这里的勉强，自己红光满面跟一个新郎官似的。因为，他终于把我带到了同学们面前。老实人也有老实人的虚荣心呀，陈漱一直把我当成他的"蓬荜生辉"来对待的。

我总感觉笑语喧哗的人群中有一双眼睛在锁定我，可那是属于哪一张脸上的眼睛呢？我不能确定，而且不好意思东张西望。到处都是人脸，每一张人脸上都有一双眼睛，没准它还在我背后呢。一顶爵士帽吸引了我的注意力，我这种视觉系的人是很容易被格格不入的东西所吸引的。但这个人的眼睛在帽檐下面深藏不露，我不确定他在看向哪里。我更加放不下自己的矜持，高冷地兀立一旁。陈漱的同学瞅着我打趣他，呵，卖油郎独占花魁呀！陈漱谦逊又难掩得意地说，哪里哪里。我尴尬地笑了笑，识趣做害羞状。

遮阳伞下人太多了，我往外围挪了一下。有人在酒店做寿，廊柱上贴着大大的寿字，我百无聊赖地仰头去看红纸上的黑字，直看到红纸在阳光底下变作一片漆黑。我移开目光，眼前仍阵阵发黑。阳光太强烈了！令人心躁。遮阳伞下乌泱乌泱的人群，也令我心躁。是的，我是一个毛病很多的人。

其实我什么也没听到没看到，纯粹是第六感，使我下意识地向左后方向转过身去。一双手正在彬彬有礼地伸向我，爵士帽下的眼睛也对准了我。伸出手的同时我确定了，那让我捕捉不定的目光就来自他。

你好。他说。他显然知道我是谁。

你好。我说。对这个人我一脸茫然。

他说，我的微信名字是水手。

我什么都说不出来，只有嘴巴做了一个"哦"的口型。我想我的脸应该是红了，感觉好像所有的人都在看向我们。其实没必要，越大的party往往越有私密性。这个人是怎么加上的微信好友我已经不记得了，太多的社交和非社交场合，我们都有可能拿出手机来扫一扫。但两个人若有若无时断时续地聊暧昧，是有好久了。是的，暧昧。必须对自己坦白一点，作为成年人，我不会佯装不知什么是暧昧。我的微信头像用的是自己照片，所以，他认出了我。这就好比网友奔现，可居然是在这样的场合，真够别致的。这个人，原本只是我秘密后花园里的一个符号，现在，他以真身出现在我面前了。之前我没有想象过他的样子，觉得他反正就是一个虚体的存在，但当他现身时，那个虚体似乎瞬间附着在他身上了，我觉得他就该是这个样子。暧昧聊天中我已经了解，他是一个注重细节和形象的男人，一个生活考究的有腔调的男人。一见之下，果然。无法对他面面俱到条分缕析，总之，形象气质都与陈漱大相径庭就是了。

以后我才意识到，当我下意识地把他与陈漱去作对比，并简单直接地给出结论时，就已经反映出我的心态了。而问题也正出在我的心态上。

他很快被人群裹挟走了。突然，我发现自己的丝袜在小腿肚那儿抽丝了！第一反应就是抬头紧张地寻找那双眼睛。这简直是黑体大写的社死啊，虽然我穿的不是黑丝。曾经有一次我的黑丝袜抽丝了，小胭说，你现在往街上一站，就是标准的站街女啦。我看了看，确实是的，原来，良家妇女和站街女的形象之间，只缺一双抽丝的黑丝袜而已。

我没看到那双眼睛，却看见了垂下的桌布边缘的子母贴，罪魁祸首一定是它了。我非常讨厌这种子母贴，因为它的钩面碰到啥都是赚便宜，只有碰到相合的毛边，才是相得益彰珠联璧合，就像……就像什么呢？坏蛋找到了一个对的人？是的，坏蛋当然也可能找到一个对的人，而且是好人。

还有比一双抽了丝的丝袜更好的人格画像吗？哪怕我今天带了透明指甲油，往抽丝的地方涂一涂，也可以阻止事态扩大化呀。做一个精致女人之不易，包括但不限于，穿丝袜出门要带透明指甲油和备用丝袜，可我今天原本是没穿丝袜的。在大型社交现场老是怀疑丝袜破了，是令我最不自在的事了，何况这次是真的破了。更何况，这次还有一个让我无比局促的男人在场。

我的手脚都不知怎么安放了，我的心更无处安放。后面的婚礼过程我已经全无意识了，注意力都在一双眼睛上。他或许也是一样。但我们再也没有看见彼此，人太多了。离开时我想，或许他正挂着商务微笑在社交海洋里遨游吧？

18

回到陈漱公寓，我第一件事就是想来个泡泡浴。草坪婚礼让我出汗不少，号称"女人的刑具"的高跟鞋也让我很是吃苦受累，我需要慰劳一下自己的身体。我的内心也需要水的镇定和安抚。

陈漱的房子虽然不大，却有不错的浴缸，那是专门为我而装的。为了抵御日常生活的所谓磨损，我给自己的最佳慰劳就是泡澡。对于衣食无忧的我，要说享受生活，泡澡大概是最体己最容易的一种方式。我有四种颜色的泡泡浴盐球，粉色是玫瑰，紫色是薰衣草，黄色是燕麦牛奶，蓝色是欧石南。我最喜欢的是蓝色，因为在浴缸里最赏心悦目。开始我以为那是海盐，后来看了说明才知道是欧石南。一见这名字，我更加爱上了这款浴盐。勃朗特三姐妹生活的沼泽地，不就遍地欧石南吗？她们在小说里都写到过的。所以，欧石南是自带文艺精魂的花，尤其对于中文系的女孩子，简直文艺得不能再文艺了。忘了说，我其实是中文系毕业的，做美术编辑纯粹是为稻粱谋。

蓝色浴盐球在水里转动着，同时嗞嗞地释放着泡沫。"贵妃入浴"的时候，身体是最充满期待的，入水的瞬间，快感传遍全身。人是来自水的，泡浴可以视为一个回到羊水中的隐喻，没有比周身包围着温暖的水更令人彻底放松的了。水撩起来，像浪涌的海，也可以文艺一点，穿凿附会为蓝色多瑙河之波。

躺在浴缸里敷面膜，是一种双赢的统筹法，节省时间，利于吸收。浴缸旁边的浴室柜上摆放着：泡泡浴球、老姜足浴粉、艾草足浴粉、欲望拜金女香水、洗脸扑、洗脸刷、面膜贴、眼膜贴。其实，还有冲牙器、氧泡泡消毒喷雾、USB 小电扇、金霉素眼药膏，正是有了这些实用的东西，才能构成完整的生活。但我此时却本能地略掉了后者。留意到后者的存在，必须是在我被生活锤打之后了。

面膜的功效无非是补水。其实，无论怎样补水，都不如涂一层油更能锁住水分。这是我的实践心得。但油会使人显得油光满面，所以，我会在晚上或不出门时用油性面霜。在用油前先补一层水，效果是最好的。我现在进行的就是这一步。应对生活中的大小事体，每个人都有一定之规，按照自己的一定之规来，才会觉得熨帖。这就是适意的重要性。人一旦适意，心里就会有鸡汤汩汩流淌；一旦不适意，就会戾气冲破天灵盖……我敷着面膜闭上眼睛，进入了与自己心灵对话的仁波切时间。另有一双眼睛同时在脑海里晃动……

手机铃声突然大振，驱走了我的仁波切。一时找不到干毛巾，我使劲甩甩手上的水，拿起手机。是小胭，问我什么时候回家。我说，奇怪了，轮到一个整天不着家的人，来问我什么时候回家了吗？她说，别废话啦，快告诉我！我说，你希望我早回还是晚回？她说，晚回。我说，那就十点以后吧，哎，等等，你是在家里吗？

为什么希望我晚回？她已经挂了。我很不爽。

陈漱的脚步声传来，我喊，别过来哈。陈漱在外面问，晚饭想吃什么？我先拿出来化冻。

这个人，还真听话。我突然有点烦躁，回答，不饿，晚饭不吃了。

他又问，你是要轻断食吗？我更烦躁，回答，绝食！

外面归于平静。我懊恼着，刚刚心里的仁波切说走就走了。可见，知易行难。哼，都是这个人……

泡完澡一顿酣睡，醒来时，天已经暗下来。很少在这个时间醒来过，我打量着房间，大脑虚渺了好几秒，才确定这是什么状况。

陈漱正在桌前看书，屋子里只有台灯下一个光亮的岛屿，其余都是晦暗的海洋。我在晦暗中坐起，抚摸着自己赤裸的脚背，望着陈漱的背影发呆。陈漱浑然不觉。

另一双眼睛，必定蛛丝马迹尽收眼底……

我故意打了一个大大的哈欠，陈漱终于回过头来。我说，你连贤者时间都要变成圣贤书时间了。我也不知道自己为什么要说“贤者时间”，其实这并不是“事后”。他说，还有一小节，马上看完。

他终于放弃了自己那一小节，站起来把手放到我肩头，柔声说，起来吧，赖在床上容易胡思乱想。

我说，胡思乱想也比脑子里长满哲学好吧？

他笑了，无奈地说，哲学总是你讽刺我的口实，你那么仇视哲学吗？

他不笑还好点儿，就是那一笑，使我更来火了，回敬道，我不是仇视哲学，我只是希望不要活得那么哲学。

他说，有什么好生气的，哲学就是头脑的瑜伽，多练练有好处。他说着坐下来抱住我。我推开他，下床三下五除二穿好衣服，就要往外走。

他这才反应过来，拉住我说，生什么气嘛，什么事不好沟通？

我说，沟通是有条件的，不是任意两个人之间都可以沟通的，再见。说完把门坚决地闭上了。

刚走下一层楼，手机响，又是小胭。她急急地说，厨房下水道堵了。我说，你用拔子拔一下嘛。她说，拔了，拔不出来，也找不到原因。我说，等我回去再说吧。她说，那我先走了。然后又挂断了。

让我一个人回去面对堵塞的下水道吗？好烦！躁气直冲头顶。这时陈漱跟下来了。他说，我送你吧。我没吭声，算是默许。我当然也不好意思跟他说"我正需要你"。

一到家，一股臭味扑面而来。我嫌恶地皱起眉头。

我走进厨房，碗筷果然堆满操作台，橡皮拔子歪在水槽里。我什么都不想做，只想打电话把小胭臭骂一顿，但打不通。

陈漱动起手来。拔了几下，还是不通。我站在他身后，生怕把自己弄脏。他找了一根长长的火锅筷子插下去，不停搅动着，慢慢通了。他用手指捻了一点东西给我看，是肉冻。接着，我就看到了垃圾桶里的一堆凤爪骨头。

我恨恨地打小胭微信语音，这次她接了。我劈头盖脸兴师问罪：你知道怎么堵的吗？你卤了多少凤爪？你把卤水倒哪里去了？猪脑袋啊，不知道会凝固吗？你一个人怎么会吃这么多凤爪？

她只弱弱地说了一句，你怎么知道是我一个人吃？

我颓了。她居然把他带回家来了！还有，几乎从不下厨的小胭，居然为那个人卤了一锅鸡爪子，可见……当然，也可能是那个人卤的。

陈漱说，早知道用开水烫，更管用。

不得不承认，他的生活智慧比我丰富太多了，我除了跳脚，好像再无计可施了。

我又在饭桌上看到了瑞典腌鲱鱼的空罐头盒。这对狗男女，真是臭味相投!

陈漱说，我收拾一下，给你拌个沙拉吧。

小粉呢？我家里家外找，终于从妈妈的床底把它拖了出来。它的眼神充满惊恐，见到我仍然畏葸不前。怎么了？我摸了它两把，手指却被它肚皮某处的硬痂一样的手感惊到了。我抱起它来，仔细端详，发现它肚皮的毛被烧了一元硬币那么大一块。

我怒从中来，这是谁这么缺德!

我正要去拿手机审问小胭，电话铃突然响了，我定在原地，过了几秒才反应过来，是座机，不是手机。家里的电话一直想撤掉，妈妈不同意。但是现在极少用，铃声也是久违了，所以猛一响真是吓人一跳。

我走过去拿起话筒。声音很不清楚，甚至连男女都听不出来。我说，打错了吧？对方终于好好清了清嗓子，说道，是苏墨女士家吗？这次我听清了，是一个女声，有点苍老。我说，是的。她说，那么，是苏墨女士吗？我说，不是，她是我妈妈。她说，那方便请苏墨女士来听电话吗？我说，她出去旅游了。她犹豫着，终于说，是这样的，我家先生病了，最近神志不太清醒，嘴里老是重复两个词：蘑菇，苏墨，我们是从他以前的电话本里找到这个电话的……

请问您家先生是哪位？我说。

就是国画家南宫……

19

我再也不能幻想着，妈妈跟南宫或许没什么了。

那么，我该不该把这个电话告诉妈妈呢？我留了南宫夫人的号码，尽管我对她无可奉告，甚至连妈妈就在上海都没告诉她。我现在更有理由怀疑，妈妈这次去上海跟南宫有关了。

还有，蘑菇，什么意思？我百思不得其解。难道是蘑菇头？妈妈以前倒是留过蘑菇头，不过那是好久以前的事了。

我正在跟陈漱猜度这件事，小胭发微信说她一会儿就回来。陈漱说，那我走吧。

陈漱走后，我木然地坐在沙发上，翻看着手机里那些从妈妈写字台找到的东西的照片。

陈漱突然发来一张照片。是草地里的一对男女，紧紧抱在一起，是那种命悬一线似的拥抱，女的横在男的腿上，男的伏下整个上半身，俩人脑袋抵着脑袋，简直有一种垂死的意味。我看得莫名不舒服。视蚊子为恐怖分子的我，想到的第一个问题是，在草丛里躺平的这对男女，不怕被蚊子咬死吗？

我问陈漱，给我发这干吗？

陈漱回复，你放大了看，那是不是小胭？我刚刚路过看见。

我的脑袋嗡的一下，立马把照片拉大，我认出来了，是的！是小胭。同时，我也认出了那是我们家人经常散步的街心公园。

我一秒没耽误地打了小胭微信视频。她拒绝了。我继续打。她回了几个字：我马上回去。

几分钟后，门铃响，我开门，小胭像一只水袋似的，一头栽了进来。我把她拖进客厅，气恼地问，你这样子怎么回来的？爬回来的吗？她含含糊糊地咕哝，罗力，送我。这是我第一次知道这个人的名字。

我马上打开门，门口没人。我按电梯，电梯从一层开始往上升。我知道他已经走了。

小胭软得连头都抬不起来了，像刚出生的婴儿，体重却不像婴儿，死沉死沉的，我简直拖不动。我后悔让陈漱回去了。

我像拖一麻袋粮食似的一点一点把她拖进卫生间，给她剥掉衣服，拿下淋浴头往她身上浇。她头靠在墙上，任我浇。我看见她脖子上的红印，是所谓"种草莓"吗？恶心！

过了几分钟，她总算恢复了一点人样儿，自己捧着水洗了脸。我看见她脸上的痘印更明显了。不明显才怪呢，这个造法！各种纵欲无度！小胭是我见过的最不在乎面皮的女孩子，青春痘是必留印的，而且要最大限度地留印。要不是皮肤抗造，她那张脸都不知成什么样子了。我就用她自己发过的朋友圈来说吧：把脸上钙化的小痂抠下来，好有快感！疤痕就疤痕吧，先痛快了再说。只要不停地抠，就一直有的抠，就老有痛快的体验。偏不走治愈系，敢于毁容，这才叫烈女。第一个点赞的是谢君。小胭还嫌不过瘾，又在留言区补了一刀：有痂要抠，没痂制造痂也要抠。没事手就在脸上摸索，很快就可以有了。谢君又在这条留言下面献了花。谢君不是揶揄她，是真的爱她这种"二百五"德行，顺带连她脸上的痘印都爱了。我曾经亲见她盯着自己指尖上刚刚抠下来的一点小痂说，手在脸上爬啊爬，摸到有点结痂了，指尖立马兴奋，一次性成功抠下来，好爽啊！谢君看着她，那眼神是：好爱啊！我说，你俩真是最匹配的一对二百五。

想到谢君，我心里更堵得慌。我扶她起来，披上浴袍，让她趴在我身上，两个人像幼儿园玩绑腿游戏一样，跟跟跄跄挪到她房间。终于把她丢到床上，我简直想抬手狠狠给她一下子。

我给她开着台灯，让她继续睡，自己出去打开饮水机给她烧水。她在房间里喊小粉，原来她并没有睡。可是，不管她怎么喊，小粉不仅不过去，反而受惊似的躲得更远了。我有数了。

我走进她房间，厉声质问，小粉的毛是谁烧的？

她笑嘻嘻地说，罗力……搞着玩的……他不喜欢猫，他喜欢狗。

我真想抽她一耳刮子！可怜的小粉，这要搁以前，小粉受到别人这样的虐待，小胭不知会心疼成什么样子呢。可是现在，她被一个混蛋变成了同样的混蛋！

我正待继续发作，她却眯着眼睛问我，什么是媵里媵气？

我看着她满眼桃花并放光的样子，突然不想理她了，甚至连斥责她的欲望都消失了。我恶声恶气地说，你有病啊？快睡吧！

我说完就要往外走，她却一把拉住了我的手，继续追问，男人是不是都喜欢媵里媵气的？

我把水杯重重地墩到她床头柜上，出去了。我听见她在背后说，NM，不理我。

我心头火起，回身恶狠狠地说，小胭，你什么时候变成这个死样儿了？

她嘻嘻笑着说，不作白不作。

我说，那你自便，我不管你了。

她喊，我要喝苏打汽水！

我从冰箱里拿来苏打汽水，给她倒进玻璃杯里。拥挤的泡泡伴着咕嘟声，活泼泼地从杯底往上冒，就像兴奋到不受控制的蝌蚪，带着一点摆尾的动作弧线，在冒出水面的刹那变大，并旋即破灭。

我以为小胭闭着眼呢，没想到她来了一句：那些泡泡，像奔跑的精子。

既然不能抽她，我只有扭头就走。

我快速地打着字，跟陈漱发泄，再不发泄我就要自我引爆了。小胭又在房间里叫我。我不理，她继续叫。陈漱说，要不，你先过去看看她吧。

我进去，发现她没喝苏打汽水。我气恨恨地说，怎么没喝？怕喝了精子？

她笑得眼里像开花一样，赖皮地说，不是，怕泡泡溅到眼镜上，我要吸管。

我一把就把她眼镜摘掉了，一时气结。你……都醉成这个样儿了，还在乎眼镜！你就是想折腾我吧？

她老老实实地承认，嗯，我不想让你走，我想跟你聊聊嘛。

我无法解锁她的新恋情，对那个男的也毫无兴趣。我恨铁不成钢地说，小胭，你知道我心里装着多少烦恼吗？别再给我添乱了好不好？

她懵懵懂懂地看着我，好像完全不明白"烦恼"是什么东西，以及人怎么会有"烦恼"这回事儿。她的眼神把我激怒了，凭什么你可以活得这么萌萌哒！从小，小胭就被设定为永远在父母身边受翼护的那一个，包括她在群艺馆稳定的事业编，也是轻易不欠人情的妈妈托朋友搞定的。自从跟谢君恋爱之后，她又被默认为将来要跟父母一起生活并养老的。所以，她的懵懂她的憨顽，似乎都是受到默许甚至鼓励的，她可以安心做一个中产阶级的傻白甜，丝毫不必忧虑什么，只要人畜无害就行了。那么，我呢？我就必须懂事吗？一旦事来了，就只有我是必须扛起一切的女儿吗？她该长大了！

我恶向胆边生，从手机里找出我翻拍的妈妈和南宫的合影，亮到小胭面前说，你自己看。

小胭看着那张照片，迷迷瞪瞪地说，这……也太辣眼了，怎么回事？

然后，她就歪头睡着了。原来，我对她的所谓"打击"所谓"加速成长"，不过是再一次给自己徒增困扰罢了。

20

我被小胭吵醒了，她在敲门，并喊着开门。我伸手拿过手机按亮，才五点多呀！我去打开门，恶狠狠地瞪着她。

她说，你别这样看着我啊，看得我心里毛毛的。

我毫不含糊地牢骚道，你昨晚醉得像头猪，一大早又抽什么风？你知不知道，自己的行为有多么失检……

她不吭声，爬上我的床，哼哼唧唧地说，昨晚什么样，我不记得了。

我们的床都是一米五的，两个人倒也不挤。她在我脑袋边说，我想跟你说说，我恋爱了。

我故作诧异地说，你不早就恋爱了吗？我们都知道谢君是你的未婚夫，都要谈婚论嫁了呀。

她说，你懂的，别给我装。

那么，你是在荷尔蒙社交软件上种草了一个男朋友吗？还是用摇一摇偶尔摇到的？我说完转过头去不理她。

她在我背后说，反正这次，不管别人怎么说，我就是甘愿沦陷了。

我说，那就不用跟我说了。

她居然撒起了娇，说，我就是想说嘛。

我转过脸没好气地说，遇上你这种飞蛾扑火型的，算是渣男交到了狗屎运，恐怕他连玩话术和卖人设的步骤都省了吧？

他才不是渣男呢！小胭把表情眉挑得老高抗议道。我转过头不理她。她马上又亲昵地蹭了我肩膀一下，转换口气说，哎，你知道吗？我第二次见他，就知道没得跑了，就像看《中国好高音》，你预感到高音就要起来时，浑身起小米疙瘩，头皮也发爹的那种……那种毛骨悚然的兴奋！

我也感到了毛骨悚然。激情与毁灭，都令人毛骨悚然。小胭说得好像刹不住马了，我打断她说，小胭，我得提醒你，感情不是快消品，不是速食餐。

速食餐怎么了？你不也喜欢肯德基、麦当劳吗？

小胭继续如绵绵江水滔滔不绝：其实，我跟谢君，从来就没有相爱过。我们只是一起打游戏，一起逛街，一起看电影，一起吃饭，像所有情侣做的一样，所以，我们就貌似情侣了。然后，自觉不自觉地，我们就去做了情侣该做的事，比如拥抱、接吻……这来得太自然太容易太没有选择了，不具备任何挑战性。

那你还想怎样？我冷厉地反问。

她不接茬，继续沿着自己的轨道说下去：我们从小，两家人就一起玩，只不过有一天，变成了我们俩玩而已，是你们大家，有意无意地，让我们俩一起玩。

我简直想说，原来你并不傻呀！

我其实心里有一点愧怍的，这确实是我们大家已成默契的心思，或者说私心。原来她都懂得。是我低估了她。确实是我们自私了，因为她和谢君走到一起符合我们所有人的心意，我们就把他们推到了一起，并没有细究过她的内心感受。那么，她现在的所作所为，算是一种任性的补课吗？她和谢君的分道扬镳，会仅仅因为酒吧事件吗？不，那不过是一个触媒罢了。

从小，小胭就是一个非常接地气的现实主义者。有次爸爸从公园给我们买了棉花糖，紧走慢赶回到家，已经只剩馒头大小了，我一看就瘪嘴要掉金豆子，小胭则是赶快凑上去舔。过后想想，其实还是我亏了。这就是现实主义和理想主义的差别吧？但我们可能一直忽略了，小胭心里也潜藏着理想主义的渴望呀。

我坐起来，认真地看着她说，你真的从来没有爱过谢君吗？

她揉了揉自己的鼻子说，也许爱过，他去上海上大学之后，我一想到在上海有个男朋友，心里就甜蜜蜜美滋滋的。

我说，那不就对了嘛。

她说，也许那是我给自己的心理暗示呢？就是说，我觉得自己应该有恋爱的感觉。

我又给她绕进去了。我觉得小胭真的不像我以为的那么简单。

我说，那你是确定自己没有爱过他吗？

她说，也不是吧，有一个中秋节，你还记得吗？我借口在学校里参加篝火晚会，没有回家。其实，就是为了跟谢君在一起。他从上海偷偷跑回来看我，我们在外面坐了一夜，身上都给露水打湿了。第二天早晨各自跑回家，他假装刚刚从上海回来，我谎称在同学宿舍凑合了一夜。

我说，听起来这不就是难舍难分刻骨铭心吗？

她打了个哈欠，懒懒地说，可惜，好像那就是最高峰了，从那之后，再没达到过燃点。

你们那晚上真的在外面坐了一夜吗？没有发生点儿别的？

没有。你想想看，那时候我们哪敢去开房……

没想到她会大大方方地说出"开房"这个词，我倒有点窘住了。索性继续深入下去。我说，那么，你和谢君没有在一起过？

我想我的很不自在的表情，足以使她明白"在一起"的含义了。她摇头说，真的没有，我们在一起睡过，在他家，午睡，但都是睡素觉。

睡素觉？我疑惑地问。

她说，哎呀，还一定要我说出来吗？就是不动下半身嘛。哦对，你看看，我的眉毛是不是散了？

眉毛散了？什么意思？

她像新娘子一样害羞地说，不是说，处女有过那个事之后，眉毛就会散开吗？

小胭，你……

她瞅着我，换上一副"我怎么了"的表情。我以为她被我抓包会有点羞惭……我简直羞于看她了，顺势躺下。小胭几乎没有一件事情领先于我的，除了出生。我揣测小胭跟谢君在这件事上落后于我和陈漱，虽然他们谈恋爱比我们早。但万万没想到，他们迄今都没有发生。

想了一想，我问，那你确定对……这个人是真爱吗？——我终究不愿意说出他的名字，心理上存在某种障碍，毕竟已经认可谢君太久了。

她说，你是说罗力吗？对呀，我能确定。

你凭什么确定的呢？你真有那么爱他吗？是不是在自我催眠？

就是……嗯……跟他在一起的感觉，太不一样了，我是说跟谢君相比……跟他在一起，感觉就像……逃课。

我秒懂了她说的那种感觉。我们谁没有为偶尔的逃课而窃喜过呢？那太刺激了，带着秘而不宣的兴奋。我说，可是，正常情况下，人还是要按部就班上学的呀。

她说，反正，我就是觉得他太炫了，每次他一出现，我眼前都好像一片金子似的阳光，耀眼得晕眩，我没办法不为他倾倒……我也感觉自己陷落太快了，有一点不安，所以想跟你说说。

我问，你昨天把他带回家了，是吗？

她不吭声。我恨不得一口老痰吐到她脸上，声音陡高八度说，你走得太快太远了，用一下手刹吧，拜托，别飞了！

她用尿急一般的腔调哼哼了两声，说，可是，我刹不住呀。

我又坐起来，以泰山压顶之势问道：你有必要那么贱嗖嗖的吗？有什么刹不住的！贱人就是矫情！

她说，只要他向我展开金黄的小麦穗一样的笑容，我就毫无抵抗力了。

她浪漫诗意得令我牙齿受不了，我的火力压制都失效了。我讽刺说，你见过真的小麦穗吗？不过是想起了凡·高的画吧？

我就想放飞自我，又怎么样？

你现在要不假思索地真实、不顾一切地活在当下了，是不是？我努力寻找着酸死她的词句。

她说，反正，他带给我从来没有过的体验，你看，就这几天，他带我开了卡丁车，走了玻璃栈道，都是以前没做过的事。

我嗤之以鼻道，那算什么！你是一个成年人好不好？

她说，你记得吗？我们以前常去那个公园儿童游乐区玩，其实，那么多年，我一直被旁边那个卡丁车园区吸引得不要不要的，但我们从来没去体验过，直到它被拆掉，我们也长大了，不再去那里玩了。

我在记忆里搜索着她说的那个卡丁车园区，她看我一脸茫然，便提醒道，就是里面摆了很多旧轮胎的那个地方，乍看像废旧车辆回收点。

我有点想起来了，那里多半时间都是荒着，偶尔会有像割草机或机器人一样的怪头怪脑的铁家伙，绕着破轮胎一圈圈飞掠，那就是卡丁车吗？

那是一个卡丁车俱乐部，那些轮胎是起防护作用的，轮胎之间就是卡丁车道，初级赛车手就是在那里练习的。小胭说。

我说，我一直以为那是玩具车，男孩子们玩的，都没正眼瞧过那里。

为什么是男孩子玩的？

这一问让我暗自一惊。我不是自诩为女性主义者吗？为什么迄今还认定那不是女孩子可以玩的？

看见我的反应，小胭说，那天，我也是像你这么说的，他就是这么反问我的，我想想，也是啊，为什么？

我居然需要小胭给我叼点女性主义的野味回来了吗？简直匪夷所思。当初的认定是怎么来的呢？应该来自妈妈，小时候带我们出去玩的多半是妈妈，爸爸正处在所谓的事业上升期，总是很忙。原来，妈妈从来不是一个女性主义者，尽管她一直给予我们女性独立的教育。

小胭继续兴高采烈地说，卡丁车底盘特别矮，人坐上去几乎没离地面，好像坐在小板凳上，但它其实很威猛的，简直像发射一样快，它就是矮小精干威风凛凛的拿破仑。

你玩得很爽呀！我带着刻意的不屑说。

其实当时是恨得他要死的，他开得很快，我觉得自己要完蛋了，命已经被撞飞了！终于停下来的时候，我感觉万物静止，简直不能相信眼前的世界还真实存在！我扑到他身上要打他，可是，我们却抱在一起了。

她罕见地满面绯红起来。我喝道，别说了，我不想听，你以为这是讲爽文爽剧吗？

她一副"偏要说"的姿态继续说下去，你不觉得，爱情就像过山车吗？当你被甩到天上的时候，只有一个念头：落地就杀了他！可真的落了地，你却一把抱住他，"恨得要死"瞬间逆转为"爱得要死"，巴不得马上再来一次。

从卡丁车到过山车，我彻底明白，小胭不可能回头了，就是南墙，她也只能勇往直前地撞上去了。

她刚刚说的，不就是爱情的相对谬误和绝对真理吗？我从她和罗力身上看到的，不就是年轻有力的爱情的模样吗？

她和罗力不也是一面镜子，暗暗折射出我和陈漱之间的问题吗？我不能再对她不以为然了，相反，我为自己感到沮丧起来，我甚至在她面前产生晦暗的自卑了。

我说，你就这么塞我一嘴狗粮吗？有这么简单粗暴秀恩爱的吗？回你房间吧！别给我起腻了，我还要睡。

走出我房间时，小胭突然想起什么似的，回头问我，你昨晚好像给我看了一张妈妈的照片，是不是？

我说，你做梦了吧？

21

我睡醒时，小胭又不见了。我第一个动作就是到她房间，把她书桌上的小相框拿走了，那是爸爸妈妈年轻时的合影。吃完早餐，我感觉有点不妥，又拿了回去，但转了一个不冲着床的方向。这下小胭应该不会留心到它的变化了，连我昨天打开她床头柜拿走一双船袜她都不知道呢。

又是那个问题，幽灵一样回到我的脑子里：要不要跟妈妈说说南宫夫人的电话？

我实在不忍面对妈妈的尴尬。——当然，我已经把它预设为尴尬了，所以才不忍。尴尬就像一个烫手山芋，我捧在手里给不出去，就只有烫我一个人了。

我每天都在家庭群里问玩得怎么样，都是爸爸回复，无非是"还好""不错"之类毫无信息含量的话，妈妈究竟什么状况一点都没透露。我只好问妈妈身体怎么样，也是爸爸代答：还行，或者，没问题。

跟陈漱已经探讨不出什么来了。我给冉紫打微信语音，说了南宫夫人的电话。她听着，一言不发。

你说……我拉开架势要罗列各种假设和可能，跟她好好探讨一下。当然也包含着向她打探什么的目的，这是不言而喻的。没承想，她开口便冷冰冰地说，我什么也不知道。这是表示不准备聊天的，既不想听，也不想说。我还没说呢，她就开始堵了，而且堵得很彻底，说明她很清楚我的前提和指向，那就是：她知道。所以，她的"什么也不知道"，在我听来就是什么都知道。但我毫无办法。

我无法对冉紫发火，不过我可以确定，她会把这件事传递给妈妈的。说实话，尽管我非常不情愿妈妈和南宫方面取得联系，但又怕误了什么事。这样也好，既不误事，又避免了我和妈妈的尴尬。

这个假期，我感觉自己就像困兽，困在妈妈和小胭的事情里。现在小胭我略感放心了，接下来就是专心困在妈妈和南宫的关系之中了。

好在整个家现在属于我一个人，我可以随意探索，只要能复原就行，对于小胭这样的马大哈，甚至连复原都不需要。我不甘心地再次来到爸妈房间，打开一切可以打开的柜门和抽屉。一无所获。明知多此一举，我还是小心翼翼地拿出妈妈写字台柜子里的古董瓷瓶，妄图发现它身后隐藏着什么。

可瓷瓶本身已经足够吸引我的注意力了，里面立着一幅卷轴画。我想起了生日那天妈妈中午回来时拎着的大纸袋，感觉自己的猜测马上就要得到证实了。

我的手开始发抖。我告诉自己，慢点慢点。我用自己的脚面垫了一下，把瓷瓶稳稳当当万无一失地放到地板上，取出了那幅卷轴画。

为了抑制内心的急迫，我甚至故意放慢了动作，仿佛慢镜头或分解动作一般，解开丝带，打开了那幅画。

画的名字是《那山》，作者就是南宫。

我脑子里立刻浮现出一句话：不要这山望着那山高。这是妈妈不止一次说过的，目的是教育我和小胭。

我把花瓶放回去，立刻用微信语音联系陈漱，他是唯一能跟我分担此事的人。我说，这幅画和冉紫拍到的那幅，一定有某种关系。

他说，这两幅画的关系是可以肯定的，不过，你关心的不是这两幅画的关系，而是南宫和你妈妈的关系，对不对？

对啊，我是要通过这两幅画来确定两人关系的呀。还是陈漱会抓主要矛盾，不愧是研究哲学的。那要如何下手呢？

又是陈漱想出了办法，他说，我们教研室的董教授对字画很有研究，我问问他在不在家，在的话你把画拿过来，我们把之前拍的车票俩字和这幅画上的题字一起给他看，不就可以鉴定出是不是同一人手笔了吗？

我马上开始收拾出门。即便董教授不在家，我反正也是要到陈漱那里去的。在这一发现之后，我不可能安心待在家里。

几分钟后陈漱微信来了：在，过来吧，我去接你。我是希望有陈漱接的，因为带着这幅画。可是我不想在家里等待下去了，我要马上出门。我说，不用了，我坐地铁更快。

陈漱在校门口等我，我们直接去往董教授的家。

假期的大学校园里，处处可见相伴而行的情侣，铺天盖地的二月兰丛中，肆意盛放的广玉兰下，拥吻的，拍照的，拍拥吻照的……这汹涌的春天啊！但我只有艳羡的份儿了。虽然学生食堂很寡淡，虽然学生宿舍很拥挤，但是，胶原蛋白仍然赋予年轻的肌肤满满的弹性和光泽。大学周遭遍布鸽子笼似的廉租房，自然都是局促寒碜的，但那又有什么关系呢？对于年轻的身体，在一起，就是一切。恋爱不等于做爱，但热情和激情需要不止一个出口，单一的燃烧是不够的。燃烧自然是有尽头的，但对于年轻的生命，燃烧过，才是最重要的。在活力四射的正当时，燃烧，可以是生命的全部。我想起了正在燃烧的小腼。

我看着草坪上或坐或走的情侣，不加掩饰地赞道，恋爱真好。陈漱略含笑意看了我一眼。我明白他的意思：难道我们不是在恋爱吗？我又补充了一句，我是说，年轻的恋爱，真好。他说，我们不年轻吗？我说，不跟他们比的话……陈漱打量着我说，你在我眼里，比那些女学生还青春，任性更是不输于她们。我不无促狭地说，但我身边是你呀！

钝感如陈漱，终于也扛不住了，抗议道，我是拉低了你的年轻？还是阻挡了你风花雪月的路？

我转身拍打着他的手臂，笑说，都是吧。我在心里认真地想了想，也许，是我心理上不想走出校园激情？

到了董教授家，寒暄完毕，打开那幅画。董教授端详片刻说，这幅画，可以看出南宫先生的心情是透明飞扬的，有一种大功告成乘兴而去的舒畅，下笔行云流水，气韵灵动……

我默默听着，心里苦涩地想，这就是他送给妈妈的原因吗？这就是他对她的感觉吗？这就是他要对她诉说的吗？

我更关心的是题字。陈漱打开手机，找出了"车票"二字的照片，请董教授对比《那山》的题字来鉴别。董教授说，毫无疑问，是同一个人的手笔，软硬笔书法会有不同的地方，但看多了就能看出更多的相同来。

我心里捏着一把汗，假如董教授问"车票"两个字是怎么回事，以及这幅画是怎么来的，我该怎么回答呢？幸好，董教授没有包打听的癖好，什么也没问。到底是大学教授，我心里说。但接着又撑自己，陈漱将来不也是大学教授吗？我怎么就毫无崇敬？

陈漱又从手机里找到《这山》的拍卖图片，放大了给董教授看。董教授仔细对比辨别着，说，这幅画，心事重重犹豫不定下笔滞重，内在跟那幅不一样。……不过，这个题字……跟画面的感觉……不大一样，乍看不像出自同一人……也许，不是同一个时期完成的？

我说，字也能看出这么多吗？

他说，当然，人的字在笔锋笔势上总有一些情绪的传达。他端详比较着，说，题字轻盈，画面沉郁，可能不是同一个时期完成的……从墨的颜色大致可以判断，画画在先，题字在后。

回到陈漱公寓，我倒在沙发上，情绪十分低落。我说，越来越不知道怎么面对妈妈了。

陈漱什么也没说，给我做了一杯咖啡。我在沙发上坐直了接过咖啡，慢慢啜着说，妈妈是一个特别洁身自好的人，她一直要我们有教养，一直用她的态度来让我们明白什么是清洁的、什么是为人不齿的，我一直特别害怕在她面前产生任何不洁或不自重的感觉……那会让我无地自容，可是你看……她自己都干了些什么？

我越说鼻子越酸，眼泪终于流下来。陈漱坐在我身边轻拍着我的背，把纸巾递给我。他说，其实你不应该这么想，即便真有什么，也不意味着你妈妈就不洁身自好了。

我擦了一把眼泪，把纸巾丢到茶几上说，这样的事跟自己妈妈联系在一起，你能接受吗？

陈漱自知无力地劝解道，没什么可哭的，那是你妈妈的事，不是你的事，人只要为自己的感情负责就行了……

我抢白道，那不是你的妈妈，你当然可以这么说了，刀子割谁身上谁痛。

他说，人人都需要爱情，你需要，妈妈也需要。

我反问，你的意思是，我爸妈之间没有爱情吗？

他不说话了，怎么说都有坑等着。接下去的对话其实已经演习过无数次，所以，能省则省吧。

——我可没那么说。

——你不就是那个意思吗？

他无意间戳中了我的痛点。其实我很清楚，答案就是：没有。这是骗不了人的，虽然我不情愿承认。但这又关陈漱什么事呢？

我终于重整情绪说，有一点我不明白，既然南宫跟我妈妈……为什么他不把那幅拍卖的画，也送给她呢？

是的，我也觉得这点很蹊跷。陈漱说。

我们看电影吧。陈漱说完去打开投影仪，又进屋拿电脑。我站起来去关窗帘。

当"湖畔奏鸣曲"几个字出现在墙上时，我惊诧地去看陈漱。他可真是神了，居然能找到这么老的片子。他有点得意地说，只要下决心去找，总能找到的。

我看得十分虐心，就像在看自己母亲的婚外情。好在，结局是男女主人公没在一起。但过程中的情感丝缕，还是虐到十分。尤其是关于爱情和偷情的诘问，像蛇打七寸一样打在我的痛点上。

劳拉：你当这是偷情？

维娅：你当这是爱情？

这份情如何定性，对我至关重要。我简直纠结到分裂。最终，我不得不诚实面对自己：如果妈妈和南宫只是偷情，我会好受一点儿。毫无疑问我是一名爱情至上主义者，但唯独对父母，我宁愿违背自己的信条。因为，对爸爸的恻隐，使我无法面对他感情上颗粒无收的结果。如果妈妈和南宫是爱情，爸爸不就被剥夺光了吗？

我妈她……就算有一点与众不同，又有多大魅力呢？我苦恼又不服地说。

那不是你能领略的，对你来说，她只是妈妈。陈漱说。还有，爱情是非常私人化的，只是具体的个人感知，比如劳拉，在别人看来，她也许并不比维娅有魅力，也没什么与众不同，可是，鲁道夫爱她，她在他眼里就魅力无敌，就与众不同。

我不得不暗自承认陈漱说得对，但因此，越发恼恨他不合时宜的口才展示。不知是下意识还是失手，我一抬手竟弄倒了茶几上的咖啡杯，里面还有少量的咖啡。正当我和陈漱手忙脚乱抢救现场时，来了微信。我腾出手滑开手机。

是水手。他问，有空出来喝杯咖啡吗？我站了起来，手机在手里停顿着。

好的。两分钟后我回复。

22

这座豪华大厦坐东朝西临街而建，连电梯口的开间都那么阔大，夕阳的金色长光正透过玻璃幕墙照射进来，直抵大理石框的商场入口，然后为石框内四方的虚空所吞没。但是，大理石框的右边，有个人正披光而立，仿似镶在画框里的人像，金灿灿的，颇有世界著名油画的既视感。

世界著名油画里的人突然活了，看着我，嘴唇动了一下，看口型是"你好"。我愣了一下，反应过来，仓促地摘掉耳机，回了声，你好。他说，真巧，在这里就碰面了。

一起往订好的餐厅走，我都不知该先迈左脚还是右脚了。他侧身看了我一眼，走两步，又侧身看了我一眼。怎么了？我身上有头发还是头皮屑？我的胸罩带子露出来了吗？终于，他说，你刚才耳机是不是戴反了？耳机还挂在我一只耳朵上没来得及收，我拿到眼前一看，果然，左右是反的。我的脸腾地烧了起来。虽然知道听音乐左右声道是不一样的，但我其实是个乐盲，所以，并不怎么在意耳机的左右，如果不是时间特别从容，通常都会随便往耳朵里一塞了事。小胭和我，从小兴趣班都是不一样的，一个学音乐一个学美术，所以，美术是她的短板，音乐是我的短板。虽然我刚刚听的是播客，不是音乐，但讲究的人是不会忽略左右声道的。

他笑了笑说，不好意思，我是一个重度强迫症患者。

我说，谁还不是个强迫症呢，我出门钥匙经常要看好几遍，门也要拉好几遍，有时候到了一楼……

他接过去说，又重新坐电梯上来试一次，是不是？

我们相互脸上都露出知音的自嘲的笑。他说，比钥匙更让人犯强迫症的是电脑存盘。

我立马点头，嗯，是的。我也有此现象，虽然以前尚未这么明晰地意识到。我们的感受怎么如此共通？

说着话到了餐厅，他先帮我拉好椅子，在我坐下后，又帮我挂好包。这样的得体到位，使我忽然感受到社交礼仪这回事儿的存在。这种举止与这家餐厅也十分相配。世上定是先有了绅士，然后才有了淑女。这样想的同时，我脑子里闪过了陈漱。他的确是会为我烟熏火燎做饭的人，但他不会给我这样的感觉：我很珍重这位女士，她值得我如此珍重。看来，小技巧用到极处，完全可能取得以少胜多以小见大的效果呀。

太阳似乎都懂得人心，金光照耀的茶色玻璃幕墙与室内吊灯的华光交相辉映，我们好像置身于一颗巨型的琥珀。

点好菜，服务小姐去下单。他把一个小盒子推到我面前，说，希望你喜欢。我说谢谢，突然有点小家碧玉的羞涩——那是女孩子被珍重对待时才会有的一种忸怩。按照西方礼仪，我把漂亮的包装纸去掉，迪奥的logo就显现出来，我顿时产生了屏息以待的热望。我看看他，他也正含笑看我，鼓励的眼神好像在说：打开来。我把盒子打开，玲珑剔透的粉色香水瓶和神秘华贵的黑管口红在我面前盛大亮相了，是香水加口红的套装，double的满足感。高贵小巧的她们好似小公主的脸庞，让我不由得心生欢喜。我不缺香水和口红，但对女孩子来说，这种体己的爱悦感是永远可以再多一份的。重要的是，这是一位绅士送的礼物。我手心有点发潮，说声谢谢，不自觉地低下头去，心里顺势溜出"水莲花不胜凉风的娇羞"这句。

明明知道这都是小把戏，却不能不承认它的有效性，因为，女人多半是喜欢小确幸的。

怎么可以这样小家子气呢？简直露怯。我马上警醒，果断添加了一丝桀骜的表情抬起头来，像妈妈那样脖颈挺挺，大方地直视他。

服务小姐为我们续了柠檬水，然后，没等服务小姐动手，他替我取下筷子套。

说点什么呢？还是等他开口吧，他是男的，更有社交义务，何况他那么训练有素。

他研究性地看着我的衣服说，我非常喜欢这种间于咖啡和暗黄之间的颜色，不过总找不到色度适宜的，今天算是遇上了。

颜色是我的长项。我说，调和色就看比例，同样被称为咖啡色的，其实可以调出几十种色差。

他哦哦地附和着。我说，你对颜色很有研究？

他说，总得找点话说，对吧？

我们俩都笑了起来，笑得心领神会。这种不闪不避的冒险的坦白，用好了真是有点可爱啊，还能快速拉近彼此的距离。妈妈一直告诫我们：切忌交浅言深。所以，人际交往中我一开始都聊得很浅，浅到近乎废话。

大明虾上来了。怕他帮我夹，我赶快自己动手先夹了一只。服务小姐在一边侍立，随时准备为我们做点什么的样子。水手未及吃完虾身，她就来换盘子；我刚喝了两口柠檬水，她就来续杯。

他看了她一眼，带着某种刻意的含蓄，对我说，在这种地方吃饭，的确有点累呢，一般的朋友，我是不会请到这里来的。

我接住了他的暗示，也看了服务小姐一眼，说，是呢，有时候，被人服务也会有点累的。

服务小姐显然听懂了，抿嘴笑笑走开了。

这一唱一和，似乎表明我多想单独跟他在一起似的，而且，无形当中认可了他所谓的"非一般朋友"关系。所以，我得找补一下。我故意毫不含糊地说，我可是看你在这里请我的分儿上，才来的哈。

他挑战地说，女人喜欢通过男人请她吃饭的档次，来判断她在男人心目中的分量。

我迎接挑战说，其实，这也许不说明任何问题，对吧？没等他开口，我索性又说，不需要说明别的了，对我这种浅薄的女人来说，这就可以是追求的全部。

他饶有兴味地含笑看着我，举手做了个投降的姿势。

我不言而喻地笑笑，端起柠檬水放在唇边掩饰自己用力过猛的尴尬。他解嘲说，我们怎么像在话剧舞台上似的。

我就势说，是啊，我们放松点儿吧，最好致力于吃，吃是最大的放松。于是，我们真的专心吃起来。他用叉子帮我分离松鼠鳜鱼的肉，够细心，几乎不带刺。他又向我介绍做松鼠鳜鱼如何把鱼身划得像披了蓑衣一样，他说，那是很考验刀工的。他讲得很仔细，但我不是一个热爱烹饪的人，那些讲述的唯一意义就是显示出他非常细致考究，而不仅仅是外表有腔调。我更关心冰草的产地和运输，他说，最初产于非洲，这几年国内才有的。我好惊讶，这些凝结着霜冻一样的冰清玉洁的饱满绿叶，放到璺玉里面都是好水头的，其来历竟不是什么神仙洞府所在，而是干旱的非洲。更匪夷所思的是，水手说，冰草含天然植物盐，天生是"咸菜"。这个人怎么什么都知道？这让别人如何说话？幸好他是男的我是女的——不对，男的凭什么就得比女的知道得多？看我这什么意识！我暗暗地自我批判着。

冰草是我点的，尽管我并不了解它。我说，我点菜经常是形式大于内容的。他说，就像为了赠品买正品。我好像被点中了穴位，立刻接口道，你太了解女孩子了！是的，因为有的赠品实在太可爱了，我是不可救药的唯美派，用我爸爸的话说是——虚头巴脑。他说，太务实的女孩子也不见得讨喜，我经常说一句话，虚幻才是美的发泡剂，人要舍得做梦。他可真是善解人意，连恭维都这么巧妙。正好虫草鸡汤盅上来了，我喝了一口，带着诡秘的笑意看着他说，鸡汤好喝。他秒懂，也笑起来。

我说，女孩子太聪明了，是不是也令人扫兴？说完自己先笑起来，有这么夸自己的吗？

他说，我也在自省一个问题：论抖机灵的最佳尺度。

他又说，男人和女人，如果连一点小卖弄都懒得了，其实也就没意思了。

我立马点头，嗯，是的是的，我懂。

我们之前在微信里聊暧昧，大概也是这样的模式，但很少触及现实问题，所以对彼此的情况并不了解。

我说，感觉你是个社交达人。

他说，其实，怎么演都是演自己。

我说，至少说明演技不错。

我的手机发出了低电信号。幸好很有先见之明地带上了充电器。我打量桌底，有电源接口。我下腰去插电，水手伸手帮我。我赫然发现自己胸口白花花一片，便尽量不动声色地拿手捂上。我坏坏地想，他这么没必要地帮忙，不会就是为了欣赏乳沟和S曲线吧？

心里泛起细细的波荡，我似乎不能自已地爱上了这样的时间。

充上电，再说点什么好呢？刚才说到哪了？对，松鼠鳜鱼。他好像很了解松鼠鳜鱼，我听爸爸说过，那是姑苏菜。我问，你是苏州人吗？他说，靠近苏州，我是上海人。

啊？侬是上海男银？我说。他一副"怎么了"的表情看着我。我说，不好意思，我姑父就是上海男人。他继续用"那又怎么了"的表情看着我。我只好继续自我阐释：因为，我姑父使我对上海男人的印象太深刻了，快成刻板印象了，所以，我可能有点大惊小怪了。

他说，我怎么觉得你一提上海男人就想偷笑似的，因为你姑父吗？说来听听。

我说，我姑父特别黏我姑姑，比小孩子还黏，我姑姑偏偏不喜欢他黏，他俩就拧巴上了：他越黏她，她越烦他；她越烦他，他越黏她。

他说，这也没什么特别传奇的吧？

我说，关键是，他俩拧巴得特别有喜感，比如，姑父居然喜欢听姑姑和闺蜜们叽叽喳喳，不甘心自己被排除在外……讲一个亲眼见到的典故吧。

我下意识地喝了两口柠檬水，好像只有备足了，才能继续往下讲。第二口水我吞咽得很慢，因为这个典故有点难以启齿。讲肯定还是要讲的，延宕无非是给自己找到一种合适的情绪和语气。我说，有次，姑姑家来了一些女同事，女人聚在一起，自然是一屋子莺歌燕语，姑父插不上嘴，索然无味地在边上待着。一屋子女人谈兴正浓，电忽然断了，姑姑赶紧喊姑父，却发现他不在了。出去一看，别人家都有电呀，姑姑就打着手电筒到墙角去看电闸，发现电闸盒子是开着的，她再喊姑父，一转身却发现姑父似笑非笑地站在另一个墙角……客人一走，姑姑就跟他吵，当着我们孩子的面吵，吵到不可开交……我当时很同情我表姐。

他无语地看着我。这个男人终于无语了，看来，这个典故还是具备一定冲击力的。

我话锋一转，上海男人怎么这样？

他纠正说，不是上海男人，是你姑父！你的取样有问题，样本太少了。

我一面承认，一面又自己打圆场：我不是地图炮，哪里都有形形色色的人，这是肯定的，再说，你也离开上海不少年了吧？

他说，其实你还是地图炮，如果我不离开上海，就要被你贴上你所谓的"上海男人"的标签吗？

这次轮到我举双手认输。他又追击：成都男人才是出名的耙耳朵好吧？

我只好应战：但成都男人是不黏的，毕竟嘛，成都是吃辣的地方，不是吃甜的地方。

说完我赶快偃旗息鼓：是我说了不该说的，咱们换个话题，好吗？他笑笑，表示翻篇。

怎么回事？居然会说起我的姑姑和姑父！如果这是在微信上，我就要对自己用上呆若木鸡的表情了，还要选择乘一百。是为了奚落和打击他吗？那又何必！不过头一次坐在一起的一个人。头一次面对面聊天，尺度就这么大开大合，不合适啊。可一旦我想往回收，立刻感觉天儿聊完了。

我不动声色地打量着他，为他的形象气质找到了准确定位，这不就是传说中的上海老克拉吗？

小胭的微信语音来得真及时，她从来没有这么赶眼色过。但我没接，伸手按掉，把手机屏朝向水手表示抱歉。他笑笑，做了个请便的手势。

我用文字问：干吗？她回：今晚回家住吗？我说，为啥这么问？她发了龇牙笑和擦汗的表情，并文字：别回来了呗。我发了个撇嘴的表情，并文字：等会儿再说。她连发了几个我俩都爱用的女孩儿扭屁股冒爱心的羞涩动态表情，我回了个小熊掐腰的"哼"的表情。她疯了似的发来十个拜托的表情。这斗图大战总得有个终结，我终于回：好吧，带着十个撇嘴十个平底锅敲脑袋的表情。

收起手机，我尽量庄重真诚地看着水手的眼睛，得体地微笑着说，今晚很愉快，谢谢你。

这顿晚餐有了一个中规中矩的结尾。

出了大楼，水手说，我送你。

我说，不用，我想走一走。

他说，那我陪你走。

穿过公园，空气中散发着青草的气息，年轻人在草地上接吻，我想象着，他们的吻，大概都有一股青草的香味吧？

谜之沉默。正是我想沉默的时候。我也算阅人无数，但每一个机锋每一个梗都能接住的人，真不多见，就连他的沉默都这么适时。

我们好像进入了"贤者时间"。我打破沉默说，我今晚……说了好多话，其实平时并不是这样的。

他说，不可能只要玫瑰不要刺，那就等于杀死了玫瑰。

这个男人，怕是不止七窍了，得有七十窍都是通的。我不由得想起张爱玲用一句上海话来夸奖胡兰成的聪明，大概意思是：敲敲头顶，脚底板都会响的。但是，"太聪明"，翻译一下就是太油条了吗？哦，我为什么一面建构他，一面解构他？做人也太不彻底了吧？我很能理解张爱玲对胡兰成的感情是怎么一回事：他就是能get到你，能满足你内心，就算他是渣男，又怎么样？太多人忽略了：渣男的另一个名字是——懂王。难怪那些流传千古的爱情诗词不是渣男写的，就是写给渣男的，万古倾心，原本如出一辙呀。

也罢，我不要PUA自己了，在一个网红遍地甜腻四溢的时代，偶遇挑衅型选手，也许恰恰暗合了某种嗜辣的心理吧？我且安心。

到了大学门口，我正想跟他告辞，他说，穿过大学走走也挺好的，我很喜欢大学校园。我一时开不了口，只好跟他一起进了校园。

昨天的草坪婚礼上我跟陈漱站在一起，他应该是看到了，所以，他知道我有男朋友的吧？我越走越不知道怎么结束，陈漱的公寓就要到了。终于，我停住脚步，伸出手来。他问，在这里分开？你家到了吗？我伸手指指下沉广场那边的楼房说，我到了，我男朋友就住那里，你看，那个亮灯的窗口就是他的。

他的神情，好像一个大大的哈欠还没收口，转头看见了暗恋的对象。

太尴了。没想到今晚的尴峰值在结尾时出现。我有没有可能处理得更好一点？

他在半明半暗中看着我的眼睛说，再见。

我说完"再见"，便转身噔噔噔兀自向前，努力不去想他在我身后如何。我只听见自己鞋跟声巨响，要响出天际去。

我在欣慰于自己没有破防的同时，又不由得心生一念：他是不是觉得白约我了？

23

我的眼睛突然被恍了一下，那是陈漱吗？

是的，是他，陈漱正在时明时暗的树影中徘徊。他的背影让我心里一阵绞痛。我在一张长椅上坐了下来。他停止了徘徊，向着家的方向走回去了。

一刻钟后，我也向着家的方向走回去了。

陈漱显然没料到我会这时候回来。他从椅子上站起来，对于我的突然出现不知是惊喜还是惊吓。我密切观察着他的表情，发现没有什么异样，才让自己放松下来。我惺惺作态地抱住他，我也不知道自己为什么要这么做。

今晚你让小胭一个人在家？他问。

你怎么知道她是一个人？我说。

我拿出迪奥礼盒，他看了一眼说，又买买买去了？

我不吭声，拿起香水，往手腕上喷了一点，手放在鼻子前扇着。他说，好刺激。

我自作多情地问，你是说我？还是说这个香水？

我是想逗逗他，没想到，他说，从科学的角度讲，任何非自然的气味都是对空气的污染，尤其这种艳粉气，容易使人花粉过敏。

我顿时恼怒起来，火气直冲脑门心。人一旦恶向胆边生，就会口不择言了，我无比解气地说，你知道这香水是哪来的吗？不妨告诉你，是一个男人送给我的！我觉得，他的礼物，可比你的强多了。

陈漱霍地站了起来，盯着我看了几秒钟，大步走到门边，摔门而去。那哐的一声，几乎震得我跳了起来。

我怔怔地看着没有了陈漱的空空的房间，"哐"的一声依然在心里回响，我仿佛能看见那正在震荡的一圈圈声波。

我为什么突然变成了一个作精？我以为跟水手的约会是一副降噪耳机，没想到却使我变成了这个样子。

我不可能在这待下去了，又答应了小胭不回家，那我到哪里去呢？我想起了冉紫。

出了公寓才知道外面下雨了，看看雨不大，我也懒得回去拿伞了。科普文章里说，适当淋小雨对心情有好处，那正好了。

还没走出校门，雨大起来。我站在雨中进退为难，现在就是冲回去，衣服也淋湿了。还是横下一条心走吧，希望出校门就能打到车。

出了校门，我用上几个打车软件都打不到车。雨小了一点，索性继续走下去，淋个彻底吧。我昂首挺胸，完全不去护头护脸了，就淋个大方淋出大无畏气概吧。其实我潜意识里是在淋给陈漱看的——我就淋出病来，淋死我自己，看你怎么样？看一对对情侣在伞下相拥而过，我越发淋出了自怜的滋味儿。

我和陈漱现在为什么这么容易吵架？以前不是这样的呀。为什么我现在一动就这么歇斯底里？不吵个天翻地覆就过不去似的！我到底怎么了？吵架并没有什么可怕的，沟通的途径有很多，吵架是其中最激烈也最便捷的一种方式而已。可问题是，我是在寻求沟通吗？不，我是在寻求发泄。这一点我骗不了自己。

湿淋淋到冉紫处，她对不速之客看不出任何欢迎的意思。当然，也不好赶走。我差不多就是硬挤进门的。既然进了门，她就是主人，我就是客人了，待客之道是必须的。

她让我去冲热水澡，自己去煮姜茶。我洗好澡，穿着浴袍，接过冒着热气的姜茶。她说，你要大口喝，逼出汗来，就不会感冒了。

微信语音铃声响起，我一看是陈漱，不接。他改用文字：你回家了？淋到雨了吗？

我把手机扔到沙发上。冉紫冷眼旁观。待我喝完姜茶，她问，跟陈漱闹情绪？小胭呢？

我懒得答。她到阳台上抽烟，我系好浴袍带子跟出去。雨已经停了，这么高的楼上，居然听得见虫鸣。

小胭呢？她再次问。

我今晚要住在你这里。我说。为什么？她吐出一口烟，侧过头问我。

因为我无处可去了，总不能住宾馆吧？我说。不等她问，我又主动交代，小胭把男朋友带回家了，不是谢君。她显然吃了一惊，掐灭烟头说，你们两姐妹在搞什么？小胭这么快就缠缠绵绵翩翩飞了吗？

我鬼使神差地说了一句，天要下雨娘要嫁人。可能"娘要嫁人"这几个字又使她敏感了，她适时地保持了沉默，虽然离我们心知肚明的那个话题的边界还很遥远。

她又回屋去拿了一根烟，但并没有马上点燃。手里有了一根烟，她自然得多了。看来，抽烟有时候是手的需要，是气氛的需要。

我的目光突然被她的项链吸引了，那是珍珠吗？又有点不像呀。她察觉到我的目光，从脖子上解下项链递给我。我端详着，依然是不明觉厉，珠子泛着浅浅的太空蓝色，看起来像一种稀有金属，但重量又显然不是。

她说，这是真多麻。

真多麻？什么鬼？

日语音译，最早在日本《万叶集》里出现，赞美刚从海里打捞出来的，完全原生态的神秘梦幻的银蓝色系珍珠。我这串，就是日本银蓝色系AKOYA珍珠中最高级别的，喜欢的话，你结婚的时候送给你。

我吐了一口气说，那我怕是没机会得到你的大礼了。

她终于点上烟抽了一口，问我，你跟陈漱有什么问题呢？

我倒是愿意跟冉紫探讨一下。我和她虽然不在同温层，但她是很好的回音壁无疑。我说，具体也说不出有什么问题，反正我就是不想结婚。

好到你和陈漱这个程度，我觉得就可以结婚了，你还在等什么？她说。

等自己下得了决心。我说。

你明明知道，不会有人比陈漱对你更好了。

对我好有什么用？不是我需要的，按照我要的方式来对我好，才算真的好。我率性地说。

你要的方式是什么？

我也不知道。我又负气地补了一句：他是男人，他应该知道。

你不觉得自己太奢侈了吗？各人对待爱的方式不一样，你要的方式他可能不会。

那就是他的问题了。

方式很重要吗？

当然，人活的不就是一个方式吗？我觉得，爱一个人，爱的可能就是他爱我的方式。

我不这么看，小脂，我认为重要的还是爱本身，是他在本质上爱你到什么程度。她看到了我的不以为然，继续说，你知道吗？小脂，你的矫情就是因为拿稳了陈漱爱你。

我不觉得矫情呀。

等你觉得是矫情时，就足够成熟了。

对我来说，彼此欣赏，这是很重要的，哪怕只是表层的欣赏。可我不欣赏他，他也抓不住我。我苦恼地拨弄着自己的湿头发。

如果换了其他人呢？你会不会也这样？我严重怀疑，你的不满足并不在于陈漱抓不住你，而是你根本抓不住自己。

冉紫的人间清醒令我不得不佩服，同时也激起我更大的不服。我脱口而出，不，有人能抓住我，我知道。说完我自己都震惊了。这就是唇枪舌剑的结果吗？

难道你也遇上什么人了吗？你们两姐妹的感情戏可真多。她带点戏谑地说。

我本来不打算讲出水手，可是现在，面对冉紫的戏谑，为了证明自己可能真的遇上了对的人，我必须讲出来了。我讲的过程中，冉紫一言不发地听着，连一个"嗯"的表示都没有，更不要说附和。讨厌的是，我自己也感觉到，真的要讲出那个人的"对"，却是飘忽甚至徒然的，我自己都感觉到越讲越不自信了。我不知道这是怎么了，只是确切地懊恼着。

冉紫嗤之以鼻地表示，这种Social，有意思吗？我觉得这个男人有点抓马，你也给他带偏了，别指望我会嗑你们的CP。她又回屋拿了一根烟，边点边说，我要是个男的，肯定是一个妥妥的渣男，因为，我太了解女孩子的软肋，太知道怎么讨她们欢心了，像你这样的女孩子又太好钓了，肯定分分钟上钩。

我的懊恼全部变成了恶毒，瞅着她的侧脸，心里暗暗掮道：无趣的……独身女人。

她吐出一口烟，转头来看我，似乎看穿了我的内心，现出一副"都是我玩剩"的表情。她的不屑简直激怒了我。幸好她及时下火说，雨中送伞重要，还是锦上添花重要？我正在转眼珠子，她又说，何况，那还不是花，就是花里胡哨而已。

我抗议道，你根本没有见过对方，怎么知道是花里胡哨呢？理论上，好像是雨中送伞重要，可实际上，下雨的时候并不多呀，所以，权重不是那样衡量的。

真要让你像我这样生活一下，你就知道哪个重要了。她冷冷地说。

我赌气说，反正，陈漱这样的男人多的是。

绝非多的是！他就是太给你安全感了，你才这么想的吧？他要是给你一点危机感，你就懂得珍惜了。

问题就在于，他给不了我危机感。我说出这句话，突然茅塞顿开，我们的问题也许就在于，缺乏张力。我们在一起太久了，审美越来越疲劳，以至于婚都懒得结了。

你越延宕，越栽在七年之痒上，你俩需要适时晋级，开启一个新阶段。

没有把握，怎么晋级？我至少要知道为什么结婚吧？

大概没有多少人是想好了为什么结婚，才去结婚的，或者干脆，就没有问过为什么。

那不就是说，结婚是昏了头的事吗？

为什么不认为是瓜熟蒂落自然而然呢？她掩了掩麻布袍子，抵御雨后的夜气，又说，也许，只有不结婚的人，才是想好了为什么不结婚的。至于结婚，等待瓜熟蒂落就好了呀。当你的整个身心和生活状态都在告诉你，结婚吧！那就顺其自然嘛。

但是，我没有收到这样的讯号呀，我收到的都是相反的讯号。

那是你自己心里的魔障。

没办法，我还不想缴械……我不想毁了自己，我是说万一……人是不能为万一活着的！

反正，我害怕关上那扇门。

结婚并不意味着关上门，也不意味着over，生活永远是打开的，可能发生任何无法拒绝的事情，何必在婚姻的门槛前等待一个保障呢？那是谁也给不了你的。

我心里一动，这是我至少近三年内听到的最具真理性的话，冉紫部分地代替我说服了自己。但我可不会告诉她。

冉紫的段位太高了，高手过招就是不一样。这简直是一个成长之夜。

我说，你也没结过婚呀，怎么知道这么多？

她说，我还没生过孩子呢，难道就不认识小孩儿了吗？

我给她的逻辑逗笑了。我说，我不是没有自省，可是，陈漱这个人……男友力真的太差了。

她毫不客气地说，甘蔗没有两头甜，男友力可能就是在"中央空调"身上，不在正人君子身上，你要怎么选？

我终于被撑到无话可说了。总不能为一个跟我啥事儿没有的男人继续辩护下去吧？

冉紫又说，如果没有自制，自省又有什么用呢？何况，自残是割不深的。

我降低一个音阶和台阶，表示另起一行，说道，我对陈漱的感觉，怎么说呢？就好比，你用一块饱满肥圆的新香皂时，手感是愉悦的，当它渐渐变小变薄，你也不会觉得不悦，只是再也感觉不到愉悦了。

我补充说明：当然我知道，那个人不是一个靠谱的男人。我说完就后悔了。明知道他是怎样的人，为什么还要不由自主地沉浸呢？这不是打自己脸吗？还有脸说出来！

但是，为什么？我仍然在心里认真地自问。因为跟陈漱相反？因为他身上有陈漱没有的东西？因为我的恶补心理？

冉紫说，你看，你还是以陈漱为本位来进行对比的，这个定位不是很说明问题吗？你是把陈漱当自己人，所以苛刻。人对外人是不会苛刻的。

这个巫婆！我心里嘀咕。此处应该有撇嘴的表情。

她放低姿态说道，我懂你的心理，你看过《落跑新娘》吗？

我心里马上被爆到，急急地说，对对对，就是那个，我看过……

我缓了口气，继续说，我很理解那个女孩为什么在结婚现场一再逃逸，她还没有准备好面对即将开始的另一种生活，她感到本能的恐惧，只有掉头跑开。

冉紫点头表示认同。她说，所以，你不是在拒绝婚姻，你是在拒绝现实。接受庸常的生活需要勇气，虽然芸芸众生每天都在这样地活着。我相信很多人都有逃的欲望，只不过克制住了而已，因为，根本无处可逃。

但我现在容易得多呀，只要不让自己落网就行了，所以……

但你终将要妥协。她用非常肯定的语气说。

我知道有的人……妥协得也很美。她又说。

有的人？是指谁？我的敏感简直令自己头痛。

我知道，我不是在跟冉紫对话，而是在跟自己辩论。我对自己充满困惑。我对陈漱不是没有感情的，但是，面对其他的诱惑，我又无法做到不为所动。

冉紫指指我手里的手机说，你有没有一种担心，手机会掉下去？

当然。我手里更加用劲，说，所以，我一直抓得牢牢的。

那你会不会觉得，越是担心，越容易走火入魔，反而有一种要把手机丢下去的冲动？

你这一说，还真是有哎，为了提防自己这么干，我几乎是神经质地牢牢抓着呢。

这就是了，有时候，禁忌会被强化成诱惑。

我秒懂了，说，我懂。

既然你什么都懂……

她没再说下去。我也无语。几乎肉眼可见的尴尬停顿在了半空。

我终于找到一句使尴尬落地的俏皮话：据说，装腔调的一个窍门就是，无论别人说什么，你都在后面跟上一句：爱情也是这样的。那我现在就试试吧。

冉紫仍然不置一词，一个借坡下驴的机会都不肯给我。幸好一阵风来得及时，我掩了掩浴袍，接连几个喷嚏，我们顺势进了屋。

在沙发上坐下来，我总结性地说，陈漱的确是一个很好的结婚对象，他始终等在那里，让我知道回来……但是，我现在不指望在他那里实现爱情了……不过最终，我可能会跟他结婚的，然后生个孩子，一生就这么完了……

你现在不是讨论你自己的最佳人选，因为你根本不了解自己。冉紫以盖棺论定的口吻说。

我终于不再说什么，我们沉默地看着电视。只要不是睡觉时间，冉紫的电视几乎就一直开着，多数时间是调成默片。我看着里面的人无声来去，感觉就像假人，连带自己都好像置身于一个无声忙碌的彼岸世界了。只不过丧失声音，世界就变了个样子。歌舞上场了，男男女女像纸片人一样飘来飘去，简直有宫崎骏动漫的诡谲效果。

她是因为寂寞吗？那么，她也不够强大？

冉紫端着一杯水走过来，突然关了电视。唰，电磁声像一层沙子，从屏幕落下。屋子一下子静止了下来，突兀得令人不适。我在唯一的沙发上打量着静止的房间。一切都打着宜家的烙印，简单至极，一床一橱一桌一椅而已。沙发的利用率之低可以想象，我猜迄今为止坐过的不到五人。桌子大得出格，咖啡机微波炉饮水机吐司炉电火锅……都摆在上面，是一个承担着全部日常生活的多功能操作台，同时还是饭桌，必要时候，可能还是书桌。这房子是冉紫自己买的，但感觉像是租来的，简单得透出孤寒，只有极简主义是一个体面的解释了。是房子的气质同化了人？还是人的气质影响了房子？总之，是人与房一体化了。

你是不是社恐啊？我问。突然很想冒犯——最好是激怒她。我真实的意思是：你爱过吗？但不好直接说出来。

她在桌边的椅子上坐下，乜斜我一眼，一种看遍人间戏的眼神，根本不接我茬。这个人，不仅难取悦，看来连冒犯也很难了。她的姿态是在表明"你不配触碰我的底线"吗？

看看这间令人噤声的屋子，一切都在体现出下沉和禁锢。无限的下沉，不知道要沉到哪里去。禁锢则使她和墙外的生活截然分开。她和墙外的世界之间究竟隔着什么呢？我坚信并不是一道墙，而是一扇门。如果能够找到这扇门的开关，它自然就会打开；而如果找不到，一扇打不开的门当然跟墙差不多。这个开关到底在哪里呢？这是最让我迷惑的地方。

卧室门开着，我突然瞥见她的床前有一个尼泊尔风格的花布垫，便问她，你练瑜伽？她说，那是冥想垫。

我疑惑地问，你皈依了吗？

她说，我不是为了修行的，是为了睡眠，每天十分钟的冥想，治愈了我的失眠。

是吗？我睡眠也不好，教教我吧。

有些技法，不是那么快就能学会的。

我说，没想到你会用冥想……人能安然入睡，真是一种修来的福分。

她说，总得用某种方式来安顿自己。

我猝然间意识到，她是经历过至亲的生离死别的人呀。那么，冥想与打坐修行，可能是她必须的功课吧？否则，那些难熬的时刻，她该如何度过呢？

冉紫的长发从头顶一直铺到椅面上，是我见过的最长的长发。这样的头发也是经历过岁月的，与主人的孤独同样悠长的岁月。

我佯装顺便一问似的问道，干吗留那么长的头发？你想做女巫吗？

此话既出，便坐实了我对她的感觉，是的，她幽幽的那股劲儿，她诡秘巫媚的性感，的确像屈原笔下的山鬼。包括她走路非常之轻，像没脚后跟似的，也有点这个劲儿。

长发为君留呀。她故意带点轻佻说。

我说，是呀，女巫也是要恋爱的吧？

她甩了一下长发，简直像甩鞭似的，然后又点上一根烟，很过瘾地抽了一口，徐徐吐出来，说，进入一段关系，对我来说可不是一件容易的事。

爱无能？我问。我多想问：那么，君是指谁呢？但这当然只是想想罢了，她的长发随时会变成长鞭，抽打我稀薄的自尊。

她嘴角掠过一丝冷笑，说，你真是恋爱脑，我可没说什么爱不爱的，我说的是——进入一段关系。

那不是一个意思吗？

当然不是。她说。也许……我是怀疑主义？怎么说都行，反正，我进入关系很难，所以，很羡慕你那么容易就为一个人目眩神迷。

被她这么一说，我有点忸怩起来，辩解道，其实我并没有目眩神迷，也许，就是在跟你说的过程当中，给你一激再激，它就被说成那个样子了吧。哎呀，真讨厌，你干吗要给我一种反作用力？

就当是对你的试炼吧。她眉毛一扬说。反正，早晚要经历这个挑战或者说考验的，你省略不掉。

你怎么那么肯定？

如果不这样，你就很难停止寻觅呀，不是吗？她转而又问，陈漱是你的初恋，是吗？

除掉中二的那些，正式恋爱，是第一个。

对呀，你这么优秀的女孩子，只经历一次恋爱……我要是你，也会不甘心偃旗息鼓的呀。

她突然变得这么宽容，反而让我不习惯。

她说，我以前在上海的时候，有个男朋友，闹矛盾的焦点最奇葩了……

我耳朵支棱了起来。还能怎么奇葩？我说。我觉得自己在这方面已经够曾经沧海的了。

是我拒绝他在我那里过夜。她说，想不到吧？

的确想不到。怎么一下子跳到了过夜？这跨度也太大了点儿。我等着她说下去，这时候是不能催的。

她抽了一大口，让自己烟雾缭绕，才继续说，过夜，就意味着一种状态的改变，可是，我还不准备接受另一种状态。我害怕在同一个屋顶下醒来的感觉，一睁眼，顿时感到天花板格外压抑，卫生间的气味格外不佳……我害怕一成不变的屋顶，一成不变的生活。所以，我不是不能理解你。

难怪你刚刚提到《落跑新娘》。我说。

原来，软化下来的冉紫是很好对话的。大概人在夜深人静的时候，特别容易说真话。我看着她的眼睛，等待她说下去。

后来我才知道，我的直觉是对的，正是我的直觉在冥冥之中提示我，不宜过夜。

她却没有再就这个话题说下去，而是说，发生了父母的事情……我已经不相信爱情了……现在感觉，一个人的状态最好，一旦有可能跟谁建立强链接，我就会把他从朋友圈删除，因为，安全距离消失了。

这大概就是她极强的边界感的由来了，我原以为那是她的社恐封印。我还敏感到，在她的关系版图上，大概我妈妈是唯一的强关系，而我们（包括爸爸）都属于弱关系，所以，我对她一直不敢僭越。

但是——她以笑傲江湖的眼神瞥了我一眼，顿了一顿说，我可以接受偶尔的性。

我愕然地望着她，不敢相信这句话是她说出来的。她的尺度怎么突然放得这么大！她还好吗？是正常的吗？

她迎着我的目光说，我不喜欢别人在我隐私的洞口探头探脑，索性大大方方，只要是我能说的。

好吧。我说。表示释然，更表示臣服。

我回味着她刚才的话，她不相信爱情，是跟姑姑和姑父有什么关系吗？她接受偶尔的性，说明是有异性交往的，而且不止一个吗？我还以为她一直处于空窗期呢。

那你现在还有喜欢的人吗？我问。这个我想是可以坦然问的，喜欢与性，不一定是重合的，性是隐私，喜欢则未必是。

只是局部的喜欢，比如欣赏他们的某一方面或某一部位，有的是眼睛，那种眼窝深深的……有的是腿，修长的，有肌肉的……她在自己身上比画着说。

我的耳熟能详的冉紫姐姐，原来并不是那么铁板一块的呀。我服了，看来，每一个人都不是喝白水长大的，而是来历匪浅的。她唤起了我某种类似的快感记忆，比如，我曾经迷恋过一个美发师的手，以前小朌剪短发的时候都去找他，只要简单地描述一下想要的效果，他沉吟一下，就见剪刀在头发丛中飞起飞落，像蚱蜢在草丛里似的，等头顶的声音安静下来，拿梳子一梳，一个可意的发型就出来了，拥有这样的发型，整个人都显得不俗。我不剪短发，就在旁边看着，更让我着迷的不是他剪出来的发型，而是他剪发时的那种神态，真像一个大艺术家。因为太过迷恋，我一次都没有找他剪过，后来，他就消失不见了，我也不再陪小胭剪发了。

我突然感觉到了跟闺蜜在一起才会有的一种情态。冉紫居然是可以当闺蜜的吗？我想起了妈妈，她们在一起会说些什么呢？我很想知道，但还是有所忌惮，不敢探问。我深知她的另一副面孔，好不容易软化下来，不想再让她变回坚硬了。我只有巩固胜利成果的良好愿望。

其实我现在最想知道的是，南宫夫人的电话，她告诉妈妈了吗？我真的只是出于关心，而非窥隐。

我正在踌躇中，微信响了。我以为是陈漱，带着情绪滑开手机，却发现是爸爸。他在家群里发：8号回来。我回一OK的微信表情。小胭回一小兔子撒爱心的"爱你哟"的动态表情。

算了，妈妈反正很快就回来了，我还是不问冉紫了。关键是，冉紫那么惹不起，好不容易给我点儿脸，我们都快成闺蜜了，我最好不要再煞风景了吧。

我的脑回路又陡然折返了：不对啊，冉紫如果不再相信爱情，为什么还要"长发为君留"呢？……放下，可能不是那么容易的事吧？

我突然有点羡慕冉紫。因为，她确切地知道自己爱或不爱某个人。

24

六号早上是在冉紫的沙发上醒来的，我伸手拿过茶几上的手机看时间，九点多了。冉紫正在把面包片放进吐司炉，见我醒来，她说，我过会儿要去工作室，先吃了，你可以再睡会儿。我说，算了吧，躺得腰酸背痛的。我打开微信，陈漱居然毫无动静。好吧，爱理不理。

我微信问小胭：可以回家了吗？她回：马上就可以了。

我起来了。冉紫说，那我做咖啡了，刚才怕吵到你。

不知是不是昨晚有过深谈的缘故，今天早上烤面包做咖啡的冉紫，给我前所未有的温馨感觉。或许，人人都是有另一面的。

我跟冉紫其实并无深交。小时候见面不多，她家在上海。后来姑姑和姑父同时因车祸去世，她成了孤女，爸爸不由分说叫她搬来成都，我们才接近起来。但我知道她之前在上海也不住家里，宁愿自己在外租房另住，那可是上海的房租呀。爸爸妈妈聊天时提到过，她不愿离父母太近。她比我独立多了，我可是从来没有离开过这座城市和父母身边的。回想一下，我大学期间都不住校，所以，长这么大，几乎没有自己准备过早餐，总有人准备好，不是父母就是陈漱。

我突然悟到，早餐原来包含着这么特殊的意味呀。早餐关系到你在哪里过夜的。几乎没人会请吃早餐，早餐是非常私人的事。所以，在哪里吃早餐？谁为你准备早餐？是一个人生活状态的极好的注脚。

我们一起出门的。出门前我说，居然在你这里住了一夜，来张自拍吧，纪念一下。我说着去搂她的肩，万没想到，她像身上落了毛毛虫一样，迅速闪开了。那么赤裸裸地不给面子，我好尬，自己找台阶说，哦，忘了你不爱拍照，那你给我拍吧。她说，也不。拒绝得那么干脆！是要让我尬死吗？

冉紫对于拍照的拒斥——打个不好听的比方——简直就像遭强奸一样。我们凡人也有不喜欢的事情，但很少会像这号人这么极端。她身上令人折服的气质，或许就来自这份极端吧。反正，恨她的人恨死，但也自有爱她这一款的——我想应该有，妈妈不就跟她匪夷所思地投契吗？

我跟她一出门就各奔东西，她让我搭她的车去地铁站，我拒绝了。古怪的独身女人！谁要跟你一起走！我心里仍然愤愤着。

回到家，我看着小胭那神气活现的样子就不爽。

你是爽了。我说，看爸妈回来怎么说你！

不要让他们知道嘛。她涎着脸凑近我说。

别靠近我，你身上现在有异味。我把"异"字强调得特别重。

小胭脸红了一下，说，你不早就——

我急忙打断她，威胁道，你再说，我就告诉爸妈了！

她赶快打住了。我在沙发上坐下说，什么样的臭男人？有照片吗？快给我看看。

她过来坐下，把手机打开递到我面前。是他们俩嘟嘴的自拍。我一看就泛酸，那是陈漱不会有的一种表情。这是我第一次正面看小胭的新男友。尽管我不喜欢他的杀马特风格，但必须承认，他真的比谢君有型，比陈漱也有型，比……我只允许自己想到上海老克勒那一层便打住了。

下一张，是他捏着小胭的腮。这种坏坏的可爱，确实很对小胭的胃口。何况，他还蛮帅的。

小胭滑着手机相册，一张张给我看，或者说，一遍遍虐我。滑出一张罗力脸上带血的照片时，我按住她的手指，问，这是怎么回事？

她说，打架了呗。

跟谁打架？不会是跟你吧？

怎么可能！她推我一把说。

她放下手机，顿了顿说，不过，他的暴脾气，我真的有点怕……跟他在一起，我觉得自己的暴脾气都回落了。

比如呢？

比如……比如去超市买东西，那个收银女孩的动作确实有点慢，我也感觉到了，不过还是能忍的，但他就是忍不了，直接冲着人家脸面说，你这轻拿轻放的，是怕吓着手里的货吗？

然后呢？

然后那女孩就哭了呀！搞得我好尴尬，好像我们俩联手欺负了她似的。

那打架是怎么回事呢？

别提了，太影响心情了……本来，我们在公园逛得好好的，人只要心情好，什么地方都很好逛，是不是？情侣嘛，都想往人少的地方走，你懂的……结果，我们上到一个坡顶，发现已经有一对在那了。那也是一对奇葩，女的头拱在男的小腹处，男的光着白崭崭的上身，双肘支撑瘫在地上，肋骨呀，历历可见。更夸张的是，那男的还露着粉红色的乳头，简直不像一个雄性动物的乳头，我看着也好辣眼的……我拉他赶快走开，他说，这个死样子，太龌龊了！我想踹他一脚。你猜怎么着？

真的踹了？

真的踹了！……所以，就打起来了……

我匪夷所思地看着她。她说，他是健身教练，当然不会吃亏，他脸上是那个奇葩男的血。

那是什么场面呀！你还有心情给他拍下来！我看你也变成奇葩了。

小胭恬不知耻地笑着说，他就是这样的人，他说他认识我的那次，就是在酒吧里那次……

我点头表示知道。她继续说，他说那次之所以出手，也是因为看那俩非要跟我喝酒的家伙猥琐不顺眼，拳头不由自主就硬了，所以，他保证不是对我一见钟情，还叫我也不要自作多情呢。

倒是坦荡。我说，所以呀，痞坏的魅力更难敌。

她再次把手机呈到我眼前说，来，给你看看罗力拍的视频。

视频一：罗力指着小胭胸前的独角兽胸针说，它的另一个名字，不就是羊驼吗？没错，就是一万匹从你心头滚过的那种……

我看了看小胭，心里嘀咕：这……有意思吗？

视频二：罗力看着旁边烤箱里油亮亮的香肠，突然耸耸鼻子笑了起来，诡秘地看着小胭说，发明避孕套的是什么人，你知道吗？小胭笑，一种傻白甜的笑。罗力笑，带着嗞嗞的鼻息。就是一个香肠生产商！他说。

视频三：……这就叫硬要的碰上直给的，那就试试健身教练的直给方式吧，开始营业啦……

视频四：……我裤子都脱了，你这不涮我吗？……

简直看不下去了，我有一种说不出的排斥感。他以为女人都是行走的交配器吗？我恨不得立马让小胭关闭视频，但又抵御不住自己的好奇心。

视频五：一家音像店门口，罗力招呼小胭，过来，给你拍个照。为什么在这拍？罗力往小胭身后的玻璃墙上指了指，四个字：原装正版。小胭扑过去打他，镜头一片晃动……罗力说，你应该把这看作一个光荣的题词……

我瞠目结舌。这种低级的幽默，实在不敢恭维！尤其罗力那种喷气式的笑，几乎引起我生理不适。我极端恶心抖音上经常听到的那种哮喘似的恶俗笑声，罗力的笑仅次于它了。

昨天，我还羡慕小胭找到了轰轰烈烈电光石火的爱情，此时此刻，我只担心她会烧成灰烬了。我的感觉很不好，说不清来由，总之是特别不爽和不安。

我匪夷所思地看着小胭，近乎斥责道，你有没有搞错？这种东西，也令你自豪吗？

小胭呆怔了一下，红头涨脸地说，怎么了？抖音不都是这样搞笑的吗？再说，他也没有给外人看。

我带了点严厉说，小胭，我知道你没什么审美，但也不至于降到这么没下线吧？

小胭hold不住了，冲着我来了一句：What fuck！

我本来有点失悔自己的咄咄逼人言辞过分，但她这句一出来，我就只有被严重冒犯的感觉了。想想爸妈不在家，我们俩若是闹翻了不好收场，我终于按捺着自己，白了她一眼说，英语不错啊。

还行吧，毕竟是外语专家的女儿嘛。她很不要脸地说。

你这已经不是在骂妈妈了，直接就是在打她的脸。我说。

我讨厌别人Judge我！她说，凶得像一头兽。

好吧，我换一个说法：你的审美看来一直保持稳定。

她哼了一声，但没再把球反手打回来。

我又补了一刀：他是用土味情话把你拿下的吗？

他根本不说情话。

我无话可说了。我们俩陷入沉默。我看了看手机，还是没有陈漱的微信消息。

几分钟后，小胭不无委屈地说，你都没有见过他，根本不了解，凭什么下结论？

我说，那你了解他吗？你才认识他几天！

她说，了解一个人，跟时间长短没关系。

我逼问道，他是哪个大学毕业的？在哪里工作？做什么？你现在就让我了解一下，好不好？

我已经料定他是大专以下了。虽然我常拿陈漱的哲学博士头衔来取笑，但骨子里，我其实还是在意的。从骨子里说，我们家就没有反智的氛围，而是相反。当然，我绝不是要拿陈漱来挤对他。

你这种无礼的问法，我是不会回答的。她抗议道，再说，你就知道关心这些世俗的问题。

我是俗人，不懂爱情，就你懂，是不是？

是。她赌气地答。

我说，那你用爱发电去吧，不打扰了。说完打开朋友圈看视频，声音开到最大。

就在昨天，我还为他们燃爆了的爱情而激动，这么快就打脸了吗？我怎么会摇摆得如此厉害？也许，真是我武断了？可是，我的直觉真的很不好，我倒希望自己准确到可怕的第六感这次失灵了。我再次想起了生日那晚哈雷摩托的观感，我其实那时就算见过他了。

小胭再次开启对话：至少，你见过他之后再说嘛，他不是你想的那样。

不想见。我说。说完暗暗吃惊，我的说话方式怎么也这么直截了当了？是被冉紫传染了吗？

你以为就你有档次吗？小胭再次耍毛。像你一样，找一个陈漱那样的斯文败类，就算好了吗？

我想我的眉毛都要立起来了。你说什么？陈漱怎么成了斯文败类！

她昂着下巴说，陈漱当然不是斯文败类，但是，我现在只能这么说了，谁让你那么贬低罗力的。然后，她又像遥拜一样说了一句，对不起了，陈漱！

我哭笑不得，她倒是孩子气的很坦白。我缓了一下说，小胭，不是我打击你，可能不仅我，包括爸妈，都不想见到他的。

为什么？小胭条件反射一般地凌厉质问道。

不是一路人，气味就不对。

小胭反唇相讥，这不是讲究门当户对的腐朽年代了，你醒醒吧，梅小脂！理想的夫妻都是互补型的，爸妈就是范例。

好吧，各花入各眼，我什么也不说了。

我回到自己房间，躺在床上刷微信。陈漱还是没有消息，我疑惑起来：他怎么了？我几次想问问他在干吗，又忍住了。呵呵，你还长脾气了，那我们就死磕到底呗。

昨晚在冉紫沙发上没睡好，我看着看着手机就睡着了。

25

睡到下午自然醒来，家里只有我一个人。我其实是饿醒的。打开冰箱，发现除了桑阿姨拿来的粽子，没有别的现成食物，只好把一个白粽扒光，拿筷子从中间分开，再加一口水，用微波炉叮一下。又找到一杯方便味噌汤，可能是小胭和那个人昨天剩下的，爸妈是不会买这种东西的。好吧，泡上，汤有了。等下再吃一根黄瓜，今天也算吃过蔬菜了。这就是没妈的孩子像根草吗？其实，拿到我们家，应该说，没爸的孩子像根草。

吃完看看微信，陈漱还是没有动静。我按捺住满心的疑惑，打开电脑。照例是先浏览网页，明星八卦是最适合打发无聊时间的。我浏览网页是开枝散叶型的漫游，跑题是常事，不知经由怎样的路径就抵达了眼前的一页。

南宫两个字，蓦然从下拉的标题中跳了出来，我的心跟着一跳，后面的两个字紧接着使我心脏骤停：去世。

这就是大数据的功劳吗？我搜索过南宫，系统就给我推送了南宫的消息。这是一条不起眼的新闻，寥寥数语，唯一透露的有效信息就是：这个人去世了。

我打开手机，搜到这条新闻，手指犹豫着，要不要发到家群里去？一再犹豫，终于没发。如果是小胭，肯定不假思索地发了，我有时真恨自己不是小胭。

我终于有了主动联系陈漱的理由，这件事只能跟他谈。我把新闻发给陈漱，等着他秒回，结果，等了半小时，他毫无动静。这半个小时，我心不在焉地浏览着网页，情绪的水位一直在噌噌噌上升，任何明星八卦都没法遏制我爆发的冲动。我气急败坏地打他的微信语音，没人接听。

我知道女人是情绪动物，我知道该把自己躁动的情绪调到静音，我知道安顿好自己的情绪才能控制住事态，可是，我拿自己没办法。我始终没有学会跟自己的坏情绪相处。驾驭自己是一门很难的艺术，至于能不能战胜自己，更是另说了。

我刚刚取消给陈漱的微信语音请求，就看见一条新的微信消息进来了。是水手。

他问，在干吗？要不要出来坐坐？

我毫不犹豫地回复：好啊。总算对陈漱有了清脆的回击，我感觉长长地出了一口恶气。

水手已经知道我有男朋友，为什么还要约我？为什么一约再约？此时此刻，我只觉得他懂我，而且，只有懂我的人，才能看出我和陈漱之间的不搭。我们之间的确存在问题，不是吗？那就是鸡蛋的缝，那就活该被叮，我只能报以正中下怀的快感了。

我和水手约在武侯祠见面。武侯祠和锦里这一带，这几年我来得不多，印象中似乎中式风格的莲花府邸音乐吧还不错，我以为他会带我去那里。没想到，他七拐八拐地把我带到了一条小巷，进入一家俱乐部性质的酒吧。酒吧从外面看是一副朝气蓬勃诗意盎然的样子，我放心地往里走。一进去，惊世骇俗的"垮掉"的气息立刻把我包围了。诡谲万端的图案，斑斓淫靡的色彩，颜色搭配既反常又难以捉摸。紫色浓出质感，像一泓稠浆。蓝色的抽象点染更增加其不确定性。大朵大朵的花近乎糜烂地呈现为土黄，形状更为颓废，与其说是花，不如说是花泥。变形的枯绿色裸体，长着海底泥面膜一样的脸，只有牙齿和眼白闪烁着白光，似粲然白骨，白色眼仁在铁锈色眼球中分外具有穿透力。俨然原始森林里的土著野人正手执钢叉向我走来，我有一种转身退出的欲望。一只手拉住了我，我本能地正欲抽回，又缓缓放松任他拉着了。只见水手嘴动，却听不清说什么。他拉着我往里走。DJ放的是什么鬼音乐呀？我仿佛被卷入了重金属的旋涡。

终于在洞窟深处坐下，音乐声小了一点，我能听见水手说话了。他说，适应一下就好。我看着四周的墙说，这什么鬼地方呀？他说，前卫的美术系学生的设计，你不喜欢吗？我说，我好像来到了大溪地，高更大概会喜欢这里。他粲然一笑，牙齿闪着白光，跟土著野人的一样。他扫码点单，轻车熟路，完全没问我喝什么。我这才想起来，昨天的晚饭，他怎么没安排红酒？那不是缺了一味吗？

酒很快来了，水手举杯与我相碰，我试着喝了一点，咸。仔细一看，杯沿上有一圈盐。我指着一圈盐说，这是什么神操作？水手说，海盐，你要是不喜欢，咱俩换。他不由分说就拿过了我的杯子，并把自己的杯子推给了我。

酒杯都喝过了呀，我们熟到这个程度了吗？我困惑不解。

待我们喝了彼此的酒，好像真的就熟到那个程度了。人与人之间，哦不，男人与女人之间，就是这么诡秘。

几杯了？我记不住了。无须别人力劝，我自己就想往醉里沉陷。事实上，水手说话很少，我说话更少，这里不是说话的地方。不说话，就只有喝酒。我看着洞窟的壁画，它表现的是一个人蓦然回眸的一瞬吗？那瞬间定格的眼神，惊恐万状又深奥难懂。

周围一对对男女的脑袋抵在一起，相互握着手或搂着肩，形成一个私密性的保护圈，仿佛酒店房门挂上了"请勿打扰"的小牌子。喁喁哝哝，窃窃私语，你侬我侬大家侬。

换了几种酒之后，我说，我们还是要一瓶红酒吧。他说，这个提议太好了，我在这里存着红酒呢，这是我常来的酒吧，老板是我朋友。他起身去了。他会怎么揣测我的酒量呢？其实我没什么量，只是喜欢而已。

　　我最喜欢红酒。红酒有世家的高贵，各种花哨的调制鸡尾酒则像暴发户。红酒的情调带着沉湎的质感，令人心悦。它的颜色，它倒进高脚杯时的样子，还有轻摇酒杯时冰块作响的声音，我都喜欢。它就是我所希冀的一种生活的质感。我总是把红酒的质地与人生的高雅美好相连。

　　我张望四周，下意识地寻找一面镜子。人是越在自己喜欢的人面前，越没有自信的吧？

　　换了红酒之后，我去了一次卫生间。只是想照照镜子，因为我喝酒容易上脸。看到自己两颊绯红粉面桃腮恰到好处，我放心了。其实，酒吧那么幽暗，他能看见什么呢？不过是我自己在意。

　　回去继续喝。从小，妈妈就告诫我们，在外面，凡是饮品离开自己视线之后，就不能再喝了。虽然长大后我们都没成为她，但她的教导，我们——至少是我——都记得的。可是现在，南宫的出现使我觉得妈妈的话不足为训了，我甚至有种对着干的欲望。我Emo Emo Emo……我的妈妈，居然陷入了渡边淳一《失乐园》的戏码……她当然会呀，你看凛子，不就是那么淡然从容地出轨的吗？她们都是正楷女人呀。

　　坦白一点说，我根本不属于破防，是我自己想要打开情欲，想要意乱情迷的……

　　碰杯，他看着我豪气地干掉。他笑言，有雅量，可以封你为夜店皇后了。我摇头说，皇后，不喜欢，给人一种……迟早要打入冷宫的感觉。俩人同笑。

　　他又为我倒了一次，问，你大学是学什么的？

我鼓了鼓勇气，才说出来，中文系。

我知道，提到中文系的女孩子，人们都是怎么样笑的。那些在爱情上浪漫荒唐得一塌糊涂的女孩子，通常都是中文系出品的。但我并不准备以此为耻。不过，近几年相亲节目里，自称爱好文学的女孩子，可都是预定好的笑料啦，尤其有一个张口闭口张爱玲的……我都想求求她们，别再说爱好文学了！饶了张爱玲吧！

他说，我特别欣赏中文系的女孩子，不乏味。

你是说真的吗？我问。

他说，为什么你会怀疑不是真的？不要主动PUA自己嘛。说完果真用欣赏的目光直视我。

这个男人，怎么说什么都在我的点上？是成心让我没得跑吗？

我想知道他结婚了没有，那天他是一个人参加婚礼的。我喝了一大口红酒，问，你平时喝酒吗？他说，不怎么喝，喝酒要看氛围的。我趁机擦着边问：要什么氛围？吃饭的氛围？那你都……怎么吃饭？

他模糊地一笑，说，跟所有人一样，家常饭也吃，外面饭也吃。他的表情显然过于若无其事了。我报以明亮的一笑。我实在太喜欢男人的机智了，哪怕机智到狡黠。

你就是想知道我结婚了没有，不是吗？他长驱直入地看着我的眼睛说。居然来了这么一步险棋，但也算是险胜吧。这就是爸爸说的"人有多大胆，地有多大产"吗？

好像开门碰到鼻子，我囧，无语。

他又说，我结了。相当于自问自答。语气里有一种"告诉你又何妨"的意味。

之前聊暧昧那么久，虽然猜到他是已婚，听他亲口说出来，还是有点感觉被冒犯，或者，是感觉自己应该表现得被冒犯。一个已婚男人堂而皇之地跟我聊暧昧，那是把我当什么人？不是明摆着嘛。即便我不稀罕当圣女，也不能那么安之若素吧？何况，他的语气近乎挑衅。

我可不是一个open girl。我说。说完就后悔得想抽自己一个耳刮子。这句话太蠢了，简直要把自己蠢哭。

他显然看透了我的懊丧，问道，你为什么想知道？

我已经落下风了，你还要像我爸说的——宜将剩勇追穷寇，把我逼到死角里去吗？

我没有马上说话，而是端起酒杯抿了一小口，很矜持的一小口，然后，像冉紫一样冷冰冰地说，出于女孩子的本能，不行吗？

我的绝地反击有了一点效果，他收缩了自己的气势，比较诚恳地说，当时，我们单位要选拔一个人公费出国，我的英语和专业比较占优势，但缺乏一个已婚的条件。

出国为什么要已婚呢？

防止你出去不回来了呀，那样的话，公家的钱不就白花了吗？有个人质在，毕竟有把握一点……他喝干了杯中红酒，继续说，这样领导就让我赶快结婚，我跟她商量，她犹豫了一下，同意了……其实我们才刚相处，几乎还没有进入恋爱状态……等于没有恋爱过……

我揶揄道，听起来，你结婚时还是处子似的。

那倒不是。他说。

不知怎么，我心气儿一下子顺了，给他斟上红酒，举杯跟他碰。音乐摇晃得令人晕眩，我眼前迷离了，空气越来越花。水手也笑嘻嘻地看着我。两个人不经意地傻笑，又无端止住，又笑，又止。我醉眼蒙眬恍恍惚惚地环顾酒吧，大块大块淫靡斑斓的色彩，浓浓的紫和蓝以及苹果腐烂的褐色，混合成一种惊骇的效果，人仿佛置身于繁复密丽风雨如晦的热带雨林……他拿起酒瓶给我倒酒，红酒泼洒下来，冲激杯底，溅起，贴着杯壁打旋儿……

这个过程中的红酒有一种浓酽的性感，像一个风骚舞女的裙裾。我把酒杯凑到眼前，仰起脸映着灯光痴看，低迷地说，红酒让人迷惘。

我们以为只有爱情才是欲望的出口，结果未免失望。水手说。

是的，我说，就像终于打开心心念念的宝藏之门，却发现里面空空如也。

你那么有外交风度，是不是一个时间管理大师呀？我说。当然有试探的意思，心下是希望他否认，即便明知那否认是假的。

但是他坦然地说，是情感外交家。

桌上的花委顿着，像一个受阻的愿望。我看见自己的长发越垂越低。那么，还在等什么？等火候吗？

这里……太颓废了，我们走吧。我说，舌头已不那么自如。

他把瓶中酒倒了一小部分给我，余下的全部倒给自己，闭幕式致辞似的说，来吧，举起骑士的圣杯。

他的眼神……我不得不承认，有的男人，天生就是会用荷尔蒙来跟你对话的。我想起了脑内高潮（Brain Sex）这个词，浑身发热起来。

我们走了出来，没有打车。我其实不是在走，而是在飘。路宽人少，公共汽车开得野蛮，擦身而过时，我几乎感觉被卷了进去。水手紧紧地搂住我，我的身体已经不能自持，只能任由他搂着了。路灯车灯，在我眼里变幻出许多交错的流线。两辆车交错驶过的刹那，突然让我想到某种错失。那种飞逝感，是多么残酷凛然不可抗拒啊。擦出再亮的火花又怎样？既然总是要错过。隆重而庄严地，错过……

不知怎么来到广场的，在木质台阶上坐下，我才意识到这是广场。

水手口齿也不那么利落了，话却多了起来，我隐约听见他在我耳边说，我这个人……喜欢显摆一点……小口才，生怕不微言大义……就俗了似的，你……习惯了就……不会介意了。

我只是笑，或许也说了什么，但已经不记得了。酒意在慢慢往上浮，笑声很低，好像怕惊扰了夜空似的。刚刚说笑完，又突兀地沉默下来，那沉默，像一堵墙压下来。

广场静谧，空气中飘来栀子花的香气。夜渐深，人越来越沉溺。不知道有几点了，都不想看表。

雨点开始落下，映着路灯，像流星雨一样。我说，我们回去吧。

我站起来，跟跄了一下，险些摔倒。他扶住我。那一瞬间，闪电照亮了我和雨，空气似乎都受惊了。心里最后一丝理性的残存：要不要让陈漱来接我？手不利索地滑开手机，醉眼蒙眬地看微信，陈漱依然死寂。好吧，去他妈的陈漱！

我们坐进出租车，雨下大了。车灯一打，照见一对男女在雨中接吻，男的搂着女的腰，女的身体幅度很大地向后仰去，两人吻得忘情，死去活来状，好像查泰莱夫人和她的情人。水手握住了我的手。

26

我木然坐起，呆怔在床上，目光在房间里逡巡，一点点确认自己在哪里，一点点让记忆回流，到出租车那一幕，就断片了，我不知道自己怎么会在这里。

只有我一个人，身上穿着酒店的浴袍。我摸了摸自己身上，我的内衣呢？谁帮我换的衣服？水手呢？

我扶着墙走到卫生间，看到我的胸罩内裤躺在洗手池边上，花连衣裙用衣架撑着，挂在毛巾架上，我摸了摸，干湿相间。

在我身上发生了什么？

神经质地坐到马桶上。感觉不到什么……是的，似乎没有异常。

转头看厕纸桶，也没有什么，空的。

但为什么衣服会不在我身上？……包括内衣。

心无可挽回地向着一潭死水沉下去，一直沉到水底……坐在马桶上不想起来，只想撞墙。

终于还是站起来，捧水洗脸，从镜子里深深看着自己，像看一个毫不相干的陌生人。

走出卫生间，来到窗前，手摸在窗帘上，犹豫着。终于，紧紧抓住窗帘，唰地拉开。阳光像一挂飞瀑，哗一下泻到落地镜上。我扳了一下镜框，镜子里的阳光倏地飞了起来，像一只受惊的鸟。

我再次走进卫生间，站到蓬头下，打开水。凉水漫过身体，我失控地浑身战栗着，牙齿碰击……我猛地旋转调节阀，热水从头顶扑了下来，热气重得令我窒息，浴室似乎要被热气顶爆了。我在烫死人的热水下站着，透过厚厚的蒸汽，看见自己的身体红得吓人。

一切的挑剔躁动喧嚣翻腾，也许都是为了走到这一步？

一旦走到这一步，心里彻底平静了。所有的浑浊都沉淀下去，变得澄澈而透明，尘埃落定代替了飞沙走石，心里空寂得就像原子弹爆炸后的广岛长崎。

我不想问水手发生了什么，我不想再跟这个男人有一丝一毫的联系，我走出卫生间第一件事就是拿起手机删除他。不过是点一个"删除"，我的手指却不自觉地用了切水果游戏的力度。我此时恨不得切出一颗炸弹，我想体验毁灭的痛快感，对着一个名字——其实那也不是他的名字，只是一个代号而已。我连这个男人的名字都不知道……我还有脸教训小胭……

再看微信，陈漱有两条消息：你在哪里？——时间是一点多。

干什么去了？小胭说你还没回家。——时间是两点多。那时候我在干什么？我不知道。我比他更想知道：我在干什么？

我想哭，但我觉得自己连哭的资格都没有了。自尊与羞耻感使我确认：我没脸哭。

无需回复了，直接去找他吧。我现在只想回家去找陈漱。我在无意识的渊薮里待得太久了，只有到了这般时候，才知道对我最重要的人是谁。

带着自虐或自我挑战的心理，以及异常的坚定，我木知木觉地走向陈漱的公寓。

我的脚步那么轻，轻得连自己都听不见，仿佛身体已经失去了所有的重量。我像一个游魂，在楼下仰望着那个此时此刻其实最该逃避的人的窗子，感觉那么高不可攀。

与往日不同，我本能地敲了敲门，才拿出钥匙来开门。陈漱睡眼惺忪地向我走来。才一天两夜不见，他的头发好像长了不少似的。你到哪里去了？他问，那声音好像忍着哈欠似的。我也很想问，你昨天一天，到哪里去了呢？但问不出来，已经自觉剥夺了这样问的资格。我说，到冉紫那里去了，说话晚了，没回家。这种关头，冉紫是最安全的人选，她不会多一句话甚至一个字。

我和衣爬上床，被子尚有陈漱的余温。陈漱也钻进被子。我把头抵在他的颈窝，避免看他。他迷迷糊糊还想睡。我说，陈漱，我们结婚吧。他有点醒了，侧过身来抱住我。我说，快点结婚吧，越快越好。他的睡意完全退去，亲了亲我额角，带着被窝味的气息说，怎么突然就决定了？我说，结婚……对于女人来说，就像百川汇海吧，会把所有的纷乱收走，就像……垃圾车把垃圾收走。他笑了，捏着我的手指说，这叫什么比喻。

他的手在我身上不安分起来，身体的哲学此时主宰了这位哲学老师。我说，等等，我去下洗手间。

我要脱掉那条花裙子。我一进门就想脱掉了，只是不好意思被他理解为主动，尤其在这个时候。现在，我必须把它脱掉了。我把裙子丢进洗衣篮。衬裙上的一个白色斑点吸引了我的注意，我拿到眼前仔细看着。作为一个已有几年性生活史的女人，我不可能判断不出那是什么。

我开始洗裙子。陈漱在喊我。我不答应。陈漱光着脚过来，想要抱住我。我身体一缩，躲开他。怎么了？他说着又来抱我。我失控似的叫了出来，别碰我！

他匪夷所思地看着我。我也被自己的反应吓了一跳，不确定那是出于身体的正义感还是内心的洁癖。

我低头匆匆地说，你先去躺着吧，等我把裙子洗完。

我洗得很慢很慢。我不知道洗完这条裙子之后，人生将如何继续。我希望永远停在时间的这一边……

我在阳台上挂裙子，听见陈漱手机的火车鸣笛声响起。他说了什么我听不清。说完他就出去了，好像很急的样子，甚至没到阳台上跟我说再见。也好。正好。

我吃了褪黑素，躺下便睡。在睡眠临界点上，我对自己说，不再醒来就好了。

醒来是下午三点多，我头痛，胃难受。陈漱不在，是没回来过？还是回来没有叫醒我？我微信问陈漱在哪里，没有得到回复。我已经顾不得纳闷他怎样了，一切皆有可能，我自己就是例证。

我叫了外卖，一碗南瓜粥和蔬菜沙拉，只是为了缓解胃部的不适。

吃了一半，又睡。再睡醒，已是夜幕四合。我睁眼看着窗外的暮色，万念俱灰。我需要陈漱，我想他在我身边，我想看见他，摸到他，靠着他。我需要实在有形的带着体温的安慰，没有人可以代替他。

他打着喷嚏回来了。说不清是什么心理，他一上床我就缠住了他。有时候我也不了解自己。

可是，我感觉到他发烧了。是他的进入让我感觉到的。果然那是人体最敏感的地方。

我说，你感冒了。我们同时离开了对方，好像这句话是一个号令。可我并不希望这样，我希望他坚持要我的。

我下床找药。他也下了床，却吃起来了。他看来是饿坏了，很快把我剩下的南瓜粥和蔬菜沙拉吃完了。

他到卫生间漱完口出来，我抠出胶囊，准备喂到他嘴里去。他接过去说，我自己来。我立马敏感到，他好像很小心不要碰到我了，是吗？

你好像已经准备好分手了。我说。

你说什么？陈漱一仰脖子把药喝下去，问道。

你不是连距离都预留出来了吗？

陈漱莫名其妙地看着我，一副应付找碴的神态。我却觉得他是装的。

那你让我怀孕吧，你让我怀了孕，我就会安安分分和你结婚了。

先前不要结婚，现在突然又要结婚又要怀孕，你是拿自己没办法了，才想要这么做的吗？

我暗自承认他说得很有道理。人在剪不断理还乱的时候，就会借助外力来做决定，目的无非一个：用既成事实来迫使自己就范。

我无语，意味着默认。他很不高兴地说，可是，我不需要你这么做，你是自由的。

我并不想刻意隐瞒，我要让自己坦荡，为自尊而坦荡。哪怕错了，哪怕不幸，我都准备承担一切后果。我之所以没有让他知道，只是怕伤害到他。可是现在，一股破罐子破摔的毁灭性力量在我的血管里乱窜。

我知道，我现在没资格对你发火了，我是一个烂女人。我叫喊道。

你是不是有点自虐？

陈漱一拳砸到桌子上，杯子们吓得跳了起来，降落到桌面时还面面相觑，像一只只缩头缩脑的小老鼠，冷飕飕地看着陈漱，一动也不敢动。我也被吓到了。

定定神，我去拿包，要走。陈漱用手制止了我，说，你不要走，我走，正好我还有事要出去。他定了定，几乎是一字一顿地说，你以为，我就不会痛苦吗？

刚才还歇斯底里的我，突然说不出话来了，一个字都说不出来。他下了很大的决心似的说，我们的未来由你决定，无论怎么样，我都尊重，你只要决定好了告诉我一声就行了。

我被震慑，无声地看着他。他一副"看着办"的表情，反而使我为难了。

他走了，褪黑素的作用又占了上风，困意再次袭来，我很快睡过去了。

再次醒来，全然的黑暗包围着我。打开微信，陈漱无声无息。我静静地躺着，心里的作劲儿已经消失殆尽。我发文字问他，去哪了？怎么还不回家？

在我，这是一个求和的信号。可是，他没有回答。我再打语音，他没有接。我打了电话，他还是没有接。这一系列碰壁，终于抵消了我内心喑哑的愧疚感。

突然很想跟他大吵一架，但他不在！女人会在心里模拟吵架，火气越吵越旺。如同《射雕英雄传》里周伯通的左右手互搏，我，由我分身出来的陈漱，在心里言来语去地互掐着：

你为什么不阻止我？

为什么要我来阻止你呢？你是一个成年人。

你真不知道为什么吗？

你大概不知道自己在说什么吧？你还有余裕来质问我吗？真让人啼笑皆非。最需要为你的行为负责的，是你自己！

我脸上发热了。竟是自己替自己吵输了，我更不甘心。我想象着要以更大的声音来说点什么，挽回颜面，不料却突然间颓了。"慎独"这个词钻进了我的脑子。就算陈漱不知道，我自己还不知道发生了什么吗？有何颜面！算了吧，否则就更无耻了。

我在他公寓里坐不住了。至少，我可以先回家。对，小胭也一天没联系了。我正在给小胭发微信，陈漱语音过来了。我语气很急躁地质问，为什么一直联系不上？你在搞什么？他说，对不起对不起，手机没电了，刚刚充上电。从他的"对不起"中，我听出了一丝慌促。我感觉不对。我说，好吧，现在，马上，你把我们当前聊天截屏，发给我看。他说，那又何必呢？我尽快回去，回去再说。好吧，我已然明白了，他在瞒我，尽管我还不知道瞒的是什么。终究，他是有心机的，他不是小胭。小胭有一次对家里撒同样的谎，我对她提出同样的要求，她没事人一样把截屏发过来了，我把右上角显示的三格电量圈出来，又发回给她，她才知道暴露了。小胭连撒谎都那么简单无辜，可陈漱不一样，他是哲学练就的缜密头脑，很不容易露馅的。

那么，他究竟在搞什么名堂？他表现反常已经有两天了。

我马上打了谢君的微信语音，他说在值班。正中下怀。我说，你给我定位一下陈漱在哪里，马上发给我。他说，真的很有必要这么做吗？我说，是的，很有必要，不然我不会滥用公器，你就破一次例，帮我一个忙吧。

那间公共大教室是我熟悉的，我做学生时曾经在里面上过思政课。我走进去，摸到门边的电灯开关。一大片日光灯像蝗群过境一样，在屋顶喊里嚓啦地响着闪着，第一根日光灯啪地亮起来的时候，我眼前却有一灭的感觉。我定定神，再次确认，坐在第一排的是两个人，一个女孩伏在一个男人身上。男人转过脸来，我看得瞳孔放大，确定得不能再确定了，是陈漱。

27

我漫无目的地走着，其实只是要维持一个"走"的动作状态。白底印花的丝巾像一条长长的鬼魂，在我的背后飘荡着。不知不觉，我穿过半个城市走回家来了。

刚进楼门，楼梯下的暗影里传来无助的猫叫声。我按亮手机屏一照，是小粉。手机屏暗了，眼前一黑，幻灭一般。我蹲下来，抚摸着小粉的头说，你怎么在这里？它不胜哀怨地对我喵了两声。一定是粗心的小胭，把它锁在了家门外面。我抱起小粉，它委屈地伏在我怀里。我扳起它的脑袋，对它挤了一下眼睛说，高兴点儿。它懂事地"答应"了一声。我一眨眼，嘴里是咸的。

在家门口，我按了一下墙上的开关，楼道的灯却没有应声亮起。我又徒劳地按了几次，没有回应的开关声显得格外空洞。

我敲门，里面没有应答。但我还是不放心，万一小胭和罗力躲在里面故意不给我开门呢？我转身走下楼去了，没有坐电梯，因为不想看见任何人。整个楼道都是黑的，我在黑暗中一步一步往下挪。

有个人在走上楼，也是在黑暗中一步一步往上挪。两个人都走得很慢，都没有出声。擦身而过的刹那，我们听到了彼此的呼吸声。我喊，小胭。对方喊，小脂。

我们一起往上走。我看见她步态不正常，她说，我走回来的，脚磨破了。唉，我的双生姐妹，就连这，我们都是如此对等对称。

进了家门才发现，是停电了，原来有电的只是电梯。点上蜡烛，四目相对。小胭一定看出我闷闷的，我一看小胭则叫了出来，你怎么了？是不是他打你了？

小胭的脸颊竟然有清晰的手印！怪不得她不坐电梯。

没什么。小胭说，闷声不响地蜷进沙发里。

他为什么打你？

因为……因为我要吃青香蕉……她看着我，我点头表示懂，她指的是青香蕉苹果。她沙哑着继续说，他买来了青的香蕉，我没有吃。我们都是被食物讲究的爸爸惯出来的，外人真不一定懂得，有次我说要吃花牛苹果，陈漱却买了红富士，而且认为是一样的东西。

这也犯不着打人呀！我说。

他说，这是毛病！老子专治这种……小胭说着眼里已噙了泪。

简直混蛋！他在哪里打你的？

动物园，当时我们正在看猴子，我把他买的香蕉扔给了猴子……那一巴掌，连猴子都在树枝上愣住了，忘了往嘴里塞香蕉。小胭说着笑了出来，笑得我想哭。

我一屁股坐下，仰头靠到沙发背上，闭了眼睛，再没力气说话。

我没事，你好像不大对劲。小胭说。

爸爸妈妈什么时候回来？我说着，几乎要哭出来。

我也在想，爸爸妈妈……什么时候回来？小胭说到"爸爸妈妈"时哭了出来。

手机屏亮了，我拿过来滑开，是冉紫的微信语音。

小脂，你在哪里？冉紫的语气很急。

在家。

哦，那就好。她松了一口气，问，你知道吗？陈漱不要命地找你，你干吗不理他微信呢？

我从耳边拿下手机看了看，果然有陈漱的好几个未接语音。我的手机一直在静音模式上，不过，就算不是静音，我也不会接的。我说，你不用管了，没事的。说完挂断。

突然传来肚子空洞的叫声，我以为是小胭的肚子，问她，你饿了吗？小胭说，是你的肚子好不好？

哦，是的，是我。我顿时感觉腹热心煎。我说，你想吃什么？我来点外卖。她说，不饿，只想睡觉。说完回了房间。

冉紫又打过来了，她说，陈漱也奇怪了，我告诉他了，你在家里，他为什么不自己来找你呢？一定要我来，你们俩搞什么？

我说，你也不用来了。

我也回到房间，躺着装睡。

冉紫还是来了。我开的门。小胭还在睡。我也只想睡死算了，虽然睡不着。冉紫不管小胭，端着蜡烛跟进我房间，不许我再躺下。

我不开心地说，难得你有这份热心！她说，我从来没见陈漱那么着急过，他也轻易不麻烦人……我对他还是很尊重的，不能不管。

她的手机在响，她看了看，塞进我手里，示意我接，我知道是陈漱，拒接。她开了免提，陈漱的声音传出来：小脂，你一定听我说，那个女生，她是我的学生，我不知道她怎么鬼迷心窍了……我心里只有你，你知道的……

我都看见了，你还说什么！我心里冷冷地说。我点了结束，把手机还给冉紫。

你为什么不听他说完呢？

没必要了。我说。但陈漱的声音又传来了，这次冉紫没有把手机塞给我，只是用了免提。

小脂，不是你看到的那样，你听我解释！这段时间，她情绪很不稳定，她的同学说她经常在宿舍哭，我总不能袖手旁观吧？你看见的时候，是我刚刚劝解完她，都太累了，不知不觉睡着了……

不知不觉睡着了！是不是很多行为都可以用这样的措辞来解释？包括我自己的。

联系到自身的问题，我心里松动了，似乎可以开口说话了。我说，这就是你失踪两天的原因吗？难怪太累了，当然啊。我的阴阳怪气自己都听着生厌，但又无法遏制。

他说，我也苦不堪言啊，都快顶不住了，她非常偏执，扬言要自杀，宿舍现在只有她一个，我能怎么办？只好一直陪着她……她哭哭啼啼缠着我，我一看手机她就要发作……我想，等过完假期，她的室友回来了，我就解脱了。

你为什么不告诉宿管员或者辅导员呢？还是你自己愿意陪！

你愿意闹大吗？说不定无辜躺枪，成为丑闻，你想过吗？

你还记得吗？有一天早晨，我们正在……我看了看冉紫，住了口。

他说，对，就是那个女生给我打电话，就是她，我当时不方便实说。

原来我的直觉没错。当时我就莫名地反感陈漱接那个电话。也是那个早晨，一张借条来到我手中，生活开始揭盖子。

她叫什么？我问。

恰恰，一个任性的富家女。陈漱说，等下她的辅导员就收假回来了……

我不想听了，按下"结束"。冉紫接过手机说，你应该相信陈漱，不过，现在大学生的心理健康真成问题。

恰恰，多么像个舞女的名字，好烂，有其名必有其人。我毫不节制自己的尖酸刻薄说道。

既然你觉得她是一个烂女生，就更没必要一般见识了呀。冉紫说。

问题是，就凭那一瞥，我足以判断，她不像一个烂女生，至少表面上……这真让人无话可说。

我百般无奈地摇头说，陈漱还成了香油壶……我以为……我无比解恨地说，我以为扔在路上都没人找的狗皮呢！

毒舌。冉紫剜了我一眼说。她转而幸灾乐祸地看着我，讥诮道，只有到了这个时候，你才知道在乎陈漱吗？

跟冉紫是无须矫情的。我说，是啊，在食堂吃饭，无论我打哪份菜，都觉得别人那份更好吃，后悔自己没打那份。

老话说了，本地姜不辣。冉紫说。不过，记得我非常喜欢的一部电影《阿德尔曼夫妇》中有句话：对于女学生来说，知识和意识具有色情的力量。

我正想表示不以为然，听见门响。我走出房间，借着手机光亮看见小胭的房门开着，里面是空的。我追出家门，电梯已经关门下行了。

这就是爱情吗？脸上还带着他打的手印，他小指一勾，她又奔他而去了。小胭已经变成了一个不受控的热气球，凭着一股热气在天空里飘。

我跌坐在沙发上，心乱如麻。冉紫拿着蜡烛出来，陪我坐在沙发上。

电还没有来，家里静得像一座空城，外面也听不到一点声音，整个世界好像都死去了。

我快快自语：爱是女人的原罪吗？女人为什么必须爱一个男人呢？不爱不行吗？谁也不爱。

冉紫不吭声。我继续自说自话：也许上帝就是让女人为爱而生的……不爱，我们干什么呢？总得爱吧，不是这个就是那个，不是满足就是不满足。

冉紫说，女人是通过探索异性和两性关系来探索世界的，所以嘛，只要活着，就得爱着。

她走到饭桌前打开自己带来的外卖。我吃不下，但不忍拂她好意，勉强坐过去，扒拉着里面的酸辣土豆丝吃了两口。

我放下筷子，蔫蔫地说，幸好，爸妈明天就回来了。仿佛爸妈一回来，我们的正常生活就回来了。我现在感觉，幸福就是生活正常。以前没觉得我们是妈宝爸宝，小胭或许有那么一点，反正我自己绝对不是的。这次爸妈一起离开，我才觉得我们像两根草了，渐渐感念起有父母的好来。

来电了。心情随之一亮。

冉紫说，别那么低落了，咱们看碟吧，我今天刚买的。她从包里取出几盘碟片，我拿起一盘，《追忆似水年华》。这不是名著吗？我放了进去。

金子似的溪水哗哗哗淌过来了，颇有诗意。只是，频频闪现的马赛克使画面一直在"眨眼睛"，故意挑逗人似的——幸亏我现在不那么想哭了，否则，大概就像在挤眼泪了。

看了两分钟，我按了"暂停"去打小胭的手机。关机。重按"播放"，静止的画面突兀地活动起来，好像里面的人刚刚栽了个大跟头，现在猛然跳了起来。

冉紫说，要不要换个碟子？

我说，换吧，这部片子，除了流水实在没什么好看的。

她换上另一盘。这是什么烂片子呀！两个男的在房间里喋喋不休，其中一个说要走，但一而再、再而三地走到门边又折回来，好像永远都不可能走出那间屋子了。我想起大学时代借过的一本书，名字叫《荒凉山庄》，有一页边上被人做了如此批示：打开这本书，看下去，看下去，坚持看下去……然后你将会发现：头痛。

我大叫一声，把靠垫捂到脸上仰面向后倒去。

冉紫笑起来，说，真不走运，还是看电视吧。

转到电视频道，正好在播放一个法制节目，属于我比较喜欢的那类。我松了口气。

记者在采访一起流氓案件的受害人——当然是一个女的，用马赛克虚了脸，看不清模样，只听见话音。一听就是那种很没用的女人，说话好像在一通鼻涕里拖来拖去似的，我恨不得上前大喝一声，勒令她说话利落点儿。

我抓起遥控器来按了"快进"，那个女的依然在拖鼻涕，又按了一下，鼻涕虫照旧是鼻涕虫。我把遥控器往沙发上一甩说，怎么快进不了！冉紫说，女王陛下，这是电视直播呀！

从什么时候开始，我已经习惯了快进？我记得小时候看动画片是不会快进的。可能这个社会进入了快进时代吧，我也就自然而然地跟着快进了。能快进的，就能回放，这在看电影都不是问题。而且，错过的情节可以倒回来重看，还能以上帝视角知晓一切……可是，人这一生可不是看电影呀。

怎么想到这儿来了？……我这才发现，自己潜意识里还是在为小胭担心。

我蜷在沙发上眼皮越来越沉重，意识也越来越模糊，好像山影压下来……意识猛然间一个趔趄，我睁开眼睛，电视的声音突兀地传到耳朵里，很高很虚浮，像一团尘埃空洞地悬浮在电视机上方。又坚持看了几分钟，我终于在沙发上睡着了。

……狰狞的音乐像一股妖风，在黑暗的过道里游走，女主持人的脸倏忽缩小，复制，砌砖一样迅速排满整个屏幕，然后，变成了一排排暧昧的东西。我努力辨认着，终于认出来了，好似是一些女性器官。紧接着，一个硕大的男性器官出现了，像一只巨笔戳向……

还没看清戳向哪里，我的脚砰地踢到茶几上，立马醒了。我猛然坐起，大汗淋漓。冉紫正专注于《追忆似水年华》，给我这一脚踢到现实中来了，惊愕地看着我，问，做梦了？

我喘息着说，做了一个噩梦。

冉紫说，上床去睡吧，睡一觉就会好的，我也要走了，不等小胭了。说完她打着哈欠站了起来，拿起遥控器。唰的一声，像落沙子一般，画面从屏幕上消失了。我心里顿时感受到一种清爽的静谧，困意消了大半。

哦，对，小胭。我拿过手机，准备给她发微信。冉紫的手机却突兀地响了，声音在我听来是出奇地大，简直像老年机一样。冉紫似乎也被惊到了，张着手不敢去拿自己手机。她是刚换了手机铃声吗？反应怎么那么怪异？我们面面相觑，冉紫终于拿起手机，眼瞅着我轻声说，是舅舅。然后按了免提。

爸爸的声音传来，你在哪呢？

冉紫说，在你们家，小脂在我旁边，您要跟她说吗？

爸爸问，小胭呢？在不在？

我凑近了大声说，爸，小胭不在。

爸爸说，本来打算只对冉紫说，她比你们冷静，既然你俩在一起，就一起说吧，小胭不在就好，先别让她知道。爸爸的语气不同寻常。

您说吧，舅舅。冉紫镇定下来。

你舅妈正在医院里，今天昏迷了四个多小时，现在醒来了。

我一把抓过冉紫手机，喊道，爸爸，妈妈怎么了？快告诉我。

你妈妈突然昏倒了。

冉紫靠近手机说，舅舅，现在怎么办？要我们去吗？

你们不要来，你舅妈一醒来就坚持要回家，我们明天上午的飞机。

舅妈她可以吗？

她坚持，只好依着她。

您还好吗？

还好，你们不要太担心，有桑阿姨在。

万幸，万幸有桑阿姨在。我说。

舅舅，告诉我们航班吧。

不用了，航班我刚才已经告诉陈漱了，本来说好了，他明天早上来告诉你们的……不过，今晚有冉紫在，我也放心了。

好的，舅舅，您放心，自己也当心身体。

我浑身都在发抖，哽咽着什么也说不出来。冉紫给陈漱打了微信语音，告诉他，我们已经知道了。

陈漱说，我马上过来。我看了看自己的手机，刚才有很多陈漱的未接语音。

陈漱一来，顾不得揩干身上的雨水，就抱住了我。什么时候下起雨来了？我们在屋里都不知道。我软软地倒在他怀里，开始大声抽泣。所有男男女女的事，这时候在我心里都不重要了。

外面的雨下大了，雨声铺天盖地，似一块幕布从天而降。

28

今夜可能不会入眠了，我索性泡了糯香普洱茶。如果没有陈漱和冉紫在身边，这一夜将如何度过？我简直难以想象。谢君打电话来说，已经联系好了明天去机场的医生和救护车。桑阿姨是护士长，谢君是在医院小区长大的，这方面比我们都便利。我想是桑阿姨交代给他了。

三个人喝着茶，听着外面的雨声，感觉很特别。这确实是一个特别的雨夜，如果不是因为妈妈的突发状况，我们几乎不可能三人共坐喝茶的。窗外风雨大作，可是，室内有温馨的茶，有彼此支撑的亲人和爱人。虽然有乌云，也是落在我们共同的头顶。只是小胭不知去了哪里，微信不回，电话不接。桑阿姨和谢君，也是给予我们巨大安全感的亲友团，虽然小胭……她真的让我很不安。

我把这种不安说了出来，包括她这几天的状况。冉紫和陈漱都很意外。是的，没有人想到她会走得那么远。等爸妈回来，只会更加感到意外和担忧。

冉紫说，对于未经沧海的人，水总是一个巨大的诱惑。

陈漱说，健身教练，现在好像对女孩子很有诱惑力。

冉紫笑了，看看我又看看他说，做中文系女孩子的男朋友，不是一件轻松的事吧？尤其当这个人是恋爱脑时。

我不大自然地笑了笑，说，更尤其，哲学脑遇上恋爱脑时。

陈漱说，还好吧，萨特和波伏娃，不是哲学和文学两不误吗？

我苦笑，说，那么，你是萨特呢？还是我是波伏娃呢？

冉紫赶快拿起茶壶给陈漱续茶，然后看着我说，撑人是一种天性吗？

我撇嘴笑了笑，转向陈漱说，不是，但，撑他是一种天性。陈漱回以宽容的微笑，笑得我心里异常苦涩。

冉紫说，你们有没有觉得饿？

陈漱说，有点，喝茶容易饿。

我说，点个肯德基全家桶？

他俩一致同意。冉紫手快地先于我下了单。

茶已经喝饱了，等待全家桶到来时，我找出中学时代没用完的一些折纸，在背面写上字，开始叠幸运星，叠好一个就放进玻璃罐里。这些小女生时代的小玩意儿，我已经很久没玩过了，今晚忽然想起来，只是希望自己手不闲着，这样时间会好过一些，心里也镇静一点。

冉紫也帮我一起叠，边叠边聊天。

冉紫说，萨特和波伏娃的爱情契约我很欣赏，我觉得，理想的两性关系就应该是那样的。

我有点敏感，说道，就是必然的爱情和偶然的爱情并存吗？但是，像今晚这种情形，或者其他艰难境地，开放式关系会有义务共情和分担吗？

陈漱若有所思地说，我只需要必然的爱情，有你就够了，满足了。

我默然不应了。虽然，他一切尚未知道。

冉紫说，仅仅着眼于两性情感来看待萨特和波伏娃的关系，是把它窄化了，他们其实是选择了一种自由的生活和生命方式，使彼此的价值最大化了。

陈漱说，你表述得太好了，太到位了！我一直觉得，爱情比哲学深奥得多，女人比男人深奥得多。

陈漱的肯定是认真的。冉紫丢进罐里一个幸运星，撇嘴说，拉倒吧，我恰恰是不大相信爱情的。

我说，也许，你是因为太相信了。

她没说话。我想乘胜追击。我停下手里的动作，鼓起勇气定定地看着她的眼睛说，冉紫，今晚拜托告诉我，那幅画，我是说《这山》，你是不是替我妈妈拍的？

不容她否认，我又一鼓作气地说，我已经找到另一幅画了，《那山》，在我妈妈柜子里。

她嘴唇动了动，我立马盯牢了她说，它们不会没有关系的。

空气凝固，陈漱不安地给冉紫倒茶。她继续叠着幸运星，沉默了几秒，才抬眼看着我说，好吧，我承认，是舅妈委托我去拍的，至于……他们之间的关系，我不了解。

还能是什么关系？那还用说吗？我苍白地喃喃着，心里塞满灰烬。

我咬着嘴唇去看陈漱，他微微向我点头，表示会意。是的，我就是想表示：你看，我的揣测没错吧？

确切地了解到真相，感受还是不一样。我有点想发泄而发泄不出来的沮丧感，嘴唇都快咬破了。冉紫的默默注视似乎是一种委婉的劝止。她说，我选择尊重爱情。

我丢下手里的折纸，一下子爆发了，冲她吼道：爱情？我恨这个字眼！是它把我们家变成了这个样子……还有小胭，不知道会怎么样呢！

我不好意思说出来：还有我自己！

陈漱安抚地搂住我的肩，我继续冲着冉紫吼叫：你认为，我……妈妈是懂得爱情的，我爸爸不懂，所以他活该，是不是？

我在"妈妈"那里停顿了一下。我居然无法流畅地说出"妈妈"这个词了！好像有某种心理障碍转移到了我的喉头，使我哽住了。

冉紫提醒说，不要忘了，你的爸爸是我的舅舅。她住了手，冷静地看着我，语调很平和，尽量不激怒我。

是的，小脂，你不能这样对冉紫说话。陈漱温和地说。

我又把火焰喷射口对准了陈漱：你考虑过我的感受吗？你为爸爸想过吗？自从觉察到这件事以后，我见了爸爸就想哭！他太可怜了，被妈妈背叛了一辈子还蒙在鼓里，作为一个男人，他的尊严已经被辱没了。

他们不说话，我继续发泄：从小，妈妈就是我和小胭的骄傲，我们喜欢放学后妈妈来接我们，我们眼里的妈妈是一个有魅力的女人，我们崇拜妈妈胜过爸爸，可是她……

不要急于去责备别人，每个人都有自己的情感需求。冉紫打断我说。

可她是我们的妈妈！

她是你们的妈妈，她也是一个女人！她首先属于她自己。冉紫说。

我一时语塞。忽然想起，大学时，曾经有同学夸妈妈像居里夫人，可我并不喜欢一脸严肃的居里夫人。同学跟我讲起居里夫人的生平，我才头一次知道，她居然有那么丰富的情史！我感到不可思议。崇拜居里夫人的同学唯独对她的私生活表示不以为然，我说，可我恰恰因为她有这一面，才对她产生了好感。

可是现在，我对居里夫人的好感统统消失了。折纸用完了，我的手不安地空闲下来，手的不安又加倍传递到心里。

全家桶适时地送到了。我原以为经过刚刚的争吵，自己会没胃口吃东西，哪里想到，吃得香着呢。不光我，他俩吃得也很香，一个全家桶居然很快被干掉了。我说，我还没打饱嗝呢，难道，全家桶的全家意味着两口之家吗？陈漱说，全家桶，是指鸡的全家！冉紫擦着手说，吵架太耗体力，所以……陈漱说，嗨，吃鸡不香吗？有啥好吵的。

冉紫说，吵架也是很有必要的。她转向我说，趁着吃饱了有劲，我们继续吵吧。

我本想做出自信满满的迎战表情，却不期然打了一个饱嗝，自己先笑了。

冉紫端端正正地看着我说，小脂，你是女人，你妈妈也是女人，你们同样都是女人呀，你想过吗？

我被问住了。我想过吗？……我真的没有想过。尽管我自己已经变成女人了，妈妈在我眼里却还是一个母亲，而不是一个跟我一样的女人。也许，她作为女人的那一面，我一直在故意忽略，甚至不以为意。

我只知道，当妈妈纯然作为一个女人——并且是一个有私情的女人——存在时，我真的无法面对。

冉紫说，她还是一个与众不同的女人。

这我承认，自己的妈妈足以推翻"同一个世界，同一个妈"这样的说法。可她到底有什么与众不同呢？我不得不认真考虑。多数女人，到了五十多岁就会自然而然地被视为大妈，而妈妈好像一直与大妈绝缘，鉴于年岁，她也只会被视为阿姨，所谓"大妈羞辱"与她是没什么关系的。如果说有什么不同，也许就在这里？

见我语塞，陈漱岔话说，我从来不知道她的身体状况这么不好。

我说，我早就跟你说过，她有心脏病。

冉紫说，她第一次发病是什么时候？

我回忆着说，大概是……十一年前吧，我和小胭刚上大学，周末在客厅用影碟机看《廊桥遗梦》……妈妈坐下来跟我们一起看，我和小胭正在擦着眼泪议论：让女人泪流满面的，除了寿司芥末，就是爱情悲剧了。突然发现妈妈倒下了，那是我们第一次知道她有心脏病。

说出《廊桥遗梦》，我才意识到了什么。谁都知道，那是一个婚外情故事。

我心里别扭得谁都不想看，站起来去了洗手间。从洗手间出来，却听陈漱和冉紫正在热烈交谈。

陈漱说，对，青梅竹马是一个原型……

冉紫说，那么，反青梅竹马也可能是一个原型。

我问，又在说什么哲学黑话？

陈漱转向我说，我们俩刚刚在聊原型理论，觉得它可以延展到两性关系上，两性关系看似一门玄学，其实也是有规律可循的。

跟陈漱在一起这么多年，我似懂非懂地听他讲到过：原型是一种先在的集体无意识的类型积淀，人类的集体无意识中存在着大量普遍共通的意象和模式，那就是原型，比如英雄原型、圣母原型。

我对冉紫说，我们陈漱可是理论型选手，孔乙己知道茴字的四种写法，陈漱知道原型理论的各种内涵和外延。

我又笑对陈漱说，人家大咖只是把原型理论扩展到文艺范围，你这又延伸到两性关系了，不嫌冒昧吗？还讲给冉紫听，真是好为人师。

冉紫说，陈漱真不算掉书袋型的书生了，你不是也信星座吗？这就好比星座理论，我觉得还是有道理的。

我说，我才不信星座呢，我和小胭都是金牛座，性格可一点都不一样，可见，星座就是瞎扯的。

冉紫说，也许是上升星座的缘故吧，没准差了六分钟，上升星座就不同了呢，你成了双子，她依然是金牛。

我怎么就成了双子？

反正你是典型的双子座，特别容易焦虑。

双子座擅长焦虑吗？我依然嗤之以鼻地问。

陈漱打圆场说，不争了不争了。反正，在恋爱学上，我是学生，你们俩才是导师。

冉紫说，你别说，这对我真是很有启发，两性关系——不管恋爱还是结婚，或者只是亲密关系，其实不过就那么几个原型，找对自己的原型很重要。

我说，比如呢？

冉紫说，比如……比如傻白甜和经适男，就是一个绝配，也可以说是一个原型，我是说小胭和谢君……再比如——

她不怀好意地把目光转向我和陈漱，笑着说，哲学男和文艺女，也是一个很好的原型。

陈漱说，哲学和文学本来就是相通的，你想想庄子的《逍遥游》，不是文学和哲学专业都要学的吗？

我想想，也是。

他又转向我说，从理论上讲，我的理性和思辨，跟你的感性和直觉，应该是一个互补。

我故意用酸唧唧的腔调说，又是理论！理论是灰色的，生命之树常青。

冉紫说，在陈漱面前，你还敢卖弄歌德？不过，陈漱，我得提醒你，女人是感受大于事实的，不要老想着跟她讲道理。

谢谢你帮我啦！我说，但至少我知道，对于小胭，你说的那个原型已经不存在了，没准现在变成了阳春白雪和下里巴人的原型呢。

他俩秒懂了我的意有所指，都无话可说了，这是大家现在都头大的一个点。我看着陈漱说，你说的互补，没准是有另一种翻译呢——白天不懂夜的黑。

冉紫说，别瞎转。

想到爸妈和南宫，我顿觉黯然。我说，那么，爸爸妈妈是什么原型呢？妈妈和……南宫，又是什么原型呢？

我们都沉默了。唉，妈妈昏迷四小时才苏醒，我却在这里为她的感情问题困扰着，这世界……真是无可奈何。

默默地喝了一杯茶，我问冉紫，那你说，姑姑和姑父是什么原型？

她举着茶杯的手停在半空，表情瞬间变得冷若冰霜，语气同样冰冷地说道，不要谈别人的私事。

我很想说，有没有搞错？你的爸爸妈妈，我的姑姑姑父，这是别人的私事吗？我的爸爸妈妈的事，我们不是可以谈的吗？刚刚还在谈！

我马上又想到，爸爸妈妈的事是我要谈的，不是她要谈的，事实上，她一直在努力避而不谈。也难怪她不愿谈及自己的父母，尤其是父亲。难以想象，那么酷的冉紫，居然有那么不酷的父亲！

陈漱赶快岔话题说，哎，小胭怎么还不回来？

这提醒了我，我马上给她打微信语音。这次总算接了。一听到小胭的声音，我立马意识到，她还不知道妈妈病了。我的心突然变得很软很软，眼睛也酸了。我说，小胭，回来吧，妈妈病了。

妈妈回来了？她问。

没回来，她在外面突然昏倒了，昏迷了好几个小时，明天上午……哦，其实应该说今天上午了……她和爸爸还有桑阿姨，坐飞机回来。

我听见小胭在那边连说了几个"啊"，带着明显的哭音。

别哭了，小胭，回来吧。我说，声音平静柔和，好像忽然变成了大姐姐。

29

小胭回来时快两点了，大家稀里糊涂地睡了。八点多钟的时候，陈漱做好早饭，强迫每人吃了一点。没有人说话，只是坐在那里看着钟表，等待出发。

谢君来了，看了看小胭的脸，没说什么。这一看提醒了我，我很谨慎地说，小胭，你就不要去接妈妈了，她看见你的脸会难过。

冉紫说，小胭可以到机场去见一见舅妈，只要小心一点，别让她看见这半边脸就行了，要不然，舅妈会问的。

小胭有点介意地看了谢君一眼，流着泪点头表示同意。

谢君约好了一辆七座的商务车，我们一起去往机场。

雨还在下，机场到达口外面，雨伞起伏。谢君联系好的急救车已经进去了，我们只能在外面等。

急救车开出来了，我们都拥向车门。妈妈躺在担架上，气息微弱，但见到孩子们还是很欣慰，苍白地对我们笑了笑，张了张嘴想说什么，却没有力气，医生阻止了她。我和陈漱想上急救车，把爸爸和桑阿姨换到商务车。桑阿姨说，急救车上只能有一名家属，都不要跟我争，我们赶快！桑阿姨的干练是我以前从未见过的，这就是一个优秀护士长的训练有素了。

我和陈漱回到商务车上，小胭半边脸靠在冉紫肩上，哭得身体直颤。冉紫为她擦着眼泪，小声说，别让舅舅看见难过。科学的安排也许应该是一部分人到机场，一部分人先到医院等候，可是，我们都太想第一时间见到妈妈了。

急救车先到医院，我们到达时，妈妈已经住进病房，桑阿姨把一切要做的检查诊疗都安排妥了。桑阿姨说，病房不允许留这么多人，其他人都回去，只留小脂和陈漱在这里就行了。

看着妈妈妥妥地住上院，爸爸就崩溃了，只剩一下接一下的长吁短叹。换作以前，我和小胭会说他：颓了。我知道，他能撑这么久，已经很不容易了。小胭陪着他坐在医院走廊里，两个人都在偷偷抹眼泪。桑阿姨拍拍爸爸的肩膀，像慈母对孩子似的说，老梅，你放心回去吧，这里有我呢。幸好有桑阿姨，不然我担心他早就倒下了，一直以来，家里有事其实都是妈妈在支撑。

妈妈一直在睡着。我看着她发青的嘴唇和深深的黑眼圈，无法相信，躺在这里的是自己的妈妈。潜意识里我一直以为，她会永远优雅地挺立下去，绝不可能像现在这样躺平。我痛楚到无法安坐在这里看着她。我站起来，背对病床无力地靠在墙上，拼命抑制住抽泣。陈漱从身后拥住我。

桑阿姨把我带出了病房，安顿在椅子上，坐在旁边抱住我，我在她怀里几乎要放声痛哭。当我终于平静下来，用纸巾轻轻擤着鼻子，桑阿姨微笑地看着我说，你终于擤得这么好了。我也不好意思地笑了。我小时候一直学不会擤鼻子，只能羡慕地看着小胭按住一个鼻孔，从另一个鼻孔痛快地擤出来，自己则吭哧半天无济于事，是快五岁的时候桑阿姨教会我的。

桑阿姨看见我笑了，才对我说，宝贝儿，我知道你有多难过……她紧紧搂了我一下，继续说，但是，面对现在这个状况，我们需要拿出点力量来，不能让难过毁了我们的力量。

她说得很认真，我流着泪点头。等我平静一下，桑阿姨又说，我看见小胭腮上好像有点不对头，怎么回事儿？

我没打算向桑阿姨隐瞒，但真的不知道该怎么回答，这些天发生了太多的事情，来龙去脉说起来太漫长太不可思议了。我搪塞说，不管她。然后转而问道，阿姨，我妈妈是怎么发病的？出去的时候不还好好的吗？

她说，我们一帮老朋友正在酒店里吃大闸蟹，她说，我到外面透透气。然后，我听见有人惊叫，赶紧跑出去，发现她已经倒在大厅的沙发上了……

我十分不解地问，为什么？当时她是什么状况？

她在看报纸，倒下去时手里还拿着一张报纸。

什么报？

我想想……好像是……《文化报》吧。

那她醒来以后说了什么？

没说什么，只是看了看我，又闭上眼睛。

她为什么坚持要回来呢？这很危险的。

孩子，我比你更知道这有多危险。桑阿姨叹了口气说，我想，她是怕回不来了。她的声音哽咽了。我们俩抱在一起，哭在一起。

一点多，冉紫送饭来了，还带了一束鲜花。幸好医院离我家不远。

桑阿姨看着我和陈漱说，你们回去吃饭，我一个人在这里就行了，别人在这我不放心。

可是您还没有吃饭。陈漱说。

吃饭好办，冉紫带来的这些，你妈妈吃不了多少的，够我吃的了。

冉紫说，我留下吧，你俩回去。

在病房门口，我问冉紫，小胭怎么样？

冉紫说，很烦躁，好像在打罗力的手机，一直打不通。

走出住院部，迎面看见谢君。我说，病房现在没什么事儿要做，你不用进去了。谢君说，我是为小胭的事来的。小胭？我这才发现谢君表情异常。谢君说，哦，确切地说，是那个……罗力的事。

什么事？我和陈漱本能地问。

我现在没法告诉你们，你们千万……千万……要阻止她再去找罗力就是了。

谢君的口气让我怔了一下。他是典型的"邻家好弟弟"那一款的，连聊微信都总是说最后那句话的人，怎么会突然变得这么毫无商量了呢？

是有危险吗？陈漱问。

是的。谢君的面部轮廓是少有的严峻，让我感觉很陌生。

30

在滴滴车上，我心里像塞满乱石，沉重又凌乱。我恨恨地说，真不知道小胭是怎么回事，这个罗力根本不在乎她呀。

问题是，他如果在乎她，她可能就不会这么爱他了。陈漱说。

陈漱这句话说得……令我无语了。陈漱并不是那么简单的，也许，他对于人性的洞察有我不知道的深刻。

车子拐弯时，我又开始自言自语：小胭就是……太透明了，透明的东西易碎。

中产阶级家庭的女孩子……最容易对爱情发生幻想，尤其对文艺浪漫爱着迷，你要情调、浪漫，她要野性、激情。陈漱说。

你现在可以讽刺我了。我说。

陈漱赶紧握了握我的手说，别那么敏感。

我说，其实，你讽刺得很对。

你跟小胭不一样。陈漱说。

我现在根本顾不得生气。我忧心忡忡地说，小胭就是那种死不回头的人，看似对什么都无所谓，一般情况下也的确如此，可一旦偏起来，比谁都偏。我记得上小学三年级的时候，十月一以后女生都不穿裙子了，她还穿着裙子去上学。有次老师当着几个同学的面说，梅小胭，现在不是穿裙子的时候了。就因为老师这句话，她以后偏偏要穿裙子，都冻出鼻炎来了还要穿。妈妈每天早上把裤子叠得好好地放在她枕头边，她就是不穿。后来妈妈把裙子藏起来，她就不去上学了。妈妈只好向她妥协，给她做了加厚的裙子，还托人从哈尔滨买了俄罗斯毛裤……她作为我们学校唯一一个冬天穿裙子的女孩出了名……小胭穿着裙子去上学的样子，至今还在我眼前。

陈漱说，这听起来很像她，很小胭。

回到家，陈漱安慰着爸爸，我来到小胭房间。小胭问，我什么时候可以去看妈妈？

我有点心疼地看着她的脸，说，等你的指印消了吧。

小胭不服气地说，我去单位露了个面，也没人问我什么，既然我能去单位，为什么不能去看妈妈呢？

我说，同事会像妈妈一样看你吗？我们有一丁点儿变化，妈妈都会发现的，刚刚她还说我瘦了呢。

我正思忖着怎么开口说谢君叮嘱的事，小胭手机响了，她一接通就哭了，边哭边说，你为什么一直不理我？……我妈妈在外面病倒了，现在刚回来，你能不能过来一下？……你要真是担心我的话，就该过来看看……

通话断了，显然是对方断的，小胭愣在那里，口型都来不及收回。用自己的痛苦来召唤别人，显然是一条自损的险路。我心疼又无奈地拉着小胭坐到床沿上，恳切地说，小胭，分开吧，这个人不适合你。我知道这样说可能适得其反，可我现在还有别的办法吗？我还有时间去迂回吗？

果然，小胭不服地讥诮说，就你和陈漱合适，是不是？我只有跟谢君才合适，是不是？

我气急，抓住她的肩膀说，我要怎么说你才肯相信？你现在是不识庐山真面目，只缘身在此山中！

小胭反唇相讥道，我知道你有文采，那也用不着拿诗词来跟我说话吧？

她是要把刚刚通话的受挫感一股脑儿地转嫁到我头上了。我说，小胭，求你了，我承认他有一定的魅力，但你只看到他的魅力了，没看到他的其他方面……

小胭咄咄逼人地说，你以为人人都像你那么多面吗？那你看到他的其他方面了吗？你说是什么呢？……说呀！

我确实说不出来，谢君没有告诉我，而我所有的只不过是感觉而已。我恼怒地说，一谈到罗力，你就这么激烈。我的反应在小胭看来无疑是恼羞成怒。

你跟他过不去，就是跟我过不去！

小胭这最后的倔强，眼下已成无人拿下的堡垒，我只有投降的份儿。有什么能够拯救陷入下半身思考的小胭呢？没有，什么也没有。爱情是女人的修罗场，我预感到，小胭这次，怕是不能全身而退了。

我气咻咻地一跺脚出去了。爸爸休息去了，陈漱正在客厅里站着。见我出来，他用目光询问：怎么样？我说，现在知道什么叫执迷不悟了。

陈漱敲了敲小胭的门，小胭打开门，但并没有请他进去的意思。陈漱在门口说，小胭，我知道你心里不好受，别难过了。

小胭眼睛红了，感激地看着陈漱。陈漱说，妈妈病了，这几天爸爸就靠你了，他的状况也不太好，你多辛苦一下，不要离开他。

我急中生智说，哦对，小胭，妈妈要吃粥，桑阿姨说粥要煮到流食的程度，我和陈漱还有事，你来煮吧，煮粥你会的，注意，一定要守着，过一会儿就搅一搅，别煳了。小胭抹着眼泪进了厨房。

我没心吃饭，陈漱匆匆吃了几口，我俩出了门。

在图书馆门口收了伞，我仰头看着雨线下划。印象中是从那一刻起，妈妈躺在医院的日子，我就一直感觉天是阴的，虽然有时阳光灿烂。

春深了，连树叶都绿得阴沉。我想起去年这个时节自己发的朋友圈：绿如言叶之庭，带着春夏之交的暧昧。当时正好看了一个叫《言叶之庭》的短片，那种雨中的绿意，氤氲着少男少女说不清的惆怅，随雨丝斜飘，浓得化不开。现在，我再也发不出这么文艺的朋友圈了。年轻，连惆怅都是诗性的。可是，我感觉自己老了，自刚刚过去的四月始。

七号的《文化报》无论如何在网上搜不到，只能到阅览室去查。我们径直来到学校图书馆，陈漱进了教师阅览室，我在外面等着。

看见陈漱拿着一张报纸向我走来，我瞬间由内而外凝固了。如果没有我要的信息，他只告诉我一个结果就行了。可是现在，他把报纸拿过来了。

我接过来迅速浏览，南宫的黑白照片首先映入眼帘，下面的文字，我只挑关键词看就够了：山水画家南宫……因病去世……

这就是……妈妈昏倒时手里抓着的报纸。我呆呆地喃喃着，摇摇欲坠，陈漱扶住了我。

无须再怀疑，一切都得到了证实。三十年的恩爱夫妻都可以是这样的！这世界，还有什么可以相信的？我神经质地笑了，眼泪却流了一脸。

走出阴凉的图书馆，湿亮的树叶折射着雨后的阳光，七色光谱像一只云雀，轻捷地飞向天空去了。我遮住眼睛，漠然地看着身外的一切。我对一切的存在都感到莫名地荒诞。

回到家，爸爸在沙发上坐着，气色很差。我走过去坐在他身边，一个字也不敢说，我怕我会哭。

冉紫在厨房里忙活，谢君打下手。冉紫做好饭，示意谢君叫小胭吃饭。谢君犹豫了一下，过去敲敲小胭的门说，吃饭了。

小胭没有回应。爸爸没好气地说，不吃算了，不要管她，刚才要出去，我不让，还闹起脾气来了。

我冲进小胭房间，勒令她：出来吃饭！

谢君也进来了，手里拎着一件T恤衫。小胭冲他喊，你进来干吗？

谢君说，我们定做的情侣衫……

小胭说，我不需要了，你自己穿吧。

我大声责备她：小胭，你什么时候变成了这么难搞的人？

就是为了谢君的面子，我也必须责备她一下。

谢君悻悻地垂着手，T恤衫上的卡通笑弥陀在他的手臂上哈哈直乐。我一把拿过来说，不要拉倒，送给我，我求之不得呢。谢君说，那另一件送给陈漱吧。

我和谢君走出小胭房间，看见爸爸正闭着眼睛仰头靠在沙发背上，他的额发油腻而凌乱，明显比去上海前白得多了。我抑制着心酸，安慰他说，爸爸，已经回家了，我们大家都在，您不用担心了，妈妈不会有事的，先吃点饭，好不好？

小胭绷着脸，若无其事地走出房间，坐下吃饭。

31

晚饭后，我和陈漱带了小胭熬的粥来到医院。我站在床边看着妈妈，几个小时不见，她似乎又缩小了一圈。妈妈感觉到了，艰难地睁开眼。我努力把泪水控制在鼻窝处，不让它流淌下来。

妈妈指了指桑阿姨。我俯下身问，妈妈，您想说什么？

妈妈声音微弱地说，让阿姨……回去休息。

桑阿姨俯身抚慰她说，我没事的，别管我了，医院里我熟，还是我在这里比较好。

妈妈无神的眼睛继续看着桑阿姨。我说，阿姨，要不您回去吧，这两天太辛苦您了，别把您也累倒了。

桑阿姨说，那好吧，有什么情况及时给我打电话。

冉紫说，我留下陪夜。妈妈轻轻地说，谢谢。显然，妈妈的意思也是要冉紫留下了。我想，她们是有话要说。

不对呀，难道不是该我留下吗？我是亲生女儿呀！小胭不能来，我再不……我正想着，桑阿姨说，只能留一个，那就轮流吧，小脂，你今晚好好休息，明天晚上陪。

我和陈漱还有桑阿姨一起回了家，是桑阿姨主动要回我家的，显然她是不放心小胭，也不放心爸爸。

小胭腮上的五个指印依然清晰可见，已经由红变得微青，还有点肿。桑阿姨什么也没问，或许谢君已经跟她透露了什么。她用纱布包了冰块，让小胭在床上躺下，给她敷到脸上。桑阿姨坐在床边守着，小胭手搭在桑阿姨腿上，抽抽搭搭地哭。桑阿姨用手指梳理着她的头发说，没关系的，你过两天再到医院去，不是一样吗？

小胭渐渐变成了默默流泪，反而更令我心疼。她以前是不会无声地哭的。小胭只问了一句：我熬的粥，妈妈吃了吗？我赶快答，吃了，妈妈很爱吃。

桑阿姨回到客厅，爸爸的目光立刻聚焦到她身上，好像孩子看见了母亲。自从桑阿姨进家门，我就发现爸爸的视线一直在追着她转。爸爸原本看上去比我们都脆弱，但桑阿姨一来，他就像吃了特效安神丸，诸神归位，气脉趋于正常，眼神不再空洞，坐姿不再疲软，脊梁也挺起来了，话语交流乃至肢体语言能力都在恢复。无法想象，一个作为社会和家庭中坚力量的老男人，会在妻子倒下后变得如此六神无主脆弱无助。我白天还在暗自感叹：没妈就等于没爸了吗？但是现在，桑阿姨来了。桑阿姨一来，家里便一切归位了，生活回到了应有的秩序。

小胭到我房间着急地说，罗力的手机怎么老是没人接呢？我一直联系不上他，怎么回事？

她说完求助地看着我。我也只是看着她，不说话。我知道，这种玩消失的酷，只会激发另一方的舔狗欲。可是，通常那是女的吊男的呀！我们家的不说金枝玉叶也是从不缺爱的小胭，怎么就成了如此上赶着的女朋友？

其实他很爱我的。小胭赶紧辩白。

这也是爱的表示吗？我看着她刚敷完冰块的脸反问。

我知道他这个人脾气不好，但他本质上是好的，只是……一般人不理解他。

当然了，我就是个一般人，所以理解不了。

沉默。我寄望于沉默的分量能使她头脑冷静下来。她却画风突变，恨恨地说，哼，等我见到他，一定要……

这是扮老虎吃猪吗？算了吧，小胭。我说。

她也清楚自己的徒劳，突然变得哽咽，眼巴巴地看着我说，我想妈妈，我要去看她，我要对妈妈好好说说……

我也绷不住了，几乎声泪俱下地再次恳求她：小胭，难道你是被下了降头吗？醒醒吧，别再对罗力抱任何幻想了，好吗？他不会是对你好的那个人，要不然，怎么会……我指着她的脸，说不下去了。

她却一反刚才的哽咽，脆生生地说，恋人之间，相爱相杀不是很正常吗？

我感到山穷水尽了。小胭倔倔地说，我要把他带到妈妈面前，要不，万一，没机会了……

我真想与她抱头痛哭。她也看出妈妈病得很重了，可见，她并不是一个全然没心没肺的人啊。

之前我并没有那么担心小胭，因为，我太了解她了。不管她怎么蔫头耷脑，都不过一时而已；一旦支棱起来，立马原地爆炸。可是，这次不一样了。

桑阿姨住在我房间，我去了陈漱公寓住。再次站在熟悉的房子里，我仿佛回到久违的家。有句话说，十分钟年华老去。我离开这屋子不过一天，整个的生活就不仅仅是老去，而且蓦然成灰了。我自己也无可避免地老了，面对这灰烬一般的日子。

……我撕扯着胸口醒来，深重的压抑感似乎写进了全身的关节，醒来的我依然感觉被缚着，动弹不得。陈漱的脸在我上方，我的眼神在他脸上来回游移，终于确认自己是在这里，而不是在梦中的场景。待我彻底清醒过来，他关切的注视却使我生出一丝恨意：承受切肤之痛的到底是我，不是他；在血缘面前，差一点都不行的；他是岸上人，我才是水中人。

他问，做噩梦了吧？我别过脸去说，可能是……胳膊压到胸口了。他说，你把胳膊搭到我身上，就不会压到自己了。我鼻子瞬间酸了。他是想替我负重的，哪怕只是搭一根胳膊。

32

我休了年假。陈漱本来就不坐班——幸好如此。冉紫虽说是自营的首饰工作室，也不能停摆，总要对定做首饰的客户负责。最给力的当然是桑阿姨，她是我们大家的主心骨，是妈妈的住院主管，也是我们陪护排班的主管，同时还代行了妈妈在家里的职责，一切只要听她的就好了。

到医院看见妈妈，我的心一下子揪得更紧。她精神尚可，可整个面貌却肉眼可见地又垮下了一个台阶。难道就此每况愈下了吗？我不敢去想。桑阿姨已经给我们大家做过心理建设，医学到了一定程度也是无能为力的，恢复的状况只能交给命，每个人的身体机能都是不一样的。我从来没有想过，人各有命原来是有着这么具体的内涵。无论怎样的心理建设，都不能使我眼看妈妈的垮掉而不痛。

陈漱送冉紫去了。我不知道这一夜妈妈是否和冉紫谈了些什么，她看起来很疲惫，周身好似覆盖了一身尘霜。但她仍然没有重度病人的坍塌感，她是不会允许自己那个样子的。人在不堪时的仪态，才最能见出这个人。

我坐在病床前，贴近妈妈。她抬手摸着我的脸说，你瘦了，脸儿小了一圈，陈漱也瘦了。

我泪眼模糊地把妈妈的手贴在脸上，想说"妈妈，我没瘦"，却哽咽得不敢开口。陈漱回来了，我看着他的脸，发现他确实是有点瘦了。

妈妈看着陈漱说，受累了，都是因为我……

我们都着急地去否认，妈妈笑笑，表示她懂。她用传说中的丈母娘看女婿的眼神看着陈漱，对我说，你找到陈漱，不光是你自己的幸福，也是我们全家的幸福，我很放心。

是的，不能想象，这两天如果没有陈漱，我会怎么样。医院的环境不消说了，我心里更是空空落落一无所依，只感到周天寒彻冰凉入骨；只有陈漱来了，才能驱走心里空荡荡的寒意，把温暖和踏实带给我。我现在有几个小时见不到他，就会满心的恓惶无助。

妈妈爱抚地看看女儿，又看看陈漱说，小脂有你，我比较放心，这个孩子还是识大体的……对小胭，我就没这么放心，她们两个生下来就不一样，一个只知道睡，一个头扭来扭去，眼睛到处找，不知道要找什么。

陈漱问我，你找什么？我故意调皮一笑说，找你呀。

妈妈问，小胭呢？她怎么一直不来看我？她不想我吗？

我说，不是的，之前她在家既要照顾爸爸，又要给我们做饭，现在她上班去了。

爸爸确实够让人不放心的，如果不是妈妈在住院，或许爸爸就要住院了，他回来之后"三高"指标就蹿上去了，时不时头昏。幸好有桑阿姨在，给他提供专业的照顾。

妈妈说，对，你爸爸现在也需要有人照顾……我好多了，让他不要天天往医院跑了，这几天他老了不少，我在外面倒下的时候，医生说通知所有家属，他怕吓着你们，没有给你们打电话……直到我醒来了，他才告诉你们……他能挺到这个份上，不容易了……

当妈妈说到"通知所有家属"时，我掩住嘴以防自己哭出来，我知道那意味着什么。陈漱也把脸别向窗外。妈妈是眼睛看着上方说这番话的，仿佛在对着空冥或者永恒说。

她缓了一下，视线又转向我和陈漱说，你爸爸其实是个很脆弱的人，你们以后不要忘记这一点，多体谅他……

我泪水婆娑，拼命点头。陈漱握住我冰凉的手，什么也没说，只是握着。

妈妈又说，我希望走在你爸爸后面，不然……可现在，我恐怕是办不到了……

我终于忍不住抽泣出声。陈漱俯下身说，妈妈，您放心吧。我没有听错，陈漱叫的是"妈妈"，这是他第一次这么叫。

妈妈拉住陈漱的手说，谢谢你，陈漱……等下桑阿姨来了，我请她帮我包红包……

我们同时意识到了，这是"改口"红包。我们相互对视一眼，陈漱的眼睛瞬间红了。我看着他，蓦然感觉到一种前所未有的贴近。那是一种共命的贴近感。

桑阿姨带着午饭来了，妈妈跟她说了这事，她马上欢天喜地无限欣慰地拉着陈漱的手，表示她也要给陈漱包一个红包。我悲哀地想到，就连我们的欢喜事，也注定要在病房里发生吗？我还自然而然地联想到了小胭和谢君以及那只祖传的翡翠手镯，心里马上不自在起来。或许，脸上也有点不自然了。我们在场的每一个人，可能都是心同此情，但我们只能迅速把这种心情pass掉，装作什么都没有的样子。已经够受的了，这时候实在不宜多想。

我和陈漱走出医院大门时，三辆警车呼啸着驶进来。我心慌地躲避着，对陈漱说，发生了什么事？

33

小胭也休假在家了。是桑阿姨说服她休假的，叫她在家陪着爸爸。这只有桑阿姨能做得到，我们其他人都没本事把她圈在家里。我不知道桑阿姨了解些什么，反正她完全不表露，只是一如既往地关爱着小胭。

爸爸状态比昨天好多了。小胭一声不吭，看不出在酝酿着什么。

我刚刚躺下要休息一会儿，手机响了，现在因为妈妈，我不敢调成静音。是谢君。他让我马上到医院去一下。我霎时紧张得浑身发麻，他赶快声明，与妈妈的病情没有关系。

在ICU病区外面，我先看见了陈漱，他也是接到谢君电话匆匆赶来的。谢君随后出现了。他戴着棒球帽，没穿警服，但他身后两三步还有一个穿警服的人。谢君回身看了一眼，那个人自觉离开了。

谢君说，没时间了，我直接说吧，罗力是这次扫黄行动的一个重点对象，这个俱乐部，还与贩毒有关……

我看看谢君，看看陈漱，蒙到做不出任何反应。陈漱问，罗力不是健身教练吗？他怎么跟黄赌发生关系的？

谢君不安地说，说来话长……恰恰是因为他和小胭……我才发现了这个俱乐部的线索……

他和小胭？我浑身的毛孔都骤然紧缩，簌簌起小米。

谢君迎着我的目光说，是自拍，他把他和小胭……拍下来了……肯定是偷拍的……

什么拍下来了？拍下来了什么？我茫然地问。

谢君为难地看着我，吞吞吐吐地说，关键词是……升天……幻肢……爱动片……什么的……

我还是不懂。陈漱小声对我说，男生会看的那种……小片儿……

我的脚好像猛然崴了一下，身体不受控制地倾斜了，陈漱一把揽住我，紧紧地握住我的手，示意我保持镇定。

这些视频，竟然是谢君处理的，这不是太残酷了吗？我脑子里一片空白和寂静。谢君继续说，算他还有一点良心，小胭的脸是虚了的……

安迪·沃霍尔曾经说过：每个人都会出名十五分钟。这就是小胭的十五分钟吗？她要以这种方式出圈了吗？

我从断片儿中恢复过来，急骤地问，那你怎么判断是她呢？

有只鹦鹉，有只猫，我认出那是你家的……还有一只独角兽，就是生日那天冉紫送的那个吉祥物……另外，还有她身体上的一个标志，一颗梅花形的痣……

我的心坠得厉害，又好像要炸开。我咄咄逼人地问，就凭这么一点蛛丝马迹，你确定？

谢君肯定地说，我确定，梅小粉，我撸过多少次……那只独角兽是独一无二的定制款，我不会认错……他又有点不好意思地说，那颗梅花痣……在她的大腿上，以前我们一起游泳的时候，我注意过。

我的胸口似乎受到一记重击，而后，胸壁在源源不断地受到挤压，就像心肺复苏的按压，只是没有回弹，只有无尽的按压，压得死死的……呕吐的感觉排山倒海而来，我迅疾蹲下，捂住嘴开始干呕。一个护士不知从哪里跑过来，递上一个呕吐袋。陈漱拿过来打开递给我，轻轻捶着我的背。我对着呕吐袋深呼吸几次，呕吐欲略略缓解。

这是一种生理与心理的双重反应。我不是感同身受，我就是直接身受。我和小胭，几乎是分享着同一个身体呀，就算我们的灵魂不那么一致。世界上再没有一个人的身心灵，离我那么近。我之于她也是一样。

我平定了一下，让大脑回血，恢复运转。我依然固执地在寻找着某个角度来否认。

我知道网警的专业性强，业务百搭，经常要配合其他警种一起办案，但从未意识到，谢君也是隐身于网络的刑警。更没想到，一直以局外人自居的我们，有一天会成为"曲中人"。

谢君面色冷峻，为了防止我打岔，他一气呵成地说，现在要谈的重点不是这个，就在搜捕前一小时，罗力被人刺了，现在就住在这家医院里，生命垂危，他提供了很多重要的线索，同时也提出了一个要求……他把目光锁定我，说，他要见小胭一面，也许是最后一面了，你看，现在怎么办？

陈漱先于我说话了：绝对不能让小胭见他，小胭对他的事一无所知，现在让她面对这么可怕的一个逆转，她肯定受不了的。

罗力对破获这起案件发挥了重大作用，他被锁定后，很配合我们工作，才被同伙发觉后刺伤的，所以，邢队长答应，尽量满足他的要求，让我来做工作……谢君恳切地说完，向那个刑警的方向瞥了一眼。不用说，他就是邢队长了。

我尖刻地质问，让你来做工作？你不觉得屈辱吗？他们不知道小胭曾经是你的女朋友吗？

我已经顾念不得，这事对谢君有多残酷！

谢君低下头说，他们知道，他们现在也认为小胭是我的女朋友，是我这样告诉他们的。

你……我一时气结，感觉人类的语言已经无法形容这种吊诡和荒谬了。

谢君再次抬头直视我，说，我知道你们会怎么想，但我的工作性质就是这样，法不容情。

我毫不通融地说，反正，我不能让小胭见他，他死了活该，这个流氓！你如果可能，如果对小胭还有一点点怜惜，赶快把那些东西删掉吧，行吗？我求你！

我说完就要走，谢君喊着"小脂"，要来抓我的手，陈漱按住了他。我来吧。陈漱说。

你们谁来跟我说都没用！去死吧，让他去死吧……我终于哭着尖叫起来。心剧烈疼痛，像一条被狠狠地甩到岸上的鱼，垂死痉挛着。邢队长向这边走来，谢君迎住了他。陈漱抱住我，把我带到走廊一角。

陈漱紧紧地搂着我，我奋力挣扎着叫道，让他去死，要不然我也会杀了他……

他确实快要死了。谢君略微走近一点说。

我咬着牙根一字一顿地说，你死心吧，我死也不会让小胭见他的。

谢君和邢队长走了。陈漱依然抱着我，抚摸着我的背，尽力使我平复下来。

我胸腔里快要引爆的那股气，终于慢慢地散了。我瘫软下来，伏在陈漱的怀里哀哀啜泣。我们家，这是遭了什么诅咒什么报应啊？是老天在整蛊我们吗？无法想象，如此狗血的剧情，居然会在自己家发生！

待我情绪略微平定，陈漱去自助式咖啡机那边接了一杯热咖啡，递到我手里。我慢慢喝着，不时抽泣一下。

谢君再次走近，隔着两三米的距离。看着我喝完一杯咖啡，陈漱终于试探着说，这样好不好？你就代替小胭去见他一面。

你让我去见一个毁了小胭的流氓?！我再次暴怒，弹射一般从椅子上站起来。

陈漱和谢君无可奈何地相互看着。

罗力在哪里被刺的？陈漱忽然问。

在他的住处，现在那里已经被警戒了。谢君说。

那万一小胭去找他怎么办？我冷不丁清醒过来，着急地问。

我已经让妈妈回去守着小胭了，现在陪床的是冉紫。谢君说。

我泪眼蒙眬地望着外面的雨幕，整面玻璃墙好像也在跟我一起流泪。

不知哪间病房突然传出撕肝裂胆的哭声。哭声在走廊回荡，令我遍体生寒。陈漱看出我的颤抖，再次拥紧我。

邢队长不知从哪里走过来了，注视我几秒钟，开口说，克服个人感情，本着人道主义精神，给他一点最后的安慰吧。

我不由分说地拒绝了。我不客气地质问：反正他是罪人，反正他要死了，你们为什么还要这么多此一举？你们考虑过我们所受的伤害吗？你们应该眷顾的人难道是他吗？你们有没有搞错！

他说，只是为了一个警察的信义。

我不假思索地说，你们当然可以说得这么铿锵，因为，不是发生在你们的姐妹身上……我咬住嘴唇，说不下去了。

邢队长说，我们理解你的心情，但是，在这次行动中，我们也有一个战友……牺牲了，他的妻子和母亲……还在那间病房里输液，刚才的哭声，就是她们……

我的身体突然间不再颤抖了。给我半个小时的时间。我说。

34

邢队长和谢君走过来。邢队长看着我说，拜托了。

我也有一个要求。我说。

你说吧。邢队长说。

不要让小胭出面作证，不要让任何一个无关的人知道这件事。

放心吧，我们会保护她的。邢队长说。

还有一个问题，小胭是短头发，她的头发这么长。陈漱说。

那就戴一个帽子吧。邢队长说。

谢君从自己头上摘下棒球帽递给我，我把头发收进棒球帽，又把皮肤衣的风帽拉上去，跟着邢队长走了。

走了两步，我又回身从陈漱拎着的包里找出一副墨镜戴上。虽然我的眼睛已不那么红肿，但我还是想求助于一副墨镜，否则将更加难以面对。邢队长好像想说什么，谢君用眼神阻止了他。

我穿过病房传出的断断续续的哭声，一步步走着。到了某个门口，邢队长停住脚，郑重地看着说，拜托了。

进了第一道门，护士正拿着隔离服鞋套头套等着我。我全副武装起来，再加上棒球帽风帽和墨镜。我想，恐怕我现在照镜子都不认识自己了，罗力还能认出我是小胭还是小脂吗？我感到不那么紧张了。

我对于自己扮演的角色其实并不紧张，我根本不在乎他是否识破我。让我紧张的是内心无法遏止的愤怒和仇恨，我太想当面质问一下这个混蛋了，就算他快要死了。

我深呼吸两口，跟在护士后面走了进去。我是第一次接触ICU的环境，它带着命运的黑色，像一座山影向我倾轧过来。我为什么会出现在这里？倘若不归于命运，难道还有另外的出口吗？

还差两三步就到病床前了，我有一种转身逃开的欲望，但奋力克制住了。

护士轻轻说，梅小胭来了。罗力睁开眼。这绝不是我看见过的那个哈雷男了，离小胭给我看的视频中的他也很遥远。我简直难以置信，那个浮浪嚣张的恃强男子，会变成眼前这样一具躺着的生物体。他的脸毫无血色，泛着青光，显然是失血过多的缘故。

小胭。他叫道，激动得想要挣扎着坐起来，护士赶紧按住了他。那不过是一种想坐起来的躁动而已，并非动作本身，即便护士不按住他，我相信他也不可能坐起来了，对于这具躯体来说，那已经是一个难如登天的动作。

我点头。我想进入小胭的角色，起码碰一下他的手，可我做不到。我甚至已经非常警惕地看着他的手，生怕他会来碰我。

他气若游丝地说，摘下墨镜……好吗？

我第一反应是绝不照办，我无法与他目光相遇而不发作。但想想谢君和邢队长，我说服自己，要尽力而为。我慢慢摘下了眼镜。没有了墨镜的屏障，我的眼睛有种裸露的不适感，我强迫自己看着他，目光尽量柔和。

你不是……小胭。他说。他刚刚点亮的眼睛瞬间黯淡了下来，好像天黑时的暮色四合。

我无动于衷地看着他。我想到了，或许应该编出一大套理由来，说明自己就是梅小胭，只是显得跟平时不太一样而已。可我实在演不下去，连话术都勉强不来。

他说，虽然……你长得跟她一样，但……小胭是不会……用这样的眼神看我的……

我用自己的沉默告诉他，你爱信不信吧。

她为什么……不来？他又说。

我冷眼相向。告诉我。他说。

你死了这条心吧，她不会来的。我冷冽地说。

她都……知道……了吗？

我充满不屑地看着他，咬牙切齿地说，知道什么？你说呀！她知道什么了？你有脸就说出来呀！

护士的手轻轻按到我的肩上。我明白，一定是邢队长嘱咐过她。我也知道自己是枉然，看看眼前这个人的样子，他还能说什么呀！

我压低声音说，你还有脸见她吗？我们还会让你见她吗？你凭什么！

你骂我吧，我知道，你，你全家人，除了小胭，都跟我不对盘……

一定是小胭跟他说的。这个小胭，什么都跟外人讲！不对，在他和她的关系里，也许我们才是外人了吧？

但是，不见她，我死不瞑目……他继续说。

我心里一片寒光闪闪，此刻，没有什么能跟我报复他的恶毒相匹敌，我很想说，你死不瞑目活该！你这种人，活着都是浪费空气！

好在我及时止住了自己的恶毒。还有什么大过一死呢？在死亡面前，人性是不容赶尽杀绝的，这是起码的底线。

你为什么要挑她下手？我问。

她太干净了。

她太干净了？我不相信地重复了一遍。

罗力点头表示肯定。他的眼珠慢慢转动，最后对着头顶的空气定住，说，这个世界……这么肮脏，凭什么唯独她……那么干净？

我脱口而出：你简直混蛋！

他拿出一副"你这种样子我见多了的"的表情，我被激怒了。恶毒的詈骂似滚滚春雷，在我胸中集结。他嘴角露出一丝挑衅的笑意，似乎在表示：你骂不痛我的。另一个声音在我心里响着：打住吧，打住吧！我清醒了，是的，只有魔法才能打败魔法，我们一切的教养和人生练习，都不是为了打败这种人而准备的。我索性不再出声，尽量保持无动于衷。

他说，你这样的人，是无法理解一个留守儿童，一个二代民工的……垃圾生活和心理的……

我蓦然想起了小胭说过的，他不喜欢猫，他喜欢狗。我同时想起了一个说法，喜欢猫的人是想要去爱别人的，喜欢狗的人是渴望被别人爱的。但我犯不着跟他去讨论什么爱不爱的，他不配。我说，邪恶，本来就是不该被任何人理解的。

毫无疑问，人性是自私的，如果这是别人的故事，此时此刻，也许我会心软甚至流泪，我会有同情心和人道主义这种漂亮的东西产生。可是，当受害者是自己家人时，就算你惨得直击心灵，我也只有憎恶怨毒和仇恨。

他用微微的冷笑来表示对我那句话的不屑，并且继续挑战我：我只对傻白甜感兴趣，我的兴趣就是……把她们变得不再傻白甜……越好的白菜，越该给猪拱……我是从小就听不了童话的人……

那是你的事，你没有权力加害一个无辜的女孩子！我怒斥道。但我明显感觉到自己话语的虚弱无力，根本抵不过来自邪恶的尖锐力量。

他说，那么，我是被什么加害了呢？我感觉……我也是受害者，一直都是……

我再说一遍，那是你的事，是你自己要面对的人生课题，跟别人无关！

不，我就想让它……跟别人有关！他挑衅地说。

邪恶是有魔力的，它让恨的人非常恨，也让爱的人非常爱。小胭就是这样着了道的吧？

我寻找着更锋利的语言——没有最锋利，只有更锋利。我说，那我再说得残酷直白一点吧，这世界本来就是人分三六九等的！

是的，这话很残酷，但现实就是如此。他颜值在线，体形在线，可依然很难成为我们家的女婿。这就是差距，这就是阶层。

为什么在此时此刻，在罗力面前，我如此充满了中产阶级的莫名的优越感呢？自己都感到纳闷。其实平时，我嘴上虽然不服，但心里完全接受爸爸的说法：中产阶级就是一个脆弱的概念，一种虚无的幻觉，是一些人无处释放的优越感的出口。难道，我的优越感只是为了碾压罗力，并拉开我们之间的距离吗？

他嘲讽又得意地笑了，说，很好，你说到根儿上去了……那也就……不用向我要答案了吧？

我感觉被他套进去了，严格说，是被他羞辱了。我很想说，"你以为这样就能打破三六九等了吗？"但又明白，说了也是徒然。

这个世界的问题，是我们能够辩得清并解决得了的吗？何况，这个人快要死了，我又何必在这跟他推磨？

我还能不能找到他的软肋呢？

我另辟蹊径，径直说道，我只想知道，你对小胭到底有没有真心过？

这是一步险棋，但我必须试一试，否则，小胭太不值了！我都替她咽不下。我且看他怎么回答。

他沉默着。他的沉默在折磨着我。就像沙漏一样，正在簌簌落下的是我的悲哀——当它们在等待之中落下时，才变成了悲哀。沙漏的上半部快空了，下半部快满了。沙子的不断落下，对应的正是我内心的失落感。我已经准备离去。

他开口了：我很想说没有，就是为了让你沮丧……但是，为了小胭，我必须诚实……有，特别是现在……

他的眼里突然浮上了泪光，他说，如果没有，我就不会是现在这个样子……他的目光扫过自己躺在那里的身体，然后继续说，但是，我不后悔……

他歇了一口气，说，爱对我来说，一直是不重要的，直到遇见她，我才想回头是岸……我想配得上她……

我在心里刻薄道，这是一个屌丝逆袭的故事吗？可惜倒在路上了。

开始，我以为，这是白捡的女朋友，是信手拈来的所谓爱情，当我意识到……还是晚了……

我在心里冷酷地说，反正，你不能把孵出的小鸡变回鸡蛋再塞回鸡屁股，说这些还有什么用呢？

我已经等不及对她说了，希望你能转告她，我对她的爱……重于一切，就算她怀疑整个世界，也不要怀疑……我对她的爱……我这一生……唯一可贵的……就是她！

他太虚弱了，说完这么长一段话，气力好像耗尽了。但他还是强力支撑着，嘱咐我：一定要让她知道，这对她……也有好处……

护士走近，看了看他身边的一堆仪器。几乎，他每说一个意思，我都会在心里跟一句后缀：说这些还有什么用呢？

这番话照例没有引起我的同情，只是引起我内心的冷笑：爱，还会有那一系列的伤害吗？你亵渎了这个字眼！你不配！

我说，我什么也不会告诉她的，你是因为自己快死了，才这样说的吧？

是的，我快死了，所以……我可以这么说了。

你别指望我会相信你！那些视频，又怎么解释？还有那个耳光！

当我和她在一起的时候，心里根本没有那个镜头，我是爱她的……

你的爱毫无意义。

但……这是我能给她的……唯一的……安慰了。

你毁了她，你知不知道？

我知道，所以，永远也不要让小胭知道……我是什么样的人……

这一点，你倒是跟我想到一起去了。

那一耳光……是我当时压力太大，失控了……我也有点恨她的讲究……

这是我最悔恨的事……他说完，满是仪器的手动了一下，想打自己似的。护士按住了他的手，轻声叫他不要动，不能激动。

我后悔没有对她好一点……罗力的声音变得异常温柔，表情也变得非常柔和，眼睛却亮得出奇。

没有人稀罕你的温柔。我说。

因为，你不是她。他说。他整个人因为无力而显得柔软。

我怎么这么冷？罗力说。

护士按铃，医生过来了。

我快……坚持不住了，你能不能……对我笑一笑？罗力吃力地说着，眼神开始涣散。

罗力涣散的目光在我脸上游移。我第一次正眼看着他，发现那是一双多么好看的眼睛呀。

对他笑笑吧，他快不行了。医生说。

泪水瞬间盈满我的眼眶，我终于在以小胭的身份向他告别了。我含泪艰难地笑了一下。

我希望他依稀看见：小胭甜蜜的笑脸、飞扬的身影，还有，大地上和天国里的温柔以待。

罗力头向一边歪去……

我看见一些人进来了，仪器在撤去。护士搀扶我出去，陈漱和谢君在门口等我。我栽倒在陈漱怀里。

谢谢你，谢君说。

可是，我更想对他说：对不起。

35

没有什么地方比充满生老病死的医院更方便哭泣的了，所以，我暂时还不能离开。下班时间的走廊是匪夷所思的安静，我贴在无人区的墙壁上哭泣着，绝望已把我吞没。陈漱无声地安抚着我。我不想回家，不想面对小胭。我也不想待在病房里。我想逃出这个世界，逃到自己也不知道的地方去。落到现实的地面，我其实只要能逃到陈漱的公寓就够了，把门关上，让安全感包裹我，假装屋外的一切都与我无关。这是最具体的诺亚方舟，我再也不会感觉到四壁的狭小和挤压——那是我曾经有过的矫情，而现在，都变成安全感的切实保证了，是我生活的屏障和壁垒，是我最想要的螺蛳壳……

我知道，哭泣现在对我都是奢侈的，我必须尽快结束，必须重整自己去面对生活。

怎么对小胭说呢？我说。说出"小胭"这个名字，我又悲从中来，禁不住一阵呜咽。

是啊，让小胭怎么面对？陈漱说。如果罗力还活着，她会不会想杀了他？

我担心的不是她想杀了他，而是，她想杀了自己！

现在，她连恨的对象都消失了，连恨都没处恨了……陈漱摇摇头说，不过，倒也是一种解脱，不用担心小胭见到他了。

你觉得，活着的罗力比死去的罗力更难面对吗？说出这句话，我感到彷徨了，我拿不准。

是的，我们的感受不能代替小胭。陈漱的口吻也没那么有把握了。

陈漱感慨，有多少爱就有多少恨，爱和恨是一回事，就像硬币的两面。

谢君找到了我们。他问，你准备怎么对小胭说？

我不知道，别问我。我说。我身心俱疲，脑子已经不能转动了。

陈漱摇摇头说，君子不立危墙之下，小胭怎么……

谢君说，她怎么知道那是危墙呢？不怨她……我跟你们一起回家吧。

一起回家？谢君现在的反应，难道不应该是掉头而去吗？离开令他屈辱的一切！不仅屈辱，而且残酷，我都替他感到无法承受。

我们一起往外走去，这是在医院里，没人留意我的双眼红肿。

陈漱边走边从随身包里掏出烟，递给谢君一根。陈漱是一个轻度烟民，大概学者的哲学之烟是难以避免的吧？但他从不当着我的面抽——别问我怎么知道的，如果你不会"纯洁"到不知道情侣之间会干什么的话。这是第一次，他当着我的面大大方方地亮出烟。

但是，谢君摆摆手拒绝了。

你不抽烟了吗？陈漱惊讶地问。

不抽了。

什么时候开始的？

就现在，我想看看，我能不能扛过去，如果能……

我心里一动。谢君是在跟自己死磕，或者检验自己吗？检验的意义是……？

陈漱把手搭在谢君的肩上，好像叫了一声：兄弟。我看着他俩肩并肩的背影，喉头再次哽住。一瞬间，我想说，活该！在我的潜意识里，那是对小胭说的。实在是不忍心，所以，只能在潜意识里说。其实，不只是对小胭，而是对小胭们，还有小脂们。

出了大厅的门，谢君向左边走去，陈漱拉了他一下说，这边。

这是多么熟悉的路，谢君居然会走错。可见此时他的内心，并不像表面上看起来那样……

在车里，我说，只要不让小胭知道真相，怎么都行。

陈漱说，这个人消失了，我们总得给小胭一个交代。

谢君说，回家看情况再说吧。

我们都一筹莫展，只能寄望于相机而动了。我一直奚落小胭迷糊，现在，我多么希望她再迷糊一点啊。

我们进了家门，小胭看见谢君有点意外，好像想说什么又打住了。我迅速进了自己房间。我的眼睛看见她都会痛。不可能不痛，因为是她，因为是我，我们是在母体里紧贴着，又相挨着来到这个世界的姐妹！

她跟到我房间，问，妈妈怎么样了？我没回答她，我实在做不到开口而不走调。

她自顾自地说，我要去看妈妈，我还要叫罗力一起去。我仍然不开口。她继续叨叨，罗力的手机这两天怎么老是没人接，没人接！

我说，夺命连环 call 难道不是最坏的方式吗？

我直接去找他吧。她说着就要往外走。

你找罗力干什么？我抓紧时间大声说，故意让自己很生气的样子，这样就掩饰了我的脆弱。我想让自己跳戏。

小胭不以为然地看着我。你说干什么！你现在不是跟陈漱在一起吗？她说。她居然把一句话绕得如此刁钻，真让我不好接了。

我跟陈漱在一起是为了照顾妈妈，你呢？

我想他。小胭说着又要往外走，很是一根筋的样子。

你清醒一点吧，他如果爱你，会是这样吗？我挡在她面前，把手一摊，好像要把她的当下状况摊给她看。

可是，小脂，我很想他，我真的很想他。她的口气忽然软了下来，泪眼婆娑地看着我说。

完蛋了。我最怕这样的戏码，我是吃软不吃硬的。她只是回到自己本真的情感源头说话罢了，可我看到了她在爱情面前的软弱无奈和绝望。

瞧你那点儿出息吧。我斥道。

随便你怎么说，反正我要去，就算他要跟我分手，我也要当面问个明白。她擦着眼泪，绕过我身边就要往外走。这是她的破釜沉舟了，我也要孤注一掷吗？

我一把拉住了她。我强硬地说，我说不许去，就是不许去。

你放开我！小胭气愤地挣脱着，脸都涨红了。

不要这样，小脂。陈漱闻声进来，拉开僵持的小胭和我。

小胭转身就往外走，头昂得老高。

不要去了，罗力已经死了。我心一横，在小胭身后说。

你胡说什么？小胭回过头狠狠地瞪着我，用不着为了让我跟他分手，就这样咒他吧？

我狠着心说，不是我胡说，他已经死了，这是真的。

小胭看看我又看看陈漱。陈漱迎着她的目光，轻声但肯定地说，是真的。

是真的！那你告诉我，他怎么死的？我不信好端端一个人就会死了。小胭把刀子一样的目光转向陈漱。

他……他骑着摩托车回老家……翻到了山下……陈漱说。

这就是我们所说的"回家之后再说"了，是陈漱完成了它，看来他一直在考虑这个问题。他一旦说出这个"死因"，就等于为我们定下了口径。

小胭再次把目光移向我，牢牢地锁定我。告诉我，你们在骗我。她说。

我不敢看她的眼睛，把目光聚焦在她煞白的嘴唇上，小声但冷静地说，小胭，这不是谎言，你面对现实吧，我知道，这很难……

骗子！告诉我，他在哪里？她再次逼问，表情非常凶，好像要吃了我一样。

我只能顶住了，开弓没有回头箭。我抓住她的手臂，带着哭腔说，小胭，你醒醒吧，他哪里也不在了，他死了！这个世界上已经没有罗力了，你不可能找到他了！

小胭求证地看着陈漱，陈漱回以沉重的眼神，再次向她肯定：不必徒劳了。

小胭瞪大眼睛看看我，看看陈漱，她的目光渐渐虚渺，刚才接收的信息，显然在她的经验和认知之外。她的身体慢慢地向地面滑去，她的脸上不是悲痛，而是遭受过度惊吓后的一种奇怪表情。我大声喊着她的名字，谢君和桑阿姨进来了。我们把她放到我的床上，桑阿姨掐住她的人中……

她醒了。我们一齐紧张地看着她。这是油门一轰到底的恋爱在受挫之后的必然结果吧？只要她醒来就好。

我们在提防着小胭再一次惊恐发作，可她的眼神像慢镜头，在我们每一张脸上漂移，最后定在谢君脸上。罗力，她叫道。我们全都是错愕的表情。但她的脸上满是柔情，像一个宁馨儿，注视着谢君。罗力，她再次叫道。

桑阿姨给她注射了镇静剂，她睡着了。刚刚在闭门休息的爸爸醒来了，在客厅里喊，小胭……

36

晚饭大家好歹吃了几口，饭后我和爸爸还有陈漱去医院，桑阿姨和谢君留在家里守护小胭。

我们走进病房，爸爸叫冉紫回家吃饭，自己坐到妈妈病床边的凳子上，仔细地观察着她的脸色。妈妈说，我感觉好些了，放心吧。

爸爸握住妈妈没有输液的那只手，低头说，对不起，没照顾好你，也没照顾好这个家。爸爸说完，抹了一把脸。只有我和陈漱知晓爸爸后半句话的全部含义，我俩对视了一眼，眼睛里都是湿漉漉的。刚才在家爸爸哭了，我从未见男人那样哭过。幸亏有桑阿姨在。

妈妈努力微笑了一下，亲昵地说，看你，都说什么呀。爸爸的眼泪终于还是没忍住，一滴滴落到妈妈脉络分明血管青青的手背上，我看得无比心酸。

心酸已经不算什么了，我心里现在更多的是恐惧，命运的威胁就像悬在半山谷的一只神秘黑球，我不知道它下一步是坠落还是上升。妈妈躺在这里，小胭躺在家里，一个家庭的分崩离析，原来是这么容易的事情！以前我和小胭看电影时会议论：这个点，太好哭了。现在，所有好哭的点都到自己家来了，而且，哭的只是我一个人，连一同哭泣的人都没有了。

爸爸和冉紫一起走了。妈妈目光移向我，看了几秒钟，说，小脂，你脸色很不好，一定累坏了吧？哦对，小胭呢？小胭怎么不来看我？我刚才忘了问你爸爸。

我低下头说，她会来的，妈妈。

妈妈说，你现在就打电话让她来，好吗？

我说，太晚了，妈妈。

她有点懊恼地说，我不该同意桑阿姨把我的手机带走。

我说，医生禁止您用手机，没办法。

我拿出手机看了看说，那我出去打吧，里面信号不好。

我在走廊里流了一会儿泪，又到水房洗了脸进来。陈漱示意我轻点儿，妈妈睡着了。可是妈妈已经醒来了，她看着我进来的方向说，我迷糊了一下，以为小胭来了呢……等小胭来了叫醒我。说完她又迷糊了过去。我编造的小胭不能来的理由都没机会说了。

有人敲门，妈妈醒来了，对我说，小胭来了，快去开门。

是护士来查房。护士走后，陈漱说，刚刚桑阿姨发微信来，说小胭有点感冒，怕传染您……

妈妈说，这都不是理由，你们有事瞒着我吧？

陈漱说，其实小胭来过两次，您都在睡觉，她没有惊醒您，在您身边坐了一会儿就走了。

妈妈说，她来的时候我都在睡觉，那么巧吗？

我说，有时候会是这样的呀，就像两个人走了个正着，都想给对方让路，可是让来让去总是让到同一边去。

妈妈笑了一下，是笑我的会说话。她说，你们不用瞒我了，她现在一定是忙着和新男友谈恋爱，顾不上来看我……或许，她还在生气我不支持她……

我说，那不是她的新男友，俩人已经断了，她还跟谢君好着呢。

陈漱说，等她感冒好了，就会来看您的。

妈妈看着我的手机说，那让我跟她视频一下吧。

陈漱说，桑阿姨让她吃了药睡下了。

好吧。妈妈说。只是表示被动接受而已。妈妈又闭上了眼睛，看不出有没有不悦。这也是病人的无奈，只能被动接受。

我说，妈妈，您看下小胭的朋友圈嘛。

因为妈妈几次要见小胭，我们学乖了，委托谢君以小胭之名弄了个新的微信号，并负责打理她的朋友圈，每天发点什么，放几张小胭和谢君的照片，其实都是他们之前的自拍。

我把所谓小胭的朋友圈调出来，手机递给妈妈。妈妈眯起眼睛看着自己的憨甜宝贝和准女婿，满脸都是愉悦和满足。不必嘱咐妈妈什么，她不会额外多看我的手机的，自从我们十二岁来"好事"，并有了上锁的日记本之后，她就一直是这样。这一点上，我的妈妈跟一般妈妈不太一样。这是她的素质，也是她的自尊。

药液输完了，我按了一下床头的呼叫器，护士走进来，打开顶灯，刺眼的光立即灌满了房间，妈妈闭上眼睛。护士拔下针头，我用棉签按住针眼。

护士出去时说，病人该休息了。并顺手关掉了顶灯。妈妈睁开眼睛说，让陈漱回去吧。

等眼睛适应了病房的昏暗，我才披上衣服走出去。陈漱正坐在走廊的椅子上看书，看见我就站了起来。我和陈漱走到走廊尽头的窗前，风带着微凉的雨意吹进来，拂起我潮湿的发梢。

陈漱说，要不要给家里打个电话？打给桑阿姨吧。

我先打了微信视频，意识到不妥，又改为语音。阿姨，小胭怎么样了？我问。

桑阿姨说，醒了一下，又睡着了，好像忘了罗力的事。有我呢，你们不要担心，好好照顾妈妈。

我送陈漱走。他说，不要担心，有桑阿姨在。

有桑阿姨在。——现在成了我们家说得最多的一句话。

我流着泪叹了一口气说，都凑到一起来了，真不知还有什么事要发生呢。

陈漱说，该发生的总要发生，发生了的总要过去，我们所能做的，就是从容应变。

道理我都懂，可是，我没你那么好的心理素质呀。我说。

那你就当这是我的事情，与你无关，然后你不要哭，不要急，让我来面对，好不好？

我点头。但我知道，有些东西是无法代替的，因为血缘是天生的，差一点儿都不行，感同身受毕竟不等于直接身受。

我和陈漱的感情在这几天里加速成长了，仿佛就是为了这份成长，生活才给了我们这些"馈赠"。也许这根本算不上什么考验，就是生活的本来面目而已，人世间的各种滋味总会来的，来什么都属于正常范围。以为原来的生活才是唯一的正常，这本来就是我的错觉。

我回到病房，妈妈看着我，以一种期待什么的眼神。我坐下来，拿过棉签，低头轻轻挠着妈妈手背上扎针的地方，好使她舒服一点儿。

我下意识抬头，发现妈妈正静静地看着我，好像不认识了似的。我不好意思地用撒娇的口吻说，妈妈，干吗这样看我啊？

妈妈说，我想用看朋友的眼光，看看自己的女儿。

我很意外。她又说，看一眼少一眼了。

妈妈……喊出这一声"妈妈"，我的喉头哽住了。同理，难道我不是喊一声少一声了吗？

妈妈说，小脂，我知道你一直在猜疑妈妈……

我手里的棉签停住了，在昏暗中望着妈妈，无语而惊。

妈妈调整了一下躺着的姿势，侧向我，说，我原来想把这个秘密一直保守下去……但是现在，既然你已经隐约知道了一些，我觉得再隐瞒下去，反而对你是残酷了……

我只能等待妈妈说下去。妈妈凝重地沉默着，好像在透视自己的内心。沉默良久，妈妈终于开口说，我会把日记留给你，答应妈妈，在妈妈走后再看，可以吗？

"妈妈走后"，这几个字猛然击中我，我的心抖颤坠痛不已。哀伤使我无法多言，我说"妈妈不会走"之类的话，不也是多余的矫情吗？这谁能说了算呢？没有哪句话可以改变生命的必然，该来的终会到来。再说，我现在开口必定会哭的，而煽情甚至疑似煽情，都不是我和妈妈能够忍受的戏码。我觉得自己正在变得越来越像冉紫，我找到了她的心态，进入了她的处事模式。生活的锻打终会让人古井无波的。

我不想让打开心扉揭开谜底的机会丧失在此时的伤感里，我将开口说的话，可能会起到决定作用。我沉默了一下，让汹涌的悲伤趋于风平浪静，才开口说道，妈妈，您能现在对我讲吗？我想面对面地了解自己的妈妈。

妈妈说，你真的长大了。

37

那是三十年前了，我跟你爸爸已经结婚两三年，但还没有你们。是夏天，我为一个法国来访的艺术家做翻译。他提出拜会南宫先生，我们单位就把南宫先生请来了。中国人都习惯叫老师，我们参与接待的工作人员之间相互也是这么叫的，唯独对他，大家都自然而然地称南宫先生，也许是受法国艺术家的影响吧。他也的确像一位先生，比如，他只用繁体字。

　　我的目光第一次与他相接，就有一种异样的感觉。之后，我们的目光一旦碰上，我就本能地闪避。我非常害羞，几乎无法抬头看他，除了翻译，一直低眉顺眼。他为法国艺术家解释东方的审美，说"像一朵水莲花不胜凉风的娇羞"时，我的翻译都有点磕磕绊绊起来……

灯光很暗，但我能想见妈妈两颊久违的绯红，她熠熠闪亮的眼睛就是一个有效的旁证。

　　有一次，跟我同行的小领导用白瓷壶泡了茶，就直接往大家杯子里倒。其实有公道杯，只是小领导不习惯用，也没那么讲究。南宫先生说，您不用公道杯吗？那先给苏女士倒吧。可能他留意到我喝淡茶，之前有一次自己往浓茶里兑过白开水。这只是一个细节——

我说，足够了，我懂。

　　那时候的中国，很少有人能细腻到留意茶倒出来的先后浓度不同，因为后倒出来的在壶里泡的时间久一点。

是的，这我知道。很多人会说，不就几秒钟吗？但真茶客在意的就是那几秒钟。

　　你爸爸喝了一辈子茶，什么时候在意过公道杯的作用？对他来说，肯定就是一句话：反正都喝到了肚子里——

接着妈妈宽和的揶揄口吻，我模仿爸爸的口吻补了一句：肉烂在锅里。我笑倒在妈妈被子上。母女笑作一团，好像闺蜜在谈论其中之一的男朋友。笑完，妈妈继续讲：

开始我还想，他是洒向人间都是爱的类型吗？后来发现，他只是对我那么细致。别人的茶即便凉了，他也不会在意的。

我的小领导是个纯行政干部，但喜欢在一些专业领域装内行，南宫先生和法国艺术家谈到八大山人，他插嘴说，这八个人呀！我肯定是脸红了，很为难，不知该怎么翻译。南宫先生迅速岔到了莫奈的话题上，而且一口气说了很长，这样我就不用翻译"八大山人"了。他一面说，一面用"委屈你了"的眼神很体恤地看着我。我心里好像有一口温泉掀开了盖子，热气氤氲。

然后，我们一行人去了包头，参观那里的秦长城和阴山岩画，是南宫先生向法国艺术家推荐的。秦长城是两千多年前的，在山岭上，墙体是用黑褐色的厚石片垒成的，非常厚重。法国艺术家被震撼到贴着城墙行扶额礼，并拥抱了南宫先生，感谢他推荐了这么伟大的艺术。在一处钝角形城墙的外侧，我和南宫先生无意间同时站在了钝角的两边，法国艺术家为他拍照，艺术家的夫人为我拍照，我俩突然发现了正在共同进行的事情，就转头去看对方，正好形成一种对望，都不好意思地笑了。这只是一个瞬间，一闪而过，当时并没有特别的感觉……

下一段行程是北戴河。登记入住之后，我换了一条白色连衣裙来到大堂，只有他一个人在，一直看着我由远及近，我害羞地在他面前站住，他微微含笑看着我说，这条裙子太适合你了。那眼神，刻骨铭心。

妈妈柔亮的眼睛很沉浸，好像又看见了那个眼神。

  那只是对美的一种欣赏，毫无私欲，可是他懂得美，懂得我……还有，那条裙子对于我意义非凡，是我少女时代的一个……一个美与爱的梦想的象征，你爸爸……他是不大会去欣赏白裙子的……我发誓要让自己永远能穿得上这条裙子，所以，生了你们之后，我决绝地控制体重，就是以这条裙子为标准的，一直到现在。

我说，妈妈，你做到了，到现在还穿得上。
她说，你知道是哪条裙子了？
我点头。难怪我早就注意到了那条裙子，这大概就是女性的第六感。

  我想他是在等其他人，打完招呼，我就自己去了海边。我在海滩上走着……一回头，看见了他。他像之前看见我时那样微笑着，好像专门为了欣赏我而来。他离我越来越近，我眼前恍惚，晕眩，这实在太像一个梦了，一个做了很久的梦……我好怕难以自持，就一个人走远了，他身后还有其他人……

故事的高潮要开始了吗？我怎么忽略了，妈妈除了是一个正楷女人，还是一个法语女人呢？
妈妈，您有预感吧？我问。

没有，我没有预感，现在的人，好像随时准备卷入某种感情，我们那时候是不一样的，感情在生活中处于一个非常边缘的位置，所以，我不可能有预感。

我扶起妈妈喝了几口水，她问，我说到哪里了？
我说，在北戴河。
哦对，北戴河。妈妈缓缓地继续说：

　　在海滩上，我们并没有讲什么特别值得回味的话。活动还没结束，他就被一个企业家接走了，临走我没再见到他。
　　如果没有那张照片，也许一切就到此为止了，只是有个人曾经让你心动过而已。可是，从北戴河回来半个月之后，我收到了一封挂号信，信封上写着"内有照片，请勿折"。打开信封，我蒙了，照片上是我和他。这张照片是谁拍的？怎么拍的？我一片茫然……你猜到是哪一个瞬间的抓拍了吧？

我心里说，我不仅猜到了，还亲眼见过了。但我对妈妈说，城墙拐角。

　　对，是那里，应该是我俩各自拍照时，在后面正对着拐角的随行记者抓拍到的，正是我俩对望的那一瞬间。不经意间留下合影本来也没什么，尤其在景点。问题出在我们的神情，不能不承认，我和你爸爸在一起的所有瞬间，都没有如此深情地对望过。而且，这是一次完全无心的对望。眼神暴露了一切，我简直不敢看那张照片。

妈妈的眉头微蹙，目光凝聚起来，好像在注视着心里的那张照片。我也在凝视着自己印象中的那张照片。

　　这张照片对我的震动非常大，我难以相信，自己还会有那样的眼神。我一遍遍问自己，我曾经那样深情地望过那个人吗？……那段时间，周围的生活离我远去了，我似乎只活在那张照片里……

我懂，这样的眼神，足以锁定彼此一生。我怀疑自己尚未与这样的眼神相遇过，也许永远都不会了。这也是大部分芸芸众生的现实。我不想结婚，就是不甘放弃对于这种眼神的期待吗？有些东西也许已经写进了你的DNA里，而你却不知道。

　　说到底，爱情是人生的顶配，而不是标配，极致的爱情是很少有人体会到的，妈妈很幸运。而得到爱的人才会相信爱，那就好比幸存者偏差。

　　拍照是为了把活动记录在案，是工作，照片通常是不会寄给本人的，事实也证明，其他的照片都没有寄给我，唯独寄了这张。这个记者之所以会寄，大概是觉得它实在太完美了，他忍不住要让当事人来分享自己的杰作。我想，这个记者既然能给我寄，就一定会给他寄。他收到这张照片的时候，会是什么反应呢？我在心里揣测着，心怦怦跳。

　　一个星期以后，他打电话给我……我们有工作通讯录，他能找到我的电话。那是单位的公用电话，谁都有可能去接，那个电话恰好是我接到了。他居然一听就知道是我，我也一听就知道是他，那完全来自一种感觉……他说，你收到照片了吗？

又过了两三个星期，他来出差，我们见了面，我陪他去了郊外。我们坐在湖边树下的椅子上，周围铺满了黄叶。他的手很自然地放到了我的手上，我没有抽回，默默地被他握着，我们就那样握了好久。

从前谈恋爱的人都到哪里去呢？好像只有公园。现在，最初级阶段的恋爱都不会去公园了，大街上到处是咖啡馆。从前的人是怎么谈恋爱的呢？可能在劳模会、学习交流会或者团组织活动上认识，然后像《青春万岁》里那样围着篝火手拉手跳舞？我非常神往那样的青春。哦，不对，那是比妈妈更早的时代。妈妈的青春是一九八〇年代，恋爱应该是从拉手开始，去突破一个个恋爱进程，每一个突破中间都要间隔几个月的样子。现在的恋爱是先同居后结婚，恋爱就在公寓或出租屋里进行了，一起买菜做饭吃饭做爱逛街上网看片，偶尔会会朋友，像我和陈漱这样。至于酒吧夜店里的男女，根本不知道是恋人还是情人，而以前几乎是没有"情人"这个东西的。去酒吧夜店就是租个地方相会，同时租点儿情调氛围。除了酒吧夜店，还有什么地方可去呢？游戏屋？也不过如此。打开手机就能很方便地找到的"App爱情"，与一步一个脚印的古早爱情怎么可能是一回事呢？我怀疑，现在的男女结婚时，爱情已经处于半衰期了，跟我和陈漱之前一样。

那几天，我的手心似乎都是潮的热的。
他出差完要走的那一天，是十月十号。

十月十号？这是一个似曾相识的时间点。想起来了，就是妈妈回老家"祭祖"的日子，也是我前几天看到她"纯真博物馆"里的很多车票机票上的时间。

我送他离开，在火车站附近的一个茶馆。时间很短促，说了什么还是什么也没说，我都没意识了，只记得他握着我的手，而我激动到委屈和想哭，一种莫名的情绪把我心里涨得满满的……最后分别时，每迈开一步，我都能清晰地感觉到与他之间的距离正在绝望地延伸……我在心里说，不能再走了！离他越来越远了呀！我的膝盖软得几乎支撑不住自己的身体，可我还是无法驻足，更无法回头。终于，我感觉肩头被一只手掌按住了，我回头，正对着他的眼神……我们的目光交缠，纷乱热切的视线像红外线一样，在我们之间摇晃撕扯……可是，我不知道怎么办。我突然间哭了起来，哭得双肩耸动，紧张无奈委屈……都化在我的哭泣中。我一哭就放松了下来，几天来膨胀与压抑的情感一下子得到释放，我软软地伏在他的肩头，他的气息几乎要让我晕过去……

妈妈停下不说了，胸口起伏着，我知道，她的心脏承受不了这样的激动。我把床头的氧气打开，帮她躺平，让她休息。

我把灯熄了，在黑暗中握着妈妈的手。其实我非常想马上知道：然后呢？去开房了吗？

38

一夜过去了。我从陪护专用的折叠躺椅上爬起来，看着窗外。多么盼望看到太阳升起，但天还在流泪不止。

一直在下雨。妈妈看着窗外说。

是啊，一直在下雨。我说。

能站起来，走到雨里淋一淋，多好。妈妈说。

我心里抽搐了一下。虽然我清楚妈妈的状况，可是，当她说出站起来走到外面淋个雨都是奢望这一事实时，我还是被痛击到。这句话让我真切地感受到妈妈生命触底的无奈，以及我正在失去她的残酷真相。真相作为庞然大物存在时，反而像房间里的大象，只有当细小的刺激骤然而至时，你才会有针刺一般深切的感知。

我抑制着内心的坍塌，握住妈妈的手，轻轻摩挲着。在她手背几近透明的皮肤下，青色的血管像树枝一样清晰分布，针尖就扎在其中几根树枝上。我多么希望妈妈能够站起来走出去，我想她一定还是挺直的。妈妈的身影总是轮廓清晰，从不拖泥带水，它让我想到树影，后面跟随着一片阴凉。

妈妈的声音带有温水的质感，不高不低，边界清晰，没有毛刺，反映出头脑的清醒。可是此刻，我真希望她没有那么清醒。越清醒越残酷。

冉紫来替班，陈漱来接我。

在住院部门口，我望着檐下的雨帘说，天好像漏了。陈漱说，可能女娲没补好。

我回头苦涩一笑，抱歉自己没有心情回应陈漱好心的幽默。

陈漱撑开伞遮到我头顶上，我感激地看了他一眼。这种感激在我和陈漱之间属于新生事物。虽然一年四季下雨的时候并不多，可是，一旦下起来，伞就比什么都重要。我说，看来，雨中送伞远比锦上添花重要啊。

陈漱搂搂我的肩说，要问大米饭和白莲花哪个重要，谁能回答呢？答案本来就是流动的，因时而变。我咀嚼着他的话，觉得哲学的思辨确实是有用的。

我望着雨中凋谢的白玉兰，像刎颈割腕自杀未遂留下的包扎纱布。

他说，你不要想得太多太远，不管多么难走的险路，如果只盯着脚下，就会发现跟别的路没什么不同，不看两边和四周，你根本意识不到那是悬崖峭壁还是羊肠小道。

我想起与他一起走过华山小道的体验，正是他说的这样，只是当时我们都没有这种感悟。人总是后知后觉的。就比如，至亲的人生命快要走到尽头了，你才开始了解她。

回到家，谢君居然也在。桑阿姨解释说，小君没回去，怕小胭醒来我和你爸爸应付不了。我问，小胭怎么样？

桑阿姨没有回答。我心里很沉，几步走到小胭门口敲门。小胭还在床上，见我进来，第一句话是：罗力呢？

我愕然地看着她。难道她失忆了吗？难道我还要向她重复那句残忍的话吗？还是她在装？可是，看看她刚刚睡醒的懵懵懂懂的眼神，不像是装的。

她大声喊，罗力！

谢君进来了。她委屈地说，罗力，你到哪里去了？我醒来看不见你。

谢君握住她的手，安抚着。

我看得瞠目结舌。小胭，别给我戏精了！我提高声音说。心里却是一地炸裂的碎片。

谢君示意我不要这样。桑阿姨进来了，把我拉出去。

你都看到了。她说。

我看到了什么？小胭魔怔了？这是一个剧本杀游戏吗？不玩了，我们结束，好吗？

我想再次冲进小胭房间，陈漱拉住了我。

桑阿姨冲我摇摇头说，别急，她已经这样了，急不来的。

我抓着自己的脑袋，祈求意识归位。这是梦吗？快醒来，快醒来吧！

爸爸从房间里走出来，眼里充满血丝，头发纷乱。我脑子顿时清醒。这个家，现在只有我是从里到外的囫囵个儿的存在，我必须支撑起来，确保自己屹立不倒。

我喊了声爸爸，拉着他的手坐到沙发上。爸爸说，小胭……

他声音噎住了。我赶紧点头，表示知道了。这劈面而来的恶浪，倒是淡化了我在知晓妈妈的故事后如何面对爸爸的问题。心理感觉上，他只有，或者只有他，是我们的爸爸，一丝异样并不能改变这个基本的认知，其他都是次要的。

桑阿姨走过来，坐在旁边的单人沙发上，并示意陈漱坐到另一个单人沙发上。

四个人对坐，相互望着。桑阿姨先开了口，她说，小胭现在是一个病人，这是不容回避的事实。

是吗？是吗！我心里的问号和叹号扩散出一圈圈涟漪，回答我的是一片虚渺。

对于精神病人来说，最好的治疗就是给她一个有爱有安全感的环境，我觉得，还是留在家里有利于她的康复。停顿一下，看看我们所有人，桑阿姨继续说，别担心，我可以从精神科找一个医生来家里为她诊治。

爸爸沉吟了一下，说，我同意。

我没出声。我无法承认这个事实，真相像一座山，而我还纠结在山的那边，没法翻越过来。有了一夜的心理缓冲，他们已经抵达山的这边了。

爸爸和桑阿姨看着我。我迎着他们的目光，心里一片迷茫。陈漱走到我面前俯下身，两手扶住我的肩膀，看着我的眼睛。我心里像闪电划过，瞬间复苏过来，哭喊的本能反应像痉挛一样传遍全身：我以为必须要让她面对现实，我以为我做对了，可是，我害了她，我是恶人……

桑阿姨坐过来心疼地搂住我，轻拍着说，这个恶人谁当都是一样的，难为你了，孩子。

我心里自然也知道，爱情瞬间从粉红泡泡变成一片漆黑，女孩子的神经怎么可能不折断？但我还是无法原谅自己。

我倒在桑阿姨怀里，深深地埋下头去。她热烘烘的母性气息把我包围了，我心里绝望的浮冰在她充足的热能中渐渐化开，但仍然忍不住痛哭着：也许……采取一个迂回的办法……就好了，我不该……

陈漱急切地安慰我说，没有用的，这一步是早晚的事，现实压根没有给她留出缓冲的余地，她很难……不折断的。至于用什么样的方式让她知道，这不是根本问题。

小胭跟谢君手拉手出来了，她开心地说，罗力，你想吃什么？

谢君说，我们还没洗脸刷牙呢。

桑阿姨把小胭带进卫生间。我跟了过去。桑阿姨帮她洗脸，一面洗一面说，我们小胭要洗得干干净净的，对不对？

小胭用力点头说，嗯，罗力喜欢。

洗好脸，桑阿姨哄着小胭说，我们小胭要搽香了，搽得漂漂亮亮的，对不对？……好了，我们再来梳一下头。

太诡谲了！我真想大声把她喊醒：小胭，好了，别闹了！

梳洗好了，小胭像一个乖娃娃，安安静静地紧挨着谢君坐到饭桌边。

她已经把谢君牢牢认作罗力了。谢君现在是最能使她安静和安心的人。我想，那是因为她的整个生命早已习惯了他。

陈漱表情复杂地看着小胭说，现在，她是一个不会痛苦的人了。

我说，可是，她把痛苦留给了别人，我真希望……我是她。

我心里五味杂陈，最为突出的就是愤恨，恨铁不成钢的愤恨。

怎么会是这样？我的大脑依然在一座大山的两边倒来倒去，不甘心确认这个事实。我想还像以前那样，奚落她一通，她的"事儿"就过去了。可是这次，奚落没用了，她——不，是我们——过不去了。难道这是她一个人的问题吗？纵观她不长的人生，不一直是在做着一个快乐而顺从的乖乖女吗？她为自己决定过什么？她的一切都是家人安排的，大家甚至想不起来跟她商量一下，反正都是为她好，反正她就是一个大咧咧没心没肺的幸福女孩……我们如此理所当然，是对的吗？现在想想，她注定了一旦反叛起来就会骤然而猛烈，很容易走向毁灭。我们总是后知后觉，当意识到的时候，已经晚了。

谢君说，失常也好，她解脱了，那些事……不会再来要她的命了。

陈漱说，一头狼迎面冲过来，人的本能反应是什么呢？肯定是掉头就跑，应该庆幸，人天生具备这种自我保护的心理机制。

爸爸一言不发，也不动筷子，桑阿姨把筷子塞到他手里，哄孩子似的说，吃吧，老傅。

吃完早饭，桑阿姨端了一盆刚刚洗好的衣服到阳台上晾。我走过去，克制着满心的脆弱，话不成句地说，阿姨，谢谢您，这段时间……如果没有您，我们都不知道……怎么办……

桑阿姨放下手里的湿衣服，搂住哽咽的我说，孩子，别说这样的话，你也受苦了。

想到整个家庭正在以过山车的速度和冲力变得糟糕透顶，无法遏制，不堪收拾，我捂住满脸的泪水，绝望地说，这什么时候是个头啊？

桑阿姨拿来纸巾吸附我的眼泪，纸巾瞬间洇透了，她一张张换着纸巾，温柔地抚摸着我的头发说，孩子，这才到哪儿，往后还长着呢，别把日子看死了，再说，谁家的锅底没灰呢。

我强制自己适应着小胭。她乖的时候就像幼儿园里得小红花最多的小朋友，不乖的时候就会莫名疯张，忽然朗声大笑，又戛然而止。

爸爸和桑阿姨去了医院，陈漱开始准备午饭，谢君陪着小胭。

我把谢君叫出来，问，你的工作允许你这样吗？

他说，放心，单位给了我几天假期，虽然现在忙得……但是，这个案子是我找到的突破口，家里又发生了这么多事，组织上照顾我。

我想起来了，是他通过小胭身上的痣……这么巧吗？会不会是他在追踪小胭？毕竟，他有这个职业便利。当然，也许是我小人之心了，大概率是的。我还想起他讲过，有人凭借《新闻联播》的声音，都能发现自己被绿了。

是你发现了小胭的痣……真的只是……只是巧合吗？我终于吞吞吐吐地问了出来。

谢君目光坚定地正视我，一字一字无比清晰地说，你知道，我有多么希望，发现这个线索的不是我，突破口不是小胭……

我赶忙说着"对不起"。我在谢君面前从来没有这么狼狈过。

小胭在房间里喊"罗力"，谢君奔了过去。

我要赶快睡觉，必须补足睡眠，以利夜里再战。

爸爸从医院回来，把我和陈漱叫到客厅，一脸庄重地说，你们尽快结婚，可以吗？让妈妈看到你们……

爸爸以手遮脸，哭了。我和陈漱都哭了。我的心好像被投入了一个巨大的混凝土搅拌机，被动地混杂地机械地搅动着。我无比疲惫，只想把一切关到门外，让自己睡去。只有恢复体力，才能继续跟生活战斗。

下午，在和陈漱去医院的路上，我脑子里盘旋着爸爸的话。我说，爸爸的建议，你觉得怎么样？

陈漱问，你觉得呢？

我站住看着他，直接说，陈漱，我们结婚吧。

他看着我，却没有开口。怎么了？结婚不一直是他对我的请求吗？而且，他已经对我的妈妈喊了妈妈，改口红包都收下了。

我们继续走。几分钟后，他才说，这段时间很特殊，你的感情……也可能是一种应激反应，人必须在正常情况下……考量自己想要的，才能真正作数。我也不愿意有……乘人之危的嫌疑。我在妈妈面前的表现，你不用当回事，只是为了安慰她。至于爸爸，告诉他，就当我们已经结婚了，只是这段时间事太多，来不及去办手续。

我没有什么话说，他考虑得已经很周全。但我无法抹去深深的失落感。我自然不会把自己当作一个包袱嫁祸于人。我已经看不到未来是什么样子了，自然也不知道未来是不是会后悔。但我知道，结婚对于目前的我，是一个最大的安慰。陈漱却担心，这个安慰相当于饮鸩止渴。

陈漱看出我的心思，他进一步解释说，我不是不想跟你结婚，我是觉得你现在不适宜结婚，或许，你只是想用干脆结婚来逃避内心的纠结。

我说，要不，我们试试开放关系？

我也不知道自己怎么就说出了这么一句话。可见我心态已经多么不正常。

你是说真的吗？陈漱问。

不是。我老老实实地回答。

我们到了医院，冉紫就要走了，陈漱说去送送她。他去了很久，我猜他们是在谈论小胭的事。

妈妈对我有点不依不饶了。她郑重其事地说，我一定要见到小胭，我不是只有一个女儿，我有两个女儿。

我只能默默吞咽泪水，心里颤抖着：妈妈，您知道您的另一个女儿现在变成什么样子了吗？幸好，您不知道。

我竭力放平语调说，妈妈放心啦，一等小胭感冒好得差不多了，没有传染性了，就让她来看您，还要让她陪夜呢。

我已经打定主意，接下来的一周，要狂吃增肥。

暮色正在降临，我看着窗外的世界，行人车辆往来穿梭，小贩忙着各自的生意，一切如初，一世界的烟火悲欢都很正常。唯独我的世界濒临毁灭了吗？

心里塞满了暮气，但我必须打起精神来活着，并尽量输出自己的光亮，因为，亲人们需要我。

39

妈妈躺在床上，我给妈妈倒了一杯水，放到床头柜上，自己坐在床前，身心都准备着倾听。妈妈，讲讲您的故事吧，我还想听。我说。

我说到哪里了？妈妈问。

十月十号，第一次和他分别时。

对，十月十号，是的……然后，那一年的初冬，他又来过一次……

十月十号，在我心里是红体大写的，带着惊叹号的，可妈妈就这样把我关心的"十月十号发生了什么"的重要问题跳了过去。

我们一起去山上看红叶。在山顶，静得能听见山的心跳。他说，我们为什么不……我知道他要说什么，赶紧请他不要说出来。我说，看见那座山了吗？看上去比这座山高，对吗？……知道为什么吗？因为我们是在这座山上看，人总是这山望着那山高的……我们彼此的生活就是这山，而我和你……是在那山上，可是，如果我们生活到一起，那山就变成这山了。他说，不，我认为，那山和这山还是有根本的不同。我说，并没有什么不同，只是位置的优势罢了，最终你会发现，那山并不一定比这山高。我们的探讨不了了之。

其实，我是有点莫名恐惧：有一天会发现他……以及他和我之间，并不像自己想象的那样。我们已经太完美了，情感空间完全饱和，张力也达到了极致……完美的东西总是令人悬心的，你不觉得吗？

是的，妈妈说出了我心里有过的某种难以名状的感觉。

几个月后，他写信来，说画了一幅画，叫《这山》，想寄给我，让我知道这山和那山究竟有什么不同。他是在家里人来人往的那种最日常的环境下画的，他说，只有这样，这幅画才能真正成为自己现实生活的写照……可是后来，他没有寄。

为什么没有寄？我疑惑不解地看着妈妈。

妈妈思忖着说，我想，他是不愿意把苦闷传递给我吧？既然我跟他不会有什么结果。

为什么不会有结果呢？

因为……我拒绝有结果。妈妈不假思索地说。

妈妈，为什么要拒绝呢？你不觉得这个遗憾太大了吗？既然你并不爱爸爸！

妈妈犹豫着，似乎在考虑该不该说和如何说。

我当然经历过很多挣扎……有一部苏联老片子，叫《湖畔奏鸣曲》，可能你没看过……

我看了。我说。

妈妈用异样的眼光看着我。显然，我掌握的信息之多，超出了她的预期。

好吧。妈妈说。

那你有没有注意到鲁道夫和维娅的一段对话……维娅劝说鲁道夫去争取劳拉的爱情，她说，利齐毁了劳拉的一生。鲁道夫说，可能的，但如果让劳拉毁了利齐，她是不会原谅自己的，她只能这样做。鲁道夫的话就是我想说的，虽然我跟你爸爸比劳拉和利齐要好得多。

我沉默了。我看这部电影时，注意到的为什么不是这句话呢？而是爱情与偷情的纠结。

其实他也挣扎，没寄那幅画，或许就是因为挣扎吧。他比我年长，早已经有了两个孩子……看完这部电影，我流泪了……你知道，妈妈是很少流泪的……当时我很激动，如果我们从来没有为自己和为爱活过，那么，这一生……劳拉那张压抑的脸刺痛着我……我打通了他的电话，可是，听到他的声音之后，我却说不出话来，电话里传来一个小女孩叫爸爸的声音……我又放下了电话……

他可能想到了是我，不久后来看过我一次。

我们一起去听了傅聪的钢琴演奏会。整个音乐厅似乎都是一个巨大的心房，我能感觉到我们同频的心跳。他的手无意间触碰到我的身体，我几乎战栗……如果他再触碰一次，我怕自己就会倒在他的肩上……

结束之后，我说，不想回家。

我紧张地盯着妈妈。她注意到了我的眼神，微微嗔笑，好像在告诉我：你想多了。

我了解自己的妈妈，她绝对不会主动暗示去开房。她说"不想回家"，并非别有意味的表达，引申一下，或许就是不想回到以家为格局的生活现状。但是，不主动，不意味着不发生。

我不知道我们还要在沸点煎熬多久，好在很快，一切冲动都得到抑制……

为什么要抑制自己的冲动呢？我说。我终于完全背叛了爸爸。

因为，我发现自己怀孕了。

妈妈，我和小胭是不是……？我声音发颤了。

陈漱进来了。妈妈说，我有点累了，想睡一会儿。

来到外面走廊上，我简直想怪罪陈漱：你为什么这时候进来？

但是，算了，反正他什么也不知道。

陈漱说，冉紫没回家休息，看望小胭去了，她实在放不下。其实，我们每个人都放不下。

我说，现在，心里最轻松的反而是两个病人了。我说完奇怪地笑了，是对着看不见的吊诡和荒诞而笑的。

陈漱说，我觉得小胭是一时迷了心窍，会恢复过来的。

我来到天台，站在蒙蒙的雨雾里。陈漱陪我站在雨里，为我撑着伞。我躲开了他的伞，让自己暴露在细雨中。陈漱说，不要任性，万一淋感冒了，这个时候……

陈漱提醒了我，是的，保持健康，目前是我的责任。我恢复了理性，平静地说，我现在知道，我为什么会为情躁动，小胭为什么会为爱发疯了，因为，我们骨子里就有这种基因。我不知道陈漱在多大程度上听懂了我的话。不管懂不懂，反正他是会一直陪在我身边的，这就够了。

这天晚上，桑阿姨执意要陪夜，我没能听妈妈继续谈她的故事，重点是，我没能揭开自己的身世之谜。其实不光是我的，还是小胭的。

一连几天，因为各种检查会诊或者妈妈太疲劳，我没有找到机会再跟妈妈深聊。但是，妈妈那天突然提到我和小胭名字的来历，让我心惊肉跳。

你知道吗？你们的名字都是他取的。

我当时正在叠一件病号服，手骤然停下了，心里有个声音：果然。但我什么也没说，等着她说下去。

他去祁连山写生，走到焉支山，对那里的地形地貌很喜欢。

焉支山？我头一次听说。我只是抬了一下眼皮，妈妈就明白了我的反应，马上解说道：

我也是因为他才了解焉支山的，那是祁连山的一条支脉，水草丰美，古代是匈奴等一些游牧民族的天然草场，也是游牧民族妇女用的胭脂原料——红蓝花的重要产地。当时很多匈奴藩王的妻妾是从焉支山一带的美女中挑选的，匈奴语称藩王妻为"阏氏""焉支"或"胭脂"就是它的汉译音，焉支山因此得名……

我简直想提醒妈妈，不要累着了。她明明现在这么虚弱，说起这些，却一点不显乏力。那只是因为他，而不是因为我和小胭，尽管这跟我们有着严重的关系。问题就在于，她为什么没考虑到我的感受呢？好像我就该被等闲视之似的。

后来，汉武帝任命十九岁的霍去病为骠骑将军，率兵出击匈奴，占领了河西走廊。匈奴人的悲歌中有一句："失我焉支山，使我妇女无颜色。"意思就是说，失去焉支山，匈奴妇女就没有胭脂可用了，脸上失色了。他这个人，对颜色颜料很敏感……

就因为这个蹊跷的缘故，我和小胭就有了这样的名字？我也不想追问了，反正，他有权力决定，原因是不言而喻的。她也给了他这个权力，无限的权力，只是草菅了我和小胭，还有爸爸……我将如何面对爸爸？

那几天，我发狠地增肥，也算是适时找到了一个宣泄的出口。但愿我不会患上暴食症，我知道那是抑郁症的一种。在我胖起来的同时，小胭却在瘦下去。药物的作用并没使她发胖，因为她很少进食，吃东西看起来很难受。她只是不停地寻找罗力——谢君，只要他不在身边，她就会不安地动来动去。谢君只好休假陪着她。小胭对谢君的依恋模式使她变成了爱情养成系中的甜宠，热情迸发，随时对着我们大把撒糖，我每天都看得百感交集。

小胭之前对谢君的抵触甚至敌意，让我想起萨特的《禁闭》，还有里面的名言：他人，即是地狱。可是现在，它们全部逆转为不由分说的温存了，好像射出的箭不可思议地变成了蜜。如果这时候谢君是拒绝的，小胭便只有地狱可下了。可是，谢君无论顺逆地接纳着她，之前他是逆来顺受，现在他是顺来顺受。小胭上辈子既做过天使又做过恶魔吧？所以，这辈子的还报是既遇上谢君又遇上罗力。小胭当下幸而不能对自己的行为作出评判了，也就避免了无地自容。上天让她离不开自己曾经死命排斥的，这也算一种惩罚吗？我想到自己和陈漱，自感也该受到同样的惩罚。

我尽量回避着爸爸，宁愿多待在自己房间里。这一天，我难得清闲地坐在自己的小书桌前，进入了一种久违的状态。这个夏天雨水特别多，该诅咒的雨，下得似乎全世界都在哭。从前下雨的阴沉午后，我会点上芽庄沉香做点什么，可是现在，我连起身去找香的动力都没有了。突然间，我意识到，这是上午呀！我居然把上午活成了下午！也许是屋里屋外的阴沉误导了我。心里越发灰灰的，我是有多盼望一天快点过完呀？可见日子有多难熬了……我有种欲哭无泪的感觉，然而我知道，这不是自怜的时候。

桑阿姨敲门进来，手里拿着一个白色条状的东西，她说，小脂，你看，小胭好像怀孕了。

40

我的生活中还有多少雷？求求你一次爆完吧！好吗？

可是，我在求谁呢？我连求谁都不知道呀！

所有的人都到齐了，除了妈妈和小胭。小胭在房间里睡着了。

桑阿姨看着我说，你的意思是……拿掉？可是，拿掉的话，首先小胭是很痛苦的，她现在又不懂得配合……

谢君不解地说，为什么要拿掉呢？

爸爸说，不拿掉怎么办呢？难道让她生一个没有父亲的孩子？

谢君说，我可以做他的父亲。他坚定地看着爸爸，好像在说出一个誓言。

爸爸顿时扑簌簌泪下。谢君走到沙发跟前，蹲下来握住爸爸的手。爸爸说，谢谢你，谢君，可是，我不能让你这么做……你已经太委屈了。

冉紫说，我也不主张拿掉，不说别的，就她目前的状况，也不适合做手术，那会加剧她的病情。

最有资格决定这件事的人，目前已经没有能力做决定了，把难题推给了我们。我们替她做出的决定，不知道是不是符合她的心意，更不知道她有一天清醒过来会不会同意。

我站在小胭的角度想了想，觉得孩子或许是该生下来的，因为她并不了解真相，她依然爱着孩子的父亲。

桑阿姨说，落地的麦子不死。她有点说不下去了，顿了顿，才又说，孩子本身是无辜的，Ta有那么一个爸爸，已经够可怜的了，如果我们再歧视Ta，甚至不给Ta出生的权利，于心何忍？留下这个生命吧，我会把Ta当孙子孙女来养。

我们都哭了。只有小胭和肚子里的孩子在酣睡。

小胭似乎漫游到了太虚时空，一个我们无法抵达的小宇宙。但她偶尔也会突然清醒一下，吓人一跳。比如，昨天她突然诡秘地凑近我说，我知道姑姑和姑父怎么死的，我不告诉你。在我愣神之际，她又说，你不要去问冉紫哦，我们要假装不知道，明白吗？我配合地给了她一句台词：不明白。我只能当她是疯话傻话，难道，我们家还有她知道而我不知道的秘密吗？那她可太令我刮目相看了！这几乎是不可能的。

福无双至祸不单行，看来是一个民间的真理，爆雷果然又来了一个。下午同事打电话通知我到单位去一趟。我明明在休假，家里的情况单位也了解，为什么突然一定要我去呢？同事说，你来了就知道了。

陈漱开车陪我去的，他说，我就在车里面等你吧，你随时联系我。

我没有联系他，半个小时后直接回到了车里。我失业了。我说。

单位缩编，而我当下是表现最弱的一个，所以……我想起了爸爸讲的，关键时刻有人去上了一趟厕所，"右派"帽子就落到了他头上，所以，关键时刻一定要憋住。而我根本不知道这是关键时刻，我直接缺席了。

生活对我开启了"hard模式"，我也认了，可是，有这么赶尽杀绝的吗？我想号啕大哭一场，撑天撑地发泄一场，必要时满地打滚也不在乎。但这只是想想。除了对着陈漱流泪，我根本无计可施，也拿不出更多的举动。那时候我还不知道，半年之后，疫情的到来将会使许多人跟我一样。否则，我当时的思维或许会被改写。

陈漱用目光安慰着我：会过去的，永远都不要让自己这么绝望。这目光在此时给了我生命托底的安全感。我感激他在这一连串变故面前，没有让我看到一丝绝望，而是表现出足够的耐力来应对。为什么此前我竟抗拒跟他生活在一个屋檐下呢？心里有一个声音冰冷地说，因为，那时候你不需要。看来，生活就是专治我这种势利眼的。

我哭得鼻子泡都快出来了，边哭边说，这上气不接下气的生活，我受够了！不如直接断气算了。我猜自己一定哭得很难看。

陈漱擦着我的眼泪说，不哭，天没塌下来，你只是丢了一份本来就不适合你的工作而已，有我呢。

我不知该如何去思量自己的失败。当初我进这家单位，说实话，是有爸爸的情面因素，当时他还在国企宣传部部长的任上。而现在，已是时过境迁。这样的单位，现在只有存量甚至减量竞争，绝没有增量竞争的可能。我自忖确实不那么敬业，但称职是没有问题的。可当考核淘汰不是及格制而是末位制时，我自己都没有勇气去质问："为什么是我？"我是学文学也爱文学的，却来干了美术，因为，爸爸认定这是个美差。也许因为我没有去干自己该干的事情，天道就把我平衡下来了吗？

陈漱说，你以后永远不上班我都不在乎，难道我养不起你吗？无非多找点事做，我的线上课——日常化的哲学——很受欢迎的。

哪怕陈漱现在吹个牛皮来安慰一下我，我都愿意笑纳的，因为我太需要了，我有巨大的软肋需要他来支撑。

他庄重地看着我说，我们结婚吧。

我略一沉吟，点头。什么弯弯绕绕曲折迂回我都不愿去想了，我不再顾虑任何的矫情和蹊跷心理了，只想现实地踏实地做成一件事情，那就是结婚。其实这一直都是摆在我面前的一件现成的事，是我们人为地增加了它的难度。现在，就让它返璞归真自然而然地发生吧。

我居然要成为你的糟糠之妻了。我自嘲说。

并不是，我会一如既往地把你当公主，直到永远。陈漱故作轻浮地说。偶尔，他也会闷骚一下。

你好像很高兴我失业？

我高兴的是，能够切切实实地给你依赖感，我们终于成为彼此不可替代的一部分，成为一个共同体了。

我早就有这样的感觉了。我说。说完马上想到：早就？其实也没有多早，只不过，这些天的生活密度实在太大了，超过我此前所有的生命体验，甚至覆盖我的整个人生，所以显得漫长。

我再也不想作了，作不动了，无论小作怡情还是大作伤身，我都不要了。其实，我所有的作，皆因陈漱而生。这样的迂回反转，难道也是一种两性关系的动态原型吗？

这些天，我一直有一种向着什么求饶的冲动，是向着叵测的生活吗？这一切的发生，就是为了让我知道自己真正需要什么样的生活吗？好吧，我知道了。

我们商定，我失业这件事，回家不要跟任何人提起。

快到家时，车子不合时宜地坏在了路上。我没有一句抱怨就下车走人了，留下陈漱等人来处理。跟最近发生的事情相比，这实在不算什么了。再说，抱怨也是要消耗气力的，我还是省省吧。艰难当道，我竟自然而然地变得理性了，可见，从前的不理性只是欠修理罢了。

傍晚的城市是老迈的，公共汽车像一个害着哮喘病的老人，冒着烟闷突突在路上爬行，让人心情都为之一暗。路人匆匆而过，皆是积尘的目光。我常见的是城市苏醒时的模样，对它即将合眼时的模样，真没有好好观察过。走上天桥，我看着晚高峰时段的车道，以中间的绿化带为界，一半清汤，一半麻辣。百姓生活不也是鸳鸯火锅吗？两味一体，冷暖自知。

这一刻我意识到，芸芸众生，谁不是奔波在路上呢？我并没有格外艰辛呀，更谈不上不幸。心有所动，遂觉释然，瞬间松快下来。我果真是一个情绪波动太大的人呀。

路灯突然亮了，我把这也看作一个良好的暗示。

没想到陈漱也回来得很快，早知道这样，我就等他一起了。这在以前或许会让我懊恼，但现在，我接纳一切了。谁能早知道呢？

大家坐下来吃晚饭。小胭乖乖地坐在饭桌边，但一副恹恹不振的样子，谢君耐心地帮她夹菜。看到冬瓜排骨土豆丝煎带鱼小青菜，她统统推到一边，唯独把四川酸泡菜拉到自己面前。其实我也很想吃泡菜，就去厨房加了一碟。这个泡菜是桑阿姨非常拿手的，我和小胭最早吃辣，就是源于它。

饭桌上大家要么都不说话，要么突然一齐开口。我们都太想表现得若无其事了，反而成了显然有事。

我看着小胭脆生生地咀嚼着泡菜，想起"酸儿辣女"这个说法，可是，四川泡菜是既酸又辣的，那么……

我的头脑里忽然遭到一记猝不及防的暴击，等等，我的生理期？我回忆了一下，早就过了！胸腔骤然紧缩。我的排卵期呢？我费心地计算着……后背发凉，一身冷汗，然后，浑身麻木。

小米粥碗空了，我都浑然不觉，还拿勺子在机械地刮。陈漱和桑阿姨同时伸过手来，要帮我添粥。我回过神来，赶快说，我自己来。我站起来，却一阵耳鸣，眼眶暴痛，一个趔趄蹲在地上。陈漱一把拉住我，大家——除了小胭——几乎一齐开口，怎么了？小心点儿……

看似突如其来的，其实早就打好了埋伏，这就叫自作孽不可活吧？我已经麻木了，虱子多了不咬人。我在心里恶毒地对着看不见的魔鬼骂道：去你妈的！你想怎么搞我，就来吧！但别想打倒我！

饭后回到房间，陈漱问，你刚才怎么了？

我说，你先出去吧，我要换衣服。

陈漱奇怪地看着我。我换衣服，他还需要回避吗？我已经在他面前换过无数次了。但看我坚持的眼神，他默默出去了。

约莫我换完了，陈漱又进来说，我们走吧。

我收起"传奇今生"唇蜜，抿了抿嘴唇，从梳妆镜前转过身来，看着陈漱说，如果我有了别人的孩子，你会像谢君那样做吗？

陈漱用"真是想一出是一出"或"又怎么了"的眼神看着我。我昨天看到一篇微信公号文中说，当一个男人常常对你出现"又怎么了"的表情，你们的状况有多么懈怠，就可想而知了。

我顾自说，怀孕这件事，在男人只是一个概念，在女人，却是一个具体的孩子。

陈漱说，你觉得，这个问题有必要在我们之间探讨吗？

我说，也许我这么问有损你的尊严，也有损我的脸面，不过我真的很想知道你的态度，你不妨代入一下。

我代入不了，也不知道，不到那个时候，谁也不知道。陈漱简洁地回答。

你是不愿意正面回答我吧？别担心，如果真是那样，就算你想跟我结婚，我也不会同意的，我还不至于那么不自爱。

你想多了，我只是不愿意在并不存在的事情上显示自己的慷慨。

近来跟妈妈所谈的一切，我并没有告诉陈漱，他不可能了解我的心理，他以为我只是把小胭的状况很没必要地代入到自己身上而已。

我站立不动，对自己说，无意的出轨或许是可以原谅的，但如果有了孩子，就是另一回事了，我绝对不会嫁祸于人的，为了孩子的自尊，我也不会这么做。我的心理底线就到这里。

这些话我无法说出来，即便说出来，他也不可能理解我复杂多重的意有所指。他不知道也好。有些事只能一个人去面对的，不管是你的身世，还是你有可能正在制造的别人的身世。

陈漱定定地看着我，说，我们去医院吧。

41

妈妈躺在病床上看着我，我不自觉地回避着她的目光。

妈妈说，小脂，你有心事？

我笑笑摇头。妈妈说，我昨天才意识到，你在怀疑自己的出生……是妈妈的疏忽，让你误解了……你鄙视妈妈了，是不是？

我怔了一下，没想到妈妈会把话说到这个份上。我坐下来，手抚着她的枕边，看着她的眼睛说，不是的，妈妈，我爱爸爸，我也为我和小胭是爱情的结晶而……骄傲。

小脂，你误会妈妈了，你不必对自己的出生有任何的怀疑。妈妈正颜厉色地说。

我暗暗舒了一口气，揪紧的心顿时松了下来，像压缩的一次性纽扣洗脸巾泡发了。还好，他只是给了我们一个名字，我们的生命并非拜他所赐。

但是，身为爸爸的女儿，我就有多么骄傲吗？好像也不是的。在这一刻，我突然间不了解自己了，心里很乱很矛盾。

　　那次见面，我确实有种冲动。我们走到他住的宾馆附近，如果他的手再次落到我身上，我都不知道会发生什么。那只手终于没有落到我身上，但它一直在我心上，让我沉溺……

妈妈脸上的羞涩让我隐隐有点嫉妒。

　　我生了你们，做了母亲。我曾经想，我跟他，也许就到此为止了。可是，母亲的身份并没有改变我对他的感觉，他偶尔给我写信，我怀孕和哺乳期间，我们有两年多没有见面，直到你们一岁半左右的那个十月十日，他约我见面。

　　那次见面之前，我以为母亲的身份已经使我翻过了一座山，有些东西或许淡了，情爱敌不过母性。可是，真的见了，目光相对的一刹那，彼此就了然，脸红心跳的感觉

227

一点没变，一切都还在。其实，他也是想看看，我们是不是已经彼此脱敏了，如果感觉不再了，从此就可以释然，像一般朋友那样来往……有时候，必须把自己放置于某种情形下，才能验证出感情的"危险地带"……

我想起了水手，那个我永远不愿再想起的男人，以及我们的"危险地带"。

我们又跟初时的感觉对接上了。我生了你们以后恢复得很好，形象气质都没有太大改变，母性并没有抹去我对于情爱的敏感……那次我们约定，以后每年至少见一次面吧，时间固定在十月十号左右，地点视情而定。我们，尤其是他，好像存有一种实验的心态，就是要看看哪一年、我们当中的哪一个，会再也不想这样下去了，会想要不顾一切地突破……到那时候，革命的时机或许就成熟了吧……更下不来决心的是我，所以，这也是他对我的一个考验，他有足够的耐心等待……

他说，如果哪年的十月十日我没来，就是走了，不用再等。我说，我也一样。

我心里暗暗惊雷：他们居然"赌"得这么大！那么，他们擦枪走火最严重的是什么时候呢？

我说，妈妈，如果没有我和小胭，您是不是就会突破了？您有不顾一切的时候吗？

有，小脂，不好意思，有过的。那种时候，就连看你们俩，似乎都有了恍惚的距离，心里都是他……

我用力握了握妈妈的手，表示理解。

　　香港一家书画院聘请他，他让我一起去……到了香港，我们就在一起。他先去了香港，我也悄悄办了手续，打算去看看再说。我们俩都熬不下去了，已经到达临界点……

　　那是我们唯一的一次，真的努力过……要在一起。

那为什么没有呢？

　　你还记得吗？有一个雨夜……

好像记得，你走了，又发烧回来了。

　　不是发烧回来的，是回来发烧的。那次，他从香港回来接我。我到了预订的旅馆，从外面看见他在窗前等我，只凭那个身影，我就知道是他。我明白，一旦上楼去，我就不可能一个人下楼来了。这时候我想到了你们。我告诉自己，走吧，回去吧。可是真的要回头，太难了。我知道他正在望眼欲穿……我想象着，他灼热的目光打在我的背影上……视线绵长的牵扯。一边是爱，一边是家。女人的幸福莫过于爱就是家，两者统一。如若不统一呢？你选择什么？

我无法回答，因为我还没有自己的家，我体会不到。

……我告诉自己，假如他的灯熄了，我就走，可是，他一直在灯光下徘徊，我也在雨地里徘徊。半夜了，他的灯一直不熄，我终于上了楼，来到他的房间门口。我的手握在门把手上，我知道门没锁，只要我轻轻一转……你还记得《廊桥遗梦》吗？

记得，您第一次心脏病发作的时候，就是在看《廊桥遗梦》。

你还记得《廊桥遗梦》当中的一个镜头吗？大雨中，弗朗西丝卡坐在车子里，眼睛湿着，看着前面车里的罗伯特，她的手下意识地握住车子的门把手，握紧又松开，松到一半又猛然醒悟似的再次握紧，那个过程中，她的手颤动了一下……那是一个即将冲决的愿望，我也曾经有过那样的时刻。是的，当时我想起了这一夜，心脏忽然停止了跳动……

我还记得我和小胭看到这里时，小胭满不在乎地说，走了算了，留下干吗？我一面流泪，一面在心里认同着小胭的说法。然后，我们转头发现妈妈晕倒了。

我握着门把手，手都有些麻木了，开，还是不开？我想到了你们早上不情愿地起床，也许找不到袜子，想到你们慌慌张张地洗漱，心不在焉地吃饭，终于神情落寞地出了门，突然又发现忘带幼儿园需要的什么东西了，急得直哭……我想到了你们的爸爸正不得志，如果我离开，你和小胭将生活在怎样的晦暗之中……想到了你们病了谁来照顾……我的心里慢慢地退潮了，放开了那个门把手。其实，我多么希望他突然推门出来，那么，我就认命了……我把伞留在了他的门口，一是担心他没带伞，二是告诉他，我来过了。

我走了，走得身心撕裂呼吸都痛……看《廊桥遗梦》，我恍惚觉得弗朗西丝卡已经冲出去了，可是，没有，有时勇气只在一瞬间，拖延一下就会失去……她终究没走，她的丈夫也是同样的浑然不觉……

妈妈，你为什么不打开那扇门呢？我含着眼泪问。

那样你们就没有妈妈了，你们的幸福将拿什么来作保障？至少我不想因为我的缺失而使你们陷入不幸……我是走回来的，告诉你爸爸误了火车，他没有任何怀疑……

我也记得，妈妈晚上出差走了，凌晨我从睡梦中醒来，蒙蒙眬眬听见妈妈的声音，我揉着眼睛从房间出来，发现她又回来了，浑身被雨淋透了，衣服上脸上头发上都在滴水，疲惫不堪的样子……其实，长大后我回忆起来，还有过一丝疑惑，就算没赶上火车，也不应该在外面待一夜呀，还有，我记得妈妈出门时是带了伞的，小胭把伞递给她的……我和小胭起床去上幼儿园时，她就发烧了，烧得很厉害，昏迷了两天，就住在这家医院里，桑阿姨照顾着她。

那个湿漉漉的夜晚，我的妈妈出走又回来了，而我们什么也不知道。唉，麻木的我们。吸引人的是故事，但我们总以为自己的生活是在故事之外的，我们只会去看别人的《廊桥遗梦》。

后来，他问过你那一夜的事吗？我说。

没有问，一切尽在不言中了……那一晚，行动就是答案，我们心里都明白。

　　从那以后，我在雨夜里总有点脆弱，害怕在雨夜一个人待着……

是的，如果我经历过这样的雨夜，也会在所有雨意缠绵的夜里，为撕心裂肺的感伤所缠绕。我望着窗玻璃上蜿蜒的雨流，映着外面的灯光，像跳动的火焰。我突然想起来，妈妈那天说想淋淋雨，我现在理解她是一种什么样的心情了。

不能到一个只有你们两个人的地方去吗？我问。

　　我们根本不会去说这样的话，因为，世界上不存在只有我们两个人的地方。

我沉默了，意识到自己的幼稚。

这个晚上本来说好我陪夜的，但九点多冉紫忽然来了，坚持要陪，我就随陈漱离开了。

临走前，冉紫说，桑阿姨说你需要休息，最好住到陈漱那里去，安宁一两天。我明白了，桑阿姨是什么都看在眼里的，尽管她不当面说。

回到陈漱公寓，我有种一别经年的感觉，暗自感慨：又回来了！同时，心里又升起一丝异样的感觉，是因为我已经不能再用女主人的心态打量它了吗？

陈漱递给我一张信用卡说，你自己设置密码吧。我迟疑着接了过来。他说，支付宝的亲密付额度，我也给你调到最高了。我从来没有以这样的心情去看过一张信用卡，从小，我的吃穿用度消费习惯都符合中产阶级的水准，所以，从未为物质操心过。这种感人的举动在此时出现，是令我尴尬的。我连一声"谢谢"都没说，因为，我还没有真正决定收下。

我放下包说，想看电影，我们看《廊桥遗梦》吧。陈漱打开电脑寻找片源，我去开投影仪。我突然发现电视柜上的水培豆瓣绿的玻璃瓶是干的，一滴水都没有了，根悬在空气中，也是干的，可是，它的叶子居然还是翠绿饱满的。它是凭什么活下来的？大为困惑的同时，我心里的脆弱也在瞬间释放一空：我难道还不如一棵豆瓣绿吗？

我们坐在沙发上，我靠在陈漱怀里。我们的头靠得很近，我深长的呼吸消失在他平稳的呼吸里，这就是同呼吸的最佳图解了。可是，这样的依偎，还能有多久？

当我了解了妈妈的故事，再回头来看弗朗西丝卡，就感觉她的每一个动作表情和每一句话，都与以前有所不同了，我能 get 到她的每一丝颤动。我联想着妈妈过往的许多话语和举动，一幕幕都变成了蒙太奇。

同样，电影中妈妈的爱情发生时，子女是缺席的，直到最后，当子女通过爱情故事真正了解了自己的妈妈时，才发现，原来这一生，妈妈就是一个熟悉的陌生人，他们几乎从未真正认识她。而此时，妈妈已经不在了。更颠覆的是，当子女终于了解妈妈时，却发现他们原来也不了解自己。

我按了"暂停"，墙上的投影定格着梅里尔·斯特里普，她的脸好像被泪水浸泡透了，却一滴泪都没有从眼里流出来。我去了一趟卫生间，又倒了一杯水，我要让自己缓一缓，才能再按下"播放"。

正是那个雨中告别的心碎场景。在镇上，弗朗西丝卡坐在车里等待着丈夫，罗伯特对她按响了喇叭，她缓缓地转过身来，透过流泪的车窗看见罗伯特下了车。罗伯特一派落拓地站在雨中，期待又无望地看着她，雨在顺着他的身体肆意流淌，已经分不清里面有没有泪。他张了张嘴，好像要说什么，但什么也没说。其实不需要说，她已经听见了。她望着他，终于透过重重叠叠的泪水对他推出一层薄薄的笑容，那笑容里有慈悲的释然，然而更多的是无力。他抹了一把脸上的雨水，也给了她一个同样的笑容，转身向着自己的车子走去。

她的丈夫上了车，车子发动了，那一瞬间她以为一切已经过去。可是接着，她在自己的车前方发现了他的车。透过淋湿的玻璃，她看见他把她送给他的信物——儿时的生日项链挂到车内镜上，那是他向她发出的召唤。绿灯已经亮了，可是他仍然没有发动车子，他在最后地等待。她的手不能自制地抓在门把手上，抓紧又松开，松开又抓紧。一种情感的势能使人感觉：她就要冲出车子，奔向罗伯特了。一旦冲出去，她就不可能再回来。可是她没有，她还在车里。她选择了在车里，就选择了原来的生活，选择了和罗伯特的永诀。她的丈夫按响了喇叭，罗伯特的车子启动了，驶上了另一条路。弗朗西丝卡的手终于彻底无力地放开了，这是永远的放手。弗朗西丝卡抬起被泪水浸透的眼睛看着罗伯特永远离去。他们再也没有相见，但爱从未离开过他们的心灵，至死方休。

泪眼迷蒙中，我已经分不清那是弗朗西丝卡的脸，还是在雨夜徘徊的妈妈的脸，我不能自禁地哭倒在陈漱怀里。

断断续续，坚持看完。暂停时，画面如同闭了眼；再按播放，画面如同开始眨眼。似乎连这种形式，都充满了莫名的暗示。

待我看完平息下来，终于跟陈漱讲了妈妈和南宫的故事。

陈漱听得长吁短叹。最后他说，简直就是一个东方版的《廊桥遗梦》……我在想，这种爱情的美好和持久，也许就在于它的短暂吧？短暂到没有共同生活的机会发现彼此的缺点，没有柴米油盐的摩擦以致相互厌倦……

我认真地看着陈漱说，以前看《廊桥遗梦》，我也是这么想的，但现在，我不这样认为了，因为，我了解自己的妈妈。

是的，妈妈是面对痛苦不会呼天抢地大声呻吟的女人，是面对欢乐不会肆意大笑的女人，是无论面对怎样的美味都不会大吃大嚼的女人，这样的女人是永远不会褪色的。这样的女人能使爱情真正深沉起来，一旦爱上谁，不管在不在一起，都会执着到底。

我说，我相信，既然他们能发乎情止乎礼地维持几十年，当然就能不失美感地生活一辈子，如果他们真的走到一起的话。爱情的光环也许会失去，但爱情的美感必定永存。

是的，我也相信。陈漱说。他一脸聆听誓词的庄重，竟让我有点不知所措了。

自从了解了妈妈的事，我就在考虑一个问题，婚姻和爱情，到底哪一个重要呢？我说。

陈漱想了一下说，同样重要，无论你选择什么，都是值得尊敬的，只要你是认真的。

陈漱，我们不要结婚了吧。我说。

陈漱愣住了，是"又被打了个措手不及"的表情。他说，这个问题暂且搁置不议，好吗？非常时期，在你家人面前，我们还是一如既往吧。

我无法让陈漱明白，这真的不是我在抽风。我们确实在这个问题上烟了翻、翻了烟太多次了，成了"狼来了"。

好吧，我保持缄默，像妈妈那样。

42

陈漱早上载我回家。这时能够有人接送是太大的安慰了，我心存感激，但习惯了不言谢，尽管我觉得自己其实没有资格享受这个福利了。

家里自从小胭病后，更蒙上了一层看不见的东西。听见门响，妾妾赶快起劲地喊，你好，你好。叫声在空气中兀自回响，越发显得整个家空空荡荡。看看不是它要等的人，妾妾马上不吭声了。梅小粉也失望地缩回墙角，惝惶地看着我。它的神情是"没娘的孩子"特有的怯生生，我看着扎心。我说，小粉，是我呀，不认识了吗？桑阿姨从厨房出来，摸了摸它的头说，谁说猫不忠心呢。梅小粉哀怨地回应她两声，站起来上厕所去了。

爸爸看来已经吃过早饭了，正在阳台上发呆。我嗓音明亮地喊了一声"爸爸"。能够坦然地喊"爸爸"，真是一种确定的幸福。

桑阿姨对他说，你带妾妾出去散散步吧，它都快忧郁死了。

桑阿姨张罗着我和陈漱吃饭，端上来豆浆煎蛋和"头一号"餐馆的大油条。这款油条是我前不久才种草的美食，可今天早上，我却对它产生了不良反应。

脚边的垃圾篓里，散发出五香瓜子壳受潮后的浓重的香气，我难受得用脚把它推到陈漱那边去了。陈漱看着我，用眼神询问：你怎么了？

等一下去了医院，我就知道自己怎么了，不过，也不需要你知道了。我心里说。

虽然我非常愿意跟陈漱在一起，而且现在是我更离不开他，但一直在一起，就没有机会单独买什么不想让他知道的东西。也许还有一个我不愿承认的原因，就是我并不想那么快揭开谜底，宁愿让刀子在头顶多悬一会儿。只要刀子掉下来，谁是谁的谁就立见分晓了，结局也到来了。心怀鬼胎或心照不宣的日子我都是过不了的。

我发呆地看着窗外说，老是下雨，天也爱哭吗？

桑阿姨在厨房里听见了，说了句，不然老天爷干什么呢？闲着也是闲着。

桑阿姨真是好心态，不以物喜不以己悲，月圆月缺风雨阴晴都不影响她的温度，不测风云也从来不能把她吹倒，她简直就是"不倒婆"本尊。

小胭和谢君散步回来了。小胭一进门看见我就说，小脂，我又吃多了。说着就是一阵干呕。谢君轻轻拍着她的背。我同情地看着谢君，他说，她以为自己吃多了。

桑阿姨从厨房迎出来，一边说着"我们小胭又吃多了呀"，一边引导她去洗手。我听见桑阿姨说，小胭，我们不剥指甲，好吗？

剥指甲？等她从卫生间出来，我吃惊地发现，她的指甲边缘已经残破不堪，脆弱得让人心尖都疼。

谢君说，她这两天一闲下来就剥指甲，都快剥出血了，可能心里烦躁说不出来吧。谢君的眼圈微微泛红了。

我观察了一下，小胭其实是在揪倒刺。我记得长倒刺是因为缺乏维生素，上网搜了一下，却发现不是维生素的锅。网上说，手指上的倒刺，学名叫作"甲周倒刺"。甲周皮肤缺乏毛囊，没有皮纹和皮脂腺，十分薄，在各种化学刺激和环境的影响下，经常会引发各种炎症、过敏反应等。这跟小胭似乎都不对症呀，也许只是谢君所说的缘故？我想起了戴安娜王妃，嫁进王室后压力太大，在宴会上会情不自禁地剥指甲，被指责不懂礼仪。这似乎可以佐证。

小胭现在最喜欢做的事就是玩文旅游戏。我困惑地看着她，不明白她的心智目前究竟停留在什么段位，因为，文旅游戏她玩得比谁都好，却又连谢君和罗力都分不清，硬把罗力嫁接到谢君身上。她好像有一些神经管道阻滞了，有一些却又格外通畅。

桑阿姨在做椰子鸡。椰子鸡汤是我超级喜欢的甘霖，但愿中午能干上三大碗。我急于增肥，却偏偏厌食。我当前必须坚强地面对自己的吃饭问题。

我进到厨房帮忙。桑阿姨说不用，我坚持，她说，那就把胡萝卜皮刨一下吧。

额滴神呐，一根胡萝卜还没刨完，我就对自己的手下了手。我把刨皮刀扔到操作台上，跳着脚倒抽着凉气，连连甩手。桑阿姨过来抓起我的手，左手大拇指的中关节处几乎给我刨平了，一个小小的血坑正对着我张口瞪眼。桑阿姨说，找找家里哪有创可贴吧。

小胭跑进来看热闹，对我的伤口没有发表任何意见，倒是指着胡萝卜说，不能吃胡萝卜，会变成小黄人儿。

这是她上幼儿园时的一个笑话，怎么这时候又想起来了！幼儿园里的小傻瓜这样说是可爱的，可现在的她呢？我几乎咆哮道，小胭，你活在这世界上，就是为了做一个白痴吗？

桑阿姨严厉地说，小脂，不许对我的儿媳妇这么粗暴！

我吃惊地看着桑阿姨。她从未对我如此严厉过。我哭了。谢君把小胭带出了厨房。陈漱买东西回来了，拥着我进了房间，匆忙用卫生纸裹住我的手指。

桑阿姨进来给我道歉，同时告诉我，没找到创可贴。其实没必要道歉，我一点也没有怪她，反而是无以名状的感动。这个时候，谁还会要我们两个孤女呢？只有桑阿姨的慈怀在无条件地接纳我们，尤其是接纳小胭。

陈漱要出去买创可贴，我止住泪，跟他一起走出房间。却发现小胭哭得像个孩子，谢君正在安抚她。桑阿姨把小胭搂在怀里，就像母鸡翼护雏鸡似的。我也想加入那个怀抱，如同小鸡瑟瑟发抖时本能地躲到鸡妈妈翅膀下。

我泪水涟涟地说，小胭，对不起。我的心里却是在哭喊：可是，小胭，你把一切都留给我了！我也受不了！你知道吗？

我甚至觉得小胭比我幸运多了，生活还没来得及吊打她，她就自己躲进了精神迷失的避难所，把残酷的世界屏蔽了。

可是，难道她还不够可怜吗？我的亲爱的双生姐妹！就肉身而言，她就是另一个我呀，那么，我可怜她，也就相当于自怜了。我不是更可怜吗？面对这一切的是我呀！我是双重的自怜。

对小胭的悲悯和双重的自怜交杂在一起，使我悲不自胜。陈漱再次把我带回房间。他替我擦着眼泪，安慰我说，都是凡人，谁也不是神，别自责了。

在陈漱怀里，我绷紧的情绪就像一团攥紧的棉花，慢慢蓬松开来。我说，不用去买创可贴了，我在抽屉里找找吧。我是不想让陈漱离开我。找来找去，唯一有可能管用的就是蒙脱石散。桑阿姨懂得，但我不想出去问她了。不就是止血吗？蒙脱石散有收敛吸湿的作用，应该可以的。家里的药都是妈妈掌管的。唉，如果家里有妈妈，我何至于用蒙脱石散来止血？并非"四海之内皆你妈"呀，哪怕有桑阿姨在。

看看前几天参加婚礼做的美甲也有一个折断了，又是一股自怜涌上来。马上在心里斥责自己：美甲折断算什么！手指这点疼算什么！看看你的生活吧，别矫情了！

用纱布裹住了蒙脱石散，我给自己手指拍照发了一条朋友圈，自我戏谑说，刨皮刀刨胡萝卜未见得好用，刨手倒很好用。蒙脱石散的最新功效，可能被我发掘出来了。

朋友圈改变了许多事件的感情色彩，看似有图有真相，实际离真相很远。谁知道我这一切戏谑后面的心理背景呢？谁又知道我的生活正在真实地发生着什么呢？凡是在朋友圈展示的，都是能够说出来的，只是冰山一角，而水下的绝大部分，是不能示人的。也许，这就是所谓后真相时代的真相？

我为什么要发这条朋友圈呢？大概是想让自己心理上赶快过去吧。我当下没有余裕处理自己的情绪，只能三下五除二让它ending。我们行为背后的动机自己未必分析得透彻，不过凭着本能做了就是做了，不会再去细究。而细究可能是一种拆解，也可能是一种发现。我悲欣交集地发现，自己的心理变得越来越皮实了，有赖于种种痛苦的助推，我在成熟的路上又往前走了一步。

当人置身于象牙塔时，根本意识不到那是象牙塔，所以，有人特地选择在埃菲尔铁塔餐厅吃饭，为的就是避免看见讨厌的埃菲尔铁塔。当人走出象牙塔回望时，才会恍悟它的存在。但也晚了，想回也回不去了。我现在想起自己的从前，觉得那是莫大的幸福，甚至会羡慕从前的自己。

我刚刚收拾好心情，谢君也来敲门叫我吃饭了。我走进厨房，桑阿姨看见我手指已经包好了，提醒我等会去了医院再处置一下。她掀开椰子鸡的锅盖，香气扑鼻，馋涎欲滴。我特别喜欢锅盖掀起的瞬间，不仅用鼻子，而是用所有的毛孔，深吸那些温暖的香气，也许那就是锅气？相比之下，桑阿姨做的饭菜更有锅气，妈妈做的就略逊一筹，还不如爸爸，反正妈妈做饭也比较少。妈妈就是一个缺少人间烟火气的人，怎么可能做出锅气？可是——敲桌子划重点——我还是更爱自己的妈妈，这是任何锅气都改变不了的。

我端起汤碗，示意谢君和陈漱，来，干了这碗鸡汤。

他俩举碗跟我碰。桑阿姨说，你们怎么不带小胭？

我顿时感到羞愧，说实话，我真的没想要带她，怕她掌控不好，可能出什么状况。谢君说，我这碗就是替她碰的。他说完把手里的碗放到小胭面前。小胭却端起自己的碗，说，干！

我心里又是一酸，赶紧跟小胭碰了，开玩笑说，我倒真希望变成一个鸡汤大师，只要能让自己舒坦一点，鸡汤也没什么不好。

爸爸说，鸡汤大补，当然是好呀。桑阿姨附和，是呀，鸡汤养人。我和陈漱、谢君相视而笑起来，笑得爸爸和桑阿姨莫名其妙。小胭开始没笑，后来突然捡了个余音，跟着大笑起来，笑得我们莫名心酸。谢君也许是自责了，又抓住小朐的手陪她笑。我暗暗用一连几个"没关系"，来压制自己的心碎感。小朐现在是连笑都无法跟我们同步的人了，而我们还不习惯带上她。常人跟非常人共情，其实是多么难的事情，我真替谢君担心。只有桑阿姨抚摸着小朐脸蛋的笑是真的，她是只要看见小朐笑了就开心。

43

吃完午饭，我和陈漱带着鸡汤去医院。住院部的扶梯上行到中间，突然停电了，我们只能走完那些静止的台阶。看着台阶上密密麻麻的金属条纹，我感到眼晕和恶心，鸡汤在我的胃里翻腾起来。我有密集恐惧症，看见这些金属条纹总是眼晕，可是以往并不恶心。陈漱看我摇摇欲坠，赶紧扶住了我。

终于走完扶梯，我们在假山池那里平息了一下，才往妈妈病房走去。

进了病房，妈妈一眼看见我手指的纱布，就问，怎么了？我把蒙脱石散当笑料讲给她听了。她说，傻女儿，至少你可以用珍珠层粉呀，在茶几底下右边的抽屉里。

冉紫要走了，我去送她，同时买创可贴——其实这是口头上的理由，我真正要买的东西并不是它。雨停了，难得地出了太阳，还没走出住院部大楼，冉紫就提前戴起了墨镜。我说，这连日阴雨，你还随身戴着墨镜？她说，习惯了。

一楼大厅一角有一个儿童活动角，孩子们在玩滑梯，我现在看小孩的眼光都不一样了，柔软了许多。突然，滑梯旁边的一个身影使我心跳跌停了一下。那是水手吗？是的，确实是他。这个身影给我的感觉现在也不一样了，有一股莫名的暖流涌了上来。我潜意识里其实正要寻找他，只是因为删除了他的联系方式，当下又无暇顾及。我曾经想过，可以到那家酒吧去，或许会碰上他，碰不上也可以打听到他，既然他在那里存了红酒，一定是很熟的。

我原来是这么传统的一个人，会下意识地通过孩子把自己跟某个人紧密相连。尽管这并非现实层面的联结。现在我信了：不到某种境地，你永远不了解自己。

冉紫也在看着滑梯的方向，嘴角紧抿，面无表情，也许是墨镜遮挡了她的表情。她突然转头看着我，摆摆手，表示"我先走"。我不明就里，紧走两步跟了上去。她说，你是不是遇上了熟人？要说会儿话吧？我说，没有啊。她说，我看你好像认识那个人。她目示水手的方向。我故作自然地说，哦，那个人呀，认识是认识，但不打招呼了吧，麻烦。

在医院门口分了手，我进了药店。我买了验孕棒和创可贴，顺道买了鲜花和花瓶。

再次走进住院部大楼，我本能地向着儿童活动区张望，那个身影不见了。我上了扶梯，听见背后有小女孩的笑声，我回头，又看见了那个身影，正在扶起刚从滑梯上下来的小女孩。身子扭得太厉害，我趔趄了一下，赶紧抓住扶手让自己站稳。

扶梯把我送到顶上，我站在一棵巨大的滴水观音后面，看着一楼大厅。他的身影又不见了，只有一个女人牵着刚才那个小女孩，女人背对着我，我看不清她的脸。突然，他的身影从圆柱后面闪了出来，女孩子先是吓得一抖，然后兴奋地尖叫起来，扑到他身上。小女孩叫道：张树林，你坏！父女俩嬉戏成一团，女人开心地大声说，现在该去打针了吧？孩子在他身上扭来扭去表示着拒绝，但他们还是向着注射室走去了。

我静静地注视着他的背影，蓦然感觉到完全的陌生，好像从未见过这个人。我要找的那个男人是水手，可他在现实生活中却是张树林。到底水手变成张树林算是还原，还是张树林变成水手算是还原呢？我分不清两者何为本体，何为变体。

我的目光缥缈着，落在滴水观音上，妈妈刚住院时，它好像还没有这么大，它简直是在疯长！发誓要压倒所有的生命似的，有一种嚣张的葳蕤。我突然产生了把它连根拔起的奇怪欲念，似乎只有安静地毁灭什么，才能使我憋闷喑哑的胸腔透进一口气一丝光。可我当然什么也没做。

极度的困惑把我推进迷惘的深渊：我对这个叫张树林的男人到底知道多少呢？为什么就把他放在了生命的内层？仅仅因为一粒种子在我的身体里生根发芽吗？我完全无法解释自己。

我想起了冉紫的话：你所了解的他，不过是酒吧里的他；他向你显露的，也不过是面对漂亮女孩的一面，这怎么能算了解呢？你见过平常生活中的他吗？

这算是打脸吗？不，耳光是直接打到了我的心上。水手和张树林合体，这太诡异了，我回不过神来。我感觉他跟自己的家人浑然一体，不仅不违和，而且天衣无缝，简直是理想家庭的模板。我完全无法想象把他们剥离，那将是对完美的极大破坏。

那么，他还出来寻觅什么呢？人是天性犯贱吗？我想到了自己，不仅烧红了脸。这种慎独的自责尤其令人无地自容。

可是，已经晚了呀！我第N次叹道。

回到妈妈病房，我把鲜花插好，就进了卫生间。一番操作后，我拿着验孕棒仔细看着，跟小胭的不一样。那些反应，难道会骗我吗？我打开手机，百度得知，早早孕也可能验不出来的。那就过几天再试一次吧。

妈妈看着陈漱给我包创可贴，微笑着说了一句：娶我的女儿，不是一件轻松的事儿吧？

陈漱满足地说，她现在真不算娇气了。

44

陈漱晚上有选修课，早早就走了。一旦只有我和妈妈，我的内心活动就老是在某一个区域徘徊。我想妈妈也是一样。

有一个问题的边界，我一直在试图挨近，又怕亵渎了妈妈。这个问题也可以变通为：柏拉图式的爱，真的存在吗？当然，我并不确定他们是不是柏拉图，但作为一种语言策略，当我问出这句话时，答案就必然裹挟着对另一问题的回应了。

妈妈，柏拉图式的爱，真的存在吗？

妈妈匪夷所思地看着我。我知道自己够坏，居然这样"套路"自己的妈妈。但有些东西，注定是无法直白探讨的，尤其在母女之间。而我又太想知道了。关于自己母亲的"八卦"，一定是每个人最怕知道又最想知道的。尴尬的是，根本没有第二第三手材料可用，只能求证于她本人。如果我没有真正了解过自己的妈妈，几乎就等于不了解自己的人生，不也是莫大的遗憾吗？我们只能极尽委婉地试着打开心扉了。

小脂，你怀疑妈妈不是柏拉图式的，对吗？

妈妈居然把这一军将了回来。我是多么拙劣的大写的尬。

我们真的是柏拉图。虽然，我不喜欢这个词。这个词给人感觉，身体是沉默的，没有任何反应的。但一个处在恋爱中的人，身体不可能对内心毫无回应的。我的爱不是幻影，我身心的感觉都是具体的。跟他在一起或者只是想到他，我都能感觉到生命的滋润与饱满，就像枝头最成熟的那颗石榴，这一点毫无疑问。

我忍不住插嘴说，那么，一步之遥，为什么不呢？

　　一步之遥，就是天壤之别。一步之遥是两个人之间，天壤之别是针对我们每个人的外部生活。生活不仅仅是我们两个人，我还有你爸爸和你俩。

　　我和他，从来就没有迈出那一步。因为我知道，一旦迈出那一步，我就要和他在一起，一定的。既然不能和他在一起，我就不要迈出那一步了。

　　我不能让自己带着他的痕迹回到你爸爸身边，对我来说，肉体上的清洁和精神上的清洁是一回事。我不想让感情混杂太多颜色，那样我会很不坦然，甚至很不安。当然，说不渴望是假的，我们的身体……也会处于一触即发的状态，但我们都自觉地规避和收敛了。

我明白了，妈妈坚守自己的"爱情洁癖"，是为了坦荡和心安。原来，"君子坦荡荡，小人常戚戚"的道理，也是可以用在这里的。她选择做爱情中的"君子"，而拒绝做爱情中的"小人"——按照她的内心标准。

欲海沉浮的混乱不属于妈妈这样的女人，这我可以相信。可是……

没有情不自禁的情况发生吗？或者身不由己？我困惑地问。一刹那脑子里闪过了水手。

　　我杜绝情不自禁。他明白我的心意，他不想失去我。

失去你？

是的，走出那一步，我们的关系就该结束了，我无法
再跟他继续下去。我们克制，只是……害怕失去。

我脑子里再次闪过了水手，我们母女俩的处理方式居然如此一
致，我也删除了他。不过，我还是故意问，不一定吧?

他尊重我。他是个意志力极强的人，一年四季都是洗
冷水澡。我们都不愿意拿感情做实验，因为珍惜。你还记
得我写字台里的花瓶吗?

我紧张地点头，以为妈妈已经察觉了什么。

那个花瓶是外公留下来的，真的是明代的古董。

我惊讶。我们家居然会把明代的古董那么平平淡淡地放着?

它本来价值连城，可底部有了裂纹，所以……

我哦了一声，表示懂了。

越有价值的东西，越难修复，唯一的好办法就是不要
去损伤它。适可而止就是一个审美的度。我不想说发乎情
止乎礼义，礼义有一种腐朽僵化的色彩，我消受不了。

我骨子里强烈认同妈妈。也许在别人看来，她是拿捏了一生，
只有她自己知道，那是一种什么感觉。现在我也知道了，那，就是

她要的一种美感。

克制是一种美，这样的话我也会说。可问题是，凡夫俗子的克制力毕竟是有限的。我其实是在为自己懊恼。引而不发是一种更有张力的激情，是男女间更高级的情感体验。可惜我没能做到。

我想起了自己和水手之间的"一步之遥"的丧失。这是一件让我恨不得以头抢地的事情。小胭更好，加速沦陷到泥淖里去了，能不能爬出来还是未知数。

公允地说，我们的家庭生活配不上妈妈，配不上她自我修炼与自省自律的审美人生，我们三个人，包括爸爸，都是不合格的配角。

我想到陈漱，以及自己对他的愧疚，觉得妈妈适可而止的选择非常科学，那样她就不存在如何面对爸爸的问题了。

摈除了性的爱能够走多远？妈妈似乎给出了答案。可我还是觉得难以信服。我心里仍有一个角落是虚的，尤其把自己的情感体验代入时。

沉默良久，我说，妈妈，难道您从来没有怀疑过你们之间感情的实质吗？您有没有想过，罗伯特和弗朗西丝卡的爱之所以能够延续到永生，并保持唯一性，是因为他们在一起的时间只有四天，而不是四个月、四年，更不是一辈子。

　　这样的问题我也想过，也对他说过。我说，如果这山和那山的位置互换，也许一切就会被推翻。他说，对我来说，这山永远是这山，那山永远是那山，不会随着位置而改变，我们这么多年就是证明。我说，也许就因为，这些年我们的位置始终没变呀。他说，如果你这样怀疑的话，我们就结婚吧，这是唯一可以用来检验的实践。我无语了。

　　我还跟他说过钱锺书那句话，无论你娶谁，到头来都

247

会发现娶的是另一个女人。他说，这是怀疑论，但爱是一种信念，甚至信仰，是——你让自己信。如果你不信，完全可以，没人逼你，不必将信将疑。怀疑论就是先给自己竖一座灯塔，然后又试图推倒它。随着时间的流逝，爱情必然会变色，但是再怎么变，钉和铆还是有本质区别的。钱锺书所谓的娶到家后，也只是说会变成另一个女人，而非所有女人变成了同一个女人。这个变是相对的，你变了也是你，有别于其他女人的你，不可能是别人。你在我眼里永远是不一样的，我一眼就能认出来。你对于我，绝对有着独一无二的意义，所以，不要用假设来把自己混同于他人。还有，别忘了，我们是同步的，时间一样在流逝，变也是一起在变，既然始终同频，我们之间的感觉就不会有本质的改变。

　　自从他这样说过之后，我对于这份感情，心里就是澄明一片了。

听到这里，我心里也是澄明一片，而且真的有了眼前一亮的感觉。抬头望窗外，发现月亮出来了，也许被雨水冲洗了太久的缘故，今晚显得格外清亮。如此清流的爱情，真是像白月光。可是，白月光在我们这代人嘴里已经不是什么好话了，甚至是一个反讽。我的心似乎在两个时代里拉锯。

　　病房里很静，静得好像能听见月光流泻的声音。就这样静静地，我们一起凝望着月光。妈妈抬起手，手心向上，就是一掬明月在手了。她看着掌上的月光，轻声说：

　　你可能会想，他究竟有什么好？这样地爱一个人，值得吗？……你把手伸出来，像我这样……

我照做了，掌上也流淌着一片月光。

你看，每个人掌上的月光都是不同的，虽然月亮是一样的月亮。爱情对于每个人来说，就像这掌上的月光，只有你自己知道它的美在哪里。

妈妈把手掌合上。

你看，现在，能用心看见月光的人，就只有你自己了。

我曾经怀疑，爱有神圣的吗？我想只有一种可能，就是柏拉图。可是，柏拉图式的爱是存在的吗？我一直存疑。我从未料到，世界上真正存在神圣之爱，而且就在自己的家里。

那么，妈妈，在跟爸爸的相处中，您不会情不自禁地拿他们作对比吗？

我不会去对比，我不会把他放在我和你爸爸中间，否则，那是对他的亵渎，也是对你爸爸的不公，同时有损我的自尊。

是的，这才是真正的无与伦比。对比，就会有不满，就会有伤害。对比，就是默许另一个人介入自己的内心情感，困扰就会随之而来。对此，我是深有感触的。

妈妈，我们家庭生活的某些时刻，您会不由自主地想起他的吧？

想起仅仅是想起，我会马上翻页。我跟他，另有一个平行宇宙，那是一种内心生活。

所以，她看似一直生活在我们之中，实际上有一部分是不在的。这就是我有时觉得跟妈妈隔着玻璃的原因？这么近，又那么远。平心而论，她是一个好母亲，但从少女时代起，我对她就是一种不敢造次的爱了，我已经不记得多少年没有对她撒过娇了，看着小朒对她撒娇我都感到难堪。她跟我们之间总是隔着一层什么，爸爸和小朒感觉到了吗？她不单是女儿的母亲、父亲的妻子，她还有自我，这我当然明白，但又总感觉自我之外，她另有一重属性，至于是什么，我却说不上来。今天，同样作为女人站在一起，我明白那是什么了。

　　我跟他的感情，我跟你们的感情，不在一个层面上，所以，不会相互影响。

　　但是，人的情感能量是守恒的呀！

　　他的存在使生活变得可以忍受，所以，不但无损反而有利于我对你们的感情。

　　我懂了，她之所以一直在这里，就是因为，她已经不在这里。她的在与不在，这一生，一直只有她自己知道。而爱的意义，并不在于单纯的有和无。似有的也许实无，似无的也许实有，就是这么吊诡。

　　好的爱，对人有再造之功。你不觉得吗？是罗伯特发现了弗朗西丝卡，并使弗朗西丝卡重新发现了自己。我也有这样的感觉。

　　您不觉得，这样的感情……太辛苦了吗？

是有一点……每次分开的时候，都觉得特别艰难……

每次，既叮嘱自己别忘记订回程票，又希望自己忘记。

小脂，原谅妈妈……保留了一个只属于自己的感情归宿……

我情真意切地说，妈妈，根本不存在原不原谅的问题，谁也没有资格……除了感激和抱歉，我们还能说什么呢？您已经为我们牺牲了一个女人最重要的东西。

从张爱玲的母亲身上我得出一个结论，现代女性尤其是现代知识女性的弊端，就是缺少母性，因为自我意识过于强烈了。我的结论实际上也"内涵"了自己的母亲，全然不顾她其实是一个古典主义者，自我意识没有那么强烈。我一直隐隐不满她母性的欠缺，尤其跟桑阿姨比起来。当我今天知道她为母职牺牲了什么，再想起那些苛责，感到钻心的愧疚。

妈妈所经历的虐恋，我是不堪忍受的，小胭更不可能。我很怀疑，我和小胭，有能力把感情升华为一种隽永深沉富于美感的灵魂之爱吗？尽管小胭都已经为爱而疯了。

睡前我又给妈妈看了小胭的朋友圈，但她还是坚决地表示：明天必须见到小胭。我答应了她。

45

熹微的晨光透进窗帘，我起身来到卫生间。站在洗脸镜前，我怔住了，镜子里的眼睛瞪着我，可是，那是我吗？很久没照镜子了，我真的有点不认识自己了。这些天我深切感受到了医院日月之长，仿佛一天不止二十四小时，真是"人间一日，医院千年"。我眨了眨略带血丝的眼睛，心里叹息：幸亏还有早晨。

陈漱照例来接我。冉紫来了之后，我让他直接开车到小胭经常光顾的理发店附近。托尼老师自然不会那么早上班的，先找家星巴克坐坐吧。

我要了一个金枪鱼三明治，问陈漱要什么，他说，跟你一样吧。我莞尔，这就是陈漱。咖啡我干脆不再问他，直接点了两杯卡布奇诺，一杯冰的一杯热的。不用说，冰的是我的。

早上的星巴克人不多，很安静。悠闲地坐在咖啡厅里，这种体验已经很遥远了。边吃边聊，说起妈妈和南宫，我委婉地告诉他，妈妈身体上并没有出轨。

他说，你应该是更重视精神出轨的人吧？

我说，到自己妈妈身上就不一样了，反正，我知道这点是松了一口气。

傻女孩，如果不是这样，妈妈怎么会跟你讲起呢？父母的私情，只有洁本才会跟子女讲吧？

陈漱这话让我的咖啡杯停在了嘴边。总是以为自己很敏感，陈漱很钝感，却又时不时为他灵光一现的敏感所震惊。

陈漱感慨，你妈妈可真是一个奇异的女人，既对南宫这么执着，又对你爸爸这么忠贞。

我说，这种忠贞，其实不是对我爸爸的，是对南宫的……对她这种有心灵洁癖的女人来说，爱情是无上洁白的，为爱情而守节才是真正的贞洁，为爱情守贞比为婚姻守贞重要。

陈漱说，她和南宫居然一生都没有迈出那一步，那得需要多大的克制！坚贞到决绝了。

我停止咀嚼，沉思了一下说，我是这样理解的，她把她和南宫之间的性看得很重，和他们之间的爱一样重，所以，一旦迈出那一步，她就会为他守节，为他守节就是为爱情守节。可是，她不能保证以后不再对我爸爸履行妻子的义务，她也没办法带着南宫的体温再跟爸爸……把没有保证的身体交给南宫，她认为恰恰是亵渎了他们之间的爱，所以，她宁愿不跨出那一步。她不是怕背叛我爸爸，而是怕背叛南宫。

陈漱说，我承认这是一种洁癖式的慎独的自爱，是给爱情以尊严。可是，你想过没有？双重的忠诚就是双重的背叛，对于你爸爸，她是内心的背叛；对于南宫，她是身体的背叛。她怎样平衡身心的关系呢？

对于爸爸，她把爱和性分得很开，她和爸爸之间只是身体的义务，不是灵魂之爱。既然她从未全部属于爸爸，他们不是Soulmates，当然也就无所谓背叛内心。至于对南宫，当他到来时，生活的格局已然如此，人不可能只在白纸上才能画画。而且，他同样带着自己的过去。人总是带着各种错综复杂向前的，人的一生如果是一盘棋，无论什么人到来时，都只能从现有的棋局切入进来，不可能退回去从第一个棋子开始。

陈漱吃完了，擦着手说，他们就像用一生的时间在修炼一种功，类似于静气功那种。

我说，爱本来就是一种修行。说完又反刍这句话，发现自己其实是在妈妈的爱情里修行。

可以说是心灵维生素，也可以说是精神按摩，不管是什么，总之，都是你我做不到的。我吃完最后一口三明治说。

这我承认。陈漱诚实地说。

从星巴克走到理发店，小胭常用的托尼老师刚好上班。看见我，他显然吃了一惊。我诡秘地对他笑笑说，不用怀疑，你没看错，经常找你的是我姐姐，我们是双胞胎。他释然，好像重新找回了自信。我说，给我剪成她的发型吧。

剪完发，我看着镜子里的自己，一瞬间真有种小胭附体的恍惚感。陈漱看着我，满眼都是难以置信。我说，不用怀疑，我还是我。我又从店里买了一顶长假发，请托尼老师修剪成我之前的长发那样的发型，只是略微包脸，能使我梳下来的时候显得脸小一点，我现在真的胖太多了。

顶着短发回到车里，我还不大适应，感觉像是秃了似的。陈漱也不自觉地时不时扭头看我，似乎需要一再确认是我。在车座上静止了一两分钟，我的眼泪突然簌簌而落。陈漱手按在我肩上，好像要给我输送镇定的力量。他看着我的眼睛说，不难过。我含泪点头，嗯，不难过。他又说，不绝望。我像重复誓词一样说，不绝望。

我其实还有一个秘密的心思：现在剪了也好，不然，过一段时间可能也是要剪的呢，为了行动方便。我不知道自己的勇气和力量何来，但我确定自己是有的。

我们回到医院，妈妈正在睡着，陈漱在她耳边轻轻呼唤，妈妈，小胭来了。

妈妈似醒非醒地看着剪成小胭的短发、穿着小胭的卡通T恤的我，眼睛渐渐明亮起来。

我把脸伏到妈妈掌心里，尽量用小胭的声音叫道，妈妈……叫出这一声，我就哽咽了，真切地进入了小胭的感情。

陈漱小心地扶起我的头。两行泪从妈妈眼角淌下来，她声音哽塞地说，小胭，你瘦了。

我说，前几天感冒……胃口不好。

妈妈说，你感冒全好了吗？

我说，嗓子还有点儿。我流着泪拼命点头。我尽量少说话。妈妈说，以后注意冷热，养成每天看天气穿衣服的习惯……妈妈不放心你，你要长大成熟起来。

我泣不成声地说，我知道，妈妈，您放心吧。

此时此刻，我简直怀疑自己泪水的颜色都是不透明的，而是浓黑的。

因为感冒刚好，"小胭"不能久留。我出去了——"小胭"完成会见。

转过身，我泪如泉涌。

从入戏到出戏，生活的剧本没有留给我多少时间。小胭的悲剧已经足够我崩溃，我为妈妈伤情的余裕都没有多少了。半个小时后，我戴上"小脂"发型的长假发套进来，好像刚到医院的样子。妈妈高兴地说，小脂，妈妈见到小胭了，她刚才来看我了。我心里无比酸楚，近在咫尺的女儿，要见上一面，却如隔天河……

因为见到了小胭，妈妈精神头很好。午睡之后，我们开始聊天。聊着聊着又聊到了《廊桥遗梦》。妈妈说，其实，她一直没有看完整部电影，就到我们那次一起看的地方打住了。那次妈妈被送到医院后，确定没什么大问题，我和小胭倒是接着没心没肺地看完了。我们打死也意想不到妈妈的昏倒会跟这部电影有关。我觉得妈妈没有看完也好，避免了更多的伤情。

弗朗西丝卡为了依赖着她的丈夫和孩子，余生一直在过着无人会意的生活。而所爱却在天涯。我觉得这无疑是虐恋了。但我不能直接说他们是虐恋，因为，那就好像在说妈妈和南宫似的。我说，韩剧里，很多是虐恋。妈妈若有所思。

反正，我不认为自己是虐恋。相思固然是苦，但也很美好。心里有个人想着，是幸福的。

我一鼓作气说道，您是不是当作一种持久的修行了？就是看看自己能不能超越本我，升华欲望？看看灵魂能不能战胜肉体？对吗？

也没有明确地这样想过，就是觉得不能没有彼此，又不能迈出那一步。我很感谢这一生有他。我确信，我的人生，有他和没他，是不一样的。

我相信，只有爱情，才会给人如此隐秘的力量，支撑他们身心相悖地走过一生。他们其实一直生活在一个只属于两人的能量满满的磁场里。生活没有那么多故事性，她只是需要他的存在，即便明知是精神鸦片，她也需要。

我说，你们才是终生的Soul mates，是对的人。

在属于你们的这个时代，我不太想用这个词。灵魂之爱是独一无二不可替代的，超越"对的人"之上。"对的人"是指能相处的人，可能不止一个。

我曾经以为妈妈的爱是"时代的眼泪"，没想到是她对"我们的时代"主动保持了距离。妈妈的爱是一种需要勇气的信仰，而我缺乏信仰的勇气，小胭倒是勇往直前，却把自己毁了。

一个女人可以不懂得任何东西，唯独不能不懂爱情。爱是女人最深的体恤，女人不能没有爱情。

是的，妈妈已经让我看到了爱情之于女人意味着什么。妈妈其实一直是一个恋爱中的女人，所以她没有"妈气"，一生矜持如少女。

可是，您是怎么确定自己爱那个人的呢？我问。

很简单，思念。你想起他，心里会自然地泛起温柔，嘴角会不自觉地上翘……

如果是近距离的，就没有思念之说呀。我心里说。

　　还有内心的依赖感。就是情感上对他的存在有一种依赖，一想象没有他，整个心都感觉空了。

这句话使我笃定了不少，依赖感我现在是有的。但是，问题接着又来了，我问妈妈：依赖感也可能是暂时的，怎么确保自己会一直爱那个人呢？

　　没有一开始就保证永恒的爱，人都是在变的，婚礼上的誓词反映的只是当时的心意，当时以为会永远爱，就那么说了，其实并不能保证永远。

是的呀！为什么我才明白，若是怕改变，不就从精神上死了吗？

　　确认当下是爱的就够了，每一个当下都爱了，爱不就成了恒久吗？对于爱情，要有打开的心态，顺其自然。有句话说，节哀顺变，其实爱也需要顺变。老想着一锤定音一成不变，容易患得患失。真的变了又怎么样呢？旧的爱去了，新的爱会来。

我豁然开朗，感觉好像进入了开阔的河床。爱就是再造人心胸的大河。有他和没他，妈妈的人生以及妈妈整个人，都会是不一样的。

护士来给妈妈换药。我起身看着窗外。白色的鸽群正好飞过，鸽哨声在空中回旋。人世间那些像鸽子一样洁白的东西，只要划过我们生命的天空，即便有一天消逝无踪了，也会留下隽永的美感。

护士走了。妈妈在出神，似乎陷入了某种回忆。我想起前几天看的影碟《追忆似水年华》，那金子似的流水，又到我眼前了。妈妈此刻大概就是在金色河流里漫溯，河流中一定有南宫先生醒目的身影。

可是我自己的感情呢？谁能告诉我何去何从？

我坐回到妈妈身边，无奈并求索地看着她。她回过神来，迎着我期待的眼神，仿佛看见了我满心的"无明"。

爱来了，你的感性自然会告诉你的，那是……欣赏的眼神，是怦然心动……

我心里替她说着，是周身的光辉，是依恋，是目光无法从他身上挪走……是绝无再有的钟情，还有非他莫属的感觉……是想起他就满是来自灵魂的愉悦和满足……

但这都是属于妈妈的。如果小胭在这里，会怎么说呢？大概会说：就是来电呗。那我自己要怎么说呢？竟想不出来。

我和陈漱之间的爱已经成了习惯，以至于觉察不到了。最初，妈妈说的那些都是有过的吧？但未及充分体悟，就变成了同居后的耳熟能详习而相忘。我现在才明白，就是一个汉字，看久了还会觉得不认识了呢。何况，年轻的身心本来就是容易麻木和健忘的，因为尚不懂得珍惜。然后呢？我们的关系就在挑剔之下变形了。这一次接二连三的打击，倒是出乎意料地重新刺激了我们（尤其是我）爱的神经，算是一种良好的次生作用。但是，可能也晚了吧？

我迟疑着问，您从来没有……爱过爸爸吗？

我曾经以为是爱的，可是，遇到他……

她不太自然地看着我，我点头，表示能够意会"他"是指谁。南宫先生已经不在这个世界上了，妈妈竟然还害羞到无法对女儿说出他的名字。这种爱的情形，让我微微嫉妒起来。当然，在妈妈心中，他是一直活着的。

　　遇到他之后，我才知道，对你爸爸那不是爱。但我对你爸爸并不是没有感情，感情还是很深的。我对你爸爸的感情跟对你们的感情是一样的。我对你爸爸……应该说是没有感觉。

　　爱情迟早会转化为亲情吧？我说。

　　你也这么看吗？

　　我想起了南宫先生说的，这山和那山、钉和铆的不同。我说，这是一种通行的看法。

　　我认为我们是连转化都没有的。你爸爸怎么看我，我不知道。我对你爸爸，是一种关切……对他，是一种深情。

　　我懂，关切是日常的，再怎么无微不至，都无法和来自灵魂的深情画等号。

　　只有他，才让我体会到什么叫深情。在所有的感情里，这是唯一完全属于我的一份感情。

是的，在那里面，血肉相连的女儿都是没有位置的。对于南宫来说，妈妈永远是苏女士。而对于爸爸来说，妈妈永远是家里的女主人，是他的妻子，女儿的妈妈。爸爸有错吗？没有错。但是，也没对到哪里去，就像一个刚过六十分的答卷。

你觉得我对不起你爸爸吗？

我不觉得……但我也爱爸爸。

我知道，作为女儿，你很纠结……你只要记得，你的父母是和而不同的一对，就可以了……婚姻不能涵盖女人所有的情感，如果你们心里有一个上锁的抽屉，我会为我的女儿感到欣慰，只要你们处理好……

我悄悄在心里叹息道：可是，妈妈，我处理不好，小胭更处理不好。

我没觉得对不起你爸爸，因为，我给另一个人的，本来就是不属于他的、跟他不会有的一种东西。我一直把你爸爸当作你们的父亲、我的丈夫来看待。因为已经拥有爱情，所以，我不必再在婚姻中要求爱情了。既然对婚姻中的另一个人无所希求，相处起来反倒容易。

或许，不谈爱情的婚姻是最稳固的。我说。

是的，这句话你说对了，不谈爱情的婚姻是最稳固的。你爸爸是一个好男人，但他不是能激发我的那个类型。面对他，我从来没有什么异样的激动。他依赖我，欣赏我，但他并不懂我。我在他的生活里是天经地义的，他对我的依赖就像……就像《红楼梦》里宝玉对袭人的依赖，可我不是袭人，他也不是宝玉。所以，我们只能建立古代那种老爷太太式的感情，和谐，但与爱无关。

这不是他的错，因为，他天生就是那样一个人，就像我天生就是这样一个人。当然，我也不认为这是我的错。我们谁都没有错，错的是我们走到了一起。

既然你不爱爸爸，当初为什么要跟他结婚呢？我说。

当一个人还不知道什么叫爱的时候，怎么会知道什么叫不爱呢？

我被问住了。这句话里蕴含着一个绝对的真理！

可我和小胭，又算怎么一回事呢？我们以为遇到了"爱"，就把曾经的爱命名为"不爱"，可是，当我们遭受重创时（包括为了"爱"），却回头就把"不爱"当作归宿。这又如何解释？

我没有办法问妈妈，这一切都不可能向她和盘托出的，尤其小胭的事，我们都在千方百计瞒着她。

晚上回到家，首先迎接我的是梅小粉。它在大黑塑料袋里玩得很入戏，一看见我就假装受惊，箭一般把自己射了出去。它惯会玩这一套，假装身怀绝技的样子。但我今天见它这样有点反感，这个家已经够一惊一乍的了，怎么连它也一惊一乍起来了！

坐在沙发上的爸爸和桑阿姨看见短发的我，都愣住了。我这才明白，小粉并不是假装一惊一乍。

随即，桑阿姨眼圈红了，爸爸转过脸去不再看我。虽然是我们事先说好的，但看到这样的我真实出现在眼前，他们想必还是分外难受吧，直接的触动到底不一样。

桑阿姨站起来抱住我说，唉，孩子，苦了你，咱们家，这是遇上了什么业障呀。

业障！小菩萨一样的桑阿姨，用一个佛教词语来使我醍醐灌顶了。

刚刚关于"爱"和"不爱"的掰扯以及无解，我一下子有了答案。就是业障，承认吧！

桑阿姨说，人这一辈子就是修行，业障是免不了的，但是呢，过了也就过了，愿力终会大于业力的。

是的，认下自己的业障也没那么难，就当是修行必过的坎儿吧。

生活的剧本不在我手里，下一步剧情如何我并不清楚，但是，且认下眼前。决然的勇气会给人力量和支撑，但你首先要有那份决然。这是妈妈教给我的。

小胭从房间出来看到我，愣了一下神儿，便咧嘴笑了。你是梅小胭了！我是谁呢？她说。我也愣了，她怎么能这么聪明！

我看着小胭那张天真的笑脸，活像一张整容过度的脸谱，传达不出任何内容。她内心已经是空洞了，无论星光还是黯淡，暂时都不会在她心里停留了。

我突然明白，能够痛苦，也是好的。感谢我还能够痛苦吧。

46

冉紫和桑阿姨怕我夜里睡着假发套出状况，坚决不再让我陪夜，由她们俩轮流陪。我就尽量白天多去陪陪妈妈了。

那天上午我和爸爸一起去的。我从旁打量着他们，一举一动，一言一笑，都是多么和谐默契啊。但我分明看得到，妈妈跟爸爸在一起的眼神，绝对没有跟我谈起南宫时的那种光泽，表情也没有那么多层次，仿佛她面部肌肤的表现力变得单一了，温和中透着不易察觉的一层清冷。但是有爸爸如野草一般粗糙有力的热情，一统江山的幸福大局自然也奠定起来了。

我第一次意识到，爸爸的粗糙麻木其实也是一种力量，那就是钝感力。敏感有时会消解自我的力量，所以，敏感即脆弱，如刚性必易折。好在妈妈的自律和边界感不会对别人造成压迫，反而提升了自己和身边人的素质。如果人要百分之百做好自己，像妈妈这样肯定是可取的。但我无法想象爸爸也是这样的人，那恐怕家里的空气都压缩到不能呼吸了吧？回顾家庭中的相处，我觉得爸爸的钝感力或许才是无坚不摧的保护垫。

我忽然觉得，自己对爸爸还是认可的，不然，怎么会寻找一个像爸爸那样的男人？当然，陈漱跟爸爸还是有很大不同的，但他们无疑都是兄长一样的男人。他们有麻木迂阔之嫌，缺乏弟弟式的灵动可爱，却永远不乏兄长般的包容大度。当然，男友力这样的东西，就不要指望他们了。

当我把陈漱和爸爸放在一边的时候，自己就不自觉地站到了妈妈这一边。我能够从自己对于陈漱的不满足，共情到妈妈对于爸爸是怎样的感受。如果放到从前，这大概只会让我感到委屈，但现在不会了。没有不委屈的人生吧？所以，还好啦。我感到了彻底的释然。

不管跟陈漱结局如何，我一直都想确认，我和他的组合，到底是不是一个最优选项？即便得到一个已经无用的答案，对我也很重要。我执着地透视这段关系，就是想弄明白自己究竟需要什么，不然，我不知道未来的路怎么走。现在我有点明白了，你不可能试遍所有人，所以，绝对的最优选是不存在的，你能信任的只有缘分。

我能确定妈妈和南宫结合会很完美，可是，完美的两个人哪那么容易囫囵个儿地相遇呢？他们都带着各自过往的生活"周边"，完美必然要被打破。或许，这就是他们的"业障"？

爸爸走了。我送他出病房，在走廊里望着他的背影，觉得之前看他时的那种恨铁不成钢的情绪不再了。

我回到病房看着妈妈的点滴，像漫长时光的缓慢流逝。除了说话，没有别的事可做，而我现在最希望的还是"听妈妈讲那过去的故事"。

我说，妈妈，您跟爸爸算是恩爱夫妻了。妈妈说，嗯，算是。我说，但我想，如果您跟他……

我们迅速交换了一下眼神，确认彼此都明白"他"是指谁。我继续说，如果您跟他走到一起，可能人生会更幸福吧？

那是另一种幸福。

可能也是更高的幸福……换了我和小胭，尤其是小胭，也许会不惜一切和他在一起。我说。

爱一个人，当然就渴望和他在一起，可是，每个人都不单纯是他自己，对吧？

我说，嗯，好像是马克思说的，人是社会关系的总和。

我不能置你们的幸福于不顾呀，那样我也不会幸福……你爸爸可以再找一个妻子，可你们的妈妈只有一个。

看来，妈妈很明白那个"业障"的存在。

可是妈妈，您知道吗？我的遗憾超过了感激。我索性直白地说，当我知道，您因为我们而失去了完美的一份感情，我简直感到懊恼。

　　我不是为了让你们感激才这么做的，我是为了自己内心的安宁，你没必要为此懊恼……我也不觉得遗憾，我不是一直在爱着吗？爱情说到底就是一种爱的感觉，我能够一直感觉到爱的存在，就够了。

这我也认可。遗憾的爱是最美的，也是最无敌的。而且它不算悲剧，不会伤人。

沉默了一会儿，妈妈定定地看着我说，小脂，你知道我为什么会对你说这么多吗？

确实，在医院这段时间，是我和妈妈交流最深的，几乎超过了此前的总和。至于为什么，我还没从她那个角度想过。但我知道，打开自己，对她来说并不容易。人是本能地愿意待在自己的心理舒适区的，害怕越界触碰，尤其妈妈这样矜持的人。

我说，让我了解您，对吗？

这是一方面，母女一场，我确实希望你能了解妈妈……

"母女一场"这四个字，带着一种终了的总结性的意味，使我感到连根拔起的痛。

但是还有更重要的……我不放心你，你有困惑，是吗？是不是你和陈漱出了什么问题？

我会处理好的，妈妈。我说完就难过得不行，不是因为我的"问题"，而是因为，我多么想告诉妈妈，妈妈也多么想知道，但是，我不能说，就这么无奈。妈妈可能时日无多了，而且，她也解决不了我的问题，母女相对一筹莫展，只能徒增悲哀。没有谁比我自己更能解决自己的问题，最对的选择就是自己扛起来吧。

有些话，原本我可以不说，之所以说，是为了你……作为妈妈，我希望你幸福。尽管我对自己这一生的感情是满足的，但我不希望女儿步我的后尘，没有故事的人生才是幸福的，我希望你们有最平安最平凡的幸福……你记得吗？苏东坡有句诗：惟愿孩儿愚且鲁，无灾无难到公卿……作为妈妈和作为女人自身，对于幸福的期许是不一样的……

我忍着泪说，我懂，妈妈。我还想说，您放心吧。联系到她刚刚说的"母女一场"，我又咽了回去。我想远离那种意味，假装没有"终了"这回事，假装我们的时间还很长很长。此时此刻，我无比感谢小胭的幸福是让妈妈放心的，因为有谢君和桑阿姨保障。不过，同时我也困惑，清醒如妈妈，怎么会看不到她和爸爸对待小胭的宽松甚至纵容是有问题的呢？可见，人人都有自己的"灯下黑"。

妈妈是在用自己的情感体悟，送女儿一程——这份苦心，我是以后才明了。就具体的问题而言，我们之间没有透明，但是，她已经尽了自己的力。那份不透明，并不是隔膜，而是护垫，相当于按摩时垫的那条毛巾，是为了使你更舒服地受力。

此时，我没有办法向妈妈保证自己的幸福，但是，妈妈教给我的，已经使我有了基本的豁达和坦然，去迎接一切变故，这就是妈妈对我交出自己的意义。而已经发生的变故，本身也是一种心理磨砺，加速了我的成长。生活不会因为你还没准备好，就一直等你。但要来的真的来了，我也不惧。我准备好了，来吧。我感觉自己现在无比笃定，足以支撑可能的一切。

我握着妈妈没有输液的那只手，小心地贴在自己脸颊上，并注意不碰到假发套。我用最大的爱意看着她，却找不出最深的表达，感觉语言太轻了，这就是何以"大恩不言谢"吧。我只能再次说，我懂的，妈妈，谢谢您。

护士进来换了新的药液袋。妈妈暂时还不想睡。我说，那我出去买杯咖啡吧。

我出了医院大门，只顾低头走路，冷不丁被一个路人碰了一下。我本能地避开，继续走。我的视线是虚的，并未聚焦在任何具体的人身上。但那个人影跟着我动，甚至挡在了我前面。我本能地抬头怒视，眼前却是那张我已经pass掉的脸。

我在医院看见你两次了。他说完探询地看着我。

我知道他是希望我告诉他，我频繁出现在医院的原因。但我发现自己什么都不想说。有的人注定是陪你浪漫的，有的人注定是陪你患难的。关于浪漫，你只会跟浪漫之人去说；关于患难，你只会跟患难之人去说。

我还有事，再见。不等水手说再见，我已经迈开脚步。

水手急忙拉住我的手臂说，你为什么把我拉黑了？任何方式都联系不上你。

我只好说，我那天看见你了，还有你的家人。

他有点意外，紧张地看着我。

我坦诚地说，我看见你是一个好父亲、好丈夫。

水手自嘲地笑笑说，那都是假象。

我说，其实，你的这一面更加让我敬重。

他快速申辩，我对你是真的……

别说了。我打断他，认认真真地说，我们之间并不是真正的感情，充其量是一种感情的模拟……

我刻意避开了"爱情"这个词。他想开口说什么，我阻止了他继续说下去，在我们太悠闲的时候，进行了一个情感模拟游戏而已，现在，游戏结束了。

我觉得，才刚刚开始。他急忙说。

你是忘记准备台词了吧？我说。我仿佛能看见，讥诮像口沫一样堆积在我的嘴角。

你是在恨我吗？

不是恨。

那是厌恶吗？他有点难堪地说。

我说，不重要了，不说了吧。说完要从他身边走掉，他再次拉住我，急切地说，我没有对你做什么，你一定要听我说……

我立住脚望着他。他说，那天晚上，我帮你脱掉衣服，因为你吐了，弄得浑身都是，我只能帮你脱掉衣服冲澡……

然后呢？我毫不避讳地逼问。我现在确实有力量面对了。

我跪在床上，面对你，非常冲动，我当时也醉了，但不像你那么彻底，最后残存的一点理性告诉我，必须征得你的同意，所以，我并没有真的……我只是，只是自己……

他涨红了脸看着我，表情无比窘迫，眼神似乎在祈求我能自己明白，不必让他说出来。我秒懂了。冉紫告诉过我，上海人是全中国最讲规则的人，果真，这件事上的"同意原则"，他坚持了。

不好意思，我仍然感到很抱歉……

你说的都是真的吗？我紧盯着他问。

我以一个男人的人格起誓。他说着举起手。

我怀疑自己眼里的狂喜都吓着他了。我说，谢谢你最后的理性，我们一起去喝杯咖啡吧。

我们在等咖啡的时候聊了几句。他依然在请求我的原谅。原谅之后呢？继续交往？我觉得已经不存在原不原谅的问题了。他不知道我这些天经历了什么，也不知道我已经翻过了多少页，更不知道自己几乎是在同另外一个女人说话了。我说，没什么可抱歉的了，真的。

他说，你原谅我了？那我们以后……

我说，不必了，我以后可能会很忙，没空社交。我想了想，又无比诚恳地看着他说，我需要的是岸，不是船，更不是游轮。

在我们说话的过程中，他几次用奇怪的目光打量我。我知道他是疑惑我的头发，细看还是看得出来的。我说，假发。他的瞳孔瞬间放大。有必要那么大的反应吗？我不以为然地想。他小心地问，你病了吗？我明白了，他是不是以为我在化疗？但我什么也不想解释了，何必跟无关的人解释自己呢？有可能越解释越麻烦，及时止损吧。

回到妈妈病房，我马上从包里找出验孕棒，去卫生间再验了一次。还是跟小胭的显示不一样。我终于可以确定不是了。

这么说，我只是受了心理暗示？

我打开手机百度。真的是那些反应骗了我。世界上居然会有假性怀孕这个鬼！还有什么是不能作假的呀？除了感情。

47

每天守着病床上的妈妈，我看不出她有什么起色。医护每天定时查房和巡视，二十四小时心电监护，手上胳膊上还有胸部都布满了仪器夹子贴片。我从这些东西上看不出什么，只看得到她的每况愈下。每次我问妈妈感觉怎么样，她都说还好。"还好"怎么不见起色呢？我问过主治医生，要不要改变一下治疗方案？医生说，我理解你的心情，我跟你一样着急，但是病人的意志很重要。是的，我焦虑的就是，妈妈主观上根本不想有什么起色。她很少进食，生命似乎就凭一口仙气撑着。

是南宫的离世让她如此吗？

说实话，虽然我已经接纳了他，对他们之间的感情也很惋惜，但若要我对他的离世感到多么悲痛，似乎也是做不到的。这是站位和血缘决定的。没办法，这就是人性，毫无商量余地。有些情感本身就受制于人的生物性。哪怕你最爱的人之所爱，只要超越了家庭人伦的范畴，你也无法共情，只能看着他独自悲伤，这是一种彻骨的无奈。说到底，每个人都是孤独的个体。

我能请求妈妈为了我们振作起来吗？似乎不如不说——既然个体（包括亲人在内）的独立性是我们的共识，既然我无法共情到她的悲伤的深度。

报道说，南宫是突发心脏病去世。这么说，他俩心脏都不好。连这都一样，就为了相通吗？我苦笑。

那天上午，我试探着问妈妈，关于他生病的事，您知道吗？

知道一点……我之前说过，为了说明这山和那山的不同，他特意画了两幅画。去年十月十日，我最后一次见到他时，他把不久前完成的《那山》交给了我。他说，只有他和我知道这幅画的存在。那时候他的身体已经不太好了，准备封笔。至于怎么不好，他没有细说，我也没有细问，怕伤他自尊。但我发现他很健忘。今年三月底的一天，他突然打电话给我，说《这山》刚刚题上字，算是给一生的苦闷做一个了结。外界都说《这山》是他的封笔之作，其实不是的。他说，虽然《那山》是他最好的一幅画，比《这山》好得多，但他还是希望《这山》跟《那山》一同属于我，只有这样，我才能完整地了解他的生活……

可是……一开口，我马上意识到了露馅的危险，便欲言又止了。

他说，他的家人已经知道《这山》的存在，他不方便送给我，他想送去拍卖，这样我就可以通过竞买的方式得到它，然后，他把拍卖款转给我。之后，他的手机就联系不上了，电话不通，短信不回。他没有微信。我不能联系太多，怕手机不在他手上。后面的……拍卖，你大概都知道了……

妈妈把目光转向我。那目光，使我感觉被抽了一鞭子。我面红耳赤，不亚于被当场捉奸。好在妈妈不想使我为难，很快移开了目光。

拍卖之后的第二天早晨，你爸买菜去了，小胭也不知道什么时候出去了，你还在睡觉……

我说，我记得那天，也是我和小胭的生日。

他突然打来了电话。我是说座机。虽然我们一直都有对方家里的座机号码，但他只给我打过一次，就是我说的那个雨夜的前一天，这是第二次。这个电话我没接到，拿起话筒时已经断了，我是从来电显示看到了他的号码……这个号码我从没用过，却熟悉得不能再熟悉。为什么打座机呢？是不是他打的？这时候我已经有了一种不好的预感。

我的心几乎跳不动了，但是，不知道他那边情况怎么样，不想贸然打过去。我就坐下来等待，那大半个小时，我生命的全部意义就在这个电话上。后来，电话来了，我捂着胸口，手抖得几乎拿不住话筒，但是又不想用免提，怕你突然从房间里出来，或者你爸爸和小胭突然从外面回来。当我抑制着颤抖说出一声"你好"时，电话已经断了……再没打来……我忍不住又打了他的手机，已经是空号。我的预感由不好变成了不祥。

为什么不再打电话给他呢？任何能找得到他的电话！都感觉这么不好了，还有必要顾虑那么多吗？我说。我再次想起了《失乐园》中的凛子，她可比妈妈无畏得多了。日本文化最是费解，但我觉得妈妈比凛子更费解。而且，这是妈妈与南宫的共同特点。我都替他们着急起来了。

我打他工作室的电话，是助理接的，说他住院了。我问什么病，他就问我是哪位，我没具体说自己的身份，他就说不方便透露，只给了我一个手机号码，让我跟他的家属联系……我怎么可能联系呢？

太纠结了！最后我想，就把一切交给命运吧，既然以这种方式度过了大半生，就不要再去打破它了。其实我一直都存有一点侥幸心理，以为他最后一定会通过某种方式联系我的。却始终没有。我实在承受不了等待的煎熬，那段时间我已经接近崩溃……

我紧紧地握着妈妈冰凉的手，满心抱歉。就在那个时候，我还在给她施加有形无形的压力，逼迫她那么紧。子女总是要求保留他们自己的秘密，却不能容忍母亲拥有母亲的秘密。因为，从我们生下来，她就是我们的母亲，我们已经习惯了她对我们的无保留，似乎她天生就应该是那个样子，似乎她只能是我们的母亲，除此之外什么都不是。这就是身为子女的罪孽，而又往往不自知。

心疼和悔恨啮咬着我的心，我流着泪说，妈妈，您真……忍得住。

忍不住，又能怎么样呢？情感自古就是一件难事……你记不记得，我有一天，特别沉默，你几次想跟我说话，我都用眼神制止了你……

我点头表示会意，就是我们生日的上午。

那天我感觉很不好，你们可能不知道，我感觉不好的时候，就会用默诵古诗来平复自己，就像佛家弟子念阿弥陀佛。那天我特别想默诵关于"思远道"的几首诗。宋末张玉娘的《山之高》：山之高，月出小。月之小，何皎皎！我有所思在远道。一日不见兮，我心悄悄。这几句我最喜欢，是无所求的。至于后面的，我觉得过于海誓山盟：汝心金石坚，我操冰雪洁。拟结百岁盟，忽成一朝别。朝云暮雨心来去，千里相思共明月。

汉代《古诗十九首》中的《涉江采芙蓉》：涉江采芙蓉，兰泽多芳草。采之欲遗谁？所思在远道。还顾望旧乡，长路漫浩浩。同心而离居，忧伤以终老。这首我最熟，对于同心离居、忧伤终老的结局，我也没有那么怕，只要同心就好。

默诵到汉乐府民歌《饮马长城窟行》这首：

> 青青河畔草，绵绵思远道。
> 远道不可思，宿昔梦见之。
> 梦见在我傍，忽觉在他乡。
> 他乡各异县，辗转不相见。
> 枯桑知天风，海水知天寒。

默诵到这里的时候，我突然想不起下句了。大半辈子了，已经熟到骨子里，怎么会突然断流了呢？当时我还责怪自己，难道要老年痴呆了不成？——这句随意的话，以后我才明白它的绝不随意。越想不起来，越感觉不祥。我决定赌一把：不要说话，直到想起来；如果我能想起来，他就会一切平安。我坚信口开神气破，所以努力保持着沉默。

如果是平时，或许我可以到大慈寺去静坐半天，可那天是你们生日，我办不到……我就在心里给自己指定了，只要晚饭之前能保持沉默并想起来就行，我知道晚饭时我是必须说话的。可我还是以失败告终了……我没有沉默的自由。

我想起了那天妈妈的沉默寡言。原来，即便寡言，业已破坏了她内心的虔诚，可是，我那时候还不高兴她的不说话。一个为人妻为人母的女人，原来连半天不说话的自由都没有的。可以想象，如果她在女儿生日当天不说什么而出去半天，我们一定会无数遍地打她的手机，除非她像小胭那样不负责任地玩失踪。

谢君进门的刹那，我忽然想起来了：

入门各自媚，谁肯相为言？
客从远方来，遗我双鲤鱼。
呼儿烹鲤鱼，中有尺素书。
长跪读素书，书中竟何如？
上言加餐饭，下言长相忆。

到"中有尺素书"这句，我的心里好像有根弦，嘣一下断了，当时你爸爸正在杀鱼……这时候我才意识到，这是一首多么不祥的诗。鱼腹传书，传的也不过是"加餐饭"，生命的最基本面；所求也唯有"相忆"而已，根本不敢奢求相见。而那个写信人，在书信抵达的过程中，或许已经不在了。我一句话甚至一个字都不想说，可是桑阿姨来了，我不能不说……

我泪眼模糊地看着妈妈。一个爱字，要包含多少！承受多少！

我们沉默了。我要给妈妈沉默的自由，仿佛一种业已无用的补偿。而妈妈难得如此充分地表达自己，也累了。

不知过了多久，我忽然想起妈妈回家时拎的那个购物袋，就打破沉默问，我记得您中午回家时，手里拎着一个购物袋。她脸上先是现出茫然，几秒钟后，好像回忆起来了，她说，那就是一个空袋子，我在门口发现的，可能是小胭丢在那里的，我觉得丢了可惜，就拿回家了。天哪！真是疑心生暗鬼！人只要犯了疑，即便一个空袋子，你都能凭借想象给它装满蹊跷的秘密。

我真不知该用什么样的眼神去注视妈妈了。虽然她并没为我的横生枝节而分心，我还是发自内心地对她说：对不起，妈妈。

不用内疚，我那么做，只是为了镇定自己，其实也无所谓失败。……只有等待，虽然我半生都处在等待之中，可是这次的等待，太不同寻常了……不祥的预感压得我喘不过气来，我担心再等下去，我的心脏都……撑不到他的消息到来了。那几天，为了镇定自己，我就反复抄写这三首诗。

最终，我决定去上海……我挑选了抄写最好的三张，要带给他。

　妈妈掀开自己的枕头，我从下面取出一个手工硬皮本，打开来，三张做旧的素笺上，是妈妈工整的蝇头小楷。字极漂亮，那是我从未谋面的外公对她自小的养成。

　　就在那时候，我们家的乌龟死了。我想，这是一个预兆，更加验证了我之前的感觉。我去上海的心情更迫切了。
　　我们到了上海，我一个人去了他的工作室，发现已经空了，问周围的人，有人告诉我，他失忆了……

　失忆了？

　　就是阿尔茨……

　明白了！不待妈妈说出那个词，我赶紧说。这对妈妈太残酷了，我怎么忍心听她亲口说出来。阿尔茨海默病，这个词太拗口，我都要想一想才能组合出来；以往，我就是通俗地叫它老年痴呆症，而且还会用来开玩笑，比如拿它奚落忘这忘那的小胭。可是此刻，这个词尖锐地刺痛着我，因为它更尖锐地刺痛着妈妈。

　　我没想到他的病情恶化那么快……直到冉紫告诉我，他的家人打电话找过我……

　是的，那个电话是我接的，还差点就不告诉妈妈了。妈妈的脸色太苍白了，流淌在上面的眼泪都接近于淡青色。我轻轻擦拭着妈妈的眼泪，低下头声音颤抖着说，妈妈，对不起，我太自私太不懂事了。

　　傻孩子，这和你没有关系，生命到了一定时候……就是残忍的，无法避免。

为什么不直接去看他呢？您是怕生离死别的痛苦吗？我抬起泪眼问。

　　连生离死别都不知道的痛苦，更甚于生离死别。

我泣不成声地看着妈妈。这一次，我是真真切切地为南宫的离世而心如刀绞了，那是母女连心之痛。

妈妈看着柜子上冉紫买来的鲜荔枝，脸上的哀戚渐渐变成安详的微笑。

　　如果我的生命里没有他，就会像这些荔枝失去了水分。没必要难过，据说人在弥留之际会出现幻觉，我相信他看见我了，他一定看见我在向他微笑，就微笑着走过去了，像教堂婚礼上的新人一样。

我也相信，爱是一种宗教，能使不信佛的人看见菩提花开——那是所爱之人的脸庞。

　　我一直在考虑死的问题，我知道，他一去世，我就彻底地老了。有他的人世和没他的人世，对我来说是不一样的……记得看《泰坦尼克号》的时候，你和小胭说，罗丝在杰克死后还能庸俗地活到九十多岁，简直是无耻。我大概说出这个秘密，就离去不远了……

妈妈！我用哭喊来阻止她说下去。

　　想象一下，如果没有这份感情，我现在躺在这里，会是一种什么样的心情……当然，我有你们的爱，我也爱你们，但那是不一样的……一想到他会含笑而来，牵我的手，把我接走，我就觉得……死亡并不可怕，反而，是幸福的……

妈妈一气说了这么多，却好像不累似的。我哽咽着说，我们不值得您活下去吗？

我知道自己这样说是残忍的，因为，她所有的心动都跟他有关，包括死亡；他的爱，是她生命的核心源动力。我真怕妈妈说，但更有值得我死去的。妈妈用指尖轻拭着我的泪痕。

　　原谅妈妈，我是没有力气活下去了……我也不害怕死亡，因为，我尽力了，尽心了，也尽兴了，唯一不舍的就是离开你们，可终有一别，只要你们好好的，我就安心了，也放心了。这一切，不要让你爸爸知道，这对他太残忍了，他有权利一直那么幸福，不要让任何人和事来打扰了他。

我点头，把脸埋在掌心里痛哭着。

48

我突然好怕，怕生命的最后，在我身边的不是陈漱，或者，我都不知道那是不是陈漱了。

我心里现在是河清海晏，一派宁静，我迫切地想要见到陈漱，我要回家去找陈漱。

我打上车，感觉自己是海面上的一艘船，正在向着一座灯塔驶去。此时此刻，我清醒地意识到：只有陈漱，才是我回头的岸。我已经习惯了他等在家里，就像航海的人习惯了灯塔。

我怀着从未有过的奔赴之心，一步步走上楼来。随着楼梯一层层升高，家越来越近，我心里隐隐泛起激动，好像初次约会似的。

陈漱正在午睡，看见我这时候回来很意外，又看见我眼圈红红的，急忙问，怎么了？妈妈她……

我摇头说，没有。

那你怎么……

我现在就是想哭。我说着就抱住陈漱，几乎是拱到他怀里，眼泪滂沱，鼻涕都出来了，假发套也掉到了他怀里。

我抽抽噎噎断断续续地，总算跟他讲完了南宫最后的时光。

我最难过的点，还是阿尔茨海默病。待我平复之后，我们俩开始分析南宫最后的某些表现。妈妈也曾跟我一样充满疑惑，在得知他患病后，她肯定也做过同样的分析，而后一切了然。

我们分析的过程不时为我的呜咽抽泣所打断，还有反反复复相互提示的抽丝剥茧，最后的问题和答案概括起来就是以下几个：

为什么他不联系妈妈？

——可能清醒时自己把手机清空了，以免不清醒时被别人掌握。

为什么又打座机？

——可能这个号码已经植入他的大脑芯片，他突然记起来了，抓紧时间打过来。阿尔茨海默病患者的记忆特点就是：对遥远的事情记得牢固，对切近的事情反而记不住。

为什么又不说话？

——可能打通之后，他就忘记是在跟谁说话，也忘记要说什么了。这个病，就是偶尔灵光乍现但又转瞬即逝。

为什么再没打来？

——可能他连这个号码也忘记了，彻底堕入了黑暗和空渺。

我们在时过境迁之后谈论起来都伴随着几次痛苦的停顿，妈妈在索解的过程中，该有多么难受呀！她是一个人吗？有人在她肝肠寸断时握住她的手吗？有人在她快要倒下时抱住她吗？我憎恨自己，那时不在妈妈身边。我憎恨自己，不仅没有给她体恤，而且还用负能量暗中销蚀着她。

陈漱看着痛苦难当的我，突然想起什么来，他说，冉紫！对，可能是冉紫跟她在一起，像我们俩这样，一点一点追溯和剖析……

肯定是冉紫，肯定是的。我心里好受了许多，尽管还是遗憾那个人不是我。

最大的残酷其实不是死亡，而是遗忘，又连遗忘都不能自知了。对于相爱的人来说，这才是最彻骨的孤独和悲凉。

陈漱，如果有一天，你在我面前，我却认不出你了……

我哭到不行。陈漱说，不会的，你想想小胭，就算那样了，还是认得谢君。他的眼圈也红了。

我说，陈漱，我绝不要那样活着，如果有那么一天，我变成了南宫那样，你一定要结束我的生命……

那不可能，你想想，我怎么下得去手？

真的，陈漱，温和地让我死去，是你对我最大的爱和慈悲。

我们说起了那部法国电影《爱》，老先生用枕头把患阿尔茨海默病的老太太闷死了。他们之前是不是相爱我们不知道，但就最后的解决方式而言，我觉得这是一种解脱，双方都是解脱。至于老先生这样做的动机，我认为是不忍心老太太继续死一样地活着……

陈漱说，他是嫌老太太连累自己也活得毫无质量吧？

我说，即便这样，也无可厚非，两个人的那种困局，已经是生命的最不堪，选择不去面对也是符合人道的，是对生命本身的慈悲。

陈漱说，我不能同意这是人道和慈悲，老先生这是善待自己的生命大于善待别人的生命。

我说，在一些困局面前，人类生命是一个共同体，别人的不堪就是自己的不堪，从总体上免于不堪——不管谁的不堪，都是对生命的尊重。

陈漱说，我还是认为，谁也没有为别的生命做决定的权力。

我醒悟过来，赶紧说，我们不是在讨论爱吗？怎么变成安乐死了？

陈漱说，能够相守到安乐死，其实也算是一种成功的人生了。

哦，我突然反应过来，我们的前情，不是我下定决心要跟陈漱分开了吗？至于后续，我还没有跟他通报，他现在是处于什么心理阶段呢？

想到将要跟陈漱说的话，我就难为情起来，突然的沉默加剧了我的难为情。幸好陈漱微信一连串响，他拿起来看，适时转移了视线。

我凝视陈漱片刻，叫了声，陈漱。

陈漱答应着，把视线从手机移向我，问，为什么这样看着我？

陈漱，你还想和我结婚吗？我期期艾艾地说。

为什么在这个时候说结婚？陈漱斟酌着说，我所做的一切，都是自觉自愿的。

我们不闹了，好吗？我现在只想跟你结婚，如果你还要我的话。

我又加了一句：现在不结，也许就永远不会结了。

那么，现在结了，就是永远！他说。

我举起巴掌，陈漱会意，也举起巴掌，我们拍到一起。

成交！我说。

其实，我并不认为这就是永远，否则，我们的"永远"可就太有限了。决定结婚的过程，就像西天取经，我可是经受了八十一难呀。在经历了这么多之后，我已经不再把婚姻当作一个终点了，该来的总会来的，我会以打开的心态，迎接一切变化。既然婚姻不是一举定乾坤，我也就没有必要那么举棋不定了。每个人都有自己通往婚姻的道路，以向死而生的心态去结婚，也许结果反而会好一些。因为，婚姻不必承受那么大的压力了。

明天就去领结婚证。陈漱说完，就去给我放洗澡水。他可太了解我了，此刻我想要的，就是一个热水澡。

站在这个时间点上回望过去，我恍然大悟：那些纠结，其实就是结婚前的最后挣扎呀。我的心理前提是：肯定自己要结婚了；不过呢，又有一点不甘心；所以，才有了那些乱扑腾。

我忍不住想要矫情一下，便故意用抚今追昔的口吻说，以前的某些浪漫，现在看来觉得好讽刺，甚至是可耻，所以，生活才来锤打我了。

陈漱说，以你现在的状况去看那些，当然会是这样一种感觉，可生活并不总是这样啊，会过去的，我们会好的。

早知今日，何必——

陈漱截住我的话头说，想想你买错的那些东西，难道没有意义吗？

能有什么意义呢？我说。

当然有意义！它们的意义就是，让你从此之后不会再去踩这个坑，也不会再惦记。人生必须有一定的容错率，试错是必要的，为了不再有更多的错。

那一瞬间我脑子里划过了小�，庆幸自己的试错成本没有她那么高。这样想当然是自私的，但我也清醒地知道，每个人感情的劫数，任再亲的人也无法替代。

我拿起手机，跟陈漱来了一张自拍，然后发了一条仅我和陈漱可见的朋友圈：

从前有个浪漫的傻瓜，总以为生活是想象的样子，为此，她一刻也不安分地逃离、寻觅，到头来却发现，生活从来不只一种样子。这对她来说是一个必然，因为，不走到这一步，她就不能回头。

好吧，以前的我是病了，有股毒气在身体里发作，不挥发出来就不行，现在，我排完毒了，病好了！

我发完收起手机，想了想，又打开微信，在刚发的朋友圈下面评论了一句：这个寻爱的作女，其实一直在骑驴找驴。

陈漱看完微信笑了。我严肃地看着他说，你那时候为什么不管我？

那只能使你走得更远。陈漱说。

万一，我是说万一，我跑了呢？你不在乎吗？

既然我选择了这个姿态，就要输得起……我尽量让自己坦然。那时候你不想结婚很正常，哪个出色的女孩子愿意结婚呢？除非……

除非她历经沧桑，需要一个家来休息，是不？我说。

之所以我会接过话茬，是不愿意这个话由陈漱嘴里说出来。我自己可以说，别人不可以——就是这么奇葩的一种心理。

当你的心态还是一个没玩够的女孩子，确实不适合成家。年轻时应该挥霍一下，不然永远不会甘心。

原来你这么懂得女孩子呀！我说完张开两只"爪子"，做出要掐死他的样子。

他躲开我，把我的手握在自己手心里。他说，我知道你会回来的，我了解你，童话里的小女孩会在森林里迷路，可她最终总能走出来。

你可真是无为而治啊，假如我回不了头呢？

那我只有接受。他坚决地说，我宁愿这样，也不愿意你委委屈屈地跟我一辈子。

这就叫舍不得孩子打不得狼吗？我两手戳着他的双肩说。

如果你真要离开我，就算有再多舍不得，我也无可奈何，还不如自尊地放你走。

可我一直以为，你的回避是因为怯懦呀。

这么说也对，我的确有点怯懦，爱本身就是怯懦，因为太在乎了。

我抚弄着他背心中间露出的胸毛说，为爱而怯懦才不是怯懦呢，那是胸怀。

谢谢，谢谢嘉许！我去看看洗澡水放好了没有。

陈漱喊，放好了。我起身去泡浴。

我在浴缸里敷着面膜，享受皮肤和身心同甘而非共苦的时刻。

一会儿，陈漱走了进来，揭掉我脸上的面膜，直接抱起了我。这突如其来的"贵妃出浴"，使我在推拒中又有点小兴奋。我的头发还湿答答的，散发着麝香小苍兰洗发水的香味儿，平添了性感的氛围。

……动能很快转化成热能，我轻轻呻唤着抱住陈漱。

真的好久没做了，两个人状态都超好……在越过重重的内心障碍之后，我们的身体空前地充满张力。

做完，陈漱爱抚着我说，你知道吗？那次你看了微信，什么也没说就要出去，我心里就明白个大概了。我从窗口看着你走远，你的头发高高地飘起来，好像飘到我心里了……说实话，真是像鞭子一样抽打我的心尖……

我想起了跟水手约会回来的那个深夜，他在树影中徘徊的身影。我心疼又负疚地揉搓着他的身体，好像要给他搓澡似的。我说，可是，你什么也没做。

难道我能把你拉回来吗？难道我能大吼大叫吗？最后发现，我什么也做不了，或者说，做什么都不如不做。

谢谢你，陈漱。

我是很少对他言谢的，他显然有点不适应，挠着头问，为什么要谢我？

因为，你比我忠诚。

如果是为这个，你大可不必谢我。忠诚不是筹码，是我自愿的，因为，这让我感觉更好些。

我突然理解了妈妈和南宫。我更紧地抱住陈漱。他热烈地回应着我说，在感情问题上，我的原则确实是无为而治。我一直相信，是你的就是你的，不是你的，急也没用。

你这就叫以结果为导向吗？哼！

到了这时候我还不忘揶揄他，可见，两个人的相处模式是有多么难以改变的定式。其实在我心里，柔情的涟漪正一圈圈荡漾，好似无穷动。

荣格说，没有一种觉醒不伴随着痛苦。陈漱说。

我喊着"滚啦"，拿光脚蹬他，不许他"哲学"。他要来挠我，我扯过他的衬衣，穿着他的大拖鞋啪嗒啪嗒逃到卫生间去了。

冲洗完，我就睡着了，太累了。

醒来时，陈漱又是在伏案读书。我在他背后说，一个做完爱马上能去研究哲学的人，真是可怕呀。我声调中的PH值绝对小于零，快变成盐酸了。

他已经习惯了我的酸性体质，只是回头笑笑，看着我说，还记得我们的相识吗？同时去抽一本书，你要感谢书。

可是，我们都不记得那本书是什么了。我说。

强迫症想不起一件事情或找不到一样东西是非常难受的，可我就是无论如何想不起那本书，而且，决不允许陈漱去查证。

我感慨，命运这个东西，真是不能不信的，我的命运……大概注定是你。

说出这话，我心里突然电光石火一闪。陈漱也眼睛一亮。

那本书是——我们相互看着，同时说——你！

我准备拿我们的结婚证给家里冲冲喜。就算有再多的悲情，都得收拾好自己，让生活继续。我替爸妈庆幸，他们的两个女儿并不都是小胭那样的。否则，这个家就凉凉了，重整河山就是一个口号而已啦。

我和陈漱要出去吃顿大餐祝贺一下。起身的刹那，我突然想起来，哎对，南宫说蘑菇，是什么意思？

49

吃完大餐回到家，我才发现，自己对于情势的估计过于乐观了。

小胭越来越像婴儿，撕指甲的恶习使桑阿姨不得不给她戴上新娘常戴的那种网眼手套。但她毕竟不是婴儿，会很快扯掉。我回家没一刻钟，就看见她扯掉三次，一扯掉就迫不及待地去撕指甲。桑阿姨总是不厌其烦地重复给她戴。

我以为自己心里刚刚充了电，结果一面对小胭，马上发现电量进度条又紧张了。我感觉所有神经都要断掉了，拼命抑制着对小胭冒火的冲动。

看见我在皱眉，桑阿姨说，再戴，没关系的，她扯掉的次数越来越少了，她会习惯戴手套的。我说，那她以后又不习惯不戴了怎么办呢？可能洗手时都会忘记摘掉。桑阿姨说，没关系，再教她，这都不是问题。

这不是西西弗斯推石上山吗？太绝望了。

桑阿姨说，谢君在，她就不会这样的，可能看不见谢君她焦虑。

谢君不能一直不上班呀。我说。

她会慢慢适应的，宝贝儿，放松点儿。你知道吗？最大的问题不是问题本身，而是人对它的焦虑。有我在呢，不要担心。

我抑制住想哭的冲动。爱就是恒久的忍耐和长情的陪伴，这对我原本是一句空话，现在，桑阿姨用行动来阐释了。爸爸在旁看着，开始时默不作声，后来掉过头去。

爸爸声音低沉地说，我们梅家，欠你的。

桑阿姨嗔怪道，什么话！就当我前世欠梅家的，这一世来还吧。

桑阿姨是用什么材质做成的？这个问题如同豆腐是怎么做成的一样令我迷惑。她似乎什么情绪都能消化，什么困境都能超脱。她从来不会攻击别人，也许，攻击是一个太大的心理动作，而她不愿意增加自己的负担。她曾经劝说生气的小胭：你只要想想对方不是有意的，然后等那阵情绪过去，就好了。她的话对我很有启发，但是，知易行难。

我和陈漱马上要领结婚证的喜讯，我突然不想宣布了。对于这个家庭的阴霾来说，我觉得这是杯水车薪；而且，这是意料之中的事，并非意外惊喜，不说也罢。

谢君回来了。小胭扑上去，喜笑颜开。不久前她给他多少冷屁股，现在对他就有多少热脸相贴。这是天道轮回吗？

桑阿姨忙着给谢君端饭菜，爸爸走过来想帮忙，桑阿姨说，不用你，我自己就行了。她突然停住手，看着爸爸说，就让小君和小胭结婚吧，这样他好照顾她。

爸爸看着刚刚坐下的谢君。谢君用恳切的眼神看着爸爸，说，我愿意。腻在谢君身边的小胭像AI似的重复了一句：我愿意。小胭现在就是一个快乐的AI，真是"撒娇女人最好命"。

突然我发现，小胭的右手中指上多了一枚戒指，一枚白金无钻的戒指。再看她的左手拇指上，也有一枚同款的戒指。我迷惑了。谢君对我笑了笑，我瞬间懂了，一定是小胭都要，而穿警服的谢君是不能戴戒指的，所以，都给她戴去了。

小胭炫耀地向我叉开双手，展示自己的戒指。

桑阿姨说，那个镯子呢？

爸爸从屋里取出镯子。桑阿姨拿过小胭的手说，来，妈妈给你戴上。

桑阿姨说，我说过，这个镯子早晚是小胭的。

我心里豁然开朗，顿时又有了战胜悲观的力量。如果说，我的喜讯是锦上添花，那么，小胭的喜讯才是雪中送炭呀。梅家和谢家，难道真是存在前世的恩怨纠葛吗？以至于这一世，梅家要得谢家如此厚报？

但我还是觉得，有必要跟谢君认真谈谈。我把他叫到我房间，关上门。谢君说，那么严肃干吗？

我说，谢君，你想过吗？小胭有可能好不了啦。

我有心理准备。他说。

那么，你还会一直爱她吗？

会。

为什么？

王小波的情书里有一句话，爱你就像爱生命，这也是我想对小胭说的。

可她已经不是原来的小胭了，她甚至都不知道你是你。

我明白，可是，她仍然使我感觉到……美好。说出"美好"这个词，谢君的表达就流畅起来，仿佛跨越了某种限制。他说，在我眼里，她永远是那个发着光的小胭，我生命中的美好都是跟她相连的，我无法想象换成另一个人……我对这一生的想象都有她，结婚、生子、中年、变老、几代同堂……她就是我的命运，我不想有另外的命运。

我比听到陈漱对我表白还要感动。这简直是上帝之爱的视角和高度。我知道，情感导师会告诉我们：良好的关系必须设限。但是，谢君却让我看到：爱一个人，就等于给了她无限开罪你的权力，而你却甘之如饴。

我相信谢君对小胭的爱，因为我留意到，他真的戒了烟，在自己最痛苦的时候。他是以此来坚定一些东西，一些更重要的东西。

我眼睛看着别处，好让泪水自己消掉。

如果她过得不好，我是无论如何不会幸福的，也永远不会原谅自己……

你对小胭，不仅是情，更是义……

不不不，请千万不要把我的选择理解为道义，我是真的离不开她，我爱她，就等于爱自己。他似乎自言自语地说，所谓爱，大概就是对一个人的执念吧，在别人看来是傻缺，在自己却死活解不开。

这一点，我绝对认同，爱就是无解。虽然，我仍然不相信谢君对小胭的爱里没有善良和道义的成分。

我郑重地看着他说，谢谢你，谢君。叫上陈漱，明天我们一起去领结婚证吧。谢君答应，悄悄出去了。

我坐在床边，呆怔几分钟，终于打开微信，给陈漱发了一段话：也许有时候，受虐最能证明爱的存在，明知是虐，还迎上前去，那就是真爱了。爱，就是除他之外，感觉不到活着的颜色气味，甚至感觉不到情绪在哪里。

陈漱回以惊讶的表情，问，怎么了？

我回：明天，小胭和谢君跟我们一起领结婚证。

第二天，在婚姻登记处。陈漱牵着我的手，谢君牵着小胭的手。

拍照时，陈漱问我，要不要拿掉假发套？

我说，不，我还是要长发，我和小胭，始终是不同的呀，我以后还要瘦回去。

小胭对谢君起腻得不行，时不时仰起脸蛋，双眸盈动，向日葵一样迎着谢君的脸转来转去，或者笑眯眯地拿手去蹭蹭他，再蹭蹭他……谢君对小胭则是一脸宠溺的笑容。如果小胭是正常的小胭，我怕是要大声呵斥她：不许秀恩爱！可是眼下，她秀给我们的只是酸楚的幸福，是带泪的笑。就让她秀吧。虽然这是一个令人心酸的happy ending，但总归是happy ending。这对妈妈也算是一种欣慰了，虽然她并不知道小胭身上发生的一切。也许只是我替妈妈不再那么揪心而已。

谢君，你是一个……一个太好太好的人了。我说。如果你想要极致地肯定和赞美一个人，立马会感觉到语言的贫乏，反而说出来的不过是大白话。

我可不想收好人卡，别给我发了。谢君笑着说。

陈漱说，就是，现在你说一个人是好人，人家立马会抗议，骂谁呢！

谢君说，做好人其实没什么好自豪的，因为，做坏人需要良好的心理素质，咱是心理素质太差了，做不了坏人，才被迫做好人的。

陈漱故意唱和，好男人像艺术片一样，叫好不叫座。

我心里哼了一声：他这是浇自己胸中块垒呢。

谢君再次唱和，是啊，做坏人多爽，心里什么负累都没有，像我们这样的人，是不敢去坏别人的，别人还没坏到，自己先承受不了啦，到头来，受害的只是自己罢了。

我说，你俩不愧是连襟啊，说得可真来劲儿，只差挤眉弄眼了，这就开始惺惺相惜了吗？

小胭忽然说，该我们了。我们一看，果然是该谢君和小胭上前了。小胭看起来是打酱油的傻白甜，倒还操着这份心呢！她现在的心理完全是我们的盲区，搞不懂她什么时候会突然聪明起来，吓人一大跳。

办完结婚证，让我松了一口气的还有，谢君因为破案有功家庭变故而特批的假要休完了，下一步他准备把年假也休了，固然工作重要而繁忙，可是，小胭实在离不开他呀！就算是警察的人道主义吧。可是，年假也休完了呢？小胭是否可以脱手了？我一直在担心着。这下好了，还可以有婚假，大概够小胭缓解状况了。

我发现自己现在考虑问题非常实际。

50

看到两本结婚证，妈妈的眼角渗出泪水，那是一个母亲的幸福欣慰的眼泪。除了冉紫和小胭，我们都来到了病房，还带了两束鲜花。不用说，冉紫在照顾小胭。照例，我们还是对妈妈说小胭上班去了。

妈妈坐起来，一手一本结婚证，一看再看，眼里泪光点点。她看着爸爸说，这下，我放心了。

说实话，我也有同感。原本我以为，结婚证只是一张纸而已，当真正拥有了它，我才意识到，有它和没它还是不一样的，就像门关和没关是不一样的。是的，冉紫说得没错，结婚并不仅仅是走一个形式，它意味着更多。毕竟，婚姻是一种现实的社会关系的认可，更能给人脚踏实地的感觉，尤其在我目前这种风雨飘摇的状态里。

爸爸说，哎，我们给你送来两个红本本，可不是为了听你说这个的。

热闹过后，大家走了，我留下来陪妈妈。

我放心了，小脂……我可能也走不出这间病房了。

大家一走，妈妈就对我说。
我恳求道，妈妈——

我自己有数。你知道我为什么会约桑阿姨一起出去吗？

是啊，为什么？这个问题我曾经想过，只是不便问。现在妈妈自己提到了，我当然愿闻其详。

我担心自己随时会倒下，你爸爸承受不了，所以我希望有桑阿姨在……把爸爸交给桑阿姨，我放心。

居然是这个原因！妈妈还有什么我不了解的呢？
我突然想起了那个迷惑不解的问题，怕忘了，赶快问：妈妈，我很好奇，南宫先生最后重复您的名字和蘑菇这个词，蘑菇有什么特别的含义呢？

我们有一年见面的时候，他心情很不好，因为有一个好友在森林里采到一种看起来很像平菇的蘑菇，拿回家涮火锅吃，当天就丧命了，这种蘑菇含有剧毒。他说，如果有一天自己失智了，倒是希望用这种方式，结束得快。我不许他那么说。他说，他的父亲是阿尔茨海默病，也许会有家族遗传，如果他有那么一天，请我一定帮助他尊严地走。他说，没有自由和尊严，就不必有生命了。

我想起了电影《深海长眠》中的一句话：生命是一种权利而不是义务。

但我当时根本没把这些话放在心上，他那么睿智的一个人，怎么可能呢？当冉紫转告我，他的家人电话中说他重复蘑菇这个词，还有我的名字，我瞬间就明白了。他大概在偶尔清醒的短暂时间，希望我去帮他了结，他打电话应该就是为了这个，可打通之后，他又忘记要说什么了。最后，他脑子里的执念就简化成了四个字：苏墨，蘑菇。

妈妈嘴唇发颤，眉头微蹙，眼神难以形容。我简直想恳请她不要说下去了。可我还是想了解。何其矛盾。

难道，是她帮他……？

我一想便头皮发麻。可是，报道明明说他是心脏病去世的。我问，那您见到他了吗？

我不想谈了。

我知道这痛楚早已使她谈不下去了，我不过是在忍着心追问。

　　其他你想知道的，到我的日记里找吧，在这里……

她轻拍了一下自己的枕头。我知道了，在枕头下面。

早上我离开医院的时候，问妈妈还有什么事，她思忖了一下说，那件白连衣裙，我一直放在红木箱子里，前几天突然想起它，又拿出来穿了一下……

我蓦然理解了妈妈穿这条裙子时的心情，她正处于风雨飘摇几近崩溃的状态，想以此怀念过往和安抚自己，并借助一点力量。

我不知道妈妈为什么忽然提到这条裙子，就等她说下去。她说，那条裙子洗过以后，在柜子里挂着，你把它带过来给我看看，好吗？

我回到家，发现小胭正在独自安静地看电视。

荧屏上，一个女人正在演奏《梁祝》二胡曲，她穿着宽肩带的红色长裙坐在椅子上，光从后上方倾泻过来，在她肩膊的肌肤上洒下一片温柔的光影，好像一层洁白的羽绒。她已经不年轻了，而且非常瘦，皱纹重叠在她的颈部，伴随手臂的伸拉，她松松的皮肤有力地甩动，好像灵魂要脱离肉体飞升。难以相信，那双干瘦的手，居然拉得如此有力。那是一种来自灵魂的力度。二胡弦闪着冰的寒光，如玉树琼枝般脆亮，从这根弦上，入骨的音乐如玉翠的飞沫，源源不断地溅起，时光变得透明……

没有背景，这个已然年华老去的女人，好像坐在永恒的时光里，因为不再年轻而越发光华熠熠。

我被震撼了。她在我眼里变成了一个凭虚御风的女人，裙裾飘飞，像一条红色的飘带，悠扬地逶迤着，一直飘出屏幕，缠绕到我心里。特写给到了她的眼睛，恍惚间，那双眼睛变成了一片蔚蓝的海，在慢慢地往上浮，溢出来了……音乐如泣如诉……

音乐停止了，小胭闭上眼睛，好像在等待余音从脑子里一圈一圈散去。

我认出来了，小胭身上穿的，正是妈妈那条视为宗教的白色连衣裙。我这才意识到小胭瘦了多少，居然能穿上这条裙子了。

荧屏上相同的画面又来了，《梁祝》周而复始，原来小胭是在播放音乐碟，而且用了重复播放模式。我喊了一声小胭，她如梦初醒，转头看着我，目光中有怒气，好像一个艺术家因灵感受到打扰而发怒。

桑阿姨从厨房走出来，对我解释，小胭昨天领结婚证回来突然找到了这条裙子，今天早晨起床就穿上了，一直反复在听这个。

万物皆有裂隙，那是光透进来的地方，小胭是从某一条光的神秘缝隙里，深邃地感知到了什么吗？

51

仅仅隔了几个小时而已，可是，当我再次见到妈妈，感到的简直是心惊肉跳，她肉眼可见地衰退了。

妈妈并无什么特别的症状，生命力却在日甚一日地衰退，我怀疑她是在清醒地控制着自己的时限。难怪爸爸来看过她之后，回到家就悄悄垂泪。

我尽量掩饰自己对妈妈的观感，默默地把白色连衣裙挂在输液架上，就去给花瓶换水。她默默地看着那条裙子。过了几分钟，我从卫生间洗手出来坐到她身边，她才说，有点发黄了，像一张旧照片。

我不知道怎么接话，拿起一只橙子问，妈妈，您现在要喝橙汁吗？她点了点头。我把橙子切成两半，用便携式榨汁器开始挤压。

她默默地看着我操作。

那天你问我，为什么要跟爸爸结婚……

我没想到她会突然说起这个问题，我看着她，手中的动作慢下来，等待她说下去。

你外婆去世早，你外公在我大学期间也走了，他走前对我这个孤女放心不下，你爸爸当时是学生会干部，品学兼优，你外公对他很中意，在病床上把我托付给他……我不能抗拒外公最后的愿望，只好恳切地看着你爸爸，希望由他来拒绝，可是，你爸爸他……答应了。

讲完这些话，妈妈显得异常虚弱，好像累坏了。我做好的橙汁她只喝了一小口，就迷迷糊糊要睡过去了。

我看着妈妈泛青的眼圈，心里缩得紧紧的，六神无主地想，要不要让桑阿姨过来一下？只有她能缓解我的担忧，使我的心不至于悬在半空。这时候，陈漱上完课过来了。他显然也看到了妈妈的状况，默不作声地握住我的手。

我抽出手，在手机上打字，然后拿给他看：我出去一下，一会儿变作小胭进来，你守着妈妈，她要是醒来，你就说小胭一会儿过来。他点头。

我来到住院部的公共卫生间，换上小胭前几天买的被妈妈说是流苏做的露肩衫，又加了一件宽松的白色外搭，把换下来的衣服和假发套放进小胭的大帆布包里，拉好拉链。我站在窗前向外望着，眼泪不自觉地汩汩而出，越擦越多，最后索性不擦了。外面人流车流依旧喧嚣，屋顶依旧连绵静默，谁会知道有一个绝望的女儿在医院窗前独自流泪呢?

陈漱发来微信:妈妈醒了。

我回到病房,用小胭的口吻娇嗔地叫了声妈妈。妈妈的病容眼看着就像被风吹走了一层。憨萌的小胭是有这种感染力的,会让阴霾让路,敏感的我却做不到。但我当下是在扮演小胭,所以,必须让自己做到。

聊了一会儿吃喝拉撒睡,我起身说,妈妈,那我先上班去了,我的工作太忙太忙了,前段时间又感冒,真抱歉!那就有劳小脂和陈漱照顾妈妈了。陈漱赶紧表示,没啥没啥。

妈妈说,工作也不能太累。我说,累倒不累,就是时间有点长,我做得还是很开心的。

我最后拉着妈妈的手,娇憨地说,那我走啦,妈妈好好的,等我有时间再来陪您。

走出病房,眼泪夺眶而出,我不知道自己还要扮演小胭看望妈妈几次,我更害怕这就是倒数了。

哀恸感如散不尽的浓烟,在胸口占领我,压抑我,原来,哀恸完全可以是一种生理反应。我在走廊尽头风干着眼泪,冉紫来了。她看见了我,就没进病房,直接向我走来。我的眼泪本来快干了,看见她,又涌了上来。她揽住我说,这哪是掉眼泪的时候呀。说着就拿出纸巾来帮我抹眼泪。不抹还好,越抹越多,最后连她也泪流满面了。人在脆弱的时候遇上怜惜是无法收拾的。

我说,我刚刚代替小胭看望过妈妈了。冉紫说,那你就不要进去了,我陪着她吧。

你已经比我以为的坚强多了,我很佩服你,真的。她说。

我没想到冉紫会这么说,得到她的肯定是很难的。我想想这段时间,也确实是的。想象的可怕远比实际的可怕更可怕,"狼"真的来了,人唯有面对,根本没时间自怜。对着命运的恶魔愈战愈勇，这我做不到，但一旦被逼到了死角，也能负隅顽抗抵挡一阵子，这还是值得欣慰的。

小胭……我本来想说小胭怎么办，可是，一说出这个名字，我又哽住了，再也说不下去。

冉紫拍了拍我的肩，手停留在上面，顿了几秒说，可能，遇不上一个渣男，人生还不算完整吧。

按你这么说，我妈妈那样的……还是一种遗憾了？我说。

那是什么时代呀，我们早就跨进新世纪的大门了，现在社会……太多元了。她说。触及妈妈的秘密，她终于不再回避或假装听不懂了。

冉紫进了病房，一会儿，陈漱出来了。

陈漱说，我先回家接桑阿姨吧，妈妈要见她。

虽然妈妈的要求是跟我想到一块儿去了，但我还是感到遽然和不安。我努力逃避着不祥的恐慌，问陈漱，妈妈怎么说的？

就是我刚刚往外走的时候，妈妈突然在后面说，能不能让桑阿姨来一下？

半个小时后，陈漱陪着桑阿姨来了，爸爸也来了。谢君在家照看小胭。

桑阿姨一来就握住妈妈的手。从医数十年，见过太多病人，我想她一看就明白妈妈处在什么阶段了。

妈妈声音低低地说，你来了，太好了，一开始我就说了，不抢救……现在，我再跟你强调一遍，拜托一下管床医生，不要抢救。

说完这些话，她有点喘息，桑阿姨红着眼睛恳求说，别说了，我懂你。

妈妈恳切地看着桑阿姨说，这么多年来，你给孩子们的爱不比我少……我走以后，她们就是……没有妈妈的孩子了，你会照顾她们吗？

妈妈说完紧紧地握住桑阿姨的手，性命相托一般。她的声音虽然微弱，但是充满感情，任谁听来都会动容。我们的眼圈都红了。

桑阿姨承诺似的把两只手都握在妈妈的手上，急切地说，当然会，我看着她们出生、长大，一直到现在……我会像对待谢君一样对待她们的。她的眼里闪着泪花，声音是少有的发颤。

那我就放心了，替我爱她们，照料她们。妈妈的声音更加低弱，好像用尽了全部力气。爸爸伏在妈妈身上，已经近乎抽泣了。

妈妈神情涣散下来。我们每个人都想说点什么，又开不了口。妈妈突然又敛神聚气，看看爸爸，看看桑阿姨，努力加重一点语气说，还有，照顾她们的爸爸。

妈妈的目光十分殷切，桑阿姨却回避了她的目光。桑阿姨说，我们会一起照顾孩子的，只要我们还有能力。

拜托你了。妈妈说。

都是自己的孩子，应该的。桑阿姨说。她的眼睛里泪光盈盈，但依然平心静气——这是我最希望看到的样子，桑阿姨不乱，我心里就安定。

桑阿姨说，休息一下吧。妈妈顺从地闭上了眼睛。眼泪终于从桑阿姨眼眶里大滴大滴地流出来。

送桑阿姨回去的路上，陈漱开着收音机，里面正在说评书。它只是响着，其实并没有人听。但是突然，"命不久矣"四个字跳脱出来，像四发子弹击中我。我心中大恸，桑阿姨把我揽在怀里，任我哭泣。爸爸也在掩面流泪。我知道妈妈正在无可挽回地一步步离我而去，可我不知道如何面对没有妈妈的家和生活。一个无底的深渊正在等待着吞噬我，我伏在洞口往下看，不知道里面有什么。我害怕，真想永远躲在桑阿姨怀里。

52

这晚我坚决要求陪夜。桑阿姨和冉紫都说手机不静音，随时召唤。陈漱待到很晚才在护士劝说下离开。我是为了陪妈妈，他是为了陪我。

妈妈夜里醒来，一直睁着眼睛看向窗外，目光在幽暗中亮得出奇。她让我把那条白色连衣裙拿给她。她把它展开在身边的床上，抚摸着，偶尔发出轻轻的叹息。

妈妈，您睡不着了吗？要不我陪您说会儿话？我问。

这就是我告别人世的地方了，我会从这张床上离开。

妈妈口气中有一丝解脱的轻松和快慰，我听来却心如刀绞。我说，妈妈，求您……别说了，我怕。

告诉桑阿姨，我不穿任何寿衣，给我换上这条裙子就行了。

我拼命抑制着不让自己哭出声来。

在我床头柜的药盒里有一把钥匙，拿它打开我写字台中间的抽屉，里面有一个剪贴本……还有，用借书卡袋装着的一张照片，写字台侧柜的花瓶里还有一幅画，明天拿来。

好的，妈妈，我这就给陈漱发微信。

还有，告诉冉紫，把那幅画拿来。

我一一发完微信，看着妈妈，不知道危机四伏的命运要对我张开怎样的巨口。

有陈漱和谢君，你俩我都不担心，我担心的是冉紫，你们要多关心她。

我说，她好像不需要。

没有人不需要爱和关心……逢年过节记得邀请她来家里吃饭。

我答应着，好的，妈妈，只要她愿意。其实我心里想的是，她怕是不喜欢这种打扰吧？我感觉她来我家主要是为了妈妈。

你知道姑姑和姑父是怎么去世的吗？

这个突如其来的问题让我想起了小胭的疯话。我脑子急速旋转着，懵懂地说，不是说……车祸吗？

其实不是车祸，是坠崖。

坠崖？自杀吗？

不是自杀，他们出去旅游，在山顶，姑父给姑姑拍照，为了效果他一再往后退……不小心坠崖了，最后一秒他还在对你姑姑笑着。

我捂住嘴，不让自己惊叫出声。难怪冉紫一向拒绝拍照！其实不是一向，应该是在这件事发生以后吧？我说，那是姑父呀，姑姑呢？

姑父没有抢救过来，姑姑当夜就到同一个地方跳了下去。

我难以置信！姑姑竟会做出如此决绝刚烈的事情！他们的感情竟会深到如此天崩地裂的程度！

姑父很爱姑姑我们是知道的，但都以为姑姑不怎么爱姑父……没想到，最后会是这样，可能就连她自己，都没想到原来是这么深爱的，唉，人，不到生死面前，不会真正了解自己的感情。

我想起了冉紫几乎是咬牙切齿地说过的一句话：不到一定的时候，你根本不知道自己有多爱或多恨一个人。我只当她是说自己，却原来有着如此深长的所指。

难怪姑姑和姑父的车祸详情，爸爸妈妈从来都绝口不提，也不让我们问。可小胭是怎么知道的呢？看来，小胭真的不像我以为的那么简单。也许，简单的反而是我？生活又向我展示了一副诡谲的面目，我脑子里一时颠倒凌乱，几乎失去方寸。

姑姑和姑父，虐和受虐，愿打愿挨，难道也是一种爱情的原型？

那为什么要说是车祸呢?

太惨烈了,很难面对。只有我和冉紫知道真相,爸爸都不知道……怕他受不了,他只知道是车祸。

原来,看起来很糙的老爷们儿,其实可能是被柔弱女人保护着的幸福巨婴,实在匪夷所思。原来身边潜藏着这么多的人事,我是了解越多,发现自己越不了解。

我此刻的心情,只能用惊魂未定来形容。原来冉紫一直承受着这样沉重如磐的命运,怪不得她那么毫无商量和坚硬。她与妈妈,算是精神上的患难与共了,那份重压往妈妈肩头挪一点,冉紫就会解脱一分。刻骨铭心的爱与痛,注定只有极少数人可以共情,幸好她们得以相遇相交。我觉得妈妈和冉紫,是彼此幸运的存在,是水下相连的孤岛,是吾道不孤的实证。有这样的两双手相牵,便足以抵抗人世间的隔膜与孤绝了。

有月晕,要起风了。妈妈说。

53

妈妈示意我打开她枕边的剪贴本。我打开来,一张一张为她翻着,像翻着两个人的情感历程。我知道这是他们的"纯真博物馆"。

杨树叶子,大白兔奶糖纸,空了的红茶袋,中华香烟纸,系着红丝绳的标签……写着"车票"的白纸……

妈妈一张一张地看着,把自己一生最重的情与爱平静地过了一遍。

看完了,妈妈说,这是我们每一年见面的纪念。

妈妈最后看着那个借书卡袋。我拿起来，取出那张照片放到妈妈眼前，妈妈久久地看着。

妈妈好像不是在注视，而是用目光抚摸旧日时光。心跳声、快门声，也许再次在她心头回响。

看完了，妈妈说，这些东西，都由你来保存，好吗？

我含泪点头，接过照片，看着他们年轻的面庞，还有让妈妈系念一生的眼神。

冉紫来了。妈妈说，两幅画到齐了，扶我起来看看。

我把妈妈扶起来。陈漱和冉紫打开《这山》。

画面并不复杂，却有难耐的纷乱扑面而来，感觉到山间树上的叶子都是乱的，虽然看不清任何一棵树。在纷乱的背后，是沉重的苦闷，沉重到无法言说。画面越是凌乱郁邃，画画的人解脱的愿望越是呼之欲出。

陈漱和冉紫又打开《那山》。

起伏的山峦，一层风一样通透的光感若隐若现，疏朗的画间流淌着平和澄净的爱意，同时也有热望，像滚滚的春潮，从地平线后面缓缓涌来。整个画面的清逸之气，已经溢出纸面，在我们心间缭绕。

妈妈静静地看着，眼睛里泛出柔和的光辉，仿佛看见了天堂的阶梯。

陈漱和冉紫回家吃饭去了，吃完再为我带饭过来，我一个人守着妈妈。心脏监视器突然发出不正常的声音，我赶紧按铃。

医护赶来了，一阵行云流水的检查之后，医生走出病房时示意我跟随。在病房门口，医生说，家属都来见一面吧。

我心里回旋着无数个"什么？""什么！""什么?！"但还是拼命抑制着心慌问医生，就现在吗？

越快越好。医生说。

我立刻发了微信。回到病房，我轻唤着妈妈，无法控制住自己的呜咽。妈妈看着我流泪，只是看着，什么也说不出来。

爸爸他们……一会儿就来了。我说。

妈妈气息微弱，向我伸出手，用眼神告诉我扶她起来。

我把病床摇成斜坡位，让她半坐半卧着，她的身体已经很轻很轻了。她看着挂在墙上的白色连衣裙，目光柔亮。这个目光使我相信，用一生来经历一次恋爱的人，是幸福的。因为，至死不渝，就意味着——连死亡都变成了一起回家的温馨。

我说，妈妈，您不累吗？躺下吧。她眼睛奇亮地看着我。以后无数次回望那个眼神，我才明白，那是回光返照的一瞬。我想，妈妈没有遗憾。因为，她这一生，爱，没有缺席。

妈妈的眉心蹙动了一下，心脏监视器叫了起来，叫得我的心脏都要瘫痪了。医生来了。家属被要求出去。

等我再进去时，妈妈双眼紧闭，看上去是睡着了。医生悄悄对我说，各项指标都在走下坡路，刚刚调整了用量，或许还能撑一阵子。

爸爸他们终于来了，妈妈努力睁开眼睛，嘴角微微含着笑意，看着大家，然后，她闭上了眼睛。我以为她又睡着了，却见桑阿姨开始哭泣。我大声地喊着妈妈，已是呼之不应。我知道再也没有人答应我了，我已经是没有妈妈的人了。

我看见生命的迹象从她脸上消失了，好像水从沙子里消下去那么自然。妈妈是永远睡着了。心电图变成了一条直线，所有的颤动都消失了，一切归于彻底的宁静。

我们所有的人都哭了。只有谢君在家陪伴着快乐的小胭。

医生又进来了。爸爸摆了摆手。

任我们怎样泪如雨下，都不会打湿妈妈的心了。我没有阴阳概念，但确认是和妈妈两隔了，她已经如愿去了南宫先生的世界。

桑阿姨带着我和冉紫给妈妈换上了那条白色连衣裙，又盖上了一条白绢。我想象着，前来接引她的南宫先生用赞叹的眼神看着她，一如当年在海滩上。

我当时只感觉妈妈太神奇了，生死都在自己掌控之中，一切把握得恰到好处，完全符合自己的心意。直到后来，我知道有一种病，叫心碎综合征。

我怀疑，除了悲伤，还有那朵"蘑菇"，给了她太大的压力。毕竟，是她亲手结束了所爱之人的生命。她是怎么做到的呢？南宫先生因心脏病去世的报道属实吗？

妈妈的日记我已经收好了，但还没看。这是我第一次面对死亡，惊讶地发现，人的身后事，原来是一个如此庄严而浩大的工程。我做得一丝不苟，为了妈妈爱和生命的庄严。

54

安顿完妈妈，我去看冉紫。妈妈讲的姑姑和姑父的事，让我对冉紫有了一份牵挂。对于冉紫这样的人，我说不出心疼两个字，但当下实实在在是心疼的。

虽然是白天，冉紫的客厅却窗帘低垂。窗帘和她，都是莫兰迪色系的，一个是灰绿棉麻土布，一个是青灰渐变细棉麻，简直浑然一体。我欣赏这种调性，却无法复刻，因为有东施效颦之嫌。

冉紫开了门就坐回到沙发上，没有问候，甚至连表情都没有，只说了一声，坐。反正我也习惯了她极简主义的待客之道。

按照惯例，冉紫的电视调成默片开着，不过她此刻是真的在看，一部关于民艺新生的纪录片。我说，你在看呀？那干吗不调出声来？

她说，这种民间古老的工艺品，适合静默看。

我说，倒也是，有点静物画的美感。

我坐下来跟她一起看。这是我们共同关心的领域，跟她的工作相关，也跟我的工作——我是说从前的——相关。

她从茶几上摸了一根烟站起来，身上富有层次的巫女风裙袍便完整展现在我眼前。我看她领口斜了，就起身伸手要帮她调整，同时说，不应该是这样的吗？她躲闪了一下说，没有应该，这个领口本来就是斜的，这件衣服是斜裁的。我整体看了一下，确实是斜的。我不甘又不服地说，那就是你脖子长歪了。

既然开启了这个话题，就继续吧。女人在一起，没有比衣服更能打开局面的。

我欣赏着她的裙子说，这种风格，只有你能驾驭，换作我和小胭，可能会很可笑，换作我妈妈，那简直就是逆天了。

她说，现在的你，还不到穿棉麻的时候。

我说，我怕是永远不会的，这种松松垮垮的衣服，好像不是用来穿的，是用来披挂的；还有，肩袖领腰，都不在应有的位置上，线条也歪歪斜斜，我可受不了。不过，你穿着看上去就像那么回事，这就是驾驭得了吧，是人穿衣，不是衣穿人。

她抽了一口烟，又慢慢吐出来，打量着我说，你是穿有正型的衣服习惯了，棉麻这种材质，容易起皱，没法可体，所以，它强调不规则反常规的设计感，随性轻松，自由自在。

她走到阳台上，我也跟了出去。她伏在阳台栏杆上抽着烟，看着远方说，有一次，我穿了一件山本耀司的衣服跟舅妈见面，她说，你这是衣服吗？怎么披着一堆黑布就出门了。我大呼冤枉，说那是托人从日本买的国际大品牌呀。她说，反正我看着就是一团黑漆麻乌乱七八糟，你要是穿双高跟鞋，或许能衬得好一点。

服装曾经是我的职业，我不可能不知道山本耀司。山本耀司是鄙视可体的，因为，可体就是约束和不自由，就意味着不完美，而高跟鞋不是更大的约束和不自由吗？我说，山本耀司的衣服配高跟鞋，那不是要把他气死吗？山本耀司不是妈妈的菜，她的衣服，都是以可体为标准的。

是啊，其实，衣服就代表着人的内心……

她的"心"字的尾音，猝不及防地带上了哽咽。我的眼睛瞬间湿了。为了掩饰，我快言快语道，张爱玲说：对于不会说话的人，衣服是一种语言，随身带着的一种袖珍戏剧。

她也赶快随了一句，是的呢，山本耀司的衣服，就好比一座松爽自然的木房子，是无拘无束的人的大爱。

我勉强笑笑，叹口气说，喜欢棉麻的人都是有点自由主义的，正经人穿上，就老想去拽一拽。

她说，你的衣服就是你，你天生就是穿正装的人，偏性感一点的正装。

我承认她说得对。我没法想象冉紫穿正装，就像冉紫没法想象我穿棉麻。

讨厌的沉默再次填满了我们之间的空气。我回到客厅，冉紫继续在阳台上抽烟，其实已经灭了，只剩一个烟头在手里，作为抽烟行为的象征。我看着她背光而站，下午四点的逆光使她身上好似落满了一层尘霜，虽然这已是初夏了。事实上，无论冬夏，冉紫总是给我一种尘封霜染的感觉。这么多年了，冉紫一直形影相吊一身清尘，不胜寒冷不胜神秘，仿佛在为"波上寒烟翠""雾失楼台，月迷津渡"之类的诗词做着人性化诠释。

我想起了她说的"偶尔的性"，看遍这个屋子，想不出如何容纳它。得是什么样的男人呢？才能跟她搭调？

抽完烟进来，她说，喝酒吗？然后根本不等我说喝不喝，就径直打开了冰箱。

我其实很少喝烈酒，但加了冰块的威士忌很诱人，冰块相撞的清脆声很有酒吧的感觉，勾起人喝酒的欲望。想起酒吧，又有一层蛛网一样的东西蒙上心头，我赶快狠狠地把它拂去，就像狗用剧烈抖动来甩掉身上的水。

喝了酒，就好说话了。我说，谢谢你，给了妈妈……女儿没能给的知心和体恤。

这份感谢虽然在心口堵得满满，但若不喝酒，我真说不出来。

所以，你知道，我现在更孤独了。她说。

我想说，还有我呢。但我说不出口，怕冒昧了，怕自己尚未通过她的认证。但我又觉得需要说点什么，于是，无来由地说了一句，兔子才成群结队，虎豹都是独行……再说，是你自己执意要做独孤求败的呀。

她脸上浮现一层薄薄的笑意，认赔似的说，这倒也是。

我意识到了那个"败"字的不妥，赶快又说，你比我和小胭都成功，妈妈认可的是你。

不，她并不是更认可我，只不过，我的位置和女儿不一样，她没有那么多身份上的障碍。

我很感谢她的贴心安慰。但我觉得自己表现得其实更糟，更反人道，给了妈妈很多压力。我默默地喝酒，泪水不自觉地流到杯里。

她瞥了我一眼，不说话，好像不打算理会我的小女人气。我终于不再流泪了。她看着我的头说，大概从你开始发育，我就没见你留过短发，就冲你这头短发……她捋着自己的超长发，继续说，不必自责了。

可是，毕竟，妈妈最信任的是你，她选择你做自己的知音。我说。

她耐心地开导我：这种选择是天性决定的，你想想看，哪对父母会对子女暴露自己的私情呢？在子女眼里，父母就是无性的，或者干脆无性别的，尽管，子女的存在本身，就是父母的性的证明。

这句话成功说服了我。是的，父母的性对于子女永远是一个禁忌，你无法想象他们在床上……

同样，在父母面前，子女不也希望自己是白纸一张吗？就算那些已经有了孩子的。她又说。

难怪妈妈愿意跟她交心，她洞察人性的深度，确实是我所不能及的。

父母跟子女，都差不多……我也不了解我的父母，直到他们去世……如果没有舅妈……有些劫难，我也很难平安渡过……是我更应该感谢她。她有点游离地说。

这句话的边界我已经触摸到了。但就算我了解内情，也不宜敞开说，按照妈妈嘱咐的，悄悄关心她就好。所谓亲密，大概就是一种不怕唐突不妨造次的特权，我和她还没达到那个程度。

悲喜自渡，只是听起来很美，做起来是很难的。她深有感触地说。

我不知如何接话，只是默默地看着她。她的长发似乎都散发着沉重的忧郁，妈妈走了，她的忧郁也没有出口了。我暗暗揣想，妈妈对她的感情生活了解吗？比如，她的长发为谁留？

我跟她，一直是到某种程度就会自觉噤声的，我从来不敢冒昧提及她的过去。她就像一个写着"小心轻放，易碎物品"的箱子，你不知道里面装着什么，但你知道不能触碰，除非她自己打开。

她若有所感略带恍惚地说，有时候觉得，没有变成精神病，已经是莫大的幸运了。

确实，就我所了解的而言，她是太不容易了。同时，我想起了小胭，小胭就没有那么幸运。

我以为妈妈从来没有爱过爸爸，可是，当他们双双离世时，我才知道，我错了。

她显然默认我已经了解真相。但我知道自己不能说破。她自顾往下说，如果这就是爱情，那么，无论他们的生还是死，我都无法接受！不该是这个样子的……我怕了，爱情这个东西！我再也不相信婚姻了，因为，人在婚姻里竟然可以扭曲成这个样子！

我完全能get到她的内心。她曾经为父母的关系那么自卑，她在父母的婚姻里丝毫看不到爱情，最终却发现，他们竟然爱到了同生共死！

对于自己的父母，她大概是匪夷所思到恨，恨里又有难以正视的爱，所以，她被这种荒唐的爱恨弄得哭笑不得，如同揪住自己头发想把自己拔离地球那般无奈。这真是一种难堪的深情境地，所有的情感都不在应有的位置，其存在似乎就是为了折磨人的。

我看着她无泪的痛苦，很想握住她几乎要抽搐的手，却始终没动。我抽出一根烟递到她手里，为她点燃了打火机。

我的不露声色的抚慰显然奏效了，她平静下来，仿佛没有过刚才的濒临崩溃。成年人之间，最好的抚慰就是不要让对方为自己的失态而尴尬。真情流露，或多或少都有让成年人事后汗颜的风险，所以，很考验聊伴的情商。根据我的经验，最好的策略就是：假装没这回事。

你成熟了。她说。这个首肯如果在往日，定会使我心花怒放，可在此时，却令我忽生伤感。因为，这是以妈妈的离去以及家里的倾覆为代价的，太惨痛。我低头无语，情愿让她忽略我的情感反应。

感情大概是一个让人欲罢不能的黑洞，一旦开挖，就想不停地深挖下去，深度是一个诱惑。她在烟雾后面说，爸妈让我放弃了对婚姻的信仰，那你知道当初，是什么让我放弃了对爱情的信仰吗？

我只是看着她，一副专注于聆听的样子。我知道她并不需要我回答。或许，她拿不准妈妈跟我讲到过没有？可我是拿不准她跟妈妈讲过没有。

她没有解答自己的问题，而是又吐出一口烟说，当然，我现在又相信爱情了，因为舅妈。

这下我确信妈妈了解她的情感过往了。其实，女人之间吐露感情问题，不太可能是单向的。我之前的不确定，只是鉴于她们的年龄和身份的差异。

那么，我还相信爱情吗？我暗暗问自己。答案是：相信，或者，让自己相信。我必须相信爱情，因为如果不相信，这世界就太不可爱了！连爱情都不相信了，还有什么是人间值得的呢？

我觉得应该给她适度的鼓励，便开口问道，是那个让你坚持不剪头发的男人吗？

是。她说，我在上海只有这一个男友。

她把烟头狠狠地掐灭在烟灰缸里，猛一抬头说，可是，TMD，他有婚姻。

你不是说他想在你那里过夜吗？

他老婆是崇明的，经常带孩子回娘家，这也是我后来才知道的。

他为什么要隐瞒你呢？骗子？

没法简单地说是骗子，如果要说是骗子，那他就是把自己也骗了。他是没怎么恋爱就匆忙结婚了，心里一直不甘。补偿恋爱的执念，让他终生都想走出家门，遗忘已婚的事实。其实，外人一看就知道，他跟自己的家庭有多么和谐，只有他自己无法克服那个情意结。

我想起了水手。我不也曾有过同样的感慨吗？

我听舅舅的话离开上海，其实也是为了离开他。没想到，TMD，山转水也转，我们又都来到了这里，这就叫不是冤家不聚头吗？

你怎么知道他来了？

我前段时间看见他了。她带点喜悦的惆怅说。

你不是说，他让你不相信爱情了吗？

爱情是一种感性的直觉，不是靠理性分析的，不是把利弊量化一下，总分加起来是负数就over了。你让自己恨他，你不愿意再相信爱情，但这都不代表你可以忘掉他。

我心里暗想，结婚其实也是一样，如果要量化，陈漱可能是最抢手的结婚对象呢。当然，若是要去算计那么多，可能我更不想结婚了。

我说，可是，你还说过，可以接受偶尔的性。

可以接受，不代表就有呀。她抓起自己的长发把玩着，说，唉，TMD，我其实一直忘不掉他，装酷的人内心都有一个很尿的角落，你不知道吗？

哦！看来，女人一旦动了情，就没有一个狠角色了。连冉紫都会如此，何况我等。我那一瞬间对自己和小胭的犯傻有点释然了。

一时无语，我默默地看着冉紫的屋子。有人说，了解一个人，首先要学会读懂他屋子里的空气。这里面的空气仿佛经过了冷处理，但又很有层次，冷热在幽深中交汇……这一刻我才感觉到，她的屋子写满了等待，等待重新绽放的那一刻。她的长发也在和她一起等待。她的头发有多长，那份感情就有多么刻骨铭心。

这个由内而外散发巫魅的女子，如神秘幽兰，一直在暗处恣意开放。这个躲在暗处的女巫，能准确预言别人的爱情运势，自己却栽得如此小儿科。这实在太诡异了。

我不明白，你在等待什么？要么忘掉他，要么去找他。我说。

你不必明白，天上的鱼，水里的鸟，你不也不明白吗？

我脑子还没转过弯来，她诡秘地展颜一笑。我脑回路瞬间接通了。

别跟我玩语言游戏。我说。然后又问，你是在把痛苦当成爱的证明吗？

其实你认识他。她神秘一笑说。

我蒙了，我们俩共同认识的人，有谁呢？好像没有吧？

那天在医院，我看见你俩说话了。

瞬间，好似脑袋遭了雷击，我怎么才意识到！

我想起跟水手初次约会，就莫名其妙地说到姑姑和姑父。也许这就是命定吧？这种莫名其妙的概率实在太低了！我这辈子就没跟外人说起过他们，除了那次。

我在椅子上动了几下，完全是无意识的。她说，椅子不舒服吗？坐沙发上吧。我连忙摆手，表示不需要。

我大脑急速旋转。比震惊更为当务之急的，是确认她了不了解我跟水手的隐秘关系。同样莫名其妙的是，我这辈子也没跟任何人谈起过水手，除了冉紫。

这世界太小了！不是冤家也会路窄。

然而冉紫再没谈起水手。她很快转移了话题，说到小胭和谢君。

55

谢君和桑阿姨在家里住，我基本住在陈漱公寓了。我喜欢永远朝气蓬勃的大学校园，那些心无旁骛前行的年轻的身体就是最美的风景。

年轻最是无敌，连悲哀都是热烘烘的，没有悲凉感。每当我这样感慨，陈漱总是说，我们也还年轻呀。有时我微笑不语，有时我会说，经过了这几个月，我感觉自己不再年轻了。

妈妈留下的东西，我已经保存在陈漱那里，它们——连同妈妈的故事——是不宜在家里出现的。

我隔一两天会回一趟家。之前谢君睡沙发，现在是住我房间。桑阿姨跟小胭睡在一起，便于照顾她，这是我们最放心的。

我回家拿夏季的衣服，一进家门，就见妾妾在兴兴头头张望，但一看不是妈妈，又蔫蔫地低下头去，不吭声了。妈妈已经变成了墙上的一张照片，可是妾妾在阳台上，连照片都看不到。我鼻子酸酸的，跟爸爸打了招呼，就拿起桌上的小相框放到阳台柜上。相框里是妈妈和爸爸的合影。妾妾看着相框，发出急于诉说的鸣叫。

妈妈走的第二天，阿至也走了。

正常的生活仿佛已经回来了，又仿佛永远回不去了。我必须学习接受妈妈不在的世界。

爸爸说，桑阿姨陪小胭做产检去了。产检这个词，像一颗蒺藜，擦过我的心。这本来应该是多么幸福温馨的体验，可在小胭的处境里，我不知道谁还会有幸福感，除了菩萨一样的桑阿姨——她们一回来，我就从桑阿姨脸上看到了这点。小胭一回来就吵着饿了，桑阿姨赶快去做饭。

小胭一屁股坐到爸爸身边，说脊背痒，让他挠挠。我无比复杂地看着她，觉得她比小粉和妾妾都幸福，她是从人生的苦厄里逃走了，住到了诺亚方舟上。再看爸爸，似乎对妈妈离去后的生活也安之若素了，至少表面看适应得不错。我现在看着他再想起妈妈，就是不亏不欠的心态了，正常接纳一切。

桑阿姨又炖了椰子鸡，让我请陈漱过来吃午饭。

吃完饭，我们一起回去，我坐在车上忧心忡忡地想着，这个家以后怎么办呢？我不知道，谁也不知道，反正，目前是离不开桑阿姨的，也离不开谢君。

下午四点多，陈漱跑步去了。我终于坐到书桌前，拿出妈妈的日记本。我很怕打开这个日记本，一再进行心理建设，仍然怀疑自己没有准备好。甚至一度想，要不要跟冉紫一起打开？现在我不想了，不愿把自己跟冉紫之间的感觉弄得复杂。

我一直在等待自己有足够的勇气。其实我知道，所谓"足够的勇气"，并没有一个量化标准，也许永远都不会达标；只能心一横了，打开的刹那，就是"足够"。与其虚妄地等下去，不如就是现在吧。

我已经面对面看着妈妈，听她说出了自己的人生情感。余下的部分，必须我自己去触探了。两者结合，我才能完完全全地拥抱妈妈的生命——那个给我生命的生命。

我把日记直接跳到了妈妈去上海之后。她写了如何去南宫的工作室，也写了冉紫告诉她南宫夫人的电话。然后，她写——

> 我终于明白那两个电话是什么意思了，他是想让我帮他。可是，我又如何能帮他呢？关于自杀方式，我委婉地问了桑明，她说，最体面又无痛苦的，是煤气；最快捷又不露痕迹的，是氰化物。我可以帮他的，只能是氰化物。但我不能再问她怎么弄到这个东西了。再说，难道我真的要做这件事情吗？
>
> 可是，他在向我求解脱呀。我知道，这样活着，对他来说比死残酷。而且，他的意识丧失得越来越厉害，以后有可能连向我求助都做不到了。想到他无奈无助地漂流在世上，我也感觉是比死更大的不忍。我的生命也将和他一起流浪了。我怎么办？

她的两难程度，想一想都让我毛骨悚然。一种人类性的困境凝聚到一根针尖上，然后，这根针交到了她手里……

> 我是可以请桑明帮我搞到氰化物的吧？

我停了下来。是恐惧使我停了下来。我竖起的毛发随之倒伏了下来。她问桑阿姨的是自杀方式，可是，氰化物如果来自她，那就有他杀的嫌疑了。而且，他还有能力完成自杀吗？

她的自我求去，是不是一种不得已的内心解脱？她最后的时日，是背负着莫大的心理压力吗？感情的法则与现实的规范有时是冲突的，很可能，顺应了前者，就逆反了后者。

微信语音铃声响了，我拿起手机，是冉紫。我有点紧张起来，她会不会发现了我和水手……但我还是硬着头皮接通了。

她问方不方便说话，我说方便。你有你那个朋友的电话或者微信吗？她问。

我本能地反问，哪个朋友？

哦，也许你们只是认识而已，就是你在医院遇见的那个人。她说。

我瞬间反应过来，隔着屏幕都感到触目惊心的尴尬。当然只能是他——水手。不然，还有谁值得她专门来要联系方式呢？

可是，我没有他的联系方式，曾经有过的，但现在是真的没有了。

我老老实实地说，我没有。

没有吗？她口气里是明显的失望。

我想说，你需要我帮你打听吗？但是，忍了忍，我没有说。我不希望他们联系，这是出于我的私心，更是出于理性的考虑。我知道他跟她不可能有结果的，因为，我目睹过他跟自己家庭之间的一体感。正如她所说，补偿恋爱的执念，让他一生都想走出家门，遗忘已婚的事实。既然能一直这么做，就说明他技艺娴熟，或者他妻子的包容度非常高，那他何必改变婚姻呢？他可以一直鱼与熊掌兼得呀。而且，她也明白，他的家庭很和谐，寻寻觅觅只是出于他的情意结。那么，再次跟他厮缠，又何尝不是出于她的情意结呢？以我现在的心态，真觉得这些戏份完全可以免了，早了早好。

嗯，没有，我跟他不熟。我说。

我现在基本可以断定，她不知道，那个一度让我意乱情迷的人，那个至今让她爱恨交缠难以释怀的人，是同一个男人。否则，她的演技可就太好了，好到可怕。

回头再把目光落到日记本上，本页已经结束了。翻页的刹那，门响，陈漱回来了。我赶快把日记本塞回抽屉里。

我站起来去做晚饭。陈漱说，我来吧，先冲个澡，马上就好。他一直觉得做饭是委屈了我，我没法告诉他，其实，我并不那么喜欢爱做饭的男人。

他冲完澡进了厨房，我们俩像多年的夫妻一样配合着，择菜、洗菜、切菜、炒菜，他是主厨，我给他打下手。我一直不太会做饭，原因并非是我讨厌做饭，而是别人觉得我讨厌做饭——这些个"别人"，无非是我爸和陈漱。所以，当他们大显身手的时候，是有一种非我莫属铁肩道义的光荣感的。而我——其实是我们，包括妈妈——都乐得配合，既然厨房是他们定义自我魅力的场所之一。

饭菜上桌的时候，我说，这种感觉很好，我是说，两个人一起做饭。陈漱笑笑，那笑里仿佛有种难言的惋惜。我懂得，他是担心我因为失业而丧失了女孩子的骄傲感，变得柴米油盐乖顺务实。那他真是误会我了。

吃完饭，我把碗筷收拾进厨房，洗好抹好，像个贤惠的妻子通常做的那样。然后，我在沙发上坐下，顺手拿起抹布抹了一下茶几。陈漱坐在椅子上沉默地看着我，突然说了一句，如果我们一直这样，也很好，但我不愿你受委屈……

我说，你觉得我是沦为家庭主妇了，很悲惨吗？其实，我喜欢亲手把一个家变得窗明几净井井有条，还有……

我看着陈漱，犹豫着，终于说，我并不喜欢男人为我做饭。

他将信将疑地看着我。我说，因为，这会让我觉得生活上离不开你……还有，会影响我对你的崇拜。

他笑了，是一种释然和透亮的笑，他说，那我也可以说了，我其实……也不喜欢不崇拜我的女人……我也担心，你只是因为不会做饭才依赖我。

我也笑了，好像两人抓着手跃上了一个台阶，有点小小的畅快和成就感。我说，我们还需要相互探索，让时间来说话吧。

他说，让时间说话，慢慢来吧，我们。

我们伸出手去，像两个外交家那样握了握。

我笑场了，说，好做作。

爸爸和桑阿姨就很般配，不需要磨合的那种般配，你觉不觉得？陈漱突然说。

乱说什么！我明白无误地表示了我的黑体加粗的反感和不悦。但是，这句话就像彗星划过，在我心里留下了一个尾巴。

56

家里座机上存有南宫家的电话，我用手机打了过去。接电话的是一个女人，但不是上次的声音，也就是说，不是南宫夫人。也许是他的女儿或儿媳吧？我猜测。我自报家门，是南宫先生指导过的一个学生，这几天到上海出差，想去他的墓地拜一拜。

她告诉了我墓地位置。我们友好地结束了通话。

妈妈在病房里跟爸爸说过，她要海葬。爸爸告诉我时，我没多想。海葬不会马上进行，我们把她的骨灰暂时留在了家里。前几天我在网上搜索与南宫先生相关的信息，得知他的骨灰是一半安放在公墓，一半要进行海葬。我明白了，妈妈一定是了解到了，也许是冉紫告诉她的，也许是他和她早有约定。不管怎样，世界上的海是相通的，他们总有一粒微尘会相遇，愿他们向着彼此或者朝着同一方向，漂流吧。

我买了一个大号带盖的结实朴拙的手工粗瓷坛，这是出于不会被人拿走的考虑。我回家悄悄取了妈妈的三分之一骨灰，铺在瓷坛的底部，上面撒上厚厚的干净的白沙。

我和陈漱带着这个沉甸甸的瓷坛去了上海。找到南宫先生的墓碑，我心里浮现出妈妈含笑的脸。我在心里告诉他：她来了。打开瓷坛盖子，我们把带来的鲜花插了进去。

我把瓷坛留在了他的墓前。它会一直留在这里，方便前来祭拜的人插花。我知道妈妈也在这里，我会每年十月十日来献花的。

时间的黑洞吞噬了妈妈。但我欣慰，他们始终在此相伴，这就是他们的天堂。

我拿出一个手工硬皮本，取出三张做旧的素笺，那是妈妈用工整的蝇头小楷抄写的《山之高》《涉江采芙蓉》和《饮马长城窟行》，也是他们之间的"思远道"。我把它们和妈妈的日记本一起在墓前点燃了。

燃烧的纸在火中舞蹈着，如凤凰涅槃。火灭了，一切都化为灰烬，同时也化为永生。

日记里的一切秘密，我已知悉，并且不再恐惧。妈妈在剧烈斗争要不要帮他结束时，听到了他的死讯。妈妈为什么会突发心脏病？答案就在她的这一段日记里：

　　我打了他的助理的电话，请他转告他本人，苏墨来过。他答应了，并且说，尽快。也许是我的语气太恳切了。

余下的情节，我和妈妈的猜测是一致的：在他短暂的清醒时间，助理告诉了他，妈妈来过。然后，瞬间的激动导致了他的心梗。

死于爱的激动，也算死得其所了。

如果不是这样，我不知道自己最终会不会帮他。

是的，我和她一样不知道：如果不是这样，又会是怎样的结束呢？我想不出下面的剧情，但事实给出这样的走向，便是尘埃落定了。他们都解脱了。也许就是在冥冥之中不忍她太彷徨两难，才由他画出了这个句号吧？我宁愿相信他们是有感应的。他的时间已经变得密闭无垠，但就在偶尔透光的某个空隙，他抓住了那一丝灵犀，使两人由坠落变成了飞升。

我从妈妈日记中所知道的，超出自己的预期。桑阿姨和爸爸是青梅竹马郎有情妹有意，原来她早就知道。说早，其实也没有早到一切都来得及，她就是在桑阿姨跟谢叔叔的婚礼上知道的。她恍然大悟得晚了一点，虽然只是晚了那么一点点。

陈漱这个家伙，原来并不像我以为的那么麻木，他说爸爸和桑阿姨是不需要磨合的般配，果然就是了。我想，自己当时之所以反感他说这话，也是某种感觉被击中吧？我又不笨，此前只是禁止自己往那方面想而已。

我知道桑阿姨为什么没有再婚了。她是一个很有人缘的人，兼容了"男人的朋友，女人的朋友"，而且是凭自己的本性而非技巧。那么，她若再婚，一定也是会幸福的。但她好像完全没有再婚的打算，我之前就有点不解。

桑阿姨和爸爸几十年的彼此相恤，妈妈是默默看在眼里的，她不但没有醋意，反而感到欣慰。她信任他们，他们也当得起她的信任。

妈妈是写到把爸爸嘱托给桑阿姨时提起的这段往事，字迹已经很无力。我想起了妈妈最后一次把桑阿姨叫到病房来的情形，她们的一言一动，我都还记得。当时顾不得想那么多了，而且已经习惯了几十年的两家通好。我知道桑阿姨和谢叔叔结婚略晚一点，他俩认识还是爸爸介绍的。谢叔叔知不知道这个秘密呢？妈妈没写。反正我们两家一直要好，爸爸和谢叔叔都是厚道之人。而且，知不知道都没关系了，桑阿姨和爸爸的感情，已经跟两个家庭的友谊叠加在一起。谢君是不知道的，我敢肯定。小胭更不用提了。

有句话说，谁的新欢不是别人的旧爱呢？爸爸和桑阿姨却是：自己的新欢即自己的旧爱。这是概率极低的姻缘了。

那么，促成他俩的任务，就落到我肩上了吗？我已经确定，这也是妈妈的遗愿。

57

从上海回来，我去找冉紫。我想告诉她，我为妈妈和南宫所做的一切。

到了冉紫的家，我愣住了，本来就冷清的家已经空空荡荡，好多东西都捆扎好了，准备搬家的样子。

发生了什么？我站在客厅中央，四顾茫然。

我要走了。冉紫说。

去哪里？

有两个去处，德国和西藏。

这两个地方，貌似没有关联呀。

我设计的独角兽在一个国际博览会上得了银奖，德国一家公司聘请我去。同时，有家公司要在西藏办一个分公司，聘请我做设计总监。

那你当然要去德国了？

不，我要去西藏。

为什么去西藏？

西藏人少，离天空最近，我想到那里安静一下。

你还不够安静吗？我用目光扫描着她的家，让她明白自己已经有多么安静。

她点燃一根烟，抽了一大口说，不想在这个城市待下去了，因为，总免不了感觉到另一个人的存在，然后会去想，可是……他还有自己的生活。

我心里叹息。以前曾经暗自思量，谁能把这个女人盘活呢？没承想，那个男人一出现，她就自己把自己盘活了。爱情，是女人最深处的柔软，也是女人最深处的脆弱，坚硬如冉紫，都不能幸免。

如果你真想联系他，我可以帮你找到联系方式。我硬着头皮说。

不了，我已经见到他了，算是偶遇，其实我是有点刻意的……我就是因为这个才走的，怕再给自己可乘之机……也不想让他感觉到还有机会。

何妨试试？以免自己不甘心。我说。那完全是不久前冉紫旁观我的情感纠结时的口气和姿态。我们俩的位置竟然在这么短的时间里发生了互换。

不了，因为我，让一个小孩失去父亲，让一个女人失去丈夫，你觉得那可能吗？不是每个人都能幸而拥有爱情的，但是，每个妻子和孩子都有权利拥有家庭，那是更加天经地义的天赋人权。

我不置一词。她在烟灰缸里掐灭一个烟头，又点燃了另一根烟。

如果碰见他，告诉他，我到德国去了。

我不解地看着她。

这样可以走出别人心理的疆界，毕竟，到西藏去不需要办签证，到德国去是要办签证的。一个人去了国外，就好像沦落到了别人的感觉之外，而在国内，就还在感觉之内似的，对不对？就让他以为我去了德国吧。我想走得彻底一些，不拖泥带水。

你白白苦等这么多年。我不无惋惜地说。

冉紫下意识地抚摩着桌子上的一个玻璃杯子，猛抽一口烟说，你错了，现在想想，等待其实并不苦，我虽然孤独，但并不寂寞，因为我的生活中一直有他，没事的时候，我就想象着他在想什么，做什么，他从来就没有走出过我的生活……心里有一个人，是不会寂寞的，可是现在，故事结束了。

人活着就是这么无奈的，只要有爱就有痛，但又不能没有爱，对吧？因为只有爱过，才算活过。我说这话时，想到了妈妈。

我真不如那天没有在医院看见他，宁愿继续等下去。等待是不确定的，不确定的东西总是蕴涵着某种希望。

也许这就是命运吧。我说。没有别的更好的解释。

归根到底，还是人的错。错了就是错了，我不会把责任推给命运。情多累美人，说得多好听！她说完，嘲讽地笑了一下。

感情经常是女人的劫数。有一种叫蜣螂的小虫，路上碰见什么就背起来，直到把自己累死才罢休。在情路上，女人可不都是蜣螂嘛。我说。

冉紫淡淡地笑了笑，眼梢掠了我一下说，你这是在内涵我吗？我可没那么沉重。

冉紫是我见过的最淡定超然强大的女人，如果跳脱出男女之情的话。可是，我们竟因为同一个海王，而成了同一根线上的蚂蚱。这时候我才意识到，我和冉紫骨子里其实是很像的，所以，我们会为同样的男人所吸引。难道，这也是一个原型吗？我想起了她和陈漱热烈讨论原型理论的情景。

我心底热流涌动。为冉紫，更为说不清道不明的勘不破情关的女人们。她们前赴后继不绝如缕，甘愿做着扑火的飞蛾，很蠢，是吧？可是，如果没有她们，这世界也就没什么意思了。

只是，苦了她们。我也想起了小胭。

冉紫以为我在为她的离去而流泪，把纸巾递过来，故意挑逗我说，别这样，等你再见到我的时候，说不定我已经有一个老公了，在他面前嗲来嗲去的，让你们大家浑身发麻……也说不定，我还拖着一个大头儿子，一个劲儿地在你们身上拧麻花，把巧克力粘你们一身，让你们拿他没办法……

我带着泪笑了。拿自己打趣完，冉紫又恢复了一贯很难取悦的姿态。还是这个风格简约到冷酷的冉紫更让我放心，我知道她会继续带着坚硬的壳，去拿下披荆斩棘的人生。我喜欢女人什么都不在话下的狠劲儿，我相信女人自身的力量更可倚恃。我也相信，她一个人都能活得这么好，没有理由跟另一个人在一起不好的。

58

两个月后，我和陈漱、小胭和谢君，到教堂举行了没有来宾的婚礼。拜五一假期参加的那场婚礼所赐，我一点都不想举行大肆铺张的婚礼。再说，妈妈不在了，婚礼办给谁看呢？

这时候陈漱已经分到了新房子，我们正在装修。我们将要真正拥有一个属于自己的小家了。

我租好了花车，早上和陈漱一起回家接小胭和谢君。

小胭一见我就急于诉说，我昨天又吃了凤爪，它在我肚子里乱挠，我以后还能吃吗？

桑阿姨小声对我说，胎动。我明白了。我说，你可以吃的，不吃它也会挠你呢。她放心地说，哦。

桑阿姨说，她现在好乖。我说，那是因为您照顾得好。的确，谢君不在的时候，桑阿姨的抚摸就是小胭最好的镇静剂，每次我看见桑阿姨搂着小胭，都像天使在圣母怀里。

桑阿姨叹息了一声，我知道她是想起了谁。我跟她想的一样，事实上，从进门到现在，我一直在抑制着心底涌动的泪水。

她说，可怜的孩子，她都不知道自己没有妈妈了，我能不好好……

她说不下去了。我的眼泪也禁不住奔涌而出。

我说，阿姨，按照风俗，我和小胭今天是要给父母磕头的，妈妈不在了，我们就给您磕头吧。

我请爸爸和桑阿姨并肩坐到沙发上，我和陈漱、小胭和谢君，一起给他们磕了头。我想爸爸和桑阿姨明白我这样安排的用意。我们也到妈妈的遗像前磕了头。

神父说，谢君先生，你愿意娶梅小胭女士为妻，从今天起，无论富贵还是贫贱，健康还是疾病，都和她相亲相爱，白头到老吗？

谢君郑重地回答，我愿意。

神父又转向小胭，梅小胭女士，您愿意嫁给谢君先生，从今天起，无论富贵还是贫贱，健康还是疾病，都和他相亲相爱，白头到老吗？

小胭傻傻地看着面前的神父。谢君碰了碰小胭的手，小胭却摸了摸神父的袍子，傻傻地笑了。她笑着大声说，我愿意。

爸爸和桑阿姨，我和陈漱，都哭了。我安排这个婚礼，就是为了在神面前许下这一誓言。但愿小胭有一天能够知道，她此时就是在疾病中的。

举行完仪式，我们走出教堂。谢君拥着小胭问，开心吗？

开心到飞起。小胭说着，扬起手臂做了个飞的姿势。

上了车，小胭拿出手机，用自拍镜头对准自己，问谢君，我真美，是不是？

你是最美的。谢君说。

我把脸埋在陈漱怀里，掩藏我的哭泣。小胭安抚似的拍拍我的背，我抬眼，正对着她诧异的目光。突然，眼泪像受惊一样从她眼中滚落。我惊了！难道，她心底还有一丝醒觉吗？

在预订的酒店，我把两杯酒放到爸爸和桑阿姨手里，看着他们的眼睛说，阿姨，请正式成为我们的妈妈吧。他们俩相互看着，都涨红了脸，一时腼腆起来。

我说，如果你们答应，就请碰下杯，干了这杯酒吧。

陈漱和谢君鼓励道，干了吧。小胭也开心地起哄，干了吧，干了吧。

爸爸看着桑阿姨，先要去碰她的杯子，桑阿姨的酒杯迎了上来。清脆的碰击，干！不善饮酒的桑阿姨登时就脸红了，那红晕很像一个新娘。

我想妈妈也会在另一个世界祝福他们的。她已经完成了自己的爱和人生。

桑阿姨单独给自己倒了一次红酒，举杯看着我们每一个人——重点是我，说，我要在你们心理上留出妈妈的位置，这一点是永远不会变的。说完，她一饮而尽，好像为了表达一个决心。

她是看着我的眼睛说的，但我觉得她完全看到我心里去了。我心理上的确还有一个角落是不安妥的，那就是当妈妈飘过内心时。这个角落现在也被桑阿姨打理好了。为了掩饰内心的波澜，我举杯提议，由我来照顾小胭，爸爸和桑阿姨出去旅游一次吧。

陈漱说，算是蜜月旅行。

爸爸笑望着桑阿姨说，我没意见，你说去哪里吧。

桑阿姨满脸酒晕加"幸福红"，很爽快地说，当然是北京了，等秋天的时候。

爸爸说，秋天的北京最美。

桑阿姨说，我不是因为它最美……我小时候一直以为，秋千荡平，就能看到北京了，所以我一直努力地往高处荡呀，荡呀。她握着酒杯的手高高扬起，做出努力向上的姿势。

原来，桑阿姨也曾经是一个天真烂漫的小女孩呀！我仿佛蓦然间看到了春光乍泄。诚然，每一个人都是有多种面向的，但是，桑阿姨的这一面向，也太匪夷所思了！想必她是在补青年时代的课吧？假如当初是他俩结婚，蜜月旅行她肯定会选北京的。

爸爸说，不如，夏天就去大理吧。

桑阿姨瞬间领会了什么似的，愉快地附和说，对，就去大理吧。

爸爸说的"夏天就去大理吧"，很像一篇言情散文的名字，我想里面肯定有他们的故事。

这桌酒席，其实是为三对新人而设。可惜，冉紫不在，她正在离天空最近的地方。今天早上她发微信祝福我们了，还说：我很好，这里太阳很大，我的心很透明。

冉紫前几天给我们每人寄了一串热振寺的极品百香籽，作为祝福的礼物。我们全都委托爸爸来帮忙盘，爸爸的大肉手大油脸，这下可有用武之地了。

回家的车上，我又给冉紫发微信。她特地手写了一张卡片，拍照给我看。卡片上写着：为什么要结婚？因为需要一个家。如果自己能给自己一个家的感觉，也许就不需要结婚了吧。我就是我自己的家，我在哪儿，家就在哪儿。

是的，我认同，结婚并不是女人的必选题，尤其冉紫这样的女人。

她是坐在一家甜茶馆的露台上写的，还拿着卡片拍了一张照片，照片上可以看见不远处的布达拉宫。冉紫居然不拒绝拍照了？她去西藏后发生了什么？

咦！这张照片并不是自拍，那么，是谁给她拍的呢？眼尖如我，一下子看见茶桌的边缘有半只男人的手。我很确定那是男人的手。

我立马发起视频聊天。但她拒了，给我发来一个神秘微笑的表情。好吧，我不追问。

59

回到家，在沙发上坐定，爸爸就习惯性地拿起一串百香籽盘着。说来奇怪，在桑阿姨面前，或者说在有桑阿姨的家里，爸爸盘啥都觉得好自然，不仅不违和，反而增添了温馨感。

桑阿姨忙着去厨房烧水，准备泡茶。我向爸爸问出了那个让我疑惑至今的问题：既然爱的是桑阿姨，为什么要答应外公娶妈妈？——这也是替妈妈问的。

那是你外公临终时未了的心事呀，他希望我和你妈妈在一起……你妈妈又用那么恳切的眼神看着我，我能说什么呢？

恳切？你确定妈妈的眼神是恳切吗？

是啊，你不信吗？

那你觉得妈妈的恳切是希望你答应还是不答应呢？

当然是答应啊，不然怎么会有那么恳切的眼神？

天堂里的妈妈，您听到了吗？

我服了！对的人，一眼定终身；错的人，就连最关键的眼神，都有可能会错意。

那……您爱过妈妈吗？

是有些仰慕，但是觉得高不可攀。

这样啊，那您对桑阿姨……又怎么解释？

我俩因为一起长大，上了大学也自然而然地老在一起，周围人都认定我俩是一对了，好像她已经是我的女人，好像我已经是有家室的男人，我有点逆反心理，就故意疏远她，她很痛苦，但仍然默默地……

明白了，年轻的爸爸总觉得青梅竹马对他是一种侮辱，好像一个好钓手钓了一条最好钓的鱼。

桑阿姨提着热水壶过来泡茶，大概听到了最后几句话，笑眯眯地说，男人年轻时，肯定喜欢你妈妈这样的女孩子呀，我要是个小伙子，也会喜欢诗一样的女孩子，要不然，不是枉少年吗？

我说，阿姨，您那时得有多痛苦呀？

所以，我改行学了医……

我这才意识到，桑阿姨曾经是学文学的呀，这好像有点……不过，爸爸也是学文学的呢，而且是中文系毕业，还不是……爸爸的文学底子可是比妈妈这学外语的弱多了，尤其古典文学方面。外公是古典文学教授，家学渊源，耳濡目染，妈妈是有童子功的。

我改行学医，就是为了离他远一点，结果呢，也没有远离，连对象都是他介绍的。

我曾经困惑，桑阿姨是怎样炼成的？现在看来，这就是答案了。我也理解了她信佛的缘由。哪一个金身没有经过百炼呢？哪一个笑眯眯的女人没有哭过无数的长夜呢？桑阿姨的面善，何尝不是应了那句话：你行过的善都会返回你自身。她没有礼佛之人的法相庄严，但是，佛陀直接把善写在了她的脸上。

兜兜转转，结局又是咱俩走到一起了。爸爸说。说完去看桑阿姨，桑阿姨天衣无缝地接住了他的眼神。那种会心，仿佛失散多年的锅和锅盖终于对上了。

有句话说，婚姻是女人的第二次投胎。我觉得对于男人也是一样。爸爸妈妈那个年代，很难有第三次投胎的机会了。就算拿错了脚本，戏已经开演，也只能坚持到剧终。而一剧终了，另一部剧才能开始。这就是爸爸妈妈和桑阿姨的故事。这种堂堂正正名正言顺的状况，应该也是妈妈更情愿看到的吧？

爸爸和桑阿姨走过万水千山，又回到了原点，这是一个螺旋式上升。但经历过沧桑的情感，是不一样的，看山不再单纯是山，看水不再单纯是水。曾经的错过，只会使他们更懂得珍惜。

你受委屈了。爸爸郑重地看着桑阿姨说。

桑阿姨红了眼圈，但依旧笑眯眯地说，我等这句话呀，等了半辈子，可是，现在等到了，我已觉得……无所谓了。她摊了摊手，说的是"无所谓"，但我分明看见她的眼神是多么有所谓。

这就是桑阿姨所谓的"愿力终会大于业力"吗？看桑阿姨和爸爸在一起的神情，我觉得这才是她的第一次投胎似的。

我不相信桑阿姨会盼着取代妈妈，但是，我愿意相信"愿力"的存在，不然，我们还能相信什么呢？

爸爸看着妈妈的遗像，解释似的对我说，我没有对不起你妈妈，对我来说，你妈妈一辈子就是……老师的女儿。

我一直嫌弃爸爸太松弛，但他活得那么松弛，却在妈妈面前始终有所节制，从来没有叫过老婆或老婆子，像邻居的小夫妻和老夫妻那样。就算是表面的和谐，过成这样也不容易了。因为太熟悉太了解，又都有愿望过好，就知道怎样去忍让。因为有距离，就一直保持着客气。这都是和谐的因由。而爱之深、责之切，反而容易使爱变得青面獠牙。

桑阿姨和谢叔叔，想必也是如此吧？他俩的幸福也是有目共睹的。当然，一双鞋子，别人只能判断好不好看，合不合脚只有自己知道。婚姻是同理。

我的电脑屏保上出现过一句话：爱情只有一种，其副本却成千上万，千差万别。这句话来自法国作家拉罗什福科的《道德箴言录》，我当时看了心里一动，记了下来。现在看来，就是为此时此刻准备的了。

爸爸打开电视，松垮地倚靠在沙发背上，肚腩丝毫不见收敛。但这丝毫不妨碍桑阿姨看他的目光，简直是欣赏到宠溺了。我终于意识到，自己以前是在用妈妈的眼光看爸爸的肚子和坐姿的，所以，才会有那么多的不以为然——虽然妈妈从来不会说什么。我开始相信，爱人是没有标准的，无所谓好与坏，也无所谓对与错，只有合不合适。

我看不出电视上的新闻现场有什么好看的，可爸爸却看得呆了。许是张口望呆久了，口水挂在了他的下唇，说是馋涎欲滴吧，它又不滴，令人干着急。幸好，妈妈看不见这一幕了。我正在想着怎么提醒一下，只见桑阿姨抽张纸巾为他揩去了，表情姿态动作是那么自然，那么亲昵。而爸爸好像一切都没有发觉似的。这样的夫妻，必然可以服侍卧病在床的，这算是终极安全感了吗？我想是的。——可是，人生不能总是为这个做准备吧？头脑一怔，嗨，我怎么又绕回来了？想太多了，想太多了！可见，思想是个好东西，也是个坏东西。也许，关于爱，并不存在一种永恒自洽的逻辑。

我看着桑阿姨笑眯眯地待在爸爸身边，看不出他们安适自在的身体表面下，有没有埋藏着什么困惑。我突然间惊觉到，桑阿姨就这样笑眯眯地待了几十年呀。而我们什么都不知道。我们自以为洞察一切，其实根本什么都不懂，甚至不懂身边至亲之人最重要的感情。

我曾经在心热耳酣之时对陈漱说过，丑人就不该有性生活。现在想来，这是多么浅薄啊，我为自己感到汗颜。每个人都配得爱情，爱情有千千万万种可能。再普通的人，都有自己的 the one，都有一份专属的爱情。在别人眼中，那也许是不可思议的，但在自己，却是无可替代。比如妈妈，那么清苦的爱情，却给了她生命最好的营养。比如爸爸，一个让妈妈勉强了一辈子的男人，居然也会让一个女人如此倾心，如此"曾经沧海"了一辈子。你的远方可能是别人的家门口，同样，你的理想情人可能是别人不可救药的老公。在爱情面前，我们的想象力总是稍嫌贫乏。

爸爸年轻时会为苏墨所吸引，中年时方知，自己真正需要的是一个桑明。重来大概还是如此。或许，这也是一个爱情的原型？

可以确定的是，绕了一圈，他们回到了原点，或者说，恢复了情感关系的原貌。用一个防疫词语来讲，这是一个闭环。在这个关系格局里，妈妈被清零了，只是留下了我和小胭。但这也是一种圆满，因为，在另一个关系格局里，妈妈得其所哉，那也是她想要的"华枝春满，天心月圆"。

60

在夏末一个微凉的黄昏。大理苍山。一对头发斑白的男女。

他们并行至山脚处，坡度并不大，女人却微微有些气喘。

男人说，当年我们来这里串联的时候，你可是蹦蹦跳跳跑在我前面的。

女人说，老了，到底是老了。女人不好意思地笑着，白白胖胖的脸颊红得像天边的火烧云。

男人再次伸出手说，还是让我拉着你吧。

女人急忙摆手说，不要管我了，记住，不要回头。

男人说，你真觉得那么重要吗？

女人说，我觉得很重要，我想体会一下当年那种蓦然回首的感觉。

女人站定了又说，许多感觉都找不回来了，只有这一次，我想试试。

男人说，好吧，我陪你，回到从前。

女人说，从前是回不去了。一边说一边又开始往上走。

终于来到一处高台上，凝重的苍山逼近眼帘，仰头寻找山巅，都会感到天旋地转。女人捋住了额头。男人扶住女人。

女人说，好了，我说一二三，我们回头吧。

女人说，一，二，三——

两个人同时回头，极目眺望——

淡蓝色的洱海带着小家碧玉的贞净，静止在低低的远处，小山做成的岸像一只小船，静静地泊在水上。那样的静，他们再也不会在别处遇到了，静得有神情，静得有质地，静得让人不自觉地敛神屏息——任何人为的声音，都会破坏了它的和顺宁静与庄重。那是一种可以看得见永恒的亘古的静谧，他们唯有深深静默，以传递灵魂深处的敬意与爱意。

男人和女人同时收回视线，相互望着。

女人说，又看见了，洱海，还是像一幅静物画，安详地等在那里，当年就在这个地方，我们蓦然回首，被它的美震撼了。

还有什么比苍山上看到的洱海，更像幸福的港湾呢？那时候，他们以为一生很长，所以需要一个港湾。现在，一生不知不觉都快过完了，他们还需要港湾吗？他们自己就是港湾了，是彼此的港湾。

女人说，说起来真是不好意思，那次下山的时候，我就在考虑，为你生一个什么样的娃娃呢？小小年纪，真是不好意思……我大概天生就是一个贤妻良母的命，没有个性，没有激情，也从来不起范儿，就是会伺候丈夫孩子。

这不是很好吗？男人说。再伟大的爱情，到了最后也不过是好好过日子。

女人指着眼前的花草丛说，你看，这么美的地方，这么多鲜花，可我就是一个更容易看到野菜的女人，这不，我一眼就看到了那些藜蒿……

男人循着女人手指的方向望去，他不认识藜蒿，可他马上就想到了，这个菜怎么做好吃呢？不等他问出声，女人说，藜蒿炒腊肉，可好吃了。他顿时想起来了，他们当年到这里时，是吃过一道炒腊肉的，只是他不知道那个配菜叫藜蒿。是了，就是这个菜，藜蒿。他心里更加安然和温暖，宿命一般地，他知道余生会跟这个女人一起吃各种喜欢的菜，包括当年这道菜。

黄昏的苍凉降临了，夕阳泻到身上，好像不是光，而是水。

男人和女人所处的是一处宽阔的台地，他们在一张青石桌前对坐下来。台地依着苍山，他们好似坐在苍凉的天边，淡远地俯视人间。他们的背后，是平和的黄昏的天。

苍山上的苍凉，是苍凉美的极致。男人和女人坐在这里，体验着黄昏的天人合一。虽然黄昏的苍凉浸透了他们的身心，他们却满心舒畅与宁馨。

黄昏的和光接近透明，有薄如蝉翼的光感，习习的微风穿云而来，不疾不速吹拂着他们，好像光和氧在为他们洗脸，他们脸上的微笑恬淡而透明。

你想到过，我们的一生会是这样吗？男人说。

这样也不错，都是一种人生。女人说。

黄昏渐次深浓，天光渐趋苍老，却依旧平和透亮，凉凉的青色和暖暖的橘色在天边淡然调和，天空呈现一副宠辱不惊坐看风云的表情，好像一个有阅历的人。浩荡的风在他们身边畅畅地流走，他们周身都有一种被细细冲洗的通透感。

男人说，那就这样吧。

61

我正在练习做一个主妇，或者说，费力地玩一个婚姻养成游戏。我经常下意识地想到妈妈，我正站在她当年的起点上，我们之间似乎形成了一个回环。我一次次卷土重来地代入妈妈的角色，我想知道，妈妈当年是怎么过来的？然而我真的不知道。妈妈当年的生活太简单了，而我今天的生活太复杂了。举个简单的例子，妈妈当年能有几双鞋子几件衣服？可今天的我呢？难怪美剧《欲望都市》里，女主离婚的理由是家里没有衣帽间，由此更诞生了"男人不如衣帽间"的金句。妈妈那个年代，除了爱情，空旷的内心还能填充什么诱人的东西呢？而今天的我心里太拥挤了，简直就是一个拥挤的衣帽间，拥挤到放不下男人和爱情。我简直要羡慕匮乏到"大道至简"的妈妈的年代了。

我想使清简和清欢成为可能，但门口源源不断的快递不允许，还有许多在购物车和"我的订单"里，等待鱼贯而入。

按照"需要第一"的原则，这些快递似乎没有一个是多余的。我向陈漱抱怨，不是我想买，是需要。陈漱随口说了一句，那就是需要太多了，区分一下什么是刚需吧。我立马沉了脸，以临近冰点的声音说，没有什么是刚需，连活着都不是。

陈漱很识时务地不说话了，但我其实更难受，我不用看他的表情，就可以想象他暗地里看待一个胡搅蛮缠的家庭主妇的眼神和内心。所谓息事宁人，"宁"的都是一些什么人？那还用说吗？

我及时借用妈妈的修养克制住了自己。我这种角色，现在叫得好听一点，是全职太太，而按照妈妈那个年代的叫法，应该是家庭妇女，翻译一下就是：没文化，没收入。妈妈若是知道我现在的状态，会怎么说呢？

之前装修搬家，我一直没闲着，还庆幸自己不在工作状态，可以一门心思建设小家。当动荡结束，一开始，我看着家里贤良的桌椅像朋友似的亲密，心里还感到千般宁谧万般温馨。接下来，随着按部就班的家庭生活进入无休无止的循环，我就感觉不是那么回事儿了。我曾经提出找工作，陈漱说，现在内卷得厉害，咱就不去卷了，钱够花，你就安心待着吧，今年你太不容易了，先好好养一养。可是，我养得了身，却养不了心。

晚上躺到床上，我说，我要不要去考一个心理咨询师证书？

陈漱停下正要关灯的动作，颇感意外地看着我。我说，或者，营养师？

他没有关灯，胳膊撑着脑袋，侧身半躺着，跟我脸对脸，抚弄着我的头发说，你什么都不需要。

我仰脸看着天花板，感觉到屋顶和四壁的挤压。我陷入自言自语：可我……可我现在……

他说，你不要觉得自己只是全职主妇，也不要觉得自己没工作就得做饭做家务，我做饭比你还拿手呢。

那至少，要共同承担吧。

陈漱附在我耳边，轻声说，真的不用，那不是你的长项……你知道吗？如果你对我做小伏低，反而让我难受，你不需要那样……

他后面这句话让我想哭。我适应新角色的所有努力，原来他是默默看在眼里的。我把想哭的冲动压了下去。我不认为现在的自己还有资格自怜。我说，可是，我的长项……是什么呢？

他没有说话，关了灯躺下，默默地拥住了我。我睁着眼，迷茫像黑暗一样无边，我好似躺在暗夜的海上。

我只感到物价在一天天地噌噌涨，涨得让人心慌。陈漱说，物价总是有波动的，一直这样。我说，可是我以前不当家不知道柴米油盐贵呀。

好久没吃麦当劳了，那天心血来潮想叫个汉堡外卖，结果发现距我上一次吃已经贵多了，不禁惊叹。

陈漱说，你这倒是用上了一个经济学原理：麦当劳指数。我说，算了，不要了吧。陈漱说，你这不是骂我吗？放心，麦当劳不是大餐，随便点。说完拿过我的手机点了两个最贵的汉堡套餐。

汉堡套餐来了，打开还没吃，邻居出差而寄养在我家的一只加菲猫先过来蹭我的脚腕。这只猫叫囧囧，很丑，但像世界著名的丑娃娃一样，丑得有特点，脸像一锅铲子拍平的，五官正好是一个"囧"字，脸如其名，天生象形。这只猫还丑得很悲伤很命苦的样子，算不上丑萌，让人看着就不落忍。我撕了一点脆皮给它，它小声而脆脆地吃着，不时小心地抬眼瞟我。我的天哪，我突然发现，它在流泪！真的是，眼泪哗哗的。后来邻居告诉我，你在喂它好吃的时，它会流泪。但我当时完全不明白它为什么会这样，这只猫我很熟，但从没喂过它。它含冤带悲的苦相配上源源不断的眼泪，实在太煽情了，一开始我还笑着问它，囧囧，你怎么了？但我很快就绷不住了，似乎我的笑都增添了它的悲哀感。我心里说，你不需要这样感恩，我不是你的恩主。随即，我就跟囧囧一样泪流满面了。陈漱吓慌了。我摆着手说，我没事，我没事。赶快起身奔向卫生间。

我知道陈漱很爱我，他的工资卡也郑重地交给了我，可是，这不妨碍我跟一只寄人篱下的猫更容易发生共情。实际上，他把工资卡交给我时的郑重，反而使我沉重大于感动，因为，这更加提醒了我的主妇身份。

因为搬家时的磕磕碰碰，有些家具需要养护了。我从拼多多下单了木器养护剂，金额恰好够用上一张平台券，我心里便妥妥地爽。其实不过几块钱的券，但我喜欢这种恰好。一般来说，拼多多平台的券我会设法使用，商家的好评返现券我就选择不要。因为，好评发图等交换条件太鸡贼，如果照做，我会觉得自己low。这是我从妈妈身上悟到的：要慎独，才能看得起自己。

讨厌的是，木器养护剂的快递出了问题，明明我没收到，物流信息却显示已经签收。我用语音联系商家，因为说得有点急，居然岔了气。其实是不是岔气我也不确定，反正就是喘气的时候肋部隐隐作痛。陈漱百度了一下说，好像心脏有问题也会导致那个部位痛。究竟这个部位痛说明什么问题？我俩意见不一。为了确证是不是岔气，我又想在拼多多下单一张人体解剖图。可是，看看那些图片实在触目惊心，遂作罢。真是人活一张皮呀，这张皮至关重要，能不揭就不揭吧。陈漱说，要么问问桑阿姨？我说，算了吧，别小题大做，她已经够辛苦的了。

桑阿姨的那份辛苦，绝对是我无法面对的。小胭大腹便便，又很会找麻烦，只有桑阿姨能哄得了她。从前我真的不知道，家庭主妇原来要面对这么多事情的。难道妈妈也是这样过来的吗？我真看不出来。我自己小家的事情是层出不穷地往外冒，比如，加湿器该加水了，我拿起水箱发现水垢也需要清除了；再比如，刚安装的新风机触摸面板失灵了，那暂且用以前的空气净化器代替吧，却又发现净化器滤芯该换了。还有，净水壶的滤芯其实也该换了，只是我故意拖着不换，原因嘛，你懂的，滤芯可不便宜呀。

怕什么来什么，我的手机用着用着突然间黑屏了，关不了也打不开，只有一个圈在中间打转，好像在奈河桥上遭遇了鬼打墙。一连几天大小家电这坏那坏的，我已经成了惊弓之鸟，赶快拿到街边的手机维修店去。小老板说，软件有问题，需要拆机，五十块。好的，拆吧，我等着，只要手机能尽快恢复正常。拆完，倒是能关机了，可再开机还是开不了。小老板说，先充下电。我的脑子好像被电了一下，火花迸射——刚才不就是该充电了吗？手机早就发出低电预警了，我只是想着刷完朋友圈再去充电，手机就没劲儿了，中间那个圈打转，就是等着我去充电呀。以前就是这样的，可我今天脑子短路了！我看着小老板，越发觉得他油腻。我说，你是不是知道其实只要充电就好，根本不需要拆机？他嚷了起来，我哪里知道，刚才明明就是关不了机嘛。陈漱迅速扫码付了款，拉着我要离开。可我实在咽不下这口气，我觉得自己是被一个大乌龙耍弄了，或者说，被一个油腻的小老板侮辱了智商甚至人格。我说，你明明就是故意的。他嚷得更大声。一个女人从小店的货架后面走出来，鼓着嘴瞪着我，手里还拿着一把油腻腻的锅铲子，看样子是他的老婆。

我顿时感到更大的羞辱，似有一个大耳刮子劈面向我抡来。这个女人提醒了我，自己正处于何种情态，或者说，她照出了我的不堪。我无法想象，妈妈看到我这副样子会作何感想。我扭头匆匆离去，像一只落败的斗鸡。

回到家，把自己摔到沙发上，我再也等不及地开始哭。陈漱手足无措地搂住我。我羞愤交加地哭诉道，他就是看我是个家庭妇女，才这样对待我。陈漱说，你为什么不认为他是没把你看成全职太太，才会这样的呢？你想想，假如他认为你是一个精于算计的家庭主妇，他敢这样吗？

我想想也是的，但仍然无法从受辱的情绪中走出来。我暗中自问，难道我对于为人妻这个角色，这么敏感和排斥吗？我又暗中自答，我其实真正不满意的，是自己的状态。

刷电影吧，你以前不是积攒了很多来不及看的电影吗？陈漱说。这句话提醒了我，是的，我以前对付心理低潮的良方就是刷电影。

纯粹凭着本能，我第一个选择了《革命之路》。我已经看过同名小说，婚姻中一地鸡毛的磨损和难以突围的胶着，没有比《革命之路》表现得更平静又入骨的了。我不让自己去想为什么要看这部电影，我也不让这部电影过多地跟自己发生关联。

然后是《阿黛尔的生活》。我并不喜欢，但里面有几句对话，我记住了：

——喜欢哲学吗？

——超喜欢，难以想象的丰富，很深入，很强烈。

——性高潮优先于实质。

这些话的含义我并不能完全get到，但因为提到哲学，我跟陈漱讲了一遍。

我没料到的是，哲学和性的关系的探讨，竟使我们有了全新的体验……这就是性张力吗？陈漱属于身心超稳态的人，包括在床上，都一直发挥稳定，有着哲学的坚实与不折不扣，然而近来，他有点突飞猛进了……难道因为哲学是他如鱼得水的领域吗？

我会被他带到高处，然而每次从巅峰跌落后，我又会无比地丧。我自己知道，那是因为我的颅内是空的，没有高潮。

我们一起看《阿德尔曼夫妇》。这部电影还是冉紫推荐给我的。此时此刻的她，在比我高出几公里的地方干什么呢？

电影里面有些跳荡的台词很撩动我们。

——我们用言语欢爱。

——这女孩就是伏特加。她靠一场辩论就能让我硬起来。

有人分析，这部电影一针见血地让人看到爱情和婚姻的本质：情感与权力的失衡、平衡，不断博弈。

陈漱说，有那么复杂吗？我怎么没看出来？

我说，也许对你来说没那么复杂，因为，你是哲学脑。

陈漱突然站了起来，俯身按住我的双肩说，对呀，你是典型的文学脑，为什么不写作呢？就像这个女主角一样。

我的上半身在沙发上石化了，好像被点了穴。沉默了几秒，我说，刚刚电影里不是说了嘛，人们已经不读书了，人人写作，无人阅读。

但你不是人人，你是你。

可是，现在网络这么发达，人类进入加速时代了，大家只能接受短平快的视频，连电影都有几分钟的导览模式了，你看谁还会读书？

正因为读书的耐心成了稀缺品质，你才值得为此去创造呀。

我还是有点……惶恐，再说……

陈漱打断我的迟疑说，你写作，三年内不要考虑赚钱，我养你。

幸好我们都是看过《喜剧之王》的人，都知道周星驰那句"我养你啊"让张柏芝哭成狗的桥段，所以，我也就不用哭了。我明白自己四五月份瓶颈在那里，下不了决心马上跟陈漱结婚，却又不能真正断舍离的原因了——原来我最深层的潜意识是"识货"的。是的，我没看错他。

好吧，单是想想这一年来……如果经历了这些还不能成为一名作家，似乎也太说不过去了。我将写下我们家里的每一个人，也写下我和陈漱正在进行的"革命之路"。

我开始一点点地，沉入写作者的角色——我还不敢自称作家。

同时总有些琐事要干，让我忙忙叨叨，感觉到接地的充实，也好，至少必要时可以成为我不坐下来写作的理由。比如，天天学着切丝，因为我这段时间超级想吃酸辣土豆丝。当然，多数时候还是陈漱接过菜刀，完成了切丝大业。

要是我一辈子都学不会切丝，那可怎么办？我忧心忡忡地说。

那也是好端端的一辈子呀，能怎么样呢？陈漱一脸好奇猫的表情看着我说。

啊？哦，还可以这样想呀！我怔忡着，有一口气缓缓松了下来，心宽阔成一片没有围栏的草原。原来，是我心里的障碍物太多了，堆满了，外溢了，使自己感觉无法收拾。其实，只需要腾空一下就好……

写作也是这样，不想写的时候，耍耍赖去做点小破事儿，腾挪一下，也是允许的。像陈漱说的，慢慢来吧。

62

春节前，小胭提前剖官产，诞下一名男婴，母子平安。小胭出院时疫情已经开始了。尽管我连"新冠"这个词都说不溜，经常不能脱口而出，而是要先想一下；在手机上拼音输入，出现的则是"新欢"，但疫情是妥妥地占据我们的生活了。幸好桑阿姨敏锐地看清形势，囤好了口罩。疫情使我们全家好像生活在一座岛上。妈妈则在另一座岛上了。

桑阿姨又要照顾小胭母子，又要置办年货和大扫除，忙得不亦乐乎。我也抓紧时间在拼多多下了无数单，主要是冰海鲜：花虾、黄尾鱼、墨鱼、马鲛鱼、鱿鱼花、八爪鱼、鲍鱼、马头鱼片、梭子鱼片、龙利鱼片、石斑鱼片……以前家里的网购是小胭的事，她总是乐此不疲，现在，只能换我上了。

太阳很好，照着匆匆赶路的行人，我在天桥上驻足，望着晴透了的天。我不必急着去哪里，今天不去爸爸家也是可以的。我举起自己的手，虽然手指上残留着不知被什么划破的口子，但迎着阳光依然透明。现在的很多商品包装，包括锡纸、硬塑料纸和纸壳什么的，都很锋利，经常会在不经意间给我留下无法溯源的小伤口。但那又怎么样呢？这双手依然可以写作。虽然还没写出什么名堂来，但是，只要能写，就是好的。那一刻我心里非常宁帖，好像忘记了这一年自己经历过什么。

我进家门时，桑阿姨和爸爸正要去菜市场采买。我说，阿姨，那我也去吧。我们把桑阿姨当妈妈，但不会管她叫妈妈。妈妈的位置是唯一的，永远不可替代。如果替代了，那对桑阿姨也是不公平的，每个人都是唯一，不是别人的替代品。而如果我们管她叫桑妈妈，还不如叫阿姨呢。

谢君走出房间跟我打招呼，说孩子和小胭都睡了。他俩现在是非常称职的奶爸奶妈了。尽管他们还没有圆房，只能算是婚内同居关系。这是我在小胭出院之后委婉地问过谢君本人的，事关两个人甚至两个家庭的幸福，我不能不"八卦"。他表示，要等到小胭知道自己是谁，他是谁，并且同意，才可以。我不忍说出自己的担心：假如她一直不知道呢？谢君看出了我的心思，他说，既然我自愿做出了这个选择，就要有耐心等下去。这句话我听着怎么这么耳熟呢？是陈漱也说过类似的话吗？好像是的。可能这就是负责任的男人的共同思维吧。我实在感觉太亏欠他了……之前小胭怀着孕，倒也罢了。我迟疑着说，其实，只要小胭不排斥……我心里已经断定小胭不会排斥。但他打断我，说了一句令我当场泪崩的话：不，我怕吓着她，我不欺负她。

过完春节，谢君就要出国去参加一个跨境抓捕行动，那时候不知小胭会怎样？不管了，生活总之是不会一劳永逸的，到哪儿说哪儿的话吧。但我相信会越来越好的。

此刻，我温和地端详着谢君的脸，确信那是不需要同情的幸福表情。我心中一时感慨如潮涌。一度，他让我觉得：爱情不是婚姻的标配，道义才是；在婚姻生活水滴石穿的销蚀中，爱情反正迟早是要退场的。但现在，他又让我觉得，爱情还是一个必要条件吧，如果一开始就没有它打底，如何熬过漫漫人生呢？正是因为有了这个底，才有了回忆，有了来路，从而有了未来。

我把刚刚摘掉的口罩又戴上，一起去菜市场。在电梯里，桑阿姨把一张纸巾分成两片，又把其中一片叠到指头肚大小，垫着去按电梯按钮。我说，没那么严重吧？桑阿姨说，我是为了宝宝，要格外小心哟。虽然戴着口罩只露出眼睛，我也能看出爸爸在笑。他说，你也太过日子了，一张纸巾还要分两次使。桑阿姨亲昵地看着他说，这也没什么坏处嘛。我灵机一动，说，我想到更省钱的办法了，带一支按压的中性笔不就好了嘛，笔尖按出来戳电梯按钮，完了缩回笔筒，手指一点都不会沾染。桑阿姨直夸我聪明，爸爸居然立马神奇地从口袋里掏出一支中性笔，他说，这是我准备到菜市场随时添加购物清单用的。电梯到一楼，爸爸试着按了一下开门键，果然好用。桑阿姨说，回头找个报废的笔芯来用，别糟蹋了一根好笔芯。我和爸爸相视而笑。

爸爸要在一个菜摊买土豆，他把手伸进筐里，把底下的土豆掏出来，一次两个，拿在手里反复比较着，比相亲还严格。我不自觉地皱起了眉头。在我心里，妈妈的目光也在场，尽管她不会皱眉。

桑阿姨看在眼里，笑眯眯地说，这老头儿，让他挑吧，他喜欢哪个挑哪个。她对待孩子一般的"无妨"的包容感，顿时让我感到一种放松和释然，折磨我的某种东西一下子散了。是啊，又有什么呢？多大事儿啊。也许不管多老，每个人心里都住着一个小孩吧？只有在宠溺自己的人面前，那个小孩才会蹦蹦跳跳地现身。

挑完土豆，爸爸两只手掌交互摩擦，噼噼啪啪拍掉尘土，这是他的习惯动作，用在这里倒很合适。也许就是这样练出来的？

买完菜，桑阿姨又到菜市场的被服店为爸爸买了一双老头乐。她说，你爸爸就穿服了这家的老头乐。桑阿姨看着爸爸试穿鞋子，心满意足地说，舒舒服服的，多好。我想起来了，爸爸此前穿的老头乐也是桑阿姨帮他买的。

无论年轻时多么艳羡诗意和白裙子，到头来，还是需要一个为自己买老头乐的女人，这也算是一种原型吗？

我再一次想到了妈妈。有人需要让自己放松的身边人，有人需要让自己优美的身边人，选择伴侣并没有一个统一的标准，也没有什么高下之分，自己感觉好，那就是好了。我已经走出了妈妈离去的伤感，能够坦然接受这个事实。他们都得到了自己想要的，这不就是最好的结局吗？我觉得，当这个世界上再也没有了南宫先生，妈妈未必愿意继续活在爸爸身边，看着他越来越松弛和大腹便便。

我一直疑惑，如果婚姻原型是成立的，那么，爸爸妈妈和桑阿姨，为什么要绕了这么远才各得其所？此刻终于悟到，大概是两个婚姻原型发生了对撞，只因生命时段的错位。年轻时的白裙子和中年以后的老头乐，正是两个婚姻原型的标志物。

除夕夜，我在家里找到了那个玻璃罐，里面有一些幸运星，是妈妈倒下的那天晚上我和冉紫叠的。那些折纸的反面写着我的愿望：妈妈好好的，幸福做老祖母。现在，妈妈确实有外孙了，可她已经离开我们大半年了。

街道店铺到处是火树银花，满满地营造出过年的气氛。心情随着挂满小灯的星星树亮起来，明知是虚假繁荣，心情仍然被哄得好好的。火树银花是最虚幻又最有效的骗局了，不过，又有什么是提亮人心的绝对真实呢？只有发红包吗？那又过于真实了。人也需要活一个表面的，没有面子，哪来的里子？

爸爸为小婴儿买了小花灯，挂在摇篮的顶上。

我出神地看着花灯，脑子里在回放妈妈跟我说花灯的情境。那是在医院的病床前，她跟我说，读了太多上元节的诗，总想象有一天，和他走在上元节的花灯丛中，但每次都是带着你们去的，本来下定决心，明年上元节一定……再没机会了。

当时我竟没意识到，上元节就是中国的情人节呀！古代有多少上元节发生的爱情啊，那是独属于东方人的浪漫。在娱乐匮乏的古代，那一天会取消宵禁，家家举火，户户点灯，灯市夜市一齐开放。古时的女人难得出门，上元节观花灯是一次难得的机会。花灯寄托着女人丛生的绮念，出门时怕已是小鹿乱撞，潜意识中等待着一场邂逅，一眼定终身成为可能……

我心里一声叹息：妈妈已经没有机会了！

不记得我当时是不是在流泪，但清晰地记得妈妈说过，我不遗憾，不亏欠你们，在我也是一种心安。人只能将就一头儿，什么都要太难了，能将就好一头儿就不错了。

妈妈终于不必将就，可以放心地去往另一头儿了。我相信，即将到来的元宵夜，她会跟南宫先生徜徉在灯市的人声灯影笑语晏晏之中……

爸爸轻摇着花灯，逗得小婴儿咿咿呀呀。桑阿姨说，这就开始宠了。爸爸说，我只是看在小胭的分上。桑阿姨俯身轻拍着婴儿，和风细雨地说，你这样对一个小孩不公平，他是他自己，一个新的人，他连自己的父亲是谁都不知道呢。

我说，他是神的孩子。

桑阿姨看看满脸红晕的小胭，又看着摇篮里没心没肺吃手的孩子，神情慈祥得像一个地地道道的老祖母。她说，有这么可爱的孩子，小胭会好的。

我想起了小时候的春节，我和小胭提着花灯笼跟随爸爸到楼下放烟花，看星星点点的花屑沸沸扬扬地落下，像欢喜的小精灵，我们心里也盛满欢喜，荡荡漾漾。那么圆满的欢喜，再也不曾有过。我们一面放烟花，一面抬头看自家的阳台，妈妈一定是站在那里的，那时候的阳台还不兴封起来。后来，烟花就不许放了。我们也长大了，再也不会用那样的眼光去看待烟花了。大学时候，流行的说法是"繁华落尽一地烟花"，完全变了味道——也许没有什么是不变的。但是，"烟花"这两个字还是让我着迷，只是出于小时候的情结。烟花三月，烟花女子，那又是怎样的烟花呢？人世万象，真是不一而足又九九归一。

我当时是不是该告诉妈妈，小胭怀孕了，她要当外婆了呢？那样，她是不是就有意愿让生命延续了呢？可是那时，对于小胭的状况，我也没有把握。如果知道妈妈真的没有多少时间了，我不如告诉她，我怀孕了，没准会激发她恋生的心情。事实是，我真的要有一个孩子了，Ta正在我身体里悄悄生根发芽，我也刚刚知道。

我的头发已经长了不少，刚刚剪齐了，接近于锁骨发，不久怕是又要剪得像小胭一样短了。小胭生孩子倒没怎么发胖，而且更精神了，眼睛亮亮的，青春焕发，脸上经常绽放出所谓"南美洲的笑容"，可能经常逗孩子玩乐的缘故吧。

我们家现在就像一个原始公社，其他人都在捕鱼打猎或者织网，只有我和小胭，是公社里两个被养着的人，而我们也在生养人。

小胭正在康复，通常她还是把谢君认作罗力，但偶尔也会认作谢君了，只是她不知道，谢君已经是她的丈夫。她看起来没搞懂孩子的父亲是谁，但她知道那是自己的孩子。罗力——谢君——孩子，她是如何形成逻辑上的闭环的呢？在她偶尔清醒的间隙里。也许，不等完成初步的认知，她就再次滑进自己的混沌了吧？那是她的避难所。她清醒的间隙可能会越来越多的吧？因为，孩子的存在是一个不断的提醒。但愿。

大人都要睡了，他还眼大睁着呢。桑阿姨看着摇篮说。

我抱起孩子，从未像这一刻，有拥抱生命的感觉。

后记

每个人都有爱情

这是一部爱情悬疑小说。

为什么写《胭脂灰》？答案在漫长的时间、不断成长的内在自我以及时隐时现的生命冲动里。作家选择写什么，就像女人挑选某件衣裳，肯定都是自己钟情的。我选择写作爱情长篇，是因为只有长篇的容量才能放得下我大半生的情感积蓄。这里面有曾经的我对爱情一意孤行的设想、独白式的探问，甚至是跃跃欲试的实践冲动。

作为一种爱情理念的探讨，二十世纪读到《廊桥遗梦》时，我就有过一个疑问：如果没有那四天里的鱼水之欢，这份爱也许更纯粹更美好更易于接受？即便岁月已是翻山越岭，我依然坚信爱是小白兔，任何情欲的沾染都是大灰狼的觊觎，让我本能杜绝。真爱如处子，这一观念左右了成年之后的我许多年。性的介入是对唯美的破坏，尤其是不合法的性。——我自己对于灵与肉的思辨，其实是从五四时期的纯爱哲学开始的，不彻底的启蒙很适合刚刚走出封建桎梏的新女性，而我内心也曾常驻着一个"女学生"。

我也在观察自己衣品的变化，如同观察情感城堡的构建，我发现中年以后的我喜欢纯欲风。喜欢纯欲风的我仍在执着而好奇地探问：不乏性张力的柏拉图式的爱情是否存在？这也是我数十年内心疑问的延续。世间没有徒劳的思想，脑子里种下的，总会在未知的某一天开花结果。何为爱的神圣？柏拉图式的爱是否可以接地？是不是存在另一种忠贞——身心分离的那种？这些疑问都有可能导向小说的诞生。说到底，这部小说要解决的就是一个"既要""又要"是否可能的问题，我试图使之成为可能，至少在我的小说里。

这部小说也有我对爱情原型的探索，爱情文艺看多了，我发现从大处去分辨，爱情的原型不过那么几种，满世界纷纷扰扰的爱情故事，不过是几种原型分生的枝丫与变体，但万变不离其宗。托尔斯泰说，幸福的家庭是相似的，不幸的家庭却各有各的不幸。这句话似乎把小说家的命题一网打尽了，然而，细究下去，那些相似的幸福家庭，其实也各有各的不幸的丝缕，而非幸福模板的复制粘贴。小说家饶有兴致的，就是那些粘连缠绕的丝丝缕缕。

很多女人都有过一条白裙子，那条白裙子是她们心里的白月光。白月光是不是永久的？是否一旦得到便释然，然后不再是白月光？我用了一种叙述的诡计，使《胭脂灰》成为一部疑窦丛生的小说。

没能成为白月光的女人，也一样会有爱情。浅淡温暖的阳光，也会成为爱的滋养。每个人，无论美丑雅俗，都有可能遇到自己的爱情，野百合也有春天。我想用这部小说来告诉人们：每个人都有爱情。也许这是我的慈悲。

当时代的命题由曾经的"为什么不结婚"变成"为什么结婚"，我试图给出自己的答案：生活是一只巨兽，需要两个人联手，才能更好地"打怪升级"。为什么结婚？一代人要在动态生活中得到答案。独生或少子一代被保护得过好，可能产生巨婴问题。无论成长过程中如何优渥，长大后站到生活的前沿，不可避免地要被补上一鞭子，然后才能看清生存的真相。我小说中的孪生姐妹，要被生活打过脸，才能发现依恋感的重要。她们与我有距离，但也有我自己的代入，比如强迫症，比如两性关系中解决矛盾的方式。

　　我写小说是凭借一股蛮勇和率性的，无论多长的小说，几乎都是一气呵成。因为那口气一旦断了，我可能就兴味索然不想再续了。我之所以从文学评论转型到小说创作，就是因为积淀了太多，需要释放和表达。通过写小说，我打开了自己内心蛰伏已久的一些微妙皱褶，这也是一种自我实现的快意。

图书在版编目（CIP）数据

胭脂灰 / 李美皆著. -- 北京：作家出版社，2025.5. --
ISBN 978-7-5212-3385-8

Ⅰ. I247.5

中国国家版本馆 CIP 数据核字第 2025G6N930 号

胭脂灰

作　　者：李美皆
责任编辑：兴　安　赵文文
装帧设计：意匠文化·丁奔亮
出版发行：作家出版社有限公司
社　　址：北京农展馆南里 10 号　　邮　　编：100125
电话传真：86-10-65067186（发行中心）
　　　　　86-10-65004079（总编室）
E-mail:zuojia@zuojia.net.cn
http://www.zuojiachubanshe.com
印　　刷：北京博海升彩色印刷有限公司
成品尺寸：152×230
字　　数：279 千
印　　张：22.25
版　　次：2025 年 5 月第 1 版
印　　次：2025 年 5 月第 1 次印刷
ISBN　978-7-5212-3385-8
定　　价：59.00 元